Aus dem Englischen
von Vanessa Tockner

Das Glück wohnt in Australien

C. FONSECA

Sie möchten keine Neuerscheinung verpassen?
Dann tragen Sie sich jetzt für unseren Newsletter ein!

www.ylva-verlag.de

Widmung

Für Jane und meine Schwestern.

Im Gedenken an unsere Großmütter, Mütter und Tanten, die ihre Geschichten und Rezepte geteilt haben und die meine Inspiration sind.

Danksagung

Die Halbinsel Bellarine Peninsula, auf der die Geschichte spielt, besteht für viele Leute nur aus Weinbergen, Restaurants, dem Meer und den Wellen. Aber sie ist auch ein beliebtes Reiseziel für Radfahrer und Heimat des Tour de France-Gewinners Cadel Evans, der das alljährliche Cadel Evans Great Ocean Road Race gegründet hat.

Bellarine Peninsula ist ursprünglich das Land des Wathaurong-Stamms und ich erkenne sie als traditionelle Eigentümer an. Ich respektiere ihre vergangenen und gegenwärtigen Stammesältesten.

Danke an meine Betaleser. Gill, deine Unterstützung und Ermutigung waren unschätzbar. Ich bin meinen Freundinnen Paula und Julie dankbar für ihren Sinn für Details und dafür, dass sie dieses Buch zu einem besseren gemacht haben.

Ich bin Astrid, Daniela, Amanda, Lee und dem Ylva-Team zu Dank verpflichtet. Es war ein Vergnügen, mit euch an meinem zweiten Buch – wer hätte es für möglich gehalten? – zu arbeiten. Michelle, meine Lektorin, war für mich da, als ich sie am meisten gebraucht habe – obwohl unsere Zeitzonen nicht zusammenpassen. Du warst immer geduldig und hast mich dazu gebracht, mich auf die wesentlichen Zutaten zu konzentrieren.

Danke an meine Leser. Ich schreibe über meine kleine Ecke der Welt: Ihr lebt und lest überall auf der Welt davon. Ich bin dankbar für eure Kommentare und eure Ermutigung.

Jane, ohne deine Liebe, Beharrlichkeit und Bestätigung hätte ich dieses Buch nicht schreiben können. Ich lerne weiterhin täglich von dir. Du bietest mir Schutz im Sturm, bist mein Sonnenstrahl an einem trüben Tag.

Als ich zuerst daran dachte, dieses Buch zu schreiben, wusste ich, dass es ein emotionaler Weg sein würde. Kochen ist ein kreatives Bindeglied zu meiner Familie und unserer Abstammung. Über Essen zu schreiben beschwört Kindheitserinnerungen herauf, wie ich mit meiner Mutter Theresa, Tante Poppy, Tante Olga und meinen Schwestern gekocht habe.

Ich habe Glück, in Australien mit seiner kulturell vielfältigen Bevölkerung zu leben. Wenn Essen mit Liebe zubereitet und geteilt wird, bringt es uns zusammen und nährt unsere Körper und Seelen.

Prolog

In der zweiten Position, nur die französische Fahrerin fünfzehn Sekunden vor sich und nichts als schnurgeraden Asphalt von der Strecke übrig, wusste Jess, dass sie eine gute Chance auf den Sieg hatte: Das Adrenalin spornte ihren Körper zu neuen Höhen an und sie konnte den Sieg beinahe schmecken.

Auf der hundertdreiundfünfzig-Kilometer-Strecke gab es mehrere Abschnitte mit Kopfsteinpflaster, das einen bis auf die Knochen durchschüttelte. Sie hatte so fest in die Pedale getreten wie möglich, um danach die drei steilen künstlichen Hügel zu überwinden, und einen guten Platz in der Spitzengruppe ergattert. Aber jetzt war die Kanalstadt Hoogeveen, in der das Ronde van Drenthe-Rennen begann und endete, endlich in Sicht.

Sie hoffte, dass ihr Team die richtige Entscheidung getroffen hatte. Sie hatten sie bis jetzt zurückgehalten – es war ein riskantes Manöver, ihr die Arbeit abzunehmen, damit sie starke Beine für diese letzten drei Kilometer hatte. Zwischen der Ausreißergruppe an der Spitze und dem nahenden Hauptfeld der Radfahrer gab es nur eine einminütige Lücke. Ein Team aus dieser gebündelten Gruppe konnte ihren besten Radfahrer immer noch zu einem überraschenden Endspurt an die Ziellinie nach vorn katapultieren.

Es ist an der Zeit. Jess trat fest in die Pedale. Sie rotierten rhythmisch – fast mühelos, als würde eine unbekannte Kraft sie antreiben. Keine Schmerzen.

»Häng dich rein, Jess«, rief Bruce aus dem Begleitfahrzeug.

Keine Zeit, um nachzudenken. Jess flog. Nerven aus Stahl.

Es war in Reichweite. Jess würde sich vorarbeiten, die Erstplatzierte überholen und das Rennen gewinnen. Wenige Sekunden trennten ihre Räder, als sie sich der Zielgerade näherten.

Sie konnte das schaffen. Für sich selbst und für ihr Team.

Aber dann, bevor Jess begreifen konnte, was vor ihr geschah, sprang das Vorderrad der führenden Fahrerin unter ihr heraus und sie stürzte auf die Absperrung zu.

»Pass auf!« Der Warnruf aus Jess' Headset von dem Teamfahrzeug kam zu spät, als das fahrerlose Rad in die andere Richtung über die Straße flog – direkt auf Jess zu.

Dann ging alles ganz schnell. Ein lauter Aufschrei ertönte von der Menge an den Seitenlinien.

Als das demolierte Rad über die Straße schoss, brach Jess im Zickzack aus und versuchte verzweifelt, das Gleiten des Rads zu bremsen, konnte jedoch nichts tun, außer sich festzuhalten. Ihr Fahrrad erbebte, als das Geschoss auf ihr Vorderrad traf, und Jess flog mit dem Kopf voran über den Lenker hinweg. *Zum Teufel.*

Während sie sich in der Luft überschlug, hörte Jess das Surren der vorbeirasenden Radfahrer, dann über den Boden kratzendes Metall und dann kam der Geruch verbrannten Gummis.

Zusammengesunken blieb sie schließlich liegen. Ihr Bein war in einem seltsamen Winkel ausgestreckt – im Rad ihres Fahrrads gefangen. Ihre Schulter tat höllisch weh und eine seltsame Taubheit breitete sich über ihren Arm aus.

»Nicht bewegen.«

Während sie auf dem Rücken liegend in den Himmel hinaufsah – die dicken, grauen Wolken hingen tief –, vernahm Jess Schritte, die auf sie zu rannten. Sie versuchte, den Kopf zu heben.

Eine Hand legte sich leicht auf ihre Brust. »Halt still, Jess.« Sie erkannte die Stimme ihrer Team-Ärztin, Bridget.

Jess biss die Zähne zusammen. Sie hatte Schmerzen – aber sie wollte dieses Rennen gewinnen. *Steig wieder aufs Rad. Die Ziellinie ist so nah. Beweg dich, Jess.* »Mir geht's gut«, murmelte sie.

»Klar. Klar geht es dir gut«, sagte Bridget. »Bleib still liegen, damit ich dich untersuchen kann.« Vorsichtig begann sie, Jess' Anzug aufzuschneiden.

»Sanitäter! Trage! *Bitte,* machen Sie Platz«, rief ein Sanitäter.

Jess versuchte, sich auf die Seite zu rollen und ihr Bein auszustrecken, doch das wurde ihr erschwert, weil sie ihren Arm nicht bewegen konnte. *Verdammt, tut das weh.*

»Bleib liegen«, wiederholte Bridget. »Jess, schon gut. Wir kümmern uns um dich.«

Jess schnitt eine Grimasse, als sie durch die zerrissenen Überreste der rotblauweißen Rennshorts einen Blick auf ihr verdrehtes Bein erhaschte. Auch ihr dämmerte allmählich, dass sie ein Problem hatte.

Der Traum vom Sieg rückte in immer weitere Ferne, als Blut aus einer großen Schnittwunde am Knie über ihr Bein sprudelte und sich auf dem Asphalt ausbreitete. Dann verschwamm ihre Sicht.

Kapitel 1

London, England

»Noch zehn Minuten, dann sind wir fertig«, sagte Cassie Jones, die kompetenteste Physiotherapeutin des Rehazentrums.

Was Jessie betraf, so war sie schon vor einer halben Stunde fertig gewesen. Zehn Minuten waren eine Ewigkeit. Der einst leichte, schmerzlose Akt, in die Pedale des Crosstrainers zu treten, fühlte sich jetzt wie eine stundenlange Fahrt die Alpen hinauf an.

Schließlich bedeutete Cassie ihr, dass die Einheit vorbei war, indem sie sich neben sie stellte, und Jess hielt an. Sie schob sich die feuchten Haare aus den Augen und wischte sich mit dem Ärmel über die Stirn. Sie sah auf die Hand hinab, die auf ihrem Schenkel ruhte, um den Blickkontakt mit Cassie zu vermeiden. »Du hast recht. Ich bin so fertig.« Jess seufzte. Es war eine weitere anstrengende Nachmittagseinheit voller Physiotherapie, Dehnübungen und Training gewesen.

Cassie kam noch näher und strich mit der Hand von Jess' Oberschenkel zum Saum ihrer Shorts hinab. Sie fuhr die dünne, erhobene Linie an ihrem nackten Knie entlang und schenkte ihr ein träges Lächeln. »Du schlägst dich viel besser, als wir erwartet haben. Es wird nicht lange dauern, bis du wieder dort draußen bist und noch ein paar Medaillen einheimst.«

»Sicher.« Jess glitt von dem Trainingsgerät und ging unsicher durch den Raum. Sie griff nach dem Handtuch und trocknete sich Gesicht und Hals ab. Als die nagenden Selbstzweifel und Sorgen an ihrem Magen zerrten, beugte Jess sich vor und stützte sich schwer auf die Stange. Wie lange würde es dauern, bis sie wieder ihr altes Selbst war? Bis sie wieder zu den Radrennen, ihrem Rhythmus und ihrer vollen Kraft zurückfand? Was, wenn das nie geschah?

Jess richtete sich auf und zog sich das Handtuch über den Kopf. Sie war noch nicht dazu bereit, sich mit dem Gedanken auseinanderzusetzen, nie wieder Radrennen fahren zu können.

»Hey, geht's dir gut?« Cassie legte den Arm um Jess' Schulter. »Nach der Dusche fühlst du dich besser. Und da du heute meine letzte Kundin warst, könntest du mir drüben im *Rose and Crown* bei einem Gläschen Gesellschaft leisten. Was sagst du, Jess? Du hast es dir verdient.«

Jess hatte einen Proteinsmoothie und einen Abend vor dem Fernseher für eine gute Idee gehalten. Doch es war Freitag und Cassie war in ihrer Freizeit ausgelassen und sehr unterhaltsam. Sie sah in die eifrigen, haselnussbraunen Augen der Frau.

Dann schüttelte Jess jedoch den Kopf und entzog sich Cassies Umarmung. »Tut mir leid. Ich bin wirklich fertig.«

»Oh. Das ist wohl meine Schuld.« Cassie runzelte die Stirn. »Geschieht mir recht. Vielleicht ein anderes Mal?«

»Vielleicht«, sagte Jess. »Heute ist ohnehin kein guter Abend. Meine Sponsoren haben morgen einen Auftritt im South Ham Ladies' College für mich organisiert und ich habe meine Präsentation noch nicht vorbereitet.«

»Kein Problem, Jess. Das ist völlig verständlich. Ein anderes Mal. Viel Glück mit deinen Vorbereitungen.« Sie lächelte und trat zurück. »Du wartest wirklich gern bis zum letzten Moment.«

Jess nahm ihre Sachen und schlurfte in die Garderobe. *Was stimmt nicht mit mir?* Es war Freitagabend und sie hatte gerade ein Date abgelehnt. Ihr Sozialleben war eine Katastrophe und sie schien sich nicht aus diesem negativen Trott befreien zu können. Sie seufzte. Vor ein paar Monaten wäre das nicht passiert.

Aber in Wahrheit wusste Jess, dass sie nach ein paar Drinks an Cassies Schulter geweint und ihr von Bens Tod erzählt hätte. Das konnte sie sich nicht leisten. Abgesehen davon wäre es keine gute Idee, etwas mit ihrer Physiotherapeutin anzufangen.

Jess hasste öffentliche Auftritte, aber hier ging es nicht nur darum, ein vorteilhaftes Image zu wahren oder Unterstützern eine Gegenleistung für ihre Investition zu bieten. Es ging darum, etwas zurückzugeben. Sie legte ihre Notizen ab und senkte den Blick auf das Meer junger, weiblicher Gesichter im Auditorium.

Heute sprach sie zu dreihundert Jugendlichen über sich selbst und ihre Karriere.

Nun ja, was davon übrig ist. Jess' Leidenschaft und Hingabe an den Sport beflügelten sie dazu, andere Frauen zu ermutigen, das Radfahren aktiv zu einem Teil ihres Lebens zu machen.

Als sie sich dem Ende ihrer Präsentation näherte, atmete Jess tief durch.

»Aufgrund der Verletzungen, die ich mir in den Niederlanden zugezogen habe, lege ich gerade eine Pause in meiner Karriere als Profi-Radfahrerin ein.« Sie musste nicht auf die Details ihres Sturzes und das Ausmaß ihrer Verletzungen eingehen – das wäre sinnlos und unnötig beunruhigend für ihr Publikum.

Sie packte das Podium fest und richtete ihre Konzentration auf ihre Zuhörerinnen. Dabei gab sie ihr Bestes, das rastlose Zappeln einiger Mädchen zu ignorieren, die offensichtlich Wichtigeres im Kopf hatten. Jess konnte nicht erwarten, dass alle gefesselt von ihrem Vortrag waren. Alles in allem schienen sie jedoch neugierig zu sein, was ihr Leben als Elite-Radsportlerin betraf. Sie beantwortete ihre Fragen und listete kurz die Rennen auf, die sie gewonnen hatte – ihr Palmarès –, und erzählte von einigen berühmten, bunten Persönlichkeiten, die sie auf den internationalen Rennstrecken kennengelernt hatte.

»Genug von mir«, sagte Jess. »Ich bin heute hier, um euch von einem landesweiten Programm zu erzählen. *Un-Chained* ist eine Organisation, die Mädchen und Frauen aller Fitnessstufen dazu ermutigt, die Freuden des Radfahrens für sich zu entdecken.« Als Jess sich im Raum umsah, bemerkte sie den intensiven Blick einer jungen Studentin in der vorderen Reihe. Sie saß kerzengerade auf ihrem Stuhl und hatte die Lippen zu einem geraden Strich zusammengepresst.

Zu dünn, dachte Jess. Litt sie an mangelndem Selbstbewusstsein und Angstzuständen, wie Jess es in ihrem Alter getan hatte?

»Radfahren ist ein unglaublicher Sport«, fuhr Jess fort. »Ihr könnt es allein tun – ihr könnt es mit einer Freundesgruppe tun. Es ist großartig für die Fitness. Es gibt euch die körperliche Vorbereitung, emotionale Kraft und geistige Robustheit, um mit den unerwarteten Aspekten des Lebens umzugehen. Ihr könnt es zum Spaß machen oder einen Schritt weitergehen. Als Profi-Radsportlerinnen könnt ihr die ganze Welt bereisen. An einer von *Un-Chained* organisierten Aktion teilzunehmen ist eine Gelegenheit, neue Freunde zu finden, ein wunderbares Gefühl der Freiheit zu erleben und euer Selbstbewusstsein zu stärken.« Jess deutete auf den Tisch neben dem Haupteingang des Auditoriums. »Nehmt euch gern eine der Broschüren, in denen unsere Programme vorgestellt werden. Darin sind auch Anmeldungsformulare enthalten«, fügte sie hinzu. »Ihr habt alle wunderbar aufgepasst. Vielen Dank für die Einladung an euer College. Viel Glück. Man kann nie wissen – vielleicht sehe ich einige von euch auf der Rennstrecke wieder. Holt mich ein, wenn ihr könnt.« Jess verbeugte sich mit einem Lächeln, und die Mädchen kicherten.

Während die Studentinnen ihre Anerkennung mit höflichem Applaus zeigten, packte sie ihre Notizen zusammen. Sie strömten aus dem Raum und Jess sah, wie das Mädchen, das ihr vorhin aufgefallen war, eine der Broschüren nahm und sich unter den Arm klemmte.

Jess sah auf ihre Uhr hinab. »Okay, geschafft«, murmelte sie. Wenn sie heute auch nur eine Person erreicht hatte, war es die Mühe wert gewesen.

Der Auftritt war besser gelaufen als sie erwartet hatte, Doktor Waters würde erfreut sein. Ihre Reha-Psychologin ermutigte Jess, mit der Radsport-Gemeinschaft in Verbindung zu bleiben und ihre freiwillige Arbeit fortzusetzen, während sie sich erholte. Heute war ein weiterer Schritt in die richtige Richtung gewesen.

Absätze klackerten in gebieterischem Ton auf der hölzernen Bühne. Die Dekanin näherte sich schnell mit ausgestreckter Hand. In dem eleganten, marineblauen Businesskostüm und mit den zu einem gewagten Dutt zusammengebundenen, platinblonden Haaren strahlte sie bei jeder Bewegung Stärke und Selbstsicherheit aus.

»Danke, Ms. Harris. Es war ein echtes Vergnügen. Ihr Wissen und Ihre Erfahrung wird den Mädchen sehr zugutekommen.« Interesse tanzte in ihren Augen, als sie Jess von Kopf bis Fuß musterte. »Ebenso wie Ihr Humor.«

»Es war *mir* ein Vergnügen, Dekanin Holcombe.«

»Bitte nennen Sie mich Kathryn.«

»Danke, Kathryn«, antwortete Jess. Nervös unter dem abschätzenden Blick verlagerte Jess das Gewicht von einem Fuß auf den anderen. Sie trug eine klassische, weiße Bluse und einen maßgeschneiderten schwarzen Leinenanzug, um sich als professionell und kompetent zu präsentieren, aber als sie jetzt vor der Dekanin stand, war sie wieder wie eine vierzehnjährige Schülerin.

»Würden Sie mit mir zu Abend essen, falls Sie später nichts vorhaben?«, fragte Kathryn. Ihre imposante Stimme riss Jess aus ihren Gedanken.

Sie räusperte sich. »Es tut mir leid. Das wäre sehr nett gewesen, aber ich bin für heute Abend verabredet.«

Kathryn strich ihren Rock mit einer Hand glatt. Sie schaffte es nicht ganz, ihre Enttäuschung zu verbergen. »Na dann. Vielleicht ein andermal. Es war schön, Sie endlich kennenzulernen.«

»Danke für die Einladung und die Gelegenheit, zu Ihren Studentinnen zu sprechen. Ich hoffe, ich habe ihr Interesse am Radfahren geweckt.«

Kathryn hob eine Augenbraue. »Ich bin sicher, Sie haben ihr Interesse geweckt«, sagte sie.

Jess griff hinter das Podium, um ihren Trenchcoat und ihre Tasche zu nehmen, während sie unauffällig zum nächsten Ausgang blickte. Sie war über sechs Jahre lang als professionelle Radrennfahrerin tätig gewesen und trotz der offiziellen Ankündigung ihres Managers, dass sie eine Auszeit von ihrer Karriere nahm, folgten ihr immer noch Reporter in der Hoffnung auf einen Schnappschuss, der sie verletzlich zeigte oder bloßstellte.

Während Jess zur Tür ging, sah sie zu Kathryn zurück, die sie immer noch beobachtete. Jess nickte und lächelte erneut, bevor sie das Gebäude verließ. Wenn sie nicht Pläne für ein frühes Abendessen mit Jonathan gehabt hätte, hätte sie Kathryns Einladung vielleicht angenommen.

Glücklicherweise war es in der geräumigen Erdgeschoss-Bar noch recht leer und Jess entdeckte Jonathan sofort an einem Zweiertisch im hinteren Teil des Raums.

Als er sie bemerkte, stand Jonathan auf und kam auf sie zu. »Da bist du ja endlich.«

Sie lächelte, beruhigt beim Anblick des ihr vertrauten Gesichts. »Tut mir leid, dass ich spät komme.« Sie öffnete den Gürtel ihres Trenchcoats, schüttelte ihn von den Schultern und warf ihn über die Rückenlehne des Stuhls, den Jonathan für sie herauszog. »Ohne den Bart siehst du so anders aus.« Jess lehnte sich vor und fuhr mit den Fingern an seinem eckigen Kiefer entlang. »Was hat dich dazu bewegt, ihn endlich abzurasieren? Du hattest ihn jahrelang.«

Jonathan rieb sich das Kinn. »Maxine. Sie hat mir ein Ultimatum gestellt. Entweder ich bedecke den Bart, wenn ich in Ruperts Nähe bin, oder ich rasiere ihn ab. Er hat Ausschlag davon bekommen.«

»Na, es steht dir. Du siehst gut aus. Wer hätte gedacht, dass es dich ein paar Jahre verjüngen würde, Vater zu werden?«

»Danke.« Mit einem leisen Lachen schloss Jonathan sie in die Arme. Jess hielt sich an ihm fest und genoss die starke Umarmung ihres Freundes. »Wie geht es dir?«

»Ich fühle mich so verloren«, sagte sie, löste sich von ihm und setzte sich auf den Stuhl. »Ich begreife immer noch nicht, wie das passieren konnte. Ich kann nicht glauben, dass Ben weg ist.« Sie starrte auf ihre Hände hinab, um den mitfühlenden

Blick zu vermeiden, den Jonathan ihr schenkte. »Jetzt habe ich wirklich keine Familie mehr.«

»Du hast uns, Jess. Mich und Maxine«, sagte er.

Jess sah auf und lächelte dankbar.

»Wein?« Jonathan wartete nicht auf die Antwort. Er schenkte ein Glas ein und stellte es vor sie.

»Genau das, was ich brauche.« Jess stürzte einen großzügigen Schluck herunter. Alles, um das flaue Gefühl in ihrem Magen zu besänftigen.

»Hast du etwas dagegen, wenn wir hier unten bleiben und etwas Leichtes essen?« Er sah sich in dem lockeren Essbereich um. »Allerdings habe ich uns auch für später einen Tisch im Restaurant oben gesichert, falls du eine umfangreichere Mahlzeit vorziehst.« Er hob die Augenbrauen. »Andererseits, was habe ich mir nur gedacht?«

Jess schüttelte den Kopf. »Es war ein ziemlich langer Tag und ich bin müde.« Sie strich sich die Haare über eine Schulter und massierte den Nackenansatz. »Hier passt es mir gut.«

Sie hatten sich geeinigt, sich im *The Wells* in Hampstead zum Essen zu treffen, in der Nähe von Jess' Wohnung, die an die wilde Heide mit ihren vielen Hektar Waldland sowie Rad- und Joggingwege grenzte. Aber das bei weitem beste Merkmal des Wohngebäudes auf dem Hügel war der außergewöhnliche Blick über London – an einem klaren Tag.

»Gut. Ich könnte auch einen frühen Abend gebrauchen.« Er unterdrückte ein Gähnen und entschuldigte sich dafür. »Maxine war gestern Abend erschöpft. Ich hatte die Aufgabe, auf Rupert aufzupassen und ihn zu füttern.« Er zuckte mit den Schultern. »Fast hätte ich deinen heutigen Vortrag vor den jungen *Damen* in South Hampstead vergessen. Wie ist es gelaufen?«

Jess lugte über den Rand der Speisekarte und räusperte sich. »Ich habe versucht, die Fragen so ehrlich zu beantworten, wie ich konnte, ohne zu viele Details über den Sturz zu verraten. Ich *hasse* öffentliche Auftritte.«

»Obwohl du ganz natürlich Aufmerksamkeit auf dich ziehst.« Jonathan lehnte sich auf seinem Stuhl zurück und bedachte sie mit einem langen, anerkennenden Blick. »Sogar Maxine hat etwas dazu gesagt.«

Jess sah wieder in ihre Karte, bevor sie sie beiseite warf. »Tatsächlich hat die Dekanin mich heute zum Abendessen eingeladen.«

»Und trotzdem bist du hier mit mir, einem langweiligen, alten Mann, der dich nur mit Babyfotos unterhalten kann.« Er grinste.

Sie tat so, als wollte sie ihm über den Tisch hinweg schlagen. »Du hast mich zu diesem Treffen *gezwungen*.« Aber sie konnte die gespielt finstere Miene nicht lange beibehalten. »Jonathan, du kannst mir so viele Fotos von Rupert zeigen, wie du willst.«

»Versuchst du, zu vermeiden, dich mit Bens Nachlass zu beschäftigen?«, fragte er. »Ich weiß, es ist eine schwere Zeit gerade, aber wir müssen darüber reden. Du kannst es nicht länger vor dir herschieben.«

Jess schloss die Augen und rieb sich mit der geballten Faust über die Stirn.

»Daran führt kein Weg vorbei. Du weißt doch, dass es die vernünftigste Option wäre, nach Australien zu reisen und dich mit dem Testamentsvollstrecker und den Anwälten deines Bruders zu treffen. Wie lange warst du nicht mehr dort?«

»Ich war elf, als ich weggegangen bin. War seitdem nie wieder dort, abgesehen von einem kurzen Aufenthalt in Sydney vor ein paar Jahren, als ich auf dem Weg zu den Meisterschaften in Neuseeland war.«

»Es wird ein Schock sein, nach all der Zeit zurückzukehren.«

Mit einem langen, trägen Schluck aus ihrem Glas spülte sie den Kloß der Emotionen herunter, der sich in ihrer Kehle gebildet hatte. »Welche Wahl habe ich denn?«

»Du hast jede Wahl, aber das ist die beste«, sagte er. » Du wirst nach Melbourne fliegen. Die Anwaltskanzlei wird dir einen Wagen schicken, um dich vom Flughafen abzuholen, und dir für die Nacht ein Hotelzimmer in der Stadt organisieren. Der Termin mit Bens Anwalt kann am nächsten Nachmittag sein. Dann kannst du dich noch von dem langen Flug zu erholen.«

Er hat recht. Es ist machbar. Ich habe keine Ausrede, um nicht zu fliegen.

»Hast du irgendwelche Freunde in Melbourne?« Er sah zu ihr auf, dann griff er in seine lederne Umhängetasche und holte die Papiere heraus, die er mitgebracht hatte. Er blätterte sie durch. »Wie weit ist das Restaurant entfernt? Ah, wie heißt es noch?«

»Es heißt *Ailie*.« Jess hob die Augenbrauen. »Ich habe es nachgeschlagen. Das bedeutet ›Licht der Sonne‹. Das Restaurant liegt auf der Bellarine Peninsula, siebzig Minuten mit dem Auto von der Stadt entfernt, also nicht gerade in der Nähe. Ich bin noch mit mehreren Radsportlern aus der ganzen Welt in Kontakt und einige sind vielleicht in Melbourne, aber ich bezweifle, dass ich Zeit haben werde, mich mit irgendjemandem zu treffen.«

»Also wirst du selbst hinkommen müssen.« Jonathan füllte ihr Glas auf. »Hast du jemanden, der sich um deine Wohnung kümmert? Soll ich auf irgendetwas ein Auge haben?«

»Meine Nachbarin, aber danke für das Angebot.«

Er lehnte sich über den Tisch und drückte beruhigend ihren Unterarm. »Hast du irgendetwas von Bens Trauerfeier gehört?«

Jess sah ihm in die Augen. »Denkst du, es war falsch von mir, nicht hinzugehen?«, fragte sie leise.

»Nein, Süße. Man hatte dich gerade erst aus dem Krankenhaus entlassen. Vielleicht hättest du fliegen können, aber du standest unter Schock, denke ich. Du warst nicht bereit. Es wäre zu viel für dich allein gewesen.«

»Ich konnte einfach nicht.« Jess atmete tief aus. »Aber ich gehe jetzt hin. Du hast recht. Er war mein Bruder und ich schulde ihm wenigstens das«, sagte sie vorsichtig, um ihre tiefe Trauer zu verbergen.

»Diese Sache mit seiner Investition in das Restaurant ist unklar. Die Dokumente, die du mir geschickt hast, erhellen ihr Arrangement nicht und sein Testament wurde nie erneuert, seit das Restaurant vor vier Jahren registriert wurde. Ich schätze, dass du mehr herausfinden wirst, wenn du dort ankommst. Wenn man deine entfremdete Beziehung zu ihm bedenkt, ist es seltsam, dass du die einzige Erbin bist. Weißt du irgendetwas über Lillian McAllister, die Besitzerin des Restaurants?«

»Sie ist Köchin. Ich muss noch mehr recherchieren, bevor ich fliege.«

»Okay. Vielleicht war Lillian auch seine Freundin?«

»Nein, war sie nicht. Zur Zeit des Unfalls ist Ben mit seiner Freundin gereist.« Jess senkte den Blick. »Sie war das andere Opfer, als der Jet-Ski gekentert ist.«

»Oh. Das ist schrecklich, Jess«, sagte er. »Es wird vermutlich länger dauern, alles zu regeln. Stell dich auf einen längeren Aufenthalt ein, falls nötig.«

»Wenn es sein muss.« Sie seufzte. »Abgesehen von meiner freiwilligen Arbeit … habe ich noch nicht entschieden, wie es weitergehen soll.«

»Es ist noch früh. Was hat der Spezialist zuletzt zu deiner Langzeit-Prognose gesagt?«

»Wir sind hoffnungsvoll. Je nachdem, wie lange ich in Australien bin, suche ich mir ein Fitnessstudio, um mit meinem Krafttraining und dem Rehaprogramm weiterzumachen. Ob ich das Elite-Level wieder erreiche oder nicht, hängt von mir ab. Das war vielleicht ohnehin mein vorletztes Jahr als Rennfahrerin. Der Unfall hat es möglicherweise nur vorgezogen.« Diese Tatsache vor jemand anderem zuzugeben, drückte schwer auf ihre Brust.

»Im Ernst?« Jonathan schüttelte den Kopf. »Aber du bist erst neunundzwanzig.«

»Das Durchschnittsalter für professionelle Radsportler sinkt ab. Vielleicht könnte ich noch ein paar Jahre weitermachen, aber man kann den Körper in diesem Sport nicht ewig antreiben. Schon gar nicht in diesem Ausmaß.«

»Aber Jess, Radfahren war immer dein Leben – deine Leidenschaft.«

»Ja«, flüsterte sie. Die Welt außerhalb des Radsports war ihr ein Rätsel, und es fiel ihr schwer, sich daran zu gewöhnen. »Ich würde die Aufregung vermissen. Meine Teammitglieder vermisse ich jetzt schon.« Sie tippte mit den Fingern auf den Tisch. »Aber nach meiner Zeit in der Reha denke ich darüber nach, meinen Abschluss zu nutzen.« Sie sah auf, um Jonathans Reaktion abzuschätzen.

»Denkst du daran, als Physiotherapeutin zu *arbeiten*?«

»Vielleicht.«

»Hast du überhaupt Erfahrung darin? Ich meine – abgesehen von der gelegentlichen ehrenamtlichen Arbeit in der Kinderklinik?«

»Nur begrenzt«, gestand sie.

»Ich weiß, du liebst es, dort zu arbeiten, aber …« Jonathan sah auf. »Jess, deine wahre Liebe sind die Radrennen. Wie wirst du mit dieser erzwungenen Auszeit zurechtkommen?«

»Ich habe keine Wahl. Ich könnte mich beeilen und an einer schnellen Rückkehr versuchen, aber damit setze ich mich dem erhöhten Risiko aus, mich permanent zu verletzen und *nie wieder* Rennen fahren zu können.« Jess legte eine Hand über ihr Glas, als Jonathan ihr nachschenken wollte. »Danke, aber zwei Gläser sind dieser Tage mein Limit.«

»Na gut, na gut. Tut mir leid, dass ich weitergeredet habe.« Er machte sich über seine herzhafte Mahlzeit aus Burger, Fritten und einem Berg Krautsalat her. Er deutete mit der Gabel auf ihren Salat und sagte: »Du musst mehr essen. Kein Wunder, dass du eine Figur wie eine Bohnenstange hast. Ein Vogelbaby könnte mehr essen als du.«

»Hah«, sagte sie. »Allein dafür …« Sie lehnte sich über den Tisch und stahl eine von Jonathans Fritten.

Er schob ein paar geröstete Kartoffeln an seinen Tellerrand, in ihre Reichweite. »Im Ernst, nimm, so viel du willst. Da ich den ganzen Tag auf der Arbeit sitze und in der Nacht über Rupert wache, brauche ich bestimmt keine zusätzlichen Kalorien.«

Er hielt inne. »Übrigens hat Ashley mir eine Kopie deines Vertrags geschickt. Darin steht, dass sie zugestimmt haben, ihn vorerst auszusetzen, aber wenn du aus Australien zurückkommst, erwartet das Team-Management, dass du dich weiterhin als großzügige Botschafterin der Athletik in der Öffentlichkeit präsentierst, um deine Sponsoren zufriedenzustellen. Du wirst freiwillige Arbeit machen wie in der Physiotherapie-Klinik, nur weit mehr davon.«

Es könnte schlimmer sein, dachte sie. Besser als überstürzt zu den Rennen zurückzukehren, bevor sie bereit war. »Was ist mit meinen Firmensponsoren? Ich will nicht, dass die Geldmittel, die ich für Hilfsorganisationen sammele, versiegen.«

»Ashley verhandelt mit den individuellen Sponsoren«, sagte er. »Wir werden sehen. Aber wenn dein Vertrag mit dem Team suspendiert ist, fällt dieses Einkommen weg – egal, wie spärlich. Es ist gut, dass du das nicht brauchst, um zu leben, Jess.«

»Na, dank dir und meiner Erbschaft, um die du dich kümmerst. Ich habe Glück, dich als meinen Buchhalter zu haben.«

»Danke. Und als dein Buchhalter brauche ich Kopien von allen zusätzlichen Dokumenten, wenn du Bens Anwälte in Melbourne getroffen hast.«

»Ja«, sagte sie. »Ich schicke dir alles, was neu dazukommt, per E-Mail.«

Er tippte auf eins der Papiere in seinen Händen. »Was ist mit dieser Lillian McAllister?«, fragte er. »Ich hatte noch keine Gelegenheit, zu recherchieren. Glaubst du, du musst dir wegen ihr Sorgen machen? Welcher Natur *war* ihre Beziehung zu Ben?«

»Ich weiß es nicht. Jonathan, du stellst eine Menge Fragen.« Sie streckte den Hals, um ihre verkrampften Muskeln zu lockern. »Offensichtlich waren sie so eng befreundet, dass er ihr Geld für ihren Betrieb geliehen hat. Ich schätze, sie wird es auszahlen müssen.« Sie neigte den Kopf und seufzte dann. »Es sei denn, ich beschließe, ins Restaurantgeschäft einzusteigen.«

Er verschluckte sich beinahe an seinem letzten Kartoffelstück. »Wirklich, Jess? Denk mal nach: du und Essen – nicht gerade eine ideale Verbindung. Du kochst selten und isst kaum was. Ich habe deinen Kühlschrank von innen gesehen. Als dein Buchhalter und dein Freund rate ich dir dringend, mich nicht in einem Monat anzurufen, um mir zu sagen, dass du Restaurantbesitzerin geworden bist. Regle das so bald wie möglich.«

Er hatte ins Schwarze getroffen. Sie wusste ein wenig über Sporternährung, aber rein gar nichts über das Restaurantgeschäft.

Nein. Vorerst musste sie eine Sache nach der anderen anpacken. Ein Tag nach dem anderen.

Jess sah auf die Uhr und rutschte in dem riesigen Ledersessel herum. »Ich bin es leid, dass ich von der Presse gefragt werde, wie ich vorankomme, selbst aber keine Antwort darauf habe. Der Spezialist hat mir kein festes Datum gegeben, an dem ich wieder Rennen fahren kann.« Sie beugte sich vor und rieb sich die Stirn. »Es gibt gute und schlechte Tage. Manchmal fühle ich mich nutzlos. Ich liege nachts wach und schaffe es am Morgen kaum, aus dem Bett zu kriechen. Aber an den Tagen, an denen ich Rad fahre, fühle ich mich besser.«

Doktor Waters tippte mit dem Stift seitlich an ihren Notizblock, überschlug die Beine und zog ihren Rock zurecht. »Wirst du in Australien ein Fahrrad zur Verfügung haben?«

»Ich werde eins kaufen. Auf einem geliehenen Rad würde ich mich auf keinen Fall sicher fühlen«, sagte sie. »Man kann nie zu viele davon haben und ich habe gelernt, dass ich Freude am Radfahren selbst habe.«

Doktor Waters sah Jess über ihre schwarzumrandete Brille hinweg an. »Ich freue mich für dich. Du hast große Fortschritte gemacht.«

»Dank Ihnen habe ich akzeptiert, dass es ein anhaltender Prozess ist. Und dass es keine schnelle Lösung gibt, um darüber hinwegzukommen.« Mit Doktor Waters' Hilfe war es Jess gelungen, nicht in schwerer Depression zu versinken. Anfangs hatte sie sich geweigert, ihre Hilfe in Anspruch zu nehmen, da ihr Physiotherapie-Programm so intensiv war, aber Verwirrung und Verzweiflung hatten sie dazu gebracht, den ersten Termin zu vereinbaren. Sie merkte, dass Doktor Waters unvoreingenommen und positiv in ihren Methoden war, und sie half Jess, ihre Angstzustände zu beherrschen, während ihr Körper heilte. Das war ihr einziger Weg nach vorn, denn Jess wollte nie zu den dunklen Zeiten zurückkehren, als sie sich mit zwölf Jahren für kurze Zeit aus Verzweiflung selbst verletzt hatte. Sie fuhr automatisch über ihren rechten Oberschenkel, dann faltete sie die Hände schnell über ihrem Pulli, um die Bewegung vor der Therapeutin zu verbergen.

Jess starrte aus dem Fenster des Londoner Büros im vierten Stock, denn sie wollte dem aufmerksamen Blick der Psychologin ausweichen.

»Du bist eine starke und robuste Frau, Jess«, sagte Doktor Waters. »Nicht mehr die Zwölfjährige, an die du dich erinnerst.« Nach einer kurzen Pause fuhr sie fort. »Der Herbst ist früh nach London gekommen und die Platanen im Kensington Park färben sich goldgelb. Die Aussicht ist einer der Hauptgründe, warum ich dieses Büro habe.«

»Seltsam, dass es auf der südlichen Halbkugel Frühling ist«, sagte Jess.

Die Psychologin lächelte. »Du reist nach Australien – *nach Hause*.«

Jess wandte sich ihr zu. *Nach Hause* – was bedeutete das? Alles war still, außer das Ticken der großen, antiken Uhr auf dem soliden, hölzernen Kaminsims. Jess verschränkte die Arme fest vor der Brust.

»Du hast in den letzten Monaten riesige Veränderungen erlebt, doch du bist stark.« Doktor Waters begleitete Jess und zog die Tür auf. »Ich sehe dich, wenn du zurückkommst.« Sie drückte kurz Jess' Schulter, lächelte und kehrte in ihr Büro zurück.

Jess dachte an die Wortwahl der Psychologin, Australien ihr Zuhause zu nennen. Wie konnte es ohne ihre Mutter oder ihren Bruder dort ihr Zuhause sein? War ein Zuhause nicht dort, wo die Familie war? Aber Zuhause war auch ein Ort – vielleicht hatte Doktor Waters recht.

Kapitel 2

Bellarine Peninsula, Southern Victoria, Australien

Normalerweise half das morgendliche Joggen, ihre Gedanken aufzuheitern, aber heute waren Lillian McAllisters Beine schwer unter dem Gewicht ihrer Sorgen.

Ihr Herz schlug kräftig und gleichmäßig in ihrer Brust. Der Fünf-Kilometer-Lauf zum Uferland mit seiner sanften Steigung über die Sanddünen hatte ihre Waden- und Schenkelmuskeln sehr strapaziert und es waren weitere zehn Minuten nach Portarlington, wo sie umkehren wollte. So viel dazu, dass dieser Lauf ihr helfen sollte, sich zusammenzureißen.

Hör auf, dich in deiner eigenen Trauer zu suhlen, ermahnte sie sich, während sie beobachtete, wie die Sonne über der Baumgrenze im Osten aufging. Ihre warmen Strahlen waren wie Finger, die ihre Haut liebkosten. *Zeit, dich auf deine eigene Familie zu konzentrieren, Lillian McAllister. Und auf deine Mitarbeiter.*

Lili hatte Jessica Harris auf Google gesucht, nachdem sie die Informationen von Bens Anwalt erhalten hatte. Ihr Name allein hatte Lili unzählige Weblinks geboten – obwohl die meisten Treffer Spekulation und Tratsch über sie zu sein schienen. Trotzdem war Bens Schwester offensichtlich eine Berühmtheit, und eine betörende obendrein; eine reizende halb Britin, halb Inderin mit sinnlichen, dunklen Augen und einer anmutigen, athletischen Figur, aufgrund derer sie unter die schönsten Sportlerinnen im *Sports Magazine* gewählt worden war. Auch im Gesellschaftsteil von Online- und Printmedien war sie häufig vertreten.

Ganz offensichtlich eine Primadonna. Sie würde Lili definitiv das Leben schwer machen können. Allein der Gedanke an ihren baldigen Hausgast machte sie nervös.

Lili nahm einen tiefen Atemzug, trat zurück auf den Kiesweg, der durch das Reservat führte, und joggte in Richtung der kleinen Küstenstadt. Sie würde sich schnell einen Kaffee holen und ihr Postfach im örtlichen Postamt überprüfen, bevor sie nach Hause lief.

Eine Stunde später und frisch geduscht, fuhr Lili über den äußeren Feldweg zu *Ailie*. Sie stoppte den Subaru oben auf dem Hügel und fuhr das Fenster herunter, um über die wogenden, grünen Felder hinweg zu ihrem Restaurant zu blicken – wo es mit seinem soliden, roten Ziegelfundament und den hohen Glasfenstern stand, in denen sich die umliegenden Gärten und hohen Eukalyptusbäume spiegelten. Sie sah an *Ailie* vorbei in das Tal der Weinreben, auf das schimmernden Blau der Port Phillip Bay hinab und zu den You Yang-Hügeln in der Ferne. Sie hatten so hart gearbeitet, um *Ailie* aufzubauen, und jetzt gehörte es *ihr*. Plötzlich überkam sie ein heftiger Beschützerinstinkt.

Sie trat durch den Haupteingang und erspähte ihre Mitarbeiter, die sich um die Bar versammelt hatten. Sie schlüpfte in ihr Büro, warf Schlüssel und Geldbörse in ihre Schreibtischschublade und ging in den Essbereich.

»Hallo, zusammen«, grüßte Lili, während sie sich ihren Weg durch die Gruppe bahnte und schließlich neben Alex stehenblieb, die sie kurz in die Arme schloss.

»Hier sind wir also. Das erste Personalmeeting der Frühlingssaison. Bist du bereit dafür?«, fragte Alex.

»So bereit, wie ich es je sein werde.« Lili zuckte mit den Schultern und wandte sich an die kleine Gruppe. »Bitte setzt euch.« Sie wartete, als die meisten Mitglieder ihres Teams sich setzten, während ein paar freiwillig stehen blieben und sich an die Bar lehnten.

»Ich bin hier.« Alex drückte ihren Unterarm und Lili war dankbar für die beruhigende Geste ihrer Sous-Chefin.

Lili hob die Hand und das Geplauder verstummte. »Danke.« Sie kniff überrascht die Augen zusammen, als sie ihren Vater entdeckte, der mit vor der Brust verschränkten Armen hinten im Raum stand. Sie begrüßte ihn mit hochgezogenen Augenbrauen, bevor sie wieder ihre Mitarbeiter ansprach. »Es ist wunderbar, euch alle zu sehen. Wir hatten gerade wie jedes Jahr geschlossen, als uns die Nachricht von Bens Tod erreicht hat, und ich war dankbar für all die Anrufe und E-Mails, die ich von euch erhalten habe. Danke an alle, die es zur Trauerfeier geschafft haben.«

Owen griff in seine Tasche, holte ein Taschentuch heraus und betupfte sich die Augen. Der Restaurantmanager war von Ben rekrutiert worden und sie hatten eine seltsame Leidenschaft für frühe Hitchcock-Filme geteilt.

Lili schenkte ihm ein trauriges Lächeln und atmete tief durch. »Ben war mein Mentor und hat mir geholfen, diesen Betrieb aufzubauen. *Ailie* muss seinem hervorragenden Ruf gerecht werden.« Sie sah zu dem *Trip Advisor*-Zertifikat und der Auszeichnung von *Gourmet Traveller*, die die Wand über der Bar zierten.

Alex trat heran und legte den Arm um Lilis Schultern.

»Wir haben ein großartiges Team und ich bin sehr stolz auf euch alle.« Sie lehnte sich Trost suchend an Alex. »Machen wir auch Ben stolz.«

Josh, ihr Kochlehrling im zweiten Jahr, hob sein Wasserglas. »Auf Ben.«

»Auf Ben«, wiederholten die anderen und warteten stumm, dass Lili fortfuhr.

»Ihr habt die neuen Dienstpläne gesehen. Bitte sagt Alex Bescheid, falls es irgendwelche Probleme gibt.« Lili lächelte und wandte sich an Owen. »Jetzt kommt der angenehmere Teil. Ich übergebe euch an Owen, der uns durch den Hauptgrund führen wird, aus dem wir alle hier sind: um unser Wissen der neuesten Hygiene- und Sicherheitsvorschriften aufzufrischen.«

Später an diesem Nachmittag, als die Mitarbeiter weg waren, ging Lili raus in den Garten und setzte sich auf die beschattete Terrasse. Sie drehte sich um, als sie Schritte hörte, und nahm die Tasse mit dampfendem Chai entgegen, die Alex ihr reichte. »Danke.«

»Kein Problem«, sagte Alex. »Ich habe heute Morgen von Haley gehört. Sie hat versprochen, dass sie zurück sein wird, bevor wir öffnen.«

»Das sind gute Neuigkeiten, obwohl es enttäuschend ist, dass sie zur Personalfeier nicht da sein wird.«

»Hast du gewusst, dass sie sich von Grace getrennt hat? Laut Haley hatten sie am ersten Tag ihrer Radreise durch South Australia eine riesige Meinungsverschiedenheit.«

Lili verdrehte die Augen. »Also ist sie wieder Single.«

»Ich kann mir nicht vorstellen, dass das lange so bleiben wird.« Alex grinste. »Du kennst Haley: Sie ist jung und letztendlich ist Spaß in jeder Beziehung ihre oberste Priorität. Ich glaube nicht, dass es ihr mit irgendeiner ihrer Partnerinnen ernst ist. Wie auch immer, was meinst du, wie ist das Meeting gelaufen?« Sie setzte sich neben Lili auf die Gartenbank. »Du warst toll.«

»Danke. Es hat keinen Sinn, allen Sorgen zu bereiten.« Lili fuhr sich mit der Hand durch die frisch geschnittenen Haare. Sie hatte sich noch nicht an die kürzere, stufige Frisur gewöhnt. Allerdings hatte sie eine Veränderung gebraucht und ihre Friseurin hatte sie davon überzeugt, dass der neue Look ihr Selbstbewusstsein stärken würde. Für sie als Köchin war es zweifellos eine vernünftige Entscheidung, die Haare leicht waschen und zusammenbinden zu können.

Alex blies in ihre Tasse und entließ damit die würzigen Aromen von Sternanis, Zimt und Ingwer in die Luft. »Hmm … das ist eine hervorragende Mischung. Sie passt gut zu dem neuen organischen Honig, den du mitgebracht hast.«

»Das stimmt. Sie ist wunderbar samtig mit einem Hauch Karamell.« Lili nippte an dem beruhigenden Tee, froh über den Themenwechsel. »Ich habe eine Idee für ein Buschhonig-Panna Cotta mit in Sternanis aromatisierten Früchten oder Beeren. Sie kommt von Meis Mum Huan. Sie hat mir gesagt, dass sie manchmal ein chinesisches Eierpudding-Dessert mit Sternanis macht. Ich dachte, der Geschmack der Anissamen würde dem Dessert eine feine Note verleihen.«

»Ich bin ganz dafür. Klingt wunderbar«, sagte Alex. »Aber das mit dem Geld, das du Ben schuldest, ist ungünstig. Ich schätze, jetzt schuldest du es seiner Schwester.«

»Es war eine Vereinbarung zwischen Freunden. Ben war so großzügig und hat mir nie eine ein Ultimatum für die Rückzahlung gestellt. Er hat an den Erfolg des Restaurants geglaubt und wusste, dass er letztendlich sein Geld zurückbekommen würde.«

»Er hat dir vertraut.«

»Ich kann das niemals mit einem Einmalbetrag begleichen.«

»Hast du mit der Bank gesprochen?«

»Noch nicht.« Lili stellte die leere Tasse ab und beugte sich über das erhobene Beet, um etwas von dem Unkraut zu jäten, das die jungen, zerknitterten Blätter der Meerrettichpflanze zu ersticken drohte. »Meine Hypothek ist auch so schon groß genug.«

»Hoffen wir einfach, dass du dich mit Bens Schwester einigen kannst. Du hast so hart gearbeitet und es geht bergauf.« Alex kniete sich neben Lili, nahm eine kurzstielige Hacke und lockerte mit stetigen Bewegungen die üppige, dunkle Erde. »Es tut mir leid, dass ich nicht helfen kann. Wenn ich könnte, würde ich es. Wir haben mit Tashs Studienkredit immer noch alle Hände voll zu tun und würden in den nächsten paar Jahren gern ein Haus kaufen.«

»Sei nicht lächerlich. Ich würde nie erwarten, dass du mir das Geld leihst.« Lili stieß Alex in die Rippen. »Aber danke.«

Alex ließ das Gerät sinken. »Wie geht es dir?«

»Gut.«

»Ich meine es ernst, Lili. Wie geht es dir wirklich?«

»Bens Tod hat eine riesige Lücke in unser Leben gerissen, die nicht gefüllt werden kann.« Lili rollte die Schultern, als wollte sie ihre Trauer abschütteln. »In letzter Zeit hat er zwar weniger Zeit mit uns verbracht und war viel auf Reisen, aber es ist schwer zu begreifen, dass wir ihn *nie* wiedersehen werden. Ben war ein Teil unseres Lebens.«

»Ich vermisse ihn auch«, sagte Alex. »Verdammt, ich vermisse dieses freche Grinsen und seinen ausgefallenen Humor.« Sie legte die Arme fest um Lili und ließ sie wieder los. »Stellt Ru immer noch so viele Fragen?«

»Nicht mehr so viele. Die Feier hat auch geholfen. Manchmal nimmt sie die Karte und starrt sein Foto an. Aber ich weiß nicht, ob sie die Endgültigkeit des Todes versteht.« Die lockere Zusammenkunft am Strand war schlicht, aber doch wichtig gewesen. Sie hatte Lili, ihrer Tochter Ru und Bens Freunden eine Möglichkeit gegeben, ihre Trauer auszudrücken.

»Wirst du ihr von Bens Schwester erzählen? Dass sie eine Tante hat?«

»Sie ist erst vier Jahre alt. Ich schätze, sie hat nie eine *echte* Tante oder einen Onkel gekannt, da ich ja ein Einzelkind bin«, sagte Lili. »Jessica Harris wird nur für kurze Zeit hier sein. Wenn sie also in Rus Leben reinplatzt und wieder verschwindet, würde sie das nicht verstehen. Ich habe mich dazu entschieden, mein Treffen mit Jessica abzuwarten, dann entscheide ich, wie und ob ich es ihr sage. Es gab so vieles, worum ich mich kümmern musste, so viel zu tun.«

Lili atmete tief durch und der Duft der Erde und des Salzes in der Luft erfrischte sie. Dann wischte sie sich die Erde von den Händen. Sie würde die fruchtbare Oase, die sie mit Bens Hilfe und ihrer Mutter aufgebaut hatte, nie satthaben. »Ich habe noch ein paar Dinge im Büro zu tun, bevor ich fahre. Warum fährst du nicht jetzt nach Hause?«

»Ich gehe bald. Wann erwartest du *sie*?«

Lili zuckte mit den Schultern. »Ich habe einen Anruf von Bens Anwalt bekommen. Sie sollte entweder heute oder morgen hier ankommen.«

»Bist du damit einverstanden, dass sie bei dir unterkommt?«

»Ich glaube, ich habe keine andere Wahl. Mum und Dad haben keinen Platz in ihrem Cottage.« Lili warf ein Büschel Unkraut beiseite. »Mum war sehr lieb und hat schon das Gästezimmer vorbereitet. So kann ich zumindest ein Auge auf sie haben.«

»Glaubst du, das wird nötig sein?« Alex nahm ihre Jacke von der Rückenlehne der Bank. »Du wirst bis auf Weiteres das Haus mit einer völlig Fremden teilen.«

»Es wird schon in Ordnung sein«, sagte Lily und versuchte, eher sich selbst als Alex zu überzeugen. »Ich hoffe nur, dass sie nicht lange bleibt. Der Anwalt meinte, sie würde alles schnell erledigen und in ein oder zwei Wochen nach London zurückkehren wollen.«

Alex schob die Hände auf der Suche nach ihrem Autoschlüssel in die Jackentaschen. »Also, wie viel weißt du über sie?«

»Nicht viel. Allerdings habe ich sie gegoogelt.«

Alex hob eine Braue. »Und?« Sie sah auf ihre Uhr hinab. »O verdammt, ich muss schnell nach Hause. Ruf mich später an. Tash hat irgendeine Veranstaltung im Krankenhaus und ich komme zu spät – schon wieder.« Sie warf Lili einen Luftkuss zu. »Viel Glück!«, rief sie, bevor sie durch das Gartentor verschwand.

»Danke, tschüss.« Lili winkte, nahm den Handspatel und grub kräftig in die Erde. »Ich kann es gebrauchen.«

Bens Schwester hatte vor und nach ihrem Unfall Schlagzeilen gemacht. Vielleicht hatte die Boulevardpresse mit den Beschreibungen ihres glanzvollen Lebensstils ein verzerrtes Bild von der Radsportlerin gezeichnet. Aber was, wenn auch nur ein Bruchteil davon stimmte? Lili beugte sich vor, um ein Büschel Brennnesseln aus dem Kiesweg zu reißen.

»Ben«, sagte sie gen Himmel, »ich habe eine Ahnung, dass deine Schwester für mich eine ebenso große Herausforderung sein wird, wie sie es für dich war.«

Kapitel 3

»Was zur Hölle?« Jess' kleines, gelbes Mietauto kam auf der schlammigen Straße zum Stehen. »Na, wunderbar.«

Sie drehte den Kopf und sah in die Richtung zurück, aus der sie gekommen war. Der Abhang bot einen atemberaubenden Blick auf das Meer und die Hügel in der Ferne. Aber jetzt würde sie nicht mehr hier wegkommen.

Sie war den Anweisungen des Navis gefolgt, oder nicht? Jess war hundertprozentig sicher, dass es sie angewiesen hatte, links abzubiegen. Es hatte kein Schild am Straßenrand gegeben, also hatte sie sich auf die schicke Elektronik des Autos verlassen. Das war ein Fehler gewesen: die Schotterstraße hatte sich in einen Feldweg verwandelt. Sie hatte noch nie Glück mit diesen verdammten Dingern gehabt.

Das Mietauto, ein Mini Cooper-Cabrio, war sehr angenehm zu fahren. Der Autoverleih hatte sogar das Versprechen eingelöst, ihr einen Fahrradträger für das Heck zur Verfügung zu stellen, auf dem sie ihr neu gekauftes Carbonrad verstaut hatte. Mit offenem Verdeck, dem Wind in den Haaren und der warmen Sonne auf der Haut hatte sie entspannt Vollgas gegeben.

Bis sie steckengeblieben war. Jess öffnete die Tür und stieg aus dem Auto. Ihr rechter Fuß versank in dickem Schlamm.

Das wars dann wohl mit Vollgas.

Jess stöhnte und trat gegen den sichtbaren Teil des Vorderrads. Hätte sie doch nur einen Wagen mit Allradantrieb genommen. Sie sah auf ihre Schuhe hinab und war froh, dass die schwarzen Lederstiefel nur zum Teil in der klebrigen, braunen Masse steckten. Sie ließ den Blick über die umliegenden Weiden schweifen. Kein einziger Mensch war in Sicht, lediglich ein paar Kühe in der Ferne.

Sie ging in die Knie, untersuchte den halb im Schlamm versunkenen, schwarzen Gummireifen und schlug mit der Faust gegen das Auto. Sie rutschte ab und verlor das Gleichgewicht. Indem sie sich am Außenspiegel festhielt, arbeitete sie sich auf die Beine, woraufhin der Stiefel erneut unter ihr wegrutschte, und gegen die Seite des Autos stieß. Ihre ehemals makellos weißen, knielangen Bermudashorts hatten jetzt braune Erdflecken.

»Mist!«, rief sie und trat wieder gegen den Reifen. »Ehrlich.« Sie trat fester. »*Autsch*!«

»Meine Liebe, ich glaube wirklich nicht, dass Sie Ihr Problem auf diese Art lösen werden«, rief eine Stimme.

Jess hob mit einem Ruck den Kopf und drehte sich um. Sie hatte niemanden herankommen gehört.

Der Fremde kratzte sich an seinem roten Schopf, stieg von seinem Pferd und blieb ein paar Meter vor ihr stehen. Ein mittelgroßer, schwarzweißer Hund lief zwischen sie, hielt neben dem Mann an und setzte sich aufmerksam.

»Gutes Mädchen, Rhona. Bleib.« Er hob grüßend seinen Hut. »Tag.« Der große Hut schirmte seine Augen vor der Sonne ab, und machte seinen Blick undurchschaubar.

Jess beschattete ihr Gesicht mit der Hand und neigte den Kopf, um unter die breite Krempe sehen zu können. »Hallo.« Sie wischte sich die schlammigen Hände an ihren ruinierten Shorts ab.

»Sie stecken ein wenig in der Patsche, hm?« Er ging langsam und mit amüsiertem Gesichtsausdruck um das Auto herum. »Sie sind im Matsch versunken.« Die Hündin folgte dicht hinter ihm.

Jess sah genervt zu. Na, das war ja offensichtlich.

Der ruppige Riese beugte sich vor, um den Reifen zu inspizieren. »Oh, der steckt ordentlich fest.« Er richtete sich wieder zu voller Größe auf und lachte. »Keine Sorge, Liebes. Den können wir für Sie befreien.« Er deutete auf das Fahrrad hinten am Auto. »Nettes Rad.«

»Danke. Das ist sehr freundlich von Ihnen.« Jess griff in ihr Auto, um die Karte herauszunehmen.

Rhona bellte, kam auf sie zu und stieß die Schnauze in ihre Hand.

»Rhona, komm«, rief er und die Hündin kehrte sofort an seine Seite zurück.

»Ich habe mich verirrt«, sagte sie. »Könnten Sie mich vielleicht in die richtige Richtung weisen?« Sie spürte ein sanftes Stupsen im Rücken. Was denn jetzt noch?

Das Pferd stieß Jess' Schulter an und wieherte leise. Unwillkürlich hob sie die Hand und streichelte das wunderschöne, graue Fell.

Ihr Retter lachte ein wenig, als das Pferd noch einmal ihre Schulter anstieß. Er nahm die Zügel. »Lass die Lady in Ruhe, Dora.«

Jess holte ihr Handy aus der Tasche. »Ich habe auch eine Adresse«, sagte sie. »Ich suche Faodail.« Sie buchstabierte den Namen der Farm und sah den Farmer an.

Er lächelte sanft. »Scott McAllister, zu Ihren Diensten. Sie haben Ihr Ziel, Faodail Farm, bereits erreicht.«

Jess erwiderte seinen Blick. »Das habe ich?«

»Sind Sie Jessica Harris, Bens Schwester?«

»Ja, die bin ich.«

Die Stute stieß ihre Hüfte an.

Jess runzelte die Stirn. »Haben Sie gerade *Scott McAllister* gesagt? Sind Sie mit Lillian McAllister verwandt?«

»Das ist richtig, Liebes. Ich bin ihr Vater, Scott. Und diese beiden zerzausten Geschöpfe sind Dora und Rhona. Das hier ist Faodail Farm«, wiederholte er und gestikulierte ausschweifend über das hügelige Weideland.

Sie hörte Stolz aus seiner Stimme heraus, aber auch einen Anflug von Trauer.

Scott drehte sich wieder zu Jess um. »Es tut mir so leid um deinen Bruder. Ben war ein guter Mann. Wir alle vermissen ihn sehr.« Er tippte sich an die Hutkrempe, eine Geste des Respekts. »Du siehst ihm sehr ähnlich«, sagte er. »Obwohl er keinen britischen Akzent hatte wie du.«

Sie senkte den Blick. Das schmerzhafte Wissen, dass dieser Farmer, ein Fremder, ihren Bruder besser gekannt hatte als sie, war wie ein Schlag in die Magengegend.

Jess' Unbehagen musste deutlich zu sehen gewesen sein, denn als sie aufsah, hatte Scott sich wieder dem Auto zugewandt.

»Es ist unwahrscheinlich, dass irgendjemand vorbeikommen wird, aber wenn ich du wäre, würde ich trotzdem zur Sicherheit absperren. Ich bringe dich zum Haus und hole dann das Auto.« Er deutete auf ihr Fahrrad. »Ich schätze, dein schickes Rad nehmen wir auch besser mit.«

Sie konnte weit und breit kein Haus entdecken. »Ist es weit?« Sie reichte ihm die Karte. »Können Sie mir hier zeigen, wo ich falsch abgebogen bin? Ich hätte mich nicht auf das Navi verlassen sollen.«

»Nutzlose Dinger. Ah, ich sehe, was du gemacht hast. Du bist von der Hauptstraße ab- und auf den alten Viehweg gefahren. Das ist ein häufiger Fehler«, sagte er lachend und zeigte auf die Karte. »Wir sind hier. Unser Cottage ist in der Nähe des Haupteingangs, an der McAllister Lane, die du hättest nehmen sollen. Du wirst hier wohnen.« Er deutete auf eine Stelle weiter hinten an der Straße.

»Wohne ich nicht auf der Farm?«

»Doch, schon. Meine Frau Helen und ich wohnen im Cottage. Helen dachte, es wäre angenehmer für dich, bei Lili oben auf dem Hügel zu wohnen.«

»Auf dem Hügel? Das ist sehr freundlich, aber ich will ihr keine Umstände bereiten«, sagte sie.

»Es sind gar keine Umstände. Lilis Haus ist modern und geräumig. Es gibt sehr viel Platz für einen Gast und eine großartige Aussicht über die Bucht. Helen hat den Gästeflügel für dich vorbereitet. Wir dachten, du würdest dich über ein wenig Privatsphäre freuen.«

»Was ist mit Bens Haus? Kann ich dort wohnen?«

»Ahh …« Er wirkte betreten. »Es gab drei Dinge, die dein Bruder besonders geliebt hat. Eins war das Kochen, worin er verflucht gut war – entschuldige den Ausdruck.« Er sah mit zusammengekniffenen Augen in die helle Sonne und rückte seinen Hut zurecht. »Zweitens liebte er das Reisen und hat es bei jeder Gelegenheit getan. Und drittens war er ein Surfer. Ben hat sich sein Haus mit einem Kumpel nahe 13th Beach geteilt, etwa eine halbe Autostunde entfernt. Es ist kein Ort, an dem du gern länger bleiben willst.« Er hob die Augenbrauen. »Es ist nicht gerade groß.«

»Oh, okay.« Lillians Haus schien tatsächlich die beste Option zu sein und wenn es irgendwelche Probleme gab, konnte sie in ein Hotel umziehen.

»Ich denke, ich bringe dich besser zu Lilis Haus. Es wird noch eine Weile dauern, bis sie zurück ist, aber Helen sollte dort sein.« Er sah auf ihre Stiefel. »Da kannst du duschen und dich umziehen.«

Jess blickte zu dem feststeckenden Auto. Es gefiel ihr nicht, es hier im Schlamm zurückzulassen.

»Keine Sorge, dem wird nichts passieren. Ich komme mit Unterstützung zurück und bringe das Auto zu dir.«

»Danke. Wenn Sie mir die richtige Richtung zeigen, fahre ich mit dem Rad schon …«

Scott lachte, während Rhona aufgeregt bellte und im Kreis rannte.

»Habe ich etwas Falsches gesagt?«

Er griff sanft in Doras schimmernde Mähne und hielt sie fest. »Zum Haus sind es fünfhundert Meter quer über die Weiden. Wir wollen doch nicht, dass du in ein Kaninchenloch fällst oder in einen Kuhfladen trittst, oder? Bist du an Pferde gewöhnt?«

»Was schlagen Sie vor?« Sie schob sich die Sonnenbrille auf den Kopf, um die vom Wind zerzausten Haare zurückzuhalten. Es war lange her, seit sie zuletzt auf einem Pferderücken gesessen hatte, aber Dora sah aus wie ein Clydesdale – angenehm robust und hoffentlich ein bequemes Reittier. »Ich bin schon geritten, vor Jahren.«

»Okay. Dann passe ich die Steigbügel für dich an«, sagte er. »Brauchst du Hilfe beim Aufsitzen? Dora ist etwas größer als ein normales Pferd.«

»Nein, das schaffe ich schon, danke. Was ist mit meinem Rad?«

»Kein Problem. Ich bringe es zum Haus.« Er befreite das Carbonrad aus dem Träger am Auto und hob es mit einer Hand hoch in die Luft. »Es ist leicht wie eine Feder.«

Sie trat zum Pferd, schob den Fuß in den Steigbügel und hievte sich auf Doras Rücken. Die Stute tänzelte unter ihr und Jess rutschte im Sattel zurecht. Sie biss die Zähne zusammen, verbarg sorgfältig ihr Unbehagen. Doras Rücken war mindestens einen Meter sechzig hoch, vielleicht noch größer und sie war etwas zu breit, um bequem auf ihrem Rücken zu sitzen.

Scheinbar mitfühlend hob die Stute den Kopf und wieherte sanft.

»Ruhig, Mädchen«, sagte Scott.

»Ja, ruhig, Mädchen«, murmelte Jess. Sie hätte nie gedacht, dass sie auf dem Rücken eines Zugpferdes auf der Farm ankommen würde.

Dora trottete dahin und Jess begann, das sanfte, rhythmische Wippen auf ihrem hohen Sitz zu genießen. Scott ging neben ihr her, das Rad mühelos auf der Schulter balancierend. Rhona lief voran und führte sie. Jess war zufrieden damit, Scotts Geplauder über die Faodail Farm und seine Familie zu lauschen.

»Ru wird sich fragen, wem das schicke Fahrrad gehört. Sie bettelt ihre Mutter seit ihrem letzten Geburtstag um ein Rad an«, sagte er fröhlich. »Wenn sie nicht selbst versucht, darauf zu steigen – sie ist erst vier, weißt du –, ist alles gut. Aber Ru ist mutig … vielleicht versucht sie es tatsächlich.«

Hatte sie etwas verpasst? Wer war *Ru*? Jess sah zu Scott hinab, der so schnell sprach, dass sein Akzent gelegentlich seine Endungen verschluckte. Es war lange her, seit sie in Australien gewesen war. Sie würde aufmerksamer hinhören müssen.

Es war gut, dass kein Mensch in Sicht war. Vermutlich sah sie lächerlich aus, wie sie in dreckigen Bermudashorts und Stiefeletten auf diesem großen Geschöpf saß und über die Weide transportiert wurde. Sie passierten das einladende, schmiedeeiserne Faodail-Schild und das Tor und folgten einem staubigen Feldweg, der von einem breiten Weidezaun flankiert wurde. Ein Garten im englischen Stil grenzte an ein idyllisches, grün gestrichenes Holzhaus mit einer breiten Veranda.

»Das ist unser Cottage«, sagte Scott.

Sie folgten der Straße, die in einer Kurve um einige große Eukalyptusbäume verlief und dann allmählich auf den Hügel anstieg.

»Dort wirst du wohnen.« Er deutete auf ein halbmondförmiges, einstöckiges Holzhaus, das oben auf dem Hügelkamm zu schweben schien.

»Es ist sehr modern«, sagte Jess überrascht.

»Lili hat mit dem Design geholfen«, sagte er stolz. Sie blieben neben einem schiefergedeckten Carport und einer Treppe stehen, die zum Haus hinaufführte. Scott hielt Dora fest und Jess stieg vorsichtig ab, verschätzte sich aber in der Höhe und verzog das Gesicht, als sie plötzlich mit ganzem Gewicht auf ihrem Bein landete.

»Alles in Ordnung, Jessica?«

»Ja, danke.« Sie streckte den Rücken. »Das letzte Mal ist eine Weile her.«

»Das letzte Mal, seit du ein Zugpferd geritten hast?«

»Seit ich irgendein Pferd geritten habe.« Sie streichelte die sanfte Stute und sah zu dem schwarzen, holzverkleideten Haus hoch. »Es ist auf jeden Fall einzigartig … und die Aussicht von hier oben muss wunderbar sein.«

Eine Bewegung auf der oberen Ebene erregte ihre Aufmerksamkeit und ein Kleinkind erschien auf der Terrasse.

»Das ist nicht Opa auf Dora. Wer ist das, Oma?« Die durchdringende, hohe Stimme des Kindes drang zu ihnen. »Schau, Opa hat ein *Fahrrad*.«

»Hallo, mein kleiner Zwerg.« Scott lehnte Jess' Rad an eine niedrige Steinmauer und band Dora dann an einem Pfosten fest. Er drehte sich zu Jess um. »Na, dann komm. Ich stelle dich besser der Familie vor. Danach kannst du dich frisch machen.«

Er marschierte voran, erklomm die Treppe zwei Stufen auf einmal und Jess folgte ihm auf den oberen Absatz hinauf.

Das kleine Mädchen, das lediglich eine leuchtend pinke Pyjamahose trug, flitzte auf Scott zu.

Eine Frau erschien mit einem passenden Pyjamaoberteil in der Hand. »Ru, komm zurück. Deine Mum wird gleich zu Hause sein. Ziehen wir dich an. Wohin läufst du denn?«, rief sie atemlos. »Na, ich will verd–«

»Hallo, meine Liebe«, grüßte Scott.

»Opa, Opa«, wiederholte Ru und streckte die Hände zu Scott aus. Sie hüpfte auf und ab und die Sohlen ihrer roten Schlappen klapperten auf den Bodenbrettern. Er nahm seine Enkelin in die Arme und hielt sie an die Brust gedrückt.

»Und warum grinst mein Ehemann wie ein alter Narr?«, fragte die Frau und stemmte eine Hand in die Hüfte.

Jess trat hinter Scott hervor. Ihre verdreckten Kleider und Stiefel konnte sie ohnehin nicht verbergen, also versuchte sie es gar nicht erst.

»Jessica, das ist meine Frau Helen. Und dieser kleine Wildfang ist unsere Enkelin Ru.« Er zerzauste die Haare des Mädchens. »Helen, ich möchte dir Jessica Harris vorstellen.«

»Es ist schön, dich zu treffen, Jessica, aber was um alles in der Welt ist passiert?«

»Leider bin ich falsch abgebogen und mein Auto steckt auf dem Feldweg fest«, sagte Jess. »Ich hatte Glück, dass Scott und Dora gekommen sind, um mich zu retten.«

Helen wandte sich an ihren Mann. »Nimm Jack mit, wenn du es herausziehst. Ich habe ihn unten im Obsthain gesehen.«

»Mache ich.«

Jess beobachtete das Paar, als er sich vorlehnte, um Helen auf die Wange zu küssen. Helen war das komplette Gegenteil ihres Mannes: er breitschultrig und robust, sie zierlich und feinknochig. Schulterlange, aschblonde und mit Grau durchzogene Haare umrahmten ihr Gesicht. Sie lächelte und streckte Jess die Hand hin. »Willkommen.«

»Es freut mich, Sie kennenzulernen, Mrs. McAllister.« Jess nahm Helens Hand und schüttelte sie fest, bevor sie losließ.

»Bitte nenn mich Helen.«

»Danke, Helen.« Jess erwiderte ihren direkten Blick.

»Meine Güte, du siehst deinem Bruder so ähnlich.« Helen zog Jessica in eine feste Umarmung. »Mein herzliches Beileid.«

Jess erstarrte, der plötzliche Körperkontakt war ihr unangenehm. Nach einigen Sekunden löste sie sich langsam aus Helens Armen und trat zurück.

»Wer bist du?«, fragte Ru leise, während sie sich aus den Armen ihres Großvaters lehnte und an Jess' Ärmel zog.

Jess sah in schimmernde, karamellbraune Augen. »Hallo. Ich bin Jess.«

»Und ich bin Ru McAllister. Wie alt bist du?«

»Ru, benimm dich.« Helen schüttelte den Kopf.

Scott stellte seine Enkelin auf den Boden. »Hör auf deine Oma, Zwerg.«

Helen zog das bunte Pyjamaoberteil über Rus chaotischen Lockenschopf. »Jessica ist unser Gast. Du weißt, dass du dich besser benehmen solltest.«

Ru zeigte auf Jess' Kleider. »Aber Oma, schau, sie ist ganz dreckig. Wenn ich mich dreckig gemacht habe, muss ich baden. Helfen wir ihr beim Baden«, sagte sie sehr sachlich.

Scott schnaubte. »Apropos, Helen, alles Weitere überlasse ich dir. Ich bringe Dora in den Stall. Wir haben ein Auto zu befreien. Jessica, du bist in guten Händen. Die beiden können dir alles zeigen. Wir werden ungefähr eine Stunde brauchen. Ich verstaue dein Rad sicher in der Garage und sperre ab.«

»Es tut mir so leid. Ich habe euch eine Menge Umstände gemacht.« Jess seufzte. Was für eine Ankunft – nicht gerade ein guter erster Eindruck.

»Das macht überhaupt keine Umstände«, sagte er.

»Ich suche ein paar Kleider heraus, die du anziehen kannst.« Helen lächelte Jess an. »Du bist größer als Lili, aber in ihrem Kleiderschrank gibt es sicherlich etwas, dass dir passen wird.«

»Komm, Jess.« Ru zerrte an ihrer Hand. »Ich zeige dir dein Zimmer. Ich hab Oma geholfen, das Bett zu machen, und wir haben saubere Handtücher in dein Bad gelegt. Mama hat gesagt, dass du im Gästezimmer wohnst. Unsere Zimmer sind auf der anderen Seite des Hauses.« Sie hob die Hände über den Kopf. »Wird es Mama stören, wenn *Jess* ihre Kleider anzieht?«, fragte Ru ihre Großmutter.

»Liebes, sie heißt *Jessica*«, korrigierte Helen.

»Das ist in Ordnung. Tatsächlich bevorzuge ich Jess.« Sie sah zu Ru, die neben ihr an der Eingangstür stand und ihre Hand festhielt. Sie beugte sich hinab, um mit einer Hand ihre schmutzigen Stiefel auszuziehen.

»Jess«, sagte Ru mit einem verschmitzten Grinsen, das ihre süßen Grübchen betonte. »Du kannst dir Mamas Kleider ausleihen.«

»Danke, Ru.«

Gleich hinter dem Eingang blieb Helen stehen und sagte: »Das Haus ist wie ein Bumerang geformt. Es ist leicht, sich zurechtzufinden.« Sie gingen weiter in einen Raum, den Jess als Wohnzimmer einschätzte, mit einem freistehenden Holzofen in der Ecke und dunklem, polierten Boden, auf dem ein geometrischer Teppich in Grauschattierungen lag. »Es ist in drei Bereiche geteilt. In den Wohnbereich mit dem Heimbüro und die Küche in der Mitte, und das große Schlafzimmer sowie Rus Zimmer an einem Ende. Der Bereich für Gäste ist am anderen Ende.«

Deckenhohe Fenster gingen auf eine hintere Terrasse hinaus, die eine Aussicht auf mehrere Reihen Weinreben in der Ferne und das Meer dahinter bot. Jess blieb einen Moment stehen, um den Anblick auf sich wirken zu lassen. »Das ist wunderschön«, murmelte sie.

»Dein Zimmer ist gleich hier.«

Sie folgte Helen und Ru in ein großzügiges Schlafzimmer, das die Aussicht und Terrasse mit dem restlichen Haus teilte.

Ru ließ Jess' Hand los und warf sich auf das große Bett, wobei sie gefährlich nah am Rand landete.

»Miss McAllister, sofort runter vom Bett«, sagte Helen bestimmt. Sie hob Ru hoch und stellte sie auf den Holzboden zurück. »Das Badezimmer ist hier.« Helen schob die zweiteilige Schwingtür auf und zeigte einen modernen Badebereich mit Badewanne.

»Danke.« Jess unterdrückte ein Gähnen, aber Helen bemerkte es trotzdem.

»Wir lassen dich in Frieden, damit du dich frisch machen kannst.«

Jess sah auf ihre Uhr. Fünf Uhr fünfunddreißig. »Es tut mir leid. Ich habe letzte Nacht nicht viel Schlaf bekommen. Schätze, ich bin noch auf die Zeit in London eingestellt. Es wäre großartig, ein kurzes Bad zu nehmen, wenn Sie nichts dagegen haben?« Diesmal versuchte sie nicht, ihr Gähnen zu verbergen.

»Du musst erschöpft sein. Bitte mach es dir ruhig bequem. Im Schrank hängt ein Bademantel. Ich finde etwas zum Anziehen für dich und lege es aufs Bett.« Als könnte sie Jess' Unbehagen spüren, fügte Helen hinzu: »Außer uns ist niemand hier. Entspann dich und genieß dein Bad. Komm in die Küche, wenn du fertig bist. Ich stelle einen Snack heraus.«

Die Ankündigung war eine Erleichterung; endlich würde sie Zeit für sich haben. Rus Gegenwart – und dass alle sich so um sie kümmerten – war überwältigend.

Ru gähnte ebenfalls und Helen nahm ihre Hand. »Komm, Süße, essen wir zu Abend und dann ist es Schlafenszeit für dich.«

»Tschüss, Jess.« Ru lächelte müde und winkte, bevor sie sich durch die Tür bugsieren ließ.

Jess seufzte, als die Tür hinter Helen und Ru zufiel. Sie freute sich auf das heiße Bad und drehte ihre Haare zu einem lockeren Knoten.

Sie griff nach dem weißen Bademantel im Schrank und hielt ihn an ihr Gesicht. Helen hatte an alles gedacht. Er war dick und weich und versprach Geborgenheit nach ein paar anstrengenden Tagen.

Fünfzehn Minuten später ließ sie sich an den gerundeten Rand der Porzellanwanne zurücksinken und betrachtete den Raum. Hier hatte jemand Geschmack. Das Bad war auf eklektische Art modern eingerichtet – ordentlich und stilvoll. Jess hatte nicht gewusst, wie sie sich die *Farm* vorstellen sollte, als sie zum ersten Mal davon gehört hatte, doch sie war angenehm überrascht. Sie stellte die Knie auf und ließ sich in das wunderbar heiße Wasser sinken. Ihre Schmerzen traten in den Hintergrund und angenehme Müdigkeit umfing sie.

Die Informationen, die sie vor ihrer Abreise aus London über Lillian McAllister gesammelt hatte, hatten eine Menge über das professionelle Leben der Köchin offenbart, aber sehr wenig über ihr *privates* Leben. Da Lillian – oder *Lili*, wie sie offenbar genannt wurde – wieder zu Hause gelandet war, fragte Jess sich, warum sie ihre Lehre in Sydney und nicht in Melbourne absolviert hatte. Vielleicht hatte es Sinn ergeben, schließlich hatte sie die renommierte Kochschule in Sydney als Jahrgangsbeste abgeschlossen.

Das alte Foto, das sie online gefunden hatte, hatte sie direkt ins Herz getroffen. Ben hatte darauf strahlend mit Lili posiert, um für ein Programm zu werben, bei dem weibliche Lehrlinge erfahrenen Köchen zugeteilt wurden. Ben hatte so glücklich ausgesehen. Lillian auch. Kein Wunder: Sie war zur Küchenchefin in einem prestigeträchtigen Restaurant an der Küste in Sydney bestimmt worden – also warum das alles aufgeben? Es war Jess seltsam erschienen, dass ungefähr ein Jahr später das Restaurant *Ailie* seine Pforten auf der Bellarine Peninsula geöffnet hatte.

Aber jetzt war es offensichtlich, was Lillian nach Hause gebracht hatte: Ihre Schwangerschaft. Rus hellbraune Haut und die dunklen, lockigen Haare bildeten einen Kontrast zu ihrer hellhäutigen Mutter und ihren Großeltern. Jess dachte an das Foto von Lili und Ben zurück. War es möglich, dass sie früher ein Paar gewesen waren und dass Ru Bens Kind war?

Sie schüttelte den Kopf. *Unmöglich*.

Er hätte es ihr gesagt, als er sie vor drei Jahren nach ihrem Rennen in Spanien mit einem Besuch überrascht hatte. Sie erinnerte sich daran, wie mürrisch sie gewesen war, weil sie das Rennen verloren hatte, und dass sie sich wenig Zeit für ihn genommen hatte. Aber er hätte ihr doch sicherlich trotzdem erzählt, dass er Vater geworden wäre.

Das warme Bad machte Jess schläfrig und sie konnte sich nicht länger auf einzelne Gedanken konzentrieren. Sie drehte den Hahn auf und ließ heißes Wasser in die Wanne nachlaufen. Die Sonne ging unter und der Himmel färbte sich pink. Verträumt blickte sie aus dem Fenster. Die Wolken, unten breit und oben bauschig, waren silbern umrandet.

Als das Wasser wieder abkühlte, zog Jess den Stöpsel und griff nach ihrem Handtuch. Sie war stark versucht, unter die Decke des großen, bequem aussehenden Betts zu kriechen, aber das wäre unhöflich. Vielleicht konnte sie sich für zehn oder fünfzehn Minuten ausruhen – nur ein kleines Nickerchen auf der Decke. Jess ließ sich rücklings darauf fallen und schloss die Augen. »Hmm, das fühlt sich so gut an«, sagte sie laut.

Nach einer Weile erwachte Jess auf dem Bett, in einem Bademantel und ohne Erinnerung, wie das passiert war. Sie sah sich um und musste sich in der unbekannten Umgebung neu orientieren.

Oh, ich bin auf der Farm. Sie gähnte und streckte sich, dankbar, dass das Schläfchen ihre steifen Schultern und Kreuz gelockert hatte. Helen hatte sie für einen Snack in die Küche eingeladen. Verdammt, wie lange hatte sie geschlafen?

Sie nahm die lockere Hose mit Kordelzug und das schwarze T-Shirt, die Helen auf das Bett gelegt hatte, und zog sich schnell an. Dann schüttelte sie ihre zerzausten Haare aus und warf einen Blick in den Spiegel. Trotz des langen Bades und Nickerchens hatte sie gerötete Augen und Augenringe. Sie unterdrückte das leichte Zittern ihrer Hand. »Es ist nichts. Ich bin nur müde«, murmelte sie in sich hinein.

Das geliehene Oberteil, auf dessen Brust dicke, weiße Buchstaben prangten – *Guess my super power* – war an den Schultern und auch überall sonst eng. Sie sah in den Spiegel, um die Rückseite zu lesen. *Yes, CHEF.* Jess zog die Augenbrauen hoch. Je schneller sie wieder in ihren eigenen Kleidern steckte, desto besser.

Wenn es nach ihr ging, würde sie das Zimmer bis morgen nicht verlassen. Nach einer ganzen Nacht in diesem himmlischen Bett wäre sie weit besser auf … was auch immer vorbereitet. Aber ihr Gepäck wollte sie doch bei sich haben und um das zu finden, musste sie rausgehen.

Jess verließ die Sicherheit ihres Zimmers und hielt am Ende des Korridors inne, um durch das große Fenster zu sehen. Die Sonne sank gerade hinter den Horizont und ein Nebelstreif vom Meer hatte sich zwischen den ordentlichen Weinreben, die den Besitz der McAllisters umgaben, über die Baumgrenze gesenkt. Vielleicht würde sie im Laufe ihres Aufenthalts Zeit haben, den Wein aus der Gegend zu kosten. Auf dem Highway zwischen Geelong und der Farm hatte Jess erstaunt die Schilder von mindestens sechs Winzereien bemerkt.

Der Himmel färbte sich blassblau mit pinkfarbenen und violetten Streifen. Ein ziemlicher Kontrast zu der Aussicht vor einer Woche, als sie die untergehende orange Sonne, die sich in den schimmernden Gebäuden von London gespiegelt hatte, von ihrem Balkon aus beobachtet hatte. Jess seufzte und ging widerwillig in Richtung Küche, aus der ein immer lauteres, metallisches Klopfen durch den Gang hallte. *Was um alles in der Welt ist da los?*

Eine Frau stand am Herd und hatte Jess den Rücken zugekehrt. Sie trug große Kopfhörer über den rotblonden Haaren. Das musste Lillian sein. Gekleidet in eine karierte Baumwollhose, ein dunkelgraues Tank Top und barfuß bewegte sie sich zu Musik, die nur sie allein hören konnte.

Ob es nun an ihrer Schläfrigkeit lag oder einfach an dem sanften Wiegen des Körpers vor ihr – Jess blieb fasziniert stehen. Lillian hielt einen langstieligen Löffel in einer Hand und einen metallenen Schneebesen in der anderen und verwendete die Utensilien wie zwei Trommelstöcke, um einen Rhythmus auf den Töpfen und der Edelstahl-Oberfläche zu schlagen. Sie drehte sich zu Jess um und hielt abrupt inne.

»Oh!« Klappernd fielen die Utensilien zu Boden.

»Verzeihung.« Lili zog sich die Kopfhörer von den Ohren und legte sie auf die Küchentheke. Sie starrte die Fremde an, die ihr dank ihrer vorherigen Google-Suche vertraut war. »Jessica?«

»Lillian?«

»Lili ist mir lieber«, sagte sie.

»Okay. Und mir ist Jess lieber.« Jess starrte Lili mit düsterem und grüblerischem Blick an. Ihre Arme waren fest vor der Brust verschränkt. Das geliehene T-Shirt dehnte sich über ihren Schultern und die Baumwollhose endete knapp über ihren muskulösen Waden. Die Boulevardpresse wurde ihr nicht gerecht. In Wahrheit war sie sogar noch schöner.

»Tut mir leid, dass ich dich erschreckt habe.« Jess senkte den Blick, dann hob sie die Utensilien vom Boden auf und hielt sie Lili ratlos hin. »Wohin soll ich …«

»Warte, ich mache es.« Lili packte den Löffel und den Schneebesen – vielleicht etwas aggressiver als geplant – und warf sie in die Spüle, wo sie laut schepperten.

»Ich habe gerufen«, sagte Jess, als das Schweigen zwischen ihnen unangenehm wurde. »Ich war nicht sicher, ob Helen noch hier ist.« Sie neigte den Kopf zur Seite und deutete dann auf ihre Kleider. »Nicht gerade meine Größe. Ich hoffe, es macht dir nichts aus? Deine Mutter war so freundlich, mir etwas zum Anziehen zu leihen.« Jess schien entweder mit Müdigkeit oder vielleicht mit Verlegenheit zu kämpfen. »Ich bin Bens Schwester«, sagte sie überflüssigerweise und errötete dann. »Das weißt du natürlich schon.«

Himmel, sie sah tatsächlich aus wie Ben. Lili starrte sie sprachlos an.

Jess hatte dieselben herrlichen, dunkelbraunen Haare, die großen, ausdrucksstarken Augen und hohen Wangenknochen. Sie griff sich mit derselben nervösen Geste an die Nasenwurzel wie ihr Bruder. Aber in Lilis Kleidern und mit einem verwirrten Ausdruck im Gesicht zeigte Jess nichts von Bens fröhlichem, sorglosem Gemüt.

»Du hast mein aufrichtiges Beileid, Jess. Es tut mir so leid«, sagte sie. »Wenn es irgendetwas gibt, das ich für dich tun kann, lass es mich bitte wissen.« Sie ließ etwas Wasser in die Spüle laufen. »Ich sollte mich entschuldigen. Ich habe nicht gehört, dass du in die Küche gekommen bist. Ich trage die Kopfhörer, um Ru nicht zu wecken.«

»Kein Problem. Weißt du vielleicht, wo mein Gepäck geblieben ist?«

»Ja. Dad hat deine Sachen neben die Tür gestellt.« Lili deutete auf die zwei Lederkoffer und zwei Duty-Free-Tüten. »Soll ich dir damit helfen?«

»Nein, danke. Was ist mit meinem Rad und dem Auto? Ich hatte keine Gelegenheit zu fragen, wo sie geparkt sind.«

»Dad hat beide sicher in der Garage eingeschlossen.«

»Danke.«

»Bist du sicher, dass ich dir nicht mit dem Gepäck helfen soll?«

Jess schüttelte den Kopf. »Das schaffe ich schon.«

»Na gut.« Lili zögerte. Diese Frau sah aus, als würde sie gleich umfallen, aber wenn sie ihre Hilfe nicht wollte, würde sie sich nicht aufdrängen. »Du musst hungrig sein. Kann ich dir etwas anrichten? Ich habe vegetarisches Laksa gemacht und wollte gerade …« Lili nahm eine weitere Schüssel aus einem Regal.

»Ich habe keinen Hunger. Nach einer ordentlichen Mütze Schlaf fühle ich mich vielleicht wieder wie ein Mensch.«

»Wie wäre es mit etwas zu trinken?«, bot Lili an. »Lokaler Apfelcider oder ein Glas Wein?«

Jess unterdrückte ein Gähnen und murmelte: »Nein, danke, Lillian … Lili. Ich bin völlig fertig. Können wir morgen früh reden?« Sie ging zu ihrem Gepäck. »Es war ein langer Tag. Wenn du nichts dagegen hast, gehe ich wieder ins Bett.«

Lili nickte. »Wenn du das Fenster offen lässt, kannst du das Meer hören. Das hilft dir vielleicht beim Einschlafen.«

»Das hoffe ich. Ich sehe dich morgen.«

»Ja, bis morgen«, sagte sie und beobachtete, wie Jess sich geschickt die zahlreichen Taschen unter die Arme klemmte und in Richtung ihres Zimmers davonging.

Lili nippte an ihrem Getränk. Nach ihrer kurzen Begegnung mit der wortkargen Jess schmeckte ihr die frische Süße der Äpfel nicht mehr richtig.

Schätze, das hätte etwas besser laufen können. Schließlich hat sie die Kontrolle über deine finanzielle Zukunft, Lili. Sie stellte die Flasche beiseite und griff nach ihrem Suppenteller. Vielleicht hätte sie Jess dazu überreden sollen, eine Mahlzeit mit ihr zu teilen. Sie beschloss, eine Notiz auf dem Küchentisch zu hinterlassen, in der sie Jess einlud, sich an den frischen Früchten, dem Gebäck oder dem Inhalt des Kühlschranks zu bedienen.

Es war nicht viel, aber es war alles, was Lili im Moment für ihren reservierten und verhaltenen Hausgast einfiel. Wenn Jessica Harris so war, obwohl sie sich gerade erst kennengelernt hatten, wie würde sie dann sein, wenn es an der Zeit war, ihre schwierige finanzielle Lage zu besprechen?

Kapitel 4

Das ferne Rauschen des Meeres und der Wind in den Bäumen hatten Jess am Vorabend in den Schlaf gewiegt. Sie hatte ein paar Stunden guter, ungestörter Ruhe bekommen. Während sie sich träge streckte, beobachtete sie, wie die Sonnenstrahlen über die weißen Wände tanzten – wie Musiknoten auf ihren Linien. Jess rollte sich über die sonnenwarme Matratze und griff nach ihrem Handy auf dem Nachttisch. Sechs Uhr fünfundvierzig. Sie schlug die Decke zurück, schwang die Beine aus dem Bett und zog das weiße T-Shirt über ihre abgenutzte graue Pyjamahose herab.

Um sich zu orientieren, schob sie die Tür auf und trat auf die Terrasse hinaus. Der Himmel sah aus wie auf einem Gemälde. Silberne Wolkenfetzen mit blassen, orangeroten Streifen hingen über dem Land, das sich unter ihr erstreckte: Die Baumgruppen schufen eine überraschend grüne Landschaft vor der fernen Bucht. Sie atmete den süßen, feuchten Duft des Eukalyptus ein und genoss die leicht säuerliche, salzige Meeresluft. Als Kind hatte Jess zwar auf dem Land gelebt, aber damals war sie mehrere Meilen vom Meer entfernt gewesen.

Während sie sich an den Türrahmen lehnte, schoss Schmerz durch ihr Bein und Jess verzog das Gesicht. Sie hatte die neue Zeitzone oder den Stress des langen Flugs noch nicht ganz verarbeitet. Also beugte sie sich hinab und streckte ein paar Mal ihr linkes Knie, um die angespannten Muskeln zu lockern. Die Straßen in der Gegend sahen hügelig genug aus, um sie angemessen zu fordern und ihr neues Carbonrennrad auszuprobieren.

Ein schriller Vogelruf und ein Aufblitzen von Blau und Rot erregten Jess' Aufmerksamkeit. Ausgelassenes Kinderlachen folgte und endete in einem hohen Kreischen. Jess drehte sich zu dem Lärm um, als das kleine Mädchen über die Terrasse zu ihr herüberhopste.

»Guten Morgen, Ru.«

Ru wedelte mit den Armen und zeigte auf die bunten Vögel. »Sieh mal, sieh mal«, rief sie.

»Ja, ich sehe sie. Sind das Königssittiche?«

»Nein, Jess. Das sind Rosellas.« Ru zog aufgeregt an Jess' Shorts. »Sie haben blaue Wangen.«

»Die habe ich schon immer verwechselt«, sagte Jess und starrte sie einen Moment lang an. »Bist du allein hier draußen?«

»*Kussik-kussik. Kussik-kussik*«, rief Ru in Imitation der Rosellas. Sie schüttelte den Kopf, schien über die Antwort nachzudenken und zog dann die Nase kraus. »Ich darf allein auf die Terrasse gehen, aber *nicht* weiter. Hat Mama gesagt.«

»Okay, gut zu wissen. Wo ist deine Mutter?« Jess setzte sich auf die Stufe und Ru setzte sich neben sie.

Ru biss sich auf die Unterlippe und deutete zum anderen Ende des Hauses. »Mama schläft noch. Ich wollte sie aufwecken. Sie hat ein Auge aufgemacht und gesagt ›Noch zehn Minuten, bitte‹, dann ist sie wieder eingeschlafen.« Sie zeigte mit dem Finger auf das Symbol auf Jess' T-Shirt. »Was ist das?«

Oh. Das *Un-Chained*-T-Shirt, in dem sie geschlafen hatte. »Das zeigt das Rad von einem Fahrrad.«

»Ich will ein Fahrrad haben.« Sie streckte die Hand aus, um die Operationsnarbe an Jess' linkem Knie nachzufahren und stupste sanft gegen die zwei Einschnittnarben zu beiden Seiten der unebenen Haut. »Tut das weh?«

Jess verzog das Gesicht wegen der unerwarteten Berührung. Sie erwiderte Rus besorgten Blick und schüttelte den Kopf. »Sie tun nicht mehr weh.«

Ru küsste ihre Handfläche und drückte die feuchte Hand auf Jess' vernarbtes Knie. »Arme Jess.«

»Keine Sorge, es geht mir gut.« Sie nahm Rus Hand in ihre und drückte sie.

Ru saß dicht an Jess' Seite gedrückt da und zusammen beobachteten sie, wie Schwärme von Rosellas und Rosakakadus hinabflogen, Spiralen machten und durch die Baumkronen huschten.

Ru spielte mit einer feinen Kette an ihrem Hals und das Sonnenlicht schimmerte auf dem polierten Metall. An der Kette hing ein kleiner herzförmiger Anhänger, der zum Teil unter Rus Pyjamaoberteil verborgen war.

Nach einem Blick darauf erstarrte Jess. Es sah genauso aus wie das filigrane, blaue Herz, das immer an dem Hals ihrer Mutter gehangen hatte. Als Kind hatte sie es geliebt, damit zu spielen. Sie streckte die Hand aus und strich mit dem Finger über das Medaillon. Das Silber war ein wenig angelaufen, aber die türkisblaue Oberfläche war glatt und noch unglaublich gut erhalten. Und es war definitiv das Schmuckstück ihrer Mutter.

Jess hatte immer angenommen, dass das kostbare Medaillon mit ihr begraben worden war. Andererseits war sie vermutlich zu jung gewesen, als ihre Mutter gestorben war, um in diese Entscheidungen miteinbezogen zu werden. Irgendjemand musste es nach ihrem Tod Ben gegeben haben. Aber wer?

»*Jess?*«

Sie spürte ein leichtes Ziehen am Arm und erst da fiel ihr auf, dass sie das Medaillon so fest gepackt hatte, dass sie Ru zu sich heranzog.

»Entschuldige.« Jess lockerte ihren Griff und drehte das kleine Schmuckstück um. Das Sanskrit-Wort *Vajra* war in das Silber eingraviert, genau wie in ihrer Erinnerung. »Woher hast du das, Ru?«, fragte sie.

»Mama hat es mir gegeben. Es war ein Geschenk von Ben, nachdem er in den Himmel gekommen ist.« Ru schloss halb die Augen. »Es war in einem Umschlag mit meinem Namen darauf.« Sie seufzte und zog das Medaillon vorsichtig aus Jess' Hand. »Mama hat sehr viel geweint, als sie es mir umgelegt hat. Es gehört mir, Jess. Auf dem Umschlag stand ›Aruishi Helen McAllister‹.«

»Ist das dein Name? Aruishi?« Jess ballte die Hand so fest zur Faust, dass die Nägel sich in die Handfläche gruben.

»Ja. Deshalb habe ich den Umschlag mit dem Anhänger bekommen.« Ru legte die Hand darüber, als wollte sie es beschützen.

Jess starrte Ru – Aruishi – mehrere Sekunden lang mit großen Augen an. Ihre dunklen Haare, die Grübchen und die großen, braunen Augen. Und dieses Lächeln. Wie hatte sie die Ähnlichkeit mit ihrer eigenen Mutter übersehen können? Und mit Ben? Gott, wenn sie genau darüber nachdachte, ähnelte Ru ihrem Bruder als Kind so sehr.

»Aruishi, kann ich mir dein Medaillon bitte genauer ansehen?«

»Klar.« Ru hob die Kette über den Hals und gab sie Jess. »Du siehst komisch aus.«

»Ich will nur nachsehen …« Jess öffnete langsam den winzigen Verschluss, um ein kleines Schwarzweißfoto von ihrer Mutter, Aruishi Annand Harris, zu enthüllen. Auf der anderen Seite des Medaillons war ein Schnappschuss von zwei Kindern. Sie starrte auf das winzige Portrait eines Jungen, der den Arm schützend um seine kleine Schwester gelegt hatte. Ben und Jess.

Sie nahm einen langsamen, mühsamen Atemzug, schloss das Medaillon und legte die Kette wieder um Rus Hals. Jess schob sie vorsichtig unter das Hemd und klopfte darauf.

»Warum bist du traurig?« Ru griff hoch und berührte Jess' Gesicht.

»Ru, wo bist du?«

Sie drehte den Kopf zu ihrer Mutter.

»Komm bitte rein.« Lili klang streng.

»Da ist Mama.« Ru zog an Jess' Arm. »Sie wird machen, dass es dir besser geht. Ihre Umarmungen sind toll.«

»*Aruishi*, ich warte ...« Diesmal war die Stimme lauter. Eindringlich.

»Du gehst besser rein«, drängte Jess.

Ru trat mit ihrem roten Hausschuh gegen die Holzstufe.

»Komm schon, deine Mutter will dich drinnen sehen.« Jess gab ihr einen sanften Schubs und Ru rannte hinein.

Jess schloss die Augen. Warum hatte ihr niemand gesagt, dass Ben ein Kind hatte? Warum hatte *Ben* es ihr nie gesagt? Sie hatte eine Nichte. Sie war Tante.

Einige Zeit später stand Jess unter der Dusche, hielt den Hahn fest und drehte das Wasser immer heißer, bis der Raum sich mit Dampf füllte. *Er hätte es mir sagen sollen.*

Gut, sie hatte Ausreden gefunden, um sich fast zwanzig Jahre lang nicht mit Ben treffen zu müssen, abgesehen von diesem einen Mal in Spanien, als er unangekündigt aufgetaucht war. Sie hatte ihn die ganze Zeit über körperlich und emotional auf Distanz gehalten.

Und du glaubst, dass du es verdient gehabt hättest, dass er dir von seinem Leben erzählt? Nun war ihre Chance auf eine Versöhnung mit ihm verloren. Für immer.

Das Wasser brannte inzwischen auf ihrer Haut, und Jess drehte die Temperatur mit schmerzverzerrtem Gesicht runter. Unterdessen spielten sich immer wieder Szenen von jenem letzten Tag in Melbourne im Jahr 2000 in ihrem Kopf ab. Das Gate am Tullamarine Airport. Wie ihr Vater an ihrem Arm zerrte, um das Flugzeug nach England zu besteigen, und sie mit sich zog wie einen seiner Koffer, während Ben sie durch das Glas am Sicherheitscheck beobachtete. Ihre Muskeln erinnerten sich noch an den heftigen Schmerz, als sie und ihr Vater in der Fluggastbrücke um die Ecke gebogen waren und Ben aus ihrem Sichtfeld verschwunden war.

Anders als Jess, der keine Wahl geblieben war, hatte Ben sich dafür *entschieden*, nach dem Tod ihrer Mutter in Australien zu bleiben. Wie hatte er sich für seine Ausbildung zum Koch statt für sie entscheiden können? Wer ließ seine kleine Schwester, die noch nicht einmal ein Teenager war, allein in ein neues Land reisen? Dazu noch ohne ihre Mutter?

Das Medaillon nach all der Zeit wiederzusehen, hatte eine Flut traumatischer Erinnerungen losgetreten, die Jess vor allem jetzt nicht gebrauchen konnte, da sie *diese* Neuigkeit verarbeiten musste: Er hatte seine Tochter nach ihrer *Mutter* benannt, und Jess nie davon erzählt.

Ein Schwall eiskalten Wassers riss sie aus ihren Gedanken und sie sprang aus der Dusche. Sie starrte an die geflieste Wand und da traf sie die Erkenntnis: Sie hatte geglaubt, ihre ganze Familie verloren zu haben.

Doch jetzt war da Aruishi.

Ru streute zerkleinerte Datteln und Cashewnüsse über ihr Porridge und rührte die Mischung grob um, während sie aus vollem Halse sang.

»Ich liebe deinen Gesang, aber wir haben einen Gast. Jess war sehr müde und wir sollten sie so lange schlafen lassen wie möglich.« Lili drückte einen Kuss auf Rus Stirn. »Bitte sing leise.«

»Jess ist schon wach«, flüsterte Ru und gab ein paar Bananenstücke in ihre Schüssel.

»Ach? Und woher weißt du das?« Sie legte die Hände an die Hüften. »Du hast sie doch nicht aufgeweckt, oder?« Lili hob Rus Kinn an, bis sie ihren Blick gefangen hielt. »Hast du sie gestört?«

Sie schüttelte den Kopf. »Nein, Mama, versprochen. Sie war schon wach. Wir haben auf der Terrasse die Vögel beobachtet.«

»Wann?«

»Vorhin.« Ru kniff die Augen zusammen, sodass sie fast zwinkerte, und schob sich einen großen Löffel Porridge in den Mund.

»Okay«, sagte Lili. Sie hatte Jess vorhin nicht auf der Terrasse gesehen.

»Mama?«

»Ja, Süße?«

»Jess ist traurig.«

Lili kniete sich neben ihre Tochter. »Ja, das ist sie. Hat Jess irgendetwas zu dir gesagt?«

Ru zog die Schultern mit übertriebener Geste bis zu den Ohren hoch. »Ich hab ihr mein Herz gezeigt und dann hat sie sehr traurig ausgesehen.« Sie zog das silberne Medaillon unter ihrem Shirt hervor und zeigte es Lili. »Warum hat sie das traurig gemacht? Weiß Jess, dass Ben nicht zurückkommt?« Sie starrte Lili mit großen Augen an.

»Ja, Baby, das weiß sie.« Lili zupfte an ihrem Ohr. *Und sie hat gerade herausgefunden, dass sie eine Nichte hat.* Warum war Lili nur so begriffsstutzig gewesen? Sie hätte gestern Abend merken sollen, dass Jess keine Ahnung hatte. Ben hatte ihr nichts davon erzählt. Sie hätte das Medaillon wegräumen und eine gute Gelegenheit abwarten sollen, um es ihr zu sagen.

»Ich vermisse Ben.«

Lili blinzelte ihre Tränen weg und schloss Ru in die Arme. »Ich vermisse ihn auch.«

»Du musst Jess eine von deinen besonderen Umarmungen geben, Mama.«

»Vielleicht später.« Lili hielt sie fester. Sie dachte über Rus Vorschlag nach, dass Trauer mit einer einfachen Umarmung vertrieben werden konnte. Wenn es nur so einfach wäre. Sie konnte sich ebenso wenig vorstellen, Jess zu umarmen, wie eine Tasse kalten Instantkaffee zu trinken. Aber Ru hatte recht: Jess wirkte, als könne sie eine Umarmung gebrauchen.

Lili blieb vor der Tür zum Gästezimmer stehen. Sie atmete durch und hob die Hand, um zu klopfen. Sollte sie warten, bis Jess aus dem Zimmer kam? Nein, sie musste es jetzt tun. Sie klopfte.

»Jess«, rief sie. Sie wartete auf eine Antwort und klopfte dann erneut. »Jessica … kann ich bitte reinkommen?« Sie drehte den Türknauf und trat ein. Der Raum war ordentlich, das Bett perfekt gemacht. Das einzige Anzeichen, dass Jess im Raum gewesen war, waren die geliehenen Kleider, die ordentlich gefaltet auf der Kommode lagen.

Lili ging zur Terrasse und schloss die Schiebetür hinter sich, sprang von den Brettern hinab und ging zu der nördlichen Weide, die zum Strand hinabführte. Sie marschierte die über die Wiese und vermutete, dass sie Jess am Wasser finden würde. Besucher der Farm konnten dem sanften Abhang selten widerstehen, der zum Ufer führte.

Als sie das Grenztor erreichte, blickte Lili nach links, wo der Bach in etwa fünfhundert Metern Entfernung durch eine schmale Lagune im Sand floss. Keine Spur von Jess; nur ein paar Austernfischer, die im Ried nach Schätzen stocherten. Sie ging am Drahtzaun zurück und suchte rechts weiter, in Richtung des Holzstegs.

Lili entdeckte Jess, die am Strand entlangging. Selbst aus der Ferne erkannte sie ihre schlanke Gestalt und wie sie sich mit der Selbstsicherheit und Leichtigkeit der Athletin bewegte, die sie war.

Als spürte sie, dass sie nicht allein war, sah Jess auf. Ganz offensichtlich war sie überrascht, Lili zu erblicken, und winkte.

Lili tat es ihr gleich. Ihr graute vor dem Gespräch, das sie führen mussten, aber sie hielt das Metalltor auf und wartete, bis Jess hindurchgetreten war.

Bevor sie Zeit hatte, das Tor zu schließen, drehte Jess sich um und starrte sie finster an. Ihre Lippen waren zu einem dünnen Strich zusammengepresst und ihre Augen blitzten. »Warum hast du mir nichts gesagt?«, fragte sie in leisem, gemessenem Ton. »Von deiner Beziehung zu meinem Bruder? Du hast ein Kind von ihm.« Jess lehnte sich Lili einschüchternd entgegen, die Arme fest vor der Brust verschränkt.

»Hey, warte mal –« Lili hob abwehrend die Hände.

»Wirst du wirklich hier stehen und leugnen, dass Aruishi Bens Tochter ist?«, drängte Jess. »*Aruishi*?«

»Warte mal. Gib mir nur eine Chance, alles zu erklären.«

»Hattest du eine Beziehung zu meinem Bruder?«

»Nein.«

Jess trat erstaunt einen Schritt zurück. »Also leugnest du, dass sie Bens Tochter ist?«

»Nein. Ja, Aruishi ist Bens Tochter.«

»Entscheide dich.«

»Hör mal, es ist nicht so, wie du denkst.«

»Nicht, wie ich *denke*? Ich weiß nicht, *was* ich denken soll.«

Lili lehnte sich schwer an das Tor. »Was ist dein Problem?« Sie zeigte mit einem Finger auf Jess und sagte: »Weißt du was? Es ist nicht meine Schuld, dass du deinem Bruder nicht nahegestanden –«

»Sie ist vier Jahre alt und ich wusste nicht einmal, dass sie existiert«, fauchte Jess.

Lili senkte den Blick. »Es ist nicht meine Schuld. Du verstehst das nicht«, sagte sie durch zusammengebissene Zähne.

»Ich fühle mich wie eine völlige Idiotin. Warum haben deine Eltern es mir nicht gestern gesagt? Ich meine, sie haben mir deine Tochter vorgestellt und sich dabei nicht die Mühe gemacht, mich aufzuklären. Weiß sie, wer ich bin?«

Lili sah auf die Bucht hinaus. »Sie weiß, dass Ben eine Schwester hat. Sie hat nur noch nicht zwei und zwei zusammengezählt – sie *ist* erst vier.«

»Ihr hättet ihr sagen können, wer ich bin.«

»Ich kann verstehen, dass du verärgert bist, aber woher sollten wir wissen, dass Ben es dir nicht gesagt hat? Es tut mir sehr leid, dass du es nicht wusstest.« Sie sprach weiterhin mit ruhiger Stimme. »Hör mal, ich bin nicht bereit, hier draußen herumzustehen und mich von dir anschreien zu lassen. Wir können das im Haus diskutieren. Mum ist gerade bei Ru und bringt sie in etwa fünfzehn Minuten zur Spielgruppe. Wir werden das Haus für uns haben.«

Jess nickte steif und trat neben sie.

»Ich gehe vor«, sagte Lili. »Wir treffen uns in einer halben Stunde.«

Wie war es möglich, dass Jess' Leben so spektakulär gekippt war? Der Sturz. Ihre Verletzungen. Die Gefahr, ihre Karriere zu verlieren. Der Tod ihres Bruders. Und jetzt das.

Sie schloss die Augen, als der Wind ihr Sand ins Gesicht blies. »Verdammt.« Sie hatte nie zuvor zugelassen, dass jemand sie weinen sah.

Die Erde schien sie zu verspotten. Sonnenlicht glitzerte auf dem ruhigen Wasser und der Duft des frischen Grases unter ihren Füßen verhöhnte sie mit Erinnerungen an ihre Kindheit und glücklichere Zeiten. Sie klopfte sich den Sand ab und ging auf dem Schieferweg zum Haus zurück.

Zehn Minuten später stand Jess auf der Terrasse vor ihrem Zimmer und starrte ihr Spiegelbild im Fenster an. Sie hatte dunkle Augenringe und ihre vom Wind zerzausten Haare glichen einem Vogelnest. Sie wollte nach Hause zurück. Um es schnell und einfach zu machen, sollte sie es Lili überlassen, die Bedingungen für ihre Einigung zu stellen, und sich aus dem Staub machen.

Aber jetzt hatte sie eine Nichte. Wie sollte sie mit dieser Information umgehen?

Jess beugte sich über das Waschbecken und spritzte sich Wasser ins Gesicht. Sie fuhr mit dem Finger die dünne Linie neben ihrem Schlüsselbein entlang, dann beugte sie sich hinab und berührte die Narben von ihrer Knie-OP. Die Ärzte hatten ihr versichert, dass sie mit der Zeit verblassen würden.

Sie schob den Saum ihrer Laufshorts hoch und strich mit der flachen Hand über die kleinen Narben an ihrem Oberschenkel. Die Schnitte waren nur leicht erhoben und kaum sichtbar. Sie hatte sich lange nicht mehr selbst verletzt, seit sie Zuflucht in ihrem Sport und der Musik gefunden hatte. Ihr Leben hatte sich verändert und sie hatte sich von dem dunklen, einsamen Schmerz gelöst – aber Jess kannte ihre Trigger und erkannte, dass sie auf eine Achterbahnfahrt zuhielt, die früher zweifellos ihre Standhaftigkeit auf die Probe gestellt hätte.

Sie kämmte sich die Knoten aus dem Haar und warf es über die Schulter zurück. Als sie ursprünglich in England angekommen war, hatte ihr Haar bis zu ihrem Kreuz gereicht. Ihre Mutter hatte es so sehr geliebt. Aber allein war die Pflege schwierig gewesen, und sie hatte die zwei Zöpfe nicht so flechten können, wie ihre Mutter es jeden Morgen für sie getan hatte.

Als sie am letzten Schultag zum Haus ihres Vaters in London hatte zurückfahren sollen, hatte sie zuvor den Bus zum Dorffriseur genommen und das Haar abschneiden lassen – sehr kurz. Sie hatte von einem hinduistischen Ritual namens *Mundana* gelesen und obwohl sie kein neugeborenes Baby und keine Hindu war, hatte sie ihr Haar kurz haben wollen, um diese religiöse Zeremonie durchzuführen – die Befreiung von der Vergangenheit und das Voranschreiten in die Zukunft. Schließlich war es leicht kraus nachgewachsen und fiel ihr jetzt bis knapp über die Schultern. Sie strich sich eine lose Strähne hinter das Ohr und sah wieder in den Spiegel. Gelassen. Ruhig. Beherrscht. Jahrelange Übung darin, ihre Gefühle zu verbergen, erlaubte ihr, auch jetzt keine Emotionen zu zeigen. Es war Zeit, Lili die Stirn zu bieten.

An der Tür des lichtdurchfluteten Büros beobachtete Jess, wie Lili einen Bleistift zwischen den perfekten, weißen Zähnen hielt. Sie sah zum Fenster hinaus, dann sackten ihre Schultern ab, als lastete ein enormes Gewicht auf ihr. In diesem Moment wirkte sie überaus verletzlich – was einen Kontrast zu der Widerstandsfähigkeit und Robustheit bildete, die es Jess' Vermutung nach brauchte, um ein erfolgreiches Unternehmen zu leiten. Was konnte Jess von dieser Frau erwarten?

Lili drehte sich in ihrem Stuhl um. »Ich wünschte wirklich, du würdest damit aufhören.«

»Entschuldige«, sagte Jess hastig.

Lilis kobaltblauer Blick bohrte sich in ihren. »Das ist das zweite Mal, dass du dich an mich herangeschlichen hast.« Sie deutete auf den freien Stuhl vor dem Schreibtisch und Jess setzte sich.

»Ich bereue, was ich vorhin gesagt habe. Ich hatte kein Recht, dir Vorwürfe zu machen.« Jess überschlug die Beine, saß aufrecht auf dem Stuhl.

»Und mir tut es leid, dass du nicht von Aruishi wusstest.«

»Ben hat mir nie erzählt, dass er ein Kind bekommen hat«, sagte sie. »Nachdem unser Vater vor sechs Jahren an einem Herzinfarkt gestorben ist, hätten wir uns näherkommen sollen; wir waren die einzige Familie füreinander. Aber das ist nicht passiert. Und nichts davon war deine Schuld. Mir tut es auch leid.« Sie schob die Hände unter ihre Schenkel. »Hattet ihr euch getrennt?«

»Was?« Lili kniff die Augen zusammen und neigte fragend den Kopf zur Seite.

»Du bist nicht mit Ben gereist, als er gestorben ist. Und er hatte eine Freundin, die zusammen mit ihm bei dem Unfall gestorben ist.«

Lili stand auf und ging auf und ab. »Ben und ich waren sehr gut befreundet, aber wir waren nie *zusammen*. Wir haben uns geliebt wie eine Familie, aber wir waren nie Geliebte.«

»Ich verstehe nicht.«

»Ben und ich waren nie ein Paar. Ich war seit zwei Jahren in einer, wie ich dachte, ernsten Beziehung mit Dani, als ich deinen Bruder kennengelernt habe. Ich wollte ein Baby und Dani war einverstanden.« Lili setzte sich wieder auf ihren Stuhl. »Nach Danis Beförderung waren unsere Karrieren stabil genug, dass ich mir Mutterschaftsurlaub nehmen konnte. Aber die Dinge laufen nicht immer so, wie man es erwartet.«

Ah, so passte Ben also ins Bild, nahm Jess an. »Gab es irgendwelche Schwierigkeiten dabei, dass du schwanger wirst?«

»Nein«, sagte Lili nachdrücklich. »Es ging mir gut. Nein, wir wollten, dass Ben derjenige war, der uns hilft. Dani war ganz dafür, als Ben zugestimmt hat, der Spender zu sein. Dein Bruder war ein enger Freund geworden – es war eine leichte Entscheidung.« Sie nahm einen tiefen Atemzug, bevor sie fortfuhr. »Mein erstes Trimester verlief glatt und ich segelte ohne jegliche Übelkeit hindurch. Es ist schwierig zu sagen, wann genau sich zwischen Dani und mir etwas geändert hat. In der fünfzehnten Woche ist Dani nicht zum Termin mit der Gynäkologin erschienen. Danach ist es nur schlimmer geworden.«

»Oh«, sagte Jess. Sie glaubte, endlich zu verstehen. »Ben hat zugestimmt, der Spender zu sein, weil dein Partner unfruchtbar war?«

»Was? Wie kommst du darauf, dass Dani unfruchtbar gewesen wäre?«

Inzwischen sah Lili sogar noch verwirrter aus als Jess es war. Dann erhellte plötzlich eine Erkenntnis ihre Züge. »Oh, Jess, warte mal. Ich glaube, es gibt da etwas, dass du nicht verstehst.«

Jess verschränkte trotzig die Arme. »Na, ich verstehe bestimmt nicht, warum ein wunderbar fruchtbares Paar Hilfe von meinem Bruder brauchen würde, um ein Kind zu bekommen.«

»Äh, wir brauchten Hilfe, weil *keine* von uns das benötigte Sperma hatte«, sagte Lili amüsiert.

»Was?«

»Jess, Dani ist eine Frau – ich bin lesbisch.«

Jess hätte nie gedacht, dass Lili lesbisch sein könnte. Allmählich setzten sich jedoch kleine Puzzleteile zu einem Gesamtbild zusammen, nun da sie Lili näher betrachtete. Sie hatte einen leicht muskulösen, natürlich gebräunten Körper – tatsächlich war sie wunderschön. Ihre Haare waren kurz geschnitten. Doch es war ihre Art, die mehr über sie verriet: Ihr Blick, wenn sie mit Jess redete, war direkt und vielleicht sogar ein wenig neugierig. Nun erinnerte Jess sich auch an den Blick, mit dem Lili sie bedacht hatte, als sie sich zum ersten Mal begegnet waren. Es war der gleiche, mit dem sie selbst interessante Frauen abschätzte, um ihre Chancen abzuwägen. Wahrscheinlich hätte sie es viel früher erahnen können.

»Also, Moment mal. Deine Freundin Dani –«

»Kurz für Danielle«, erklärte Lili.

»Okay, du willst also sagen, dass Danielle zugestimmt hatte, dass Ben dich schwängert, dich durch das erste Trimester begleitet und dann sitzen gelassen hat, sobald es real wurde?« Jess wäre stinksauer auf diese Danielle gewesen. »Was für ein Miststück.«

»Na ja, es war nicht ganz so einfach oder offensichtlich.« Lili seufzte. »Jedenfalls nicht am Anfang. Dani hat angefangen, immer länger zu arbeiten, und ist immer öfter spät nach Hause gekommen. Schließlich habe ich sie zur Rede gestellt und nachdem sie die Frage eine Weile gemieden hatte, gab sie zu, dass sie einen schrecklichen Fehler gemacht hätte und kein Kind in ihrer Zukunft sehen würde. Sie wollte doch kein Elternteil sein.«

Jess hob die Augenbrauen. »Im vierten Monat schwanger. Was hast du getan?«

»Was konnte ich denn tun? Ich habe weitergearbeitet. Ich musste meinen Lebensunterhalt verdienen.«

»Wo war Ben?«

»Er hatte gerade Arbeit in Südafrika. Unsere Vereinbarung hat von Anfang an keine elterlichen Pflichten von ihm verlangt. Im siebten Monat habe ich aufgehört zu arbeiten und meine Eltern haben mich dazu gebracht, auf die Farm zurückzukommen.«

»Du bist nach Hause zurückgezogen.«

»Ja und dann ist Ben aufgetaucht, kurz bevor Ru geboren wurde.« Ein seliges Lächeln trat auf Lilis Gesicht. »Sie war so ein schönes Baby. Vielleicht lag es an der postnatalen Melancholie oder es war einfach Dummheit, aber ich war so naiv zu glauben, dass Dani auftauchen würde. Sie wusste, wann Ru geboren werden sollte. Ich dachte, sie würde sie sehen und wieder mit mir zusammen sein wollen. Das war irrational von mir. Ich habe aber eine E-Mail bekommen, in der sie uns Glück gewünscht und mich darüber informiert hat, dass sie eine Versetzung nach London angenommen hätte.«

Das musste ein grausamer Moment gewesen sein. »Und Ben?«

»Oh, Ben ist in der Nähe geblieben. Er schien nicht wie üblich gleich weiterziehen zu wollen. Er war fantastisch und hat uns geholfen, das Haus zu renovieren, damit Ru und ich einziehen konnten.«

»Dieses Haus war schon hier?«, fragte Jess. »Es sieht ganz neu gebaut aus.«

»Mum und Dad waren gerade dabei, es als Ferienhaus für Urlauber zu bauen, um in der Rente ein wenig Geld zu verdienen.«

»Das war ein großes Opfer von ihnen.«

Lili erwiderte ihren Blick. »Sie haben es angeboten. Ich habe meine Ersparnisse genutzt, um es um- und dann fertigzubauen. Alle haben mit angepackt. Wir sind aus dem Krankenhaus heimgekommen und direkt hier eingezogen. Die Renovierung war noch nicht fertig, aber man konnte darin wohnen. Ben hat geholfen, die Möbel und Haushaltsgeräte auszusuchen. Wie gesagt, er war fantastisch. Nachdem sie mich einige Monate lang ertragen mussten, waren Mum und Dad sicher glücklich, ihr Cottage wieder für sich zu haben. Es wäre nicht sehr angenehm für sie gewesen, mit einem Neugeborenen zusammenzuleben.«

»Hm …« Jess sah sich im Raum um. »Na, es ist ein großartiges Haus.«

Lili stand auf und ging zum Fenster hinüber. »Es ist perfekt für Ru und mich.« Sie starrte hinaus. »Und meine Eltern sind in der Nähe, wenn ich im Restaurant sein muss.« Nach einem Moment wurde ihr Ton fröhlicher. »Hey, hör mal. Hast du Hunger? Essen wir zu Mittag. Im *Ailie*.« Sie tippte mit den Fingern an den Fensterrahmen. »Früher oder später solltest du es sehen. Genau genommen gehört es jetzt zum Teil dir.«

Jess vermutete, dass Lili bereit für einen Themenwechsel war, aber sie musste einfach anbeißen. Schließlich hatte sie dieses Lokal, das die Aufmerksamkeit ihres Bruders so gefesselt hatte, ja noch nicht gesehen. Sie überraschte sich selbst, indem sie Lilis Grinsen erwiderte, obwohl das Thema des Restaurantbesitzes noch unangenehm und ungelöst zwischen ihnen hing.

»Klar«, sagte sie und stand auf. »Warum nicht?«

Kapitel 5

Lilis blonde Haare schimmerten im Sonnenlicht, das die roten Akzente betonte. Jess starrte die kurzen, herrlichen Strähnen an, wieder unerwartet gefesselt. Aber im Licht dieses sonnigen Tages waren sie wirklich wunderschön. Unwillkürlich überlegte sie, wie es wäre, mit den Fingern hindurchzufahren.

Also wirklich, sagte Jess sich, *sobald du herausgefunden hast, dass sie eine Lesbe ist, starrst du ihre Haare an. Du bist genauso lächerlich wie die Regenbogenpresse es behauptet, Jessica Harris.*

»Jess?«

Sie blinzelte, als sie ihren Namen hörte. »Ja?«

Lili bedeutete Jess, ihr unter dem Torbogen hindurch zu folgen, der den Eingang markierte und um den sich gelbe Rosen rankten, die ihren berauschenden Duft in die Luft entließen.

Sie waren den Feldweg der Farm entlang geschlendert, durch ein Gehölz aus Sheoak und rutenförmigem Eukalyptus und über den grasigen Hügel. Nach zehn Minuten erreichten sie den Hügelkamm und einen Bereich, der von einer hohen Ziegelmauer umgeben war und scheinbar einen Personalparkplatz und einen Liefereingang umfasste.

Jess folgte Lili um ein rustikales Gebäude aus Ziegeln und ergrauender Holzverkleidung herum, einen Pfad entlang, der durch verschiedene Gemüse- und Kräuterbeete führte. Sie hielt sich im Hintergrund und bewunderte die vielfältigen Pflanzen, von denen manche an metallenen oder hölzernen Stützen hochwuchsen, während Lili einige Salate mit verschiedenen Grüntönen und Beschaffenheiten erntete.

Als sie sich der Terrasse näherten, deutete Lili auf die großen Fenster des Restaurants, die den Küchengarten überblickten. »Auf der Veranda und im größten Essbereich hat man einen Blick auf die You Yang-Ketten und die Skyline von Melbourne auf der anderen Seite der Bucht«, sagte sie. »Wir haben Platz für fünfunddreißig bis vierzig Gäste. Aber wir haben auch schon Stehpartys für dreimal so viele Gäste veranstaltet.«

Jess deutete auf einen alten Steinkamin mit geschwärzter Feuerstelle. »Der sieht richtig alt aus. Nicht gerade etwas, das ich in einem Restaurantgarten erwarten würde.«

»Das ist der einzige Rest vom Cottage meiner Großeltern. Es ist vor Jahren abgebrannt, aber der Kamin hat überlebt. Dad hat ihn Stein für Stein auseinandergenommen und hier wieder aufgebaut.«

»Er hat gute Arbeit geleistet«, sagte Jess. »Dein Vater hat mir erzählt, dass seine Eltern aus Schottland hierhergekommen sind.«

»Ja. Nach dem Zweiten Weltkrieg.« Lili ging zu einer Steinbank und strich mit den Fingern über die Buchstaben einer aus dem Stein gehauenen Gedenktafel, die das Emblem einer schottischen Distel zeigte. »*Faodail.* Das bedeutet ›ein glücklicher Fund‹. Ich schätze, das war dieses Land für sie.« Lili hob das Gesicht zur Sonne und drehte die silbernen Schmuckspirale, die ihre linke Ohrmuschel zierte. »Bereit für das Mittagessen?«

Lili drehte sich um und Jess ertappte sich dabei, wie sie in ihre klaren, blauen Augen starrte. *Im Ernst, hör auf damit. Vor einer halben Stunde hast du noch mit ihr gestritten.* Sie nickte zustimmend. »Versorgt dieser Garten das Restaurant?«

»Nicht mit allem, aber er bietet uns die meisten nötigen Kräuter, Salatblätter und einiges Gemüse.« Lili legte ihre Ernte in eine schattige Ecke der Terrasse und wischte sich die Hände an der Hose ab. »Hinter der Mauer haben wir einen Obstgarten mit Äpfeln, Steinobst und Quitten und es gibt einen kleinen Mandelhain. Außerdem ziehen wir in der richtigen Jahreszeit unsere eigenen Blaubeeren, Erdbeeren und Brombeeren. Viele Restaurants der Gegend haben Küchengärten.« Lili griff in ein erhobenes Beet und zupfte eine Handvoll spitzer Blätter.

»Aber das ist es wert, oder? Sonst würdest du all die Arbeit nicht machen.«

»O ja.« Lili lächelte breit. »Es ist aus mehreren Gründen die Arbeit wert.«

»Ist das Rucola?« Jess zeigte ihr die Blätter, die sie mit den Fingern von einer Pflanze abgeknipst hatte.

»Wilder Rucola. Früher wurde er als Unkraut gesehen, aber sein senfiger Geschmack bietet ein gewisses Etwas. Ich dachte, ich könnte ihn in unseren Mittagssalat geben.«

»Ein Salat aus Unkraut? Na, ich weiß nicht.« Jess biss probeweise in das dunkelgrüne Blatt. »Es hat einen pfeffrigen Geschmack.«

Lili hob amüsiert eine Augenbraue. »Ich bin sicher, ich kann dich in Versuchung führen. Oder es zumindest versuchen. Komm mit.« Sie zog einen Schlüsselbund aus ihrer Hosentasche.

Sie traten durch hohe Glastüren in den Essbereich ein, in dem alte Holzbalken die weiße Gewölbedecke stützten.

»Willkommen im *Ailie.*« Lili gestikulierte mit einem ausgestreckten Arm. Ihr Gesicht strahlte vor Freude.

Das stilvolle Innere überraschte Jess. Moderne, helle Holztische und ebenso moderne Polsterstühle waren so angeordnet, dass Gäste die weitreichende Aussicht genießen konnten. Sie boten einen deutlichen Kontrast zu den rustikalen, freiliegenden roten Ziegelwänden und eisernen Kronleuchtern. Jess nahm an, dass die grob verarbeiteten Dachbalken vom ursprünglichen Gebäude übriggeblieben waren, und sie verliehen dem Inneren eine warme Atmosphäre.

Lili führte sie an einer eleganten Steintheke mit angereihten Vintage-Barhockern und einer farbenfrohen Barnische vorbei und durch zwei Schwingtüren in die Küche.

Wie der Essbereich war auch die Küche von Licht durchflutet. Die schimmernden Metallgeräte, polierten Oberflächen und glänzenden Kupfertöpfe, die über der Arbeitsfläche hingen, waren großartig.

»Wow, dieses Lokal ist viel gehobener als ich erwartet hatte. Es ist so sauber und schimmernd und hell.«

Lili streckte den Kopf hinter der Kühlschranktür hervor. »Verzeihung, hast du etwas gesagt?«

»Nur, dass dieses Lokal beeindruckend ist«, sagte Jess. »Wann öffnet ihr wieder?«

»Nächste Woche, dann beginnt die neue Saison.« Lili zog einen Küchenhocker zur Arbeitsfläche aus Edelstahl hinüber und klopfte darauf. »Setz dich. Die Küche ist das Nervenzentrum.«

»Das kann ich mir vorstellen«, sagte Jess, während sie sich setzte und den Kopf zu den farbigen Glasplatten in der Wand hinter der Bar neigte. »Hast du nichts dagegen, so sichtbar zu sein?«

»Das funktioniert in beide Richtungen. Wir können auch den Essbereich ausspähen. Und glaub mir, Köche ziehen gern eine Show ab.« In ihrer Wange erschien ein Grübchen und Fältchen bildeten sich um ihre Augenwinkel, als sie lächelte. »Na ja, ich jedenfalls.« Sie wickelte sich die Schnüre ihrer indigoblauen Schürze um die Taille und band sie vorn fest. Lili bewegte sich rasch durch den Arbeitsbereich, zündete den Grillrost mit einem Streichholz an und sammelte Schüssel und Quirl ein. Dann griff sie unter die Arbeitsfläche, um eine rote Aufbewahrungskiste herauszunehmen.

Hier in der Küche war sie deutlich selbstsicherer. Ihr Verhalten und ihre Stimme wechselten von vorsichtig zu selbstbewusst. Lili wählte zwei Messer aus der Kiste und legte sie auf ein Schneidebrett. Sie summte leise, während sie arbeitete und zeigte ein Lächeln, das Jess unwillkürlich erwidern musste.

»Der Fenchel sollte zart, aber doch knackig sein.« Lili schob das leicht angebratene Gemüse auf eine Seite des Grillrosts. Sie schälte und teilte eine Orange, gab neues Olivenöl auf das Gitter und legte die Frucht darauf. Innerhalb weniger Sekunden zischte und briet es und setzte den Duft röstender Zitrusfrucht frei. »Ich grille das nur, bis der Zucker karamellisiert.« Sie warf ein paar Zutaten in eine Schüssel und verrührte sie. »Olivenöl, Limettensaft und Senfkörner.« Eine Handvoll Walnüsse und Balsamessig kamen mit etwas Butter in eine Pfanne.

Sie grinste Jess an, die sich vorlehnte und zurücklächelte. Lili legte den Rucola in eine Schüssel.

Auf der Arbeitsfläche stand ein Vorratsglas für Lili bereit. Jess hob es an und betrachtete den Inhalt.

»Darf ich?« Lili nahm Jess das Glas aus der Hand und schraubte den Deckel ab. »Das ist krümeliger Feta mit einem Hauch Zitronenmyrte. Er balanciert die süßen und würzigen Geschmäcker im Salat perfekt aus.« Sie brach den Käse mit den Fingern in die Schüssel und griff nach den gerösteten Walnüssen. »Und jetzt der Rest. Die Nüsse sind reichhaltig und knusprig. Und das Senfdressing fügt Schärfe hinzu.«

»Machst du immer ein so aufwändiges Mittagessen für dich selbst?«, fragte Jess, während Lili alle Zutaten vereinte.

»Nein. Normalerweise nicht, aber ich bin ja nicht allein. Es ist eine abgeänderte Version des Fenchel-Orangen-Salats auf der Speisekarte. Dieselben Zutaten, nur weniger raffiniert angerichtet.« Lili streifte die Schürze ab und warf sie auf die Arbeitsfläche. »Komm, setzen wir uns raus.« Sie nahm zwei Schüsseln, Besteck, Gläser und einen Krug mit Eistee aus dem Kühlschrank und deutete zu einem kleinen, mit Stoff abgedeckten Korb. »Wenn du das Brot und die Servietten nimmst, ist das Essen fertig.«

Jess folgte Lili auf die Terrasse hinaus. Zuerst betrachtete sie das schwarze T-Shirt, das Lilis Schultern bedeckte, dann wanderte ihr Blick zu den schlanken Hüften in der tiefsitzenden Hose hinab. Anders als Elite-Radsportler, die wie besessen einer möglichst schlanken Figur nachjagten, war Lili mit sanften Kurven und Muskeln gesegnet und glich eher einer Tänzerin. Gut proportioniert, gesund und stark.

Lili drehte sich um und hob eine Augenbraue. Sie erwiderte Jess' Blick einen flüchtigen Moment lang, dann stellte sie das Essen auf einem von den umliegenden Bäumen beschatteten Tisch ab. »Bitte setz dich«, sagte sie.

Jess stellte den Brotkorb mitten auf den Tisch und nahm Lili gegenüber Platz. »Also, wie funktioniert das mit dem Restaurant?« Jess beschäftigte sich damit, ihre Stoffserviette zu entfalten und in ihren Schoß zu legen.

Lilis Miene hellte sich auf. »Ich würde zwar gern stundenlang über die alltäglichen Abläufe in meinem Restaurant reden, aber lass uns lieber erst essen.«

»Okay, aber eigentlich wollte ich wissen, warum das Restaurant gerade *hier* ist?«

»Oh.« Sie stach mit ihrer Gabel in den Salat. »Na ja, nachdem Ru geboren war, haben meine Eltern mich gebeten, darüber nachzudenken, ob ich nicht ein Restaurant oder Café hier auf der Farm eröffnen will.«

Jess erinnerte sich an das gerahmte Foto, das sie gerade in *Ailie*s Küche gesehen hatte, von der neugeborenen Aruishi mit Scott und Helen McAllister, die über dem Babykorb standen. Sofort wusste Jess, warum es dort stand, an einem so stolzen Platz in Lilis Restaurant. Auf dem Foto waren die Gesichter der frischgebackenen Großeltern von Staunen erfüllt. Lili hatte recht gehabt, als sie gesagt hatte, dass Ru ein wunderschönes Baby gewesen war.

»Sie hatten schon alles geplant. Seit Dad vor ein paar Jahren die Molkerei geschlossen hatte, lagen das alte Gebäude und der Platz mit der Ziegelmauer brach. Sie dachten, es wäre ein idealer Platz für ein Restaurant, haben Nachforschungen über eine Planungsgenehmigung für die Renovierung angestellt und einen Zeichner für ein paar Ideen angestellt.«

»Sie haben ganz offensichtlich an deine Fähigkeiten geglaubt«, sagte Jess. »Aber, ähm, du hast hoffentlich nichts dagegen, dass ich das sage, aber es ist nicht gerade Sydney *oder* Melbourne. War es nicht das, woran du gewöhnt warst? Großstadt und Hektik?«

»Ich dachte, dass ich das liebte, aber meine Umstände haben sich geändert.« Lili erwiderte ihren herausfordernden Blick. »Dank meiner Eltern und ihrer Unterstützung mit Ru konnte ich alle meine Verpflichtungen unter einen Hut bringen – Arbeit und Familie. Es war die ideale Lösung. Und dieses Gebiet war immer beliebt bei Touristen, vor allem, seit die Halbinsel sich wieder als Weinregion etabliert hat. Die Bestände wurden in den 1870ern von einer weitreichenden Rebkrankheit dezimiert.«

»Ich habe unterwegs eine Menge Restaurantschilder gesehen und überall sind Weingute. Wir sind selbst hier von Reben umgeben.«

»Das liegt daran, dass wir unser Land an ein Weingut verpachten«, erklärte Lili.

»Wie ist Ben in die Sache hineingekommen?«

»Als ich ihm von der Idee erzählt habe, die alte Molkerei in ein Restaurant zu verwandeln, war er sofort Feuer und Flamme. Ich habe die Pläne selbst gezeichnet, basierend auf den Entwürfen des Konstrukteurs. Er hat zugestimmt, dass es eine großartige Chance wäre, ein Restaurant abseits der harten Konkurrenz in der Großstadt aufzubauen, und gleich von Anfang an finanzielle Unterstützung angeboten.« Lili hielt abrupt inne, als ahnte sie, dass sie sich auf dünnem Eis befand. »Ich weiß nicht warum. Vielleicht wegen Ru.«

»Es tut mir leid, dass ich voreilige Schlüsse über deine Beziehung zu Ben gezogen habe«, sagte Jess, und es klang aufrichtig.

»Das passiert den Besten von uns.« Lili winkte ab und stand auf. »Wie wäre es jetzt mit etwas Tee?«

Lili streckte die Beine unter dem Tisch aus und nippte an ihrem Tee. Sie war eine gute Beobachterin und ihr Gast faszinierte sie. Jess stocherte befangen in ihrem Essen herum – wie jemand, der die Freuden des Essens nicht kannte.

Wenn Jess entspannt war, erinnerten ihre braunen Augen Lili an die üppige Erde der Halbinsel, und an den komplexen Schimmer feinsten Espressos.

»Lili.«

»Hm?«

»Danke.« Eine kleine Falte trat auf Jess' Stirn. »Ich hätte nicht gedacht, dass ich alles aufessen könnte, aber das habe ich.« Sie lehnte sich zurück und legte einen Arm über die Stuhllehne. »Du scheinst zu mögen, was du tust. Warum bist du Köchin geworden?«

»Ich *liebe*, was ich tue«, sagte Lili. »Als Kind wollte ich Farmer werden wie Mum und Dad. Wir hatten immer einen Gemüsegarten und Obstbäume.« Lili atmete tief ein, genoss die verschiedenen Düfte auf der Terrasse: Lavendel, die pikante Süße von Oregano und die limonenähnliche Schärfe von Thymian. »Ich liebe es, meine Hände in der Erde zu vergraben. Kartoffeln und Karotten zu ernten, frischen Mangold und grüne Bohnen. Im Sommer gab es immer eine Menge Beeren, um Kuchen oder Marmelade zu machen. An den Wochenenden backten wir verschiedene Brote und Kuchen. Das Haus war immer von den herrlichsten Düften erfüllt. Erst in meinem letzten Schuljahr habe ich über eine Karriere als Köchin nachgedacht. Ich liebe es, mit neuen Zutaten zu experimentieren, und wir haben eine Menge landwirtschaftlicher Produkte genau hier auf der Halbinsel.«

»Und doch bist du gegangen, um deine Karriere anderswo zu verfolgen«, sagte Jess. »Du bist nach Sydney gegangen.«

Lili sammelte ihr Geschirr ein und stapelte es, dann füllte sie ihre Gläser mit Eistee auf. »Das musste ich. Auf der Halbinsel war es schwer, ein Restaurant zu finden, in dem ich arbeiten wollte und das einen weiblichen Lehrling annehmen würde. Ich habe mich über ein lokales Programm beworben und hatte das Glück, ein Stipendium für eine Schule in Sydney zu ergattern. Und woher weißt du das von mir?« Sie warf einen gespielt misstrauischen Blick zu Jess.

»Ich habe dich gegoogelt.«

»Wirklich? Glaub nicht alles, was du im Internet liest.«

»Warum nicht?« Jess zuckte mit den Schultern. »Dein Lebenslauf sieht gut aus. Wie auch immer, du kannst es mir nicht vorwerfen, da ich nichts über dich wusste.«

»Okay, dann muss ich gestehen …« Lili biss sich auf die Lippe. »Ich habe dich auch gegoogelt.«

»Dann muss ich dich im Gegenzug bitten, nicht alles zu glauben, was *du* im Internet liest.« Jess blickte sie vorsichtig an. »Ich wage zu behaupten, dass du mich nicht in deinem Haus hättest übernachten lassen, wenn du etwas gelesen hättest, das dir *nicht* gefallen hätte.«

»Es war ziemlich abwechslungsreiche Lektüre. Eins kann ich sagen: Die Boulevardpresse liebt dich. Und du scheinst die Gesellschaft von glamourösen Frauen zu genießen.«

Jess kniff die Augen zusammen. »Ich lese die Klatschspalten nicht. Das meiste darin ist erlogen oder falsch ausgelegt.«

»Überhaupt nicht. Ich habe über deinen Vater und seine Olympischen Medaillen gelesen und darüber, dass du in seine Fußstapfen getreten bist.«

»Ich war nie auf Bahnradrennen spezialisiert.«

»Aber du hast Medaillen in mehr als ein paar Straßenrennen gewonnen. In Junior- und Weltmeisterschaften. In Argentinien, Italien und Amerika. Außerdem –«

»Lili, bitte lass es.«

»Entschuldige. Ich wollte nicht –«

»Schon gut«, sagte Jess. Aber ihr Ton klang nicht allzu überzeugend.

»Das mit deinem Unfall tut mir leid. Ich kann mir gar nicht vorstellen, wie schwer es sein muss, sich wieder ins Leben zurück zu kämpfen.«

»Ich bin noch nicht wirklich zurück. Jedenfalls noch nicht in Wettbewerben.« Jess' Stimme war angespannt.

»Aber du fährst noch. Ich habe dein protziges Rad in der Garage gesehen.«

»Ja, ich fahre noch. Im Moment nur zum Vergnügen und für die Genesung.« Sie ließ sich wieder in ihren Stuhl zurücksinken. »Und um fit zu bleiben – Kraft aufzubauen, bevor ich es wieder mit Rennen versuche.«

Lili biss sich auf die Zunge. Sie erkannte an Jess' Verhalten, dass sie nicht genauer nachfragen sollte.

»Also, was ist mit dir?«, fragte Jess. »Du hast selbst ein paar Trophäen angesammelt *und* hast in einem der besten Restaurants in Sydney gearbeitet.«

Na, wenigstens scheint sie zu versuchen, die Stimmung zu heben. Das ist ein gutes Zeichen. Und vielleicht war es sicherer, darüber zu reden. »Du hast ja wirklich Nachforschungen über mich angestellt.« Sie versuchte zu lächeln, ein wenig Humor zu zeigen. Vielleicht würde Jess lachen. »Ja, ich hatte großes Glück. In Sydney habe ich Ben getroffen, weißt du.« Ein paar positive Erinnerungen an ihren Bruder konnten auch nicht schaden.

Aber plötzlich trommelte Jess ungeduldig mit den Fingern auf ihr Knie und trank den letzten Rest ihres Tees aus. »Ja, was Ben betrifft. Hör mal, sollten wir bald über den Kredit reden?«

»Ich habe alle Papiere, wenn du –«, begann Lili, verstummte aber mitten im Satz, als Jess eine Hand hob.

»Ich habe Kopien. Die Anwälte haben alle finanziellen Informationen geschickt.«

»Oh. Okay. In Ordnung.« Lili stand auf, nahm das Geschirr und ging in die Küche.

»Lili«, rief Jess und folgte ihr.

»Ja?«, fragte sie, ohne sich umzudrehen. Sie zog ihre Handschuhe an und drehte sich zum Spülbecken.

»Ich dachte, du willst das erledigt haben, damit ich dich nicht länger störe.«

»Du hast recht«, sagte Lili tonlos. »Das will ich.« Sie drehte den Hahn voll auf und keuchte, als Wasser ihr ins Gesicht spritzte. *Verdammt.*

»Gibt es ein Problem?«

Lili streifte die Handschuhe ab und wischte sich die Stirn mit der Handfläche ab. War Geld nicht immer ein Problem? Sie drehte sich zu Jess um. »Nein, es gibt kein

Problem«, sagte sie steif. »Ich werde bereit sein, wenn du Bens Kram durchgegangen bist.«

Jess stand auf und kam auf sie zu. »Wunderbar«, sagte sie. »Was ist mit Aruishi? Hast du ihr gesagt, dass ich ihre Tante bin?«

»Nein«, fauchte Lili, dann senkte sie die Stimme. »Habe ich nicht.«

»Willst du es vor ihr geheim halten?«

Jess' offensichtlicher Kummer überraschte Lili. Sie nahm einen tiefen Atemzug und wappnete sich für die Worte, die sie dann sagte. »Es ist schwierig, einer Vierjährigen diese Situation zu erklären. Ich sage es ihr und dann wirst du weg sein. Ich brauche Zeit, um darüber nachzudenken, wie ich das am besten angehe. Nach Bens Tod war es so schwer, zu erklären … dass er nicht zurückkommen würde.« Lili verschränkte die Arme.

»Ich verstehe«, sagte Jess.

Aber plötzlich wirkte sie distanziert. Oder irgendetwas in der Art. Etwas, das nicht gut war.

Toll, dachte Lili. Sie hatte sie schon wieder verstimmt. »Na, dann ist es gut«, sagte sie. »Wir sollten wahrscheinlich los. Ru wird bald wieder zu Hause sein.«

»Stimmt.« Jess' Stimme klang steif. »Das sollten wir.«

Lili hastete noch eine Minute durch den Raum, rückte einen Stapel Papierservietten auf der Arbeitsfläche zurecht, mied Jess' Blick und gab ihr Bestes, nicht den Eindruck zu erwecken, dem Gespräch über Geld allzu verzweifelt entkommen zu wollen.

Sie nahm ihre Schlüssel und schüttelte sie als wortloses Signal für Jess, bevor sie zur Tür marschierte. Jess hatte keine andere Wahl als zu folgen. Mitten in dieser chaotischen, angespannten Situation zog Lili etwas finsteren Trost daraus.

Kapitel 6

Lili betrat ihre Küche und fand Jess am Esstisch, wo sie über einen dicken Ordner mit Papieren gebeugt saß. Während sie den Stapel durchblätterte, trank sie aus einer kleinen Espressotasse. Ihre dunklen Haare hingen zu einem einzelnen Zopf geflochten über ihre Schulter. Sie stellte die Kaffeetasse auf den Tisch und ließ das Ende des Zopfes durch ihre Finger gleiten.

Der gestrige Streit nagte noch an Lili. Aber Jess – in ihrem farbenfrohen, engen Radtrikot und der Trägerhose – zog trotzdem ihre Aufmerksamkeit an. Die Frau konnte mühelos die Cover von Zeitschriften wie *Sports Illustrated* oder *LOTL* zieren – wahrscheinlich tat sie das regelmäßig. Oder von britischen Magazinen wie *Diva* oder *Sports Monthly*. Diese Lesebrille mit dem dicken Rand machte sie nur … interessanter.

Lili unterdrückte ein Gähnen und rieb sich die Augen. »Guten Morgen, Jess. Der Kaffee riecht gut.«

»Guten Morgen.« Jess sah auf und hielt die Tasse in einer Hand hoch. Ihr Blick schien Lili zu inspizieren. Vielleicht um ihre Stimmung abzuschätzen? Sie hatten seit dem gestrigen Nachmittag im Restaurant nicht miteinander gesprochen. »Ich hoffe, du hast nichts dagegen, dass ich mich an deiner Espressomaschine bedient habe.«

»Nein, natürlich nicht.« Lili trat hinter die Kücheninsel und griff nach der Tüte mit der äthiopischen Kaffeemischung. Stark. Genau das, was sie brauchte. »Du musst nicht fragen.«

»Na ja, das habe ich auch nicht. Und das ist wirklich in Ordnung?«

»Ja«, sagte sie. »Ich habe doch gerade gesagt, dass du nicht fragen musst.«

Als Jess eine Augenbraue hochzog, seufzte Lili. »Ach, vergiss es.« Sie ließ sich auf den Stuhl gegenüber fallen. »Sieht aus, als wärst du heute Morgen draußen gewesen.«

»Nein, noch nicht.« Kurz erhellte aufblitzende Freude ihre braunen Augen, bevor die Maske zurückkehrte.

Lili bemerkte das leichte Flattern in Jess' Augenwinkel und dass sie mit den Fingern auf ihren Oberschenkel trommelte, aber nichts in ihrer Stimme verriet, was sie dachte.

»Ich würde heute Vormittag gern zu Bens Haus gehen«, sagte Jess abrupt. »Helen hat mir eine Notiz hinterlassen, dass du meinen Besuch mit seinem Mitbewohner abgeklärt hast.«

»Das habe ich. Nathan, der Mieter, ist ein paar Tage lang für einen Job außer Haus, aber er weiß, dass du rein willst. Der Schlüssel befindet sich unter der Buddhastatue auf der vorderen Veranda.« Was würde Jess langfristig mit Bens Haus anfangen? Sie wusste, dass Nathan es gern weiterhin mieten wollte, aber Lili bezweifelte, dass Jess es behalten würde.

»Danke dafür.« Jess stand auf und legte ihre Papiere ordentlich in den Ordner. »Ich gehe später am Vormittag rüber.«

»Ich mache dir Frühstück, bevor du gehst.«

Jess schüttelte ablehnend den Kopf. »Nein, danke. Kaffee ist alles, was ich morgens zu mir nehme.«

»Hast du noch nicht gehört, dass Frühstück die wichtigste Mahlzeit des Tages ist?«

Jess' Gesichtsausdruck nach zu schließen war es ihr egal. »Nicht für mich«, sagte sie und wandte sich zum Gehen.

Lili stand einen Moment lang still, die Arme auf den Rand der Kücheninsel gestützt. Sie würde ganz bestimmt nicht mit Jess streiten. Aber dann änderte sie mit einem Stich des schlechten Gewissens ihre Meinung. »Jess.«

Jess hielt inne und drehte sich wieder zu Lili. »Ja?«

»Ich könnte mit dir kommen, wenn du möchtest?«

»Ich bin sicher, du hast hier eine Menge zu erledigen, da das Restaurant bald öffnet. Ich komme schon klar.« Sie ging weiter zu ihrem Zimmer.

»Schätze, das war's dann«, sagte Lili zu sich selbst. *Wann wirst du es lernen? Sie will deine Hilfe nicht.* Sie griff hoch und nahm eine Müslischüssel aus dem Küchenschrank. »Ich werde jedenfalls anständig frühstücken.« Sie stieß sich den Zeh am Rand der Sockelleiste und fluchte laut.

Nach zwei Espressos und einer großen Portion Müsli, Joghurt und Früchten warf Lili ihr Nachthemd in den Wäschekorb und drehte das Wasser in der Dusche auf. Ihre Mutter hatte vor fünfzehn Minuten angerufen und angeboten, Ru für den restlichen Vormittag zu beschäftigen. Sie war eine Lebensretterin.

Nachdem sie aus der Dusche gestiegen und ihr Handtuch genommen hatte, tupfte Lili sich das Gesicht ab und sah in den Spiegel. *Ich sehe aus wie ein Wrack.* Bildete sie es sich nur ein oder waren die Spannungsfalten um ihre Augen heute deutlicher zu sehen?

In den Papieren, die Jess an diesem Morgen beschäftigt hatten, ging es vermutlich um Bens Nachlass und den Kredit. Sie wollte nicht neugierig sein und war vorhin nicht bereit dafür gewesen, die Angelegenheit zu besprechen. Doch insgeheim wünschte Lili sich, sie wäre mutig genug gewesen, zu fragen, wie schnell Jess das Geld ausgezahlt haben wollte.

Lili griff nach dem Aspirin, das im Medikamentenschrank stand.

Sie musste einen Plan ausarbeiten und das würde sie gern schnell tun, ohne ihr Personal oder das Restaurant zu gefährden. Sie hatte keinen Geschäftskredit bei der Bank, daher würde sie sich zusätzliche Gelder für ihre existierende Hypothek leihen müssen. Und da sie im Grunde für sich selbst arbeitete, würde Lili Beweise ihrer Vermögenswerte und Einnahmen aus den letzten Jahren brauchen.

In einem ersten Schritt würde sie also einen Termin mit ihrer Bank vereinbaren müssen; das war lange überfällig.

Jess sah in den Rückspiegel, nahm den Fuß von der Bremse und fuhr zu der Einfahrt des Hauses zurück. Sie hatte an Lilis unordentliches Aussehen in der Küche an diesem Morgen gedacht, als sie verlegen am Saum ihres Nachthemds gezupft hatte und mit den Händen durch die kurzen, zerzausten Haare gefahren war. Und so in Gedanken versunken war Jess natürlich an der Einfahrt vorbeigefahren.

Das Haus, das halb hinter einer Gruppe struppiger Bäume verborgen war, hatte ein rostiges, verzinktes Stahldach. Sie steuerte das Auto die holprige Einfahrt entlang, parkte vor der Garage neben der Terrasse, stieg aus und erklomm die Stufen zu der kleinen Veranda. Sie schob die Sonnenbrille auf die Stirn und betrachtete ihre Umgebung. Das war der Ort, den Ben sein Zuhause genannt hatte.

Warum hatte sie so lange gebraucht, um nach Australien zurückzukommen – zu ihrem Bruder? Jess seufzte tief und holte den kleinen Schlüssel unter der Statue hervor, erleichtert, dass er genau dort war, wo Lili ihr beschrieben hatte. Sie drehte den Schlüssel im Schloss und duckte sich unter einer Reihe farbenfroher tibetischer Gebetsfahnen hindurch, bevor sie direkt in ein Wohnzimmer trat und von einer Mischung vielfältiger Gerüche umhüllt wurde. Ein holziger, erdiger Duft vermischt mit Petroleum und einer Art Harz. Es war muffig. Das Haus selbst – mit hölzernen Bodendielen, weißen Schränken und einer kargen Ansammlung an Möbeln – war überraschend ordentlich. Über dem Kamin war ein großes Foto angebracht, das den Raum dominierte – ein Surfer und sein Brett, in der Luft schwebend. Es musste auf Hawaii oder einer anderen Insel im Südpazifik gewesen sein, denn die Kombination aus dem Licht, den riesigen smaragdgrünen Wellen und den hohen Berggipfeln war atemberaubend schön. Jess trat näher. Ben beugte sich über die Welle, er war schlank und muskulös. Sie war wie hypnotisiert von dem Bild, von der erhabenen Reglosigkeit und physischen Schönheit, die die Kamera eingefangen hatte. Das war ihr Bruder und doch war er ein Fremder.

Jess riss sich von dem Foto los. War das Schlafzimmer ihres Bruders das linke oder das rechte? Sie öffnete die linke Tür. Ups, falsches Zimmer. Glücklicherweise war Nathan nicht zu Hause. Sie öffnete die rechte Tür. Ein großes Bett beherrschte den mittelgroßen Raum und an einer Wand waren braune Kisten gestapelt, die alle mit schwarzem Filzstift beschriftet waren. Sie zählte – wie konnte das Leben eines Mannes in den Dreißigern in zweiundzwanzig Kisten gepackt werden? Und nun sah sich Jess der unerträglichen Aufgabe gegenüber, Bens Habseligkeiten zu sortieren. Sie setzte sich widerwillig auf die Bettkante. In diesem Moment erschien es ihr zu aufdringlich, seine persönlichen Sachen durchzusehen.

Sie hätte Lilis Hilfsangebot annehmen sollen, aber Jess konnte mit dem mitfühlenden Blick in Lilis großen, blauen Augen nicht umgehen, geschweige denn ihrer offensichtlichen Entschlossenheit, Dinge erledigen und alles in Ordnung bringen zu wollen.

Ohne sich noch einen Moment für Reflexion zu erlauben, ließ Jess den Blick über die Beschriftungen schweifen und stellte drei Boxen mit den Aufschriften *Fotos und Kram, Dokumente und Briefe* und *Familie* beiseite. Aus dem Inhalt dieser Kisten würde sie zweifellos eine Menge über Ben und ihre Vergangenheit lernen – wenn sie bereit dazu war.

Jess trug die drei großen Kartons eine nach dem anderen zum Auto. Es war mehr als das physische Gewicht der Kisten, das ihren Weg zum Mini und zurück quälend langsam machte.

Nachdem sie die Kisten verstaut hatte, wanderte Jess einen Schieferpfad entlang, über die Dünen und ans Wasser hinab. Sie zog ihre Laufschuhe aus und genoss den feuchten Sand und das kühle Meerwasser zwischen ihren Zehen. Der Strand war ruhig, bis auf die Schreie und das Flattern der Möwen, die über den blassgoldenen Sandstreifen hüpften.

Sie beschattete ihre Augen und sah zur Hütte zurück. Bens Zuhause war klein, hatte aber eine gute Lage nahe des 13th Beach, der nur vier Kilometer vom Küstendorf Barwon Heads entfernt und sehr beliebt bei Surfern war.

Sie verstand, warum Ben sich entschieden hatte, an diesem Ort zu leben, in dieser friedlichen Umgebung in Küstennähe – er hatte sein Brett nehmen und in fünf

Minuten in den Wellen sein können. Außerdem war es nur fünfunddreißig Minuten mit dem Auto von der McAllister-Farm und seiner Tochter entfernt. Lilis Beschreibung nach zu schließen war Bens Engagement rein altruistischer Natur gewesen. Obwohl er keine elterlichen Pflichten erfüllen musste, hatte Ben offensichtlich in Aruishis Nähe sein wollen – ihn hatten ihr Wohlergehen und ihre Zukunft interessiert. Obwohl Ben viel gereist war und in vielen Städten überall in Australien gearbeitet hatte, schien es ihm wichtig gewesen zu sein, seinen Hauptwohnsitz in der Nähe seiner Tochter zu haben. Kummer stieg in ihr auf. Der Strand war in Sonnenlicht gebadet und sanfter Wind blies lose Haarsträhnen aus ihrem Gesicht. Sie nahm ihre Schuhe vom Sand und ging langsam zur Hütte zurück.

Jess betrat das Haus erneut und stellte sich vor das Bild ihres Bruders. Bens freudiges Gesicht, die riesige Welle und das schimmernde, silberne Licht erfüllten das Foto mit einer zeitlosen, ätherischen Ruhe. So wollte sie ihn in Erinnerung behalten.

Kapitel 7

Jess streckte die Hand aus und griff ins Leere.

Eine riesige, rauschende Welle katapultierte die geisterhaften Gestalten von Ben und ihrer Mutter hoch in die Luft. Ein Schrei blieb in ihrer Kehle stecken. Gelähmt von ihrer Unfähigkeit, das Unvermeidliche zu verhindern, wurde sie von Grauen überflutet.

Gerädert öffnete sie die Lider, und Schweiß lief in Jess' Augen, was sie blinzeln ließ. Sie setzte sich auf und schwang die Beine aus dem Bett. Sofort erfasste ein heftiger Krampf ihre Wade. Sie verzog das Gesicht, hinkte zum Fenster, starrte in die Dunkelheit und lehnte ihren zitternden Körper der Länge nach an das kalte Glas. Hinter der Baumgrenze erschienen Schatten in der Nacht und nährten ihre Ängste.

»Jess?« Lilis besorgte Stimme erklang vor ihrer Tür. Ihr Klopfen war leise, aber beharrlich und Jess konnte ihre Gegenwart nicht länger ignorieren.

»Es geht mir gut. Bitte geh weg.«

»Kann ich reinkommen?« Ihr Ton hatte sich von zaghaft zu bestimmt gewandelt.

Widerwillig öffnete Jess die Tür und Licht aus dem Gang strömte in den Raum. Lili stand scharf umrissen im Türrahmen.

»Es geht mir gut«, wiederholte Jess mit erstickter Stimme. Sie schlang die Arme fester um ihren Oberkörper und starrte Lili an, kurzzeitig fasziniert von dem Lichtkranz um ihren Kopf.

Lili marschierte in den Raum, packte die Decke am Fußende des Bettes und legte sie fest um Jess' Körper. Es war tröstend und erstickend zugleich.

»Danke.« Sie zog die Decke um ihre Schultern hoch, obwohl sie sich bewusst war, dass ihr Tanktop feucht war und an ihrer Haut klebte.

»Du zitterst.« Lili rieb mit den Händen über Jess' Arme. »Setzen wir uns.« Sie legte den Arm um Jess' Schulter und brachte sie zum Bettrand. »Ich habe gehört, wie du …«

Jess zuckte zusammen, als Lili sich neben sie setzte, und senkte den Blick dorthin, wo Lilis Hand neben dem Saum ihrer Schlafshorts auf ihrem Schenkel ruhte.

»Ich habe dich schreien gehört. Ich habe einen leichten Schlaf. Wahrscheinlich eine Muttersache«, sagte Lili in langsamem, stetigem Tonfall. »Mein Zimmer liegt auf der anderen Seite der Terrasse und Geräusche dringen durch das offene Fenster rein.«

Sie flirtete doch nicht, oder? Trotz Lilis Berührung war sie doch nur nett zu ihr, dachte Jess.

»Tut mir leid, dass ich dich aufgeweckt habe.« Jess lockerte die Decke um ihre Schultern. »Ich hoffe, ich habe Aruishi nicht auch geweckt«, sagte sie. »Es geht mir gut. Bitte sieh nach deiner Tochter und geh wieder ins Bett.«

»Mach dir keine Sorgen um Ru. Sie schläft fast immer durch.« Lili hatte die Hand von Jess' Bein genommen, aber ihre Nähe war immer noch beunruhigend.

»Ich bin wirklich müde.« Es war eine aufrichtige Anstrengung, die Augen offen zu halten.

Sanft strich Lili mit den Fingern über Jess' Wange. »Kann ich dir ein Glas Wasser bringen?«

Die Intimität der Geste erstaunte Jess und machte sie nervös. »Ich habe Wasser«, sagte sie lahm und deutete auf den Nachttisch. »Danke für deine Sorge, aber ich würde wirklich lieber wieder ins Bett gehen. Es ist zwei Uhr nachts. Ich glaube, wir sollten beide etwas Schlaf bekommen, oder?«

»Okay … wenn du sicher bist.« Lili stand auf, zupfte an dem Saum ihres Nachthemds und wich zurück.

Nein, sie war überhaupt nicht sicher, aber das musste Lili nicht wissen. »Geh wieder schlafen«, sagte sie und sah zum Fenster. Das Zittern war aus Jess' Hand gewichen, aber die Unruhe in ihrer Stimme konnte sie nicht verbergen.

»Ich bin gleich den Gang runter, wenn du mich brauchst«, sagte Lili leise. Sie schloss die Tür beim Hinausgehen.

Jess kroch unter die Decke, drehte sich auf den Rücken und zog sie bis zum Kinn. Es wäre besser gewesen, in einem Motel unterzukommen. Das Mitgefühl, das sie in Lilis Augen gelesen hatte, ließ sie entblößt, unsicher zurück. Solange sie hier war und versuchte, diese unangenehme, emotionale Beschäftigung mit Bens Nachlass hinter sich zu bringen, brauchte sie bestimmt kein Mitleid.

Mehrere Stunden später wachte Jess gereizt und träge auf. Als sie sich daran erinnerte, wie Lili in der Nacht versucht hatte, zu ihrer Rettung zu eilen, fragte sie sich einen Moment lang, ob auch *das* ein Traum gewesen war. Es fiel ihr nicht einmal schwer sich einzugestehen, dass Lilis Gegenwart sie in diesen Morgenstunden beruhigt hatte.

Nach einer schlechten Nacht war Sport das beste Heilmittel für Jess' miese Laune. Und der beste Sport war eine Runde mit dem Fahrrad. Sie blieb im Eingangsbereich stehen, betrachtete ihr Spiegelbild und rieb sich die Augen. Zu ihrer Überraschung gab es kaum Anzeichen von den Augenringen, die sie erwartet hatte. Sie nahm den Garagenschlüssel von der Kommode. Je schneller sie auf ihr Rad stieg und ins Land hinausfuhr, desto besser.

Ru marschierte den Gang entlang und direkt auf Jess zu. »Hallo, Jess. Gehst du jetzt Rad fahren?« Sie hüpfte an Ort und Stelle auf und ab.

Jess legte den Schlüssel wieder auf die Kommode und kniete sich neben Ru, die sie mit einer Mischung aus Unschuld und Entschlossenheit ansah. Sie musste einfach lächeln – wenn auch müde. »Das stimmt, Aruishi. Woher wusstest du das?«

»Du hast dein Radzeug an«, sagte sie und zeigte auf Jess' Outfit. »Die enge Hose, die deine Beine sexy macht.«

Überrascht wankte Jess und musste sich kurzerhand an der Wand abstützen. »Oh. Wer hat das gesagt?«

»Mama hat das zu Alex gesagt.«

Ganz offensichtlich musste man vorsichtig sein, was man vor einer Vierjährigen sagte. Anscheinend wurden das schnittige, figurbetonte Trikot und die eng anliegende Radhose ihres Kleidungssponsors nicht nur von Radsportlern geschätzt. Sie fragte sich, was Ru noch mitgehört hatte. »Ich fahre nur eine Runde. Hast du etwas Besonderes für den Tag geplant?«

Ru berührte die Sportsonnenbrille, die an einer Schnur um Jess' Hals hing. »Mama und ich verbringen den Morgen zusammen. Wir misten Doras Box aus, bevor ich in den Kindergarten gehe«, sagte sie und zog an der Schnur.

Jess schloss die Hand um Rus klebrigen Finger. »Das wird Dora glücklich machen. Ich hoffe, du hast Spaß im Kindergarten.«

»Habe ich immer«, sagte sie mit leicht gerunzelter Stirn. »Ähm, Jess?«

»Ja?«

»Wir sollen ein Lieblingsding mitbringen. Nicht heute, aber an manchen Tagen.«

»Na, das ist toll für dich.« Worauf wollte sie damit hinaus?

Ru seufzte dramatisch und sah auf ihre Füße hinab. »Letztes Mal hab ich mein Muschelarmband gezeigt, das Ben mir aus Hawaii mitgebracht hat. Es hat Perlen wie Schildkröten. Es ist besonders.«

»Oh, ist es ein Glücksbringer?«, fragte Jess.

»Ja, hab ich ja gesagt. Es ist besonders. Ben hat es mir gegeben.« Sie legte die Hand auf Jess' Schulter. »Kann ich nächstes Mal dich mitbringen?«

»Wohin, in den Kindergarten?«

»Mhm. Als mein Lieblingsding.«

»Du willst *mich* als ein Lieblingsding mitbringen. Ist das erlaubt?« Jess stand langsam auf und ihr Knie gab ein Knacken von sich.

»Autsch, was war das?«

»Nichts, nur mein komisches Knie. Warum willst du mich in den Kindergarten mitbringen?«

»Ich will dich den anderen zeigen. Komm jetzt mit. Ich will mit dir darüber reden. Es ist wichtig.« Ru nahm ihre Hand und zog sie den Gang entlang.

Jess ließ sich ins Wohnzimmer bugsieren, wo Ru sie anwies, sich in einen Ledersessel in der hinteren Ecke zu setzen. Sie zog einen winzigen Holzstuhl heran und setzte sich direkt vor sie. Das Leder ächzte, als Jess das Gewicht verlagerte, um es sich bequem zu machen. Sie saß aufrecht und schenkte ihrer Nichte ihre volle Aufmerksamkeit.

»Mama hat mir gesagt, dass du die Schwester von meinem Ben bist«, begann Ru. Mit den leicht geröteten Wangen und zusammengezogenen Augenbrauen war sie der Inbegriff von Konzentration.

Jess zuckte zusammen. *Wann ist das denn passiert?* »Das stimmt, Aruishi. Ich bin Bens Schwester.«

Ru zeigte mit dem Finger auf sie. »Du bist meine Tante Jess.«

Lili musste beschlossen haben, dass die Zeit gekommen war, es Ru zu sagen. Zwar hätte sie sich gewünscht, von Lili vorgewarnt worden zu sein, um sich auf das *Tante*-Gespräch vorbereiten zu können, doch das minderte ihre Begeisterung nicht.

Ru schien die ganze Situation inzwischen perfekt im Griff zu haben und gab Jess Anweisungen, als wäre sie vierundzwanzig anstatt vier. Jess wollte sie in die Arme ziehen und ihr ernstes Gesicht mit Küssen bedecken.

»Ich bin deine Tante Jess.« Sie blinzelte die Tränen weg, die ihr in die Augen stiegen, und hob die Hand, um das Medaillon um Rus Hals zu berühren. »Wusstest du, dass Aruishi der Name meiner Mama war? Das Medaillon, das du trägst, gehörte früher ihr und ihr Foto ist darin aufbewahrt.« Jess wischte sich mit dem Handrücken über die Augen. »Du wurdest nach ihr benannt.«

»Nicht weinen, Tante Jess.« Ru legte die Hände sanft an Jess' Kinn und tätschelte ihr Gesicht. »Ben hat mir gesagt, ich habe schöne braune Augen wie seine Mami. Deshalb hat er es mir in einem Umschlag gegeben. Es hat seiner Mama gehört und jetzt gehört es mir.«

Das gab Jess den Rest. Sie konnte nicht länger verhindern, dass ihr Tränen über die Wangen rollten. Sie legte die Arme um Ru und drückte sie sanft an sich.

»Sei nicht traurig«, sagte Ru und legte die Arme fester um Jess' Hals. »Mama hat gesagt, dass es eine glückliche Entdeckung ist. Ich freue mich, dass ich dich entdeckt habe, Jess.«

Jess' Sonnenbrille drückte gegen ihr Schlüsselbein und sie schob sie über die Schulter. Sie lehnte sich zurück und sah Tränen in Rus Augen. Sie zog sie in eine weitere Umarmung und vergrub das Gesicht in den lockigen Haaren ihrer Nichte. »Ich auch, Aruishi. Ich freue mich so sehr, dich entdeckt zu haben.«

»Ist hier alles in Ordnung?«, fragte Lili.

Jess sah auf und wischte sich die Tränen weg. Wie lange stand Lili schon in der Tür?

Ru setzte sich auf ihrem Stuhl auf und drehte sich um. »Ich habe Jess gesagt, dass sie Bens Schwester ist. Sie muss als mein Lieblingsding in den Kindergarten mitkommen.«

Lili stemmte die Hände in die Hüften und grinste. »Ihre herrische Art hat sie nicht von mir.«

»Ach wirklich?«

»Ich hatte noch nie eine Tante. Tante Jess ist neu und interessant«, beharrte Ru.

»Ich denke, das ist Jess' Entscheidung, meinst du nicht?« Lili kam näher und legte die Hände auf die Schultern ihrer Tochter. »Sieht aus, als will Jess eine Runde mit dem Rad fahren. Sie hat ihre Radklamotten an.«

»Ja, die sexy Shorts, wie du zu Alex gesagt hast.«

Lili sah zur Decke und tiefe Röte trat auf ihre Wangen. »Okay, es ist Zeit, Doras Box auszumisten. Geh und hol deinen alten Pulli, ich treffe dich an der Vordertür.«

»Okay.« Ru drehte sich wieder zu Jess um. »Das Lieblingsding. Du musst mit mir kommen.« Sie kreischte vor Lachen und rannte aus dem Raum.

Jess schüttelte den Kopf und starrte auf ihre Hände hinab. »Du hast es ihr gesagt.«

»Ja. Erst heute Morgen. Es tut mir leid, ich hatte keine Chance, es dir zu erzählen.«

»Nein, ich bin froh, dass sie es weiß.« Jess stemmte sich aus dem Sessel hoch und rückte die Träger ihres Outfits zurecht, plötzlich befangen. »Ich fahre besser los.«

Lili schob die Hände in die Taschen und musterte Jess langsam von Kopf bis Fuß. »Wie findest du unsere Landstraßen? Ganz anders als diese heckengesäumten Wege in England?«

Jess sah Lili an und spürte, wie ein sich ein Lächeln auf ihrem Gesicht ausbreitete. »Die Hügel sind nicht so anspruchsvoll, wie ich es gewohnt bin, aber ich liebe den unverwechselbaren Duft der Bäume hier.« Sie schob die Erinnerung daran, wie sie als Kind mit ihrer Mutter durch die von Eukalyptus gesäumten Straßen um Wylie gegangen war, beiseite. »Und ich liebe den atemberaubenden Blick auf das Meer.«

»Aber du bist überall auf der Welt gefahren.« Lili schürzte nachdenklich die Lippen.

»Hey, ich genieße es, die Seitenstraßen der Halbinsel zu erkunden. Wenn sie als Trainingsgelände gut genug für den Tour de France-Gewinner Cadel Evans sind, dann sind sie gut genug für mich.«

»Genieß deine Runde«, sagte Lili munter.

»Viel Spaß beim Ausmisten von Doras Box.« Jess griff nach ihrem Schlüssel und wandte sich zur Tür.

»Ach, Jess?«, rief Lili.

»Ja?«

»Sei vorsichtig auf diesen Seitenstraßen.«

»Danke. Das bin ich immer.«

Nachdem sie das Rad auf den Heckträger des Minis geladen und festgezurrt hatte, warf Jess ihre Tasche auf den Rücksitz des Autos und überprüfte den Weg auf der *Map-My-Trail*-App ihres Handys.

Zwanzig Minuten später fuhr Jess auf den Küstenparkplatz in Portarlington. Sie lehnte sich an das Auto, während eine Auswahl an Booten, die am Betonsteg vertäut waren, unter einem mit Wolkenfetzen überzogenen Himmel sanft in der Meeresbrise wippten.

Die Route, die sie heute gewählt hatte, war ein Rundweg von sechsundzwanzig Kilometern. Der App zufolge würde die hügelige Strecke ziemlich zahm ausfallen.

Jess zog ihre Klickschuhe mit den Gummisohlen an und verstaute den Autoschlüssel in der Tasche unter ihrem Sattel, in der es einen Ersatzschlauch und ein Reifenflickset gab. Sie schob einen Energieriegel in die Seitentasche ihres kurzärmeligen Trikots und klemmte eine Wasserflasche an den Rahmen ihres Rads. Schließlich band sie ihre Haare zu einem Zopf und setzte den Helm auf.

Nach fünfzehn Kilometern pumpte ihr Herz stetig und ihre Beinmuskeln hatten sich gelockert. Der sechsundfünfzig-Zentimeter-Carbonrahmen war außergewöhnlich gemütlich. Der Experte in Melbourne hatte ihn genau an ihre Anforderungen angepasst.

Während sie frei über die ruhige Küstenstraße flog, füllten sich ihre Lungen mit Luft und die Spannung in ihrem Nacken und Rücken wurde zu einer blassen Erinnerung.

In Radrennen hatte sie ihren Körper an extreme Grenzen getrieben. Ihre Muskeln schrien; ihre Schultern schmerzten. Auch wenn ihr Hintern wund und sie mehr als erschöpft war, war nichts auf der Welt so wichtig wie ihre Beine, die unter ihr traten, während sie die weiße Linie bis zum Ziel verfolgte.

Auf einem Hügel nahe Shortland's Bluff stieg Jess von ihrem Rad, griff nach der Wasserflasche, nahm einen großen Schluck und sah zum Black Lighthouse und zu den roten Ziegelwänden des Queenscliff Fort hinaus.

Sie dachte an einen Ausflug nach Queenscliff mit ihrer Mutter und ihrem Bruder zurück. Jess war ungefähr neun Jahre alt gewesen und erinnerte sich daran, wie sie auf dem Holzsteg gesessen und die Möwen mit ihren heißen Fritten gelockt hatte. Ben war schon als junger Teenager ein wählerischer Esser gewesen und hatte es vorgezogen, sich sein eigenes Essen zu kochen. Aber zu diesem Anlass hatte er nachgegeben und sich eine Portion knuspriger Kartoffelecken und dickem, goldbraun gebackenem Fisch ausgesucht. Als ihre Bäuche randvoll mit den salzigen, knusprigen Leckereien gewesen waren, hatte er ihnen mit seinem Taschengeld jeweils ein Eis mit Schokoladensoße gekauft.

Als Ärztin in einer ländlichen Kleinstadt war ihre Mutter immer beschäftigt gewesen. Der seltene Ausflug an die Küste und die gemeinsame Zeit mit der Familie war eine kostbare Erinnerung.

Nach dem Tod ihrer Mutter hatte Jess die Freude am Essen und an geteilten Mahlzeiten verloren. Aber ihre frühesten Erinnerungen daran, mit ihrer Familie zu kochen und zu essen, waren glückliche – genau wie Lilis.

Die beste Freundin ihrer Mutter, Doktor Usha, war oft zu diesen Anlässen anwesend gewesen. Es war besonders schwer für eine Fünfjährige, Teig um eine winzige Wurst zu wickeln. Aber Usha hatte großartige Geduld gezeigt und Jess geholfen, Würstchen im Teigmantel und andere Leckereien zuzubereiten.

Sie hatte die Küche in ihrem ländlichen Cottage geliebt. Usha und ihre Mutter hatten wunderbare Geschichten über Indien erzählt – Geschichten von Frauen, die von Tür zu Tür gingen und frische Gewürze und Chilipuder mit der Hand mahlten, und von Süßwarenverkäuferinnen, die große Silbertabletts mit goldenen, runden Besan-Laddus, knusprigen Schichten Soan Papdi mit Pistazien oder frittierten orangenen, in Kardamomsirup getränkten Spiralen auf ihren Köpfen balancierten.

Wo war Usha jetzt? Jess verspürte das Bedürfnis, sie zu treffen, bevor sie nach England zurückflog. Sie machte sich eine geistige Notiz, Nachforschungen zu Doktor Usha Joshis Verbleib anzustellen.

Ein lautes Horn von der Fähre zwischen Queenscliff und Sorrento verkündete die Abfahrt und ein Schleier der Melancholie senkte sich über Jess, als sie mit ihrem Rad den Hügel hinabfuhr. Hier war sie, zurück in Australien nach fast zwanzig Jahren der Abwesenheit. Ohne ihre Mutter und ihren Bruder war es ein ganz anderer Ort. Sie war nicht länger neun Jahre alt.

Kapitel 8

Lili war tatsächlich erleichtert, dass Jess vor ein paar Tagen ihr Angebot abgelehnt hatte, beim Sortieren von Bens Kram zu helfen. Sie musste verrückt gewesen sein, zu denken, dass sie Zeit übrig hatte, obwohl das Restaurant in nur drei Tagen wieder öffnete. Glücklicherweise hatte sie die Handbücher der Angestellten bereits erneuert, all die Checklisten zur Gebäude- und Gerätewartung für den Besuch des Sicherheitsprüfers abgearbeitet und Stunden mit Alex verbracht, um *Ailie*s neue Speisekarte zu finalisieren. Wenn sie daran dachte, wie erschöpft sie war, erinnerte sie sich daran, dass die Faodail Farm von einigen der besten Winzereien, Ab-Hof-Verkäufern und Lebensmittellieferanten in Victoria umgeben war. Es war die intensive Zeit und Mühe wert, die es brauchte, um Beziehungen mit ihren Lieferanten aufrechtzuerhalten und sich auf ihre Speisekarte, ihre Verbindung mit dem Land, die Nachhaltigkeit und ihren Respekt für die Region zu besinnen.

Wie sie das Kapital aufbringen sollte, um Jess auszuzahlen, war eine zusätzliche Bürde, aber sie versuchte, sich auf den Moment zu konzentrieren.

Die Personalfeier, die an diesem Abend im Garten von *Ailie* stattfand, war eine Chance für sie alle, einfach nur die Gesellschaft der anderen zu genießen.

Josh, der Hilfskoch, produzierte mithilfe ihres Vaters bereits eine köstliche Auswahl an Pizzen und Dessert-Calzones für die hungrige Meute. Alex und ihre Partnerin Tash schenkten Krüge mit Bier, Cider und Saft an der mobilen Bar aus, einem 1975er Airstream-Wohnwagen, den sie sich von einem Freund geliehen hatten, der eine kleine Brauerei besaß.

»Gute Arbeit«, rief Lili Owen zu. Ihr Restaurantmanager war verantwortlich für die Lichterketten, die die Bäume schmückten, für die dekorierten Tische sowie für die Hintergrundmusik, die durch die Außenboxen drang.

Er grinste und salutierte mit seinem Glas.

Lili ging zur Terrasse, um nach ihrer Mutter zu sehen. Helen hatte es geschafft, die sechs Knöchelbeißer – alle Kinder unter acht Jahren – in einen sicheren Teil des Gartens zu treiben, wo sie essen, trinken und spielen konnten, während ihre Eltern die Feier genossen.

»Hey, Mum, wie läuft es hier?« Lili hob Sophie, die zweijährige Tochter des Kochs Tim, auf ihre Hüfte.

»Alles unter Kontrolle.« Helen wischte gerade den klebrigen Mund eines Kindes mit einem Handtuch ab. »Mit Pizza kann man nichts falsch machen. Alle scheinen glücklich.« Helen sah sich um, ließ den Blick über die Menge schweifen. »Ist Jess schon aufgetaucht?«

»Äh, noch nicht.« Lili packte Sophies pummelige Hand, als sie die Reste einer Erdbeercreme-Calzone über ihr Gesicht verteilte und den Kragen von Lilis jadegrüner Bluse aus Rohseide erwischte. »Das ist … eklig.«

»Du meine Güte. Du solltest reingehen und das mit dem Schwamm abwaschen. Der Beerensirup wird Flecken hinterlassen.«

»Bist du sicher, dass Jess gesagt hat, dass sie kommt?«

»Ja, das hat sie. Sie hat in den letzten Tagen eine Menge Zeit in der Strandhütte verbracht. Es muss schwierig sein, Bens persönliche Habe allein auszusortieren.« Ihre Mutter schüttelte den Kopf. »Ich habe angeboten zu helfen, aber sie hat abgelehnt.«

»Ich auch«, sagte Lili. »In letzter Zeit habe ich nicht viel von ihr gesehen. Sie war immer in der Hütte oder in ihrem Zimmer verkrochen. Ehrlich gesagt glaube ich, sie hat Probleme, Mum.« Lili war froh, ihre Sorge um Jess' Verhalten zu teilen. »Sie bleibt für sich und verschwindet stundenlang auf ihrem Fahrrad. Sie isst nie mit uns, also hoffe ich, dass sie ihre Nährstoffe anderswo bekommt.«

»Vielleicht sollte ich mit ihr reden.«

»Ich weiß nicht. Sie ist so eine Einzelgängerin«, sagte Lili. »Wie auch immer, wo ist Aruishi?«

»Mama, schau, wen ich gefunden habe.«

Lili wirbelte herum, als sie Rus begeisterte Stimme hörte. Ru hatte die Hand fest um Jess' geschlossen, während sie ihre Gefangene mit sich zerrte.

»Ich bin so froh, dass du gekommen bist, Jess«, sagte Helen. »Es ist so ein schöner Abend, um draußen zu sein.«

Lili beugte sich hinab, um einen Kuss auf Rus Kopf zu drücken. Dann drehte sie sich zu Jess und sagte: »Schön, dass du kommen konntest.«

»Mama, was ist das?« Ru zeigte auf den Fleck an Lilis Bluse.

»Ein kleiner Unfall. Ich wollte es gerade rauswaschen.« Sie streckte die Hand aus. »Würdest du mit mir kommen?«

Ru schüttelte den Kopf und hielt sich an Jess fest.

»Okay.« Lili sah zu ihrer Mutter.

Helen zog die Augenbrauen hoch.

»Es wird nicht lange dauern. Ru, lauf nicht wieder davon. Bitte bleib bei deiner Großmutter.«

»Okay.« Ru starrte zu Jess hoch und packte ihre Hand fester.

»Ich habe ein Auge auf sie«, sagte Jess.

Lili nahm einen tiefen Atemzug, zwang sich zu einem Lächeln und drehte sich auf dem Absatz um. »Danke.«

Auf der Toilette wischte sie sich den klebrigen Essensrest vorsichtig vom Kragen und sah in den Spiegel. Kaum eine Spur. Sie strich eine verirrte Haarsträhne gerade und überprüfte wieder ihr Aussehen. Zufrieden ging sie hinaus.

Sie verweilte in den Schatten auf der Terrasse, um die Feier zu beobachten, und entdeckte schnell Jess und Ru, die nebeneinander auf einer Bank unter dem Aprikosenbaum saßen. Ru schien völlig gebannt von Jess, die ein Stück Pizza in eine Serviette gewickelt hielt und es ihr anbot. Was auch immer Jess sagte, ließ Ru grinsen. Der Anblick der beiden, die so dicht beieinander saßen, raubte Lili den Atem. Sie sahen sich so ähnlich; sie hätten als Mutter und Tochter durchgehen können.

Im Licht des Abends schimmerten Jess Haare, die zurückgekämmt und aufgesteckt waren, in einem üppigen Braun, fast schwarz, und betonten ihre dichten, gewölbten Augenbrauen und hohen Wangenknochen. Ihr athletischer Körper – schlank, muskulös und kräftig – war ein ungewöhnlicher Anblick ohne ihre übliche Sportkleidung. Sie trug wadenhohe, burgunderrote Stiefel, eine schwarze Jeans und ein schlichtes, weißes Merino-Oberteil.

»Du starrst.«

Lili zuckte zusammen, als Alex hinter sie trat. »Tue ich nicht.«

Tash erschien hinter Alex. »Tust du doch«, stimmte sie zu und die beiden kicherten.

Alex lehnte sich zurück, um den Kopf an Tashs Schulter zu legen. »Nicht, dass ich es dir verübeln kann.«

»Verschwört euch nicht gegen mich.«

»Die Frau ist heiß.« Alex stieß Lili sanft in die Rippen.

Sie stieß ihre Freundin zurück. »Eigentlich ist sie die meiste Zeit kühl und distanziert. Wie sie es schafft, so –«

»Glühend heiß zu sein?«, unterbrach Alex.

»Alex, wirklich. *Unnahbar*. Das ist das Wort, das ich gesucht habe.«

Tash lehnte sich vor und flüsterte in Lilis Ohr: »Lass dich von der kühlen Fassade nicht täuschen. Ich habe sie gerade erst getroffen, aber ich denke, hinter der Maske geht eine Menge vor sich.«

»Glaubst du?«, fragte Lili. Sie konnte den Blick nicht von Jess wenden.

»Ja, glaube ich«, sagte Tash.

»Ich habe sie gestern auf dem Weg zur Arbeit in ihrem Joggingoutfit gesehen und lass mich einfach sagen …« Alex fächelte sich Luft ins Gesicht, als wäre sie von Hitze überwältigt. »Diese Nike-Shorts und das bauchfreie Racerback-Top überlassen nichts der Fantasie.« Sie pfiff. »Steinharte Bauchmuskeln.«

Tash räusperte sich. »Na ja, auch wenn du das nicht hast, Ru hat sich definitiv für Jess erwärmt.« Ihr Blick ging weiterhin in ihre Richtung.

»Sie ist ganz vernarrt«, sagte Lili. »Und das ist es, was mir Sorgen bereitet. Was passiert, wenn Jess verschwindet?«

Genau aufs Stichwort sah Jess auf und hob fragend die Augenbrauen. Es war offensichtlich, dass alle drei sie anstarrten. Als Lili ihren Blick erwiderte, schien Jess bereit zur Flucht und ihr Körper verwandelte sich plötzlich in einen gut gespannten Bogen.

Lili hob die Hand zu einem zögernden Winken und lächelte. Scheinbar ebenso bedächtig erwiderte Jess den Gruß. Lili bemerkte den Hauch eines Lächelns.

»Komm schon, Alex, kehren wir zu unseren Pflichten an der Bar zurück.« Tash drückte Lilis Schultern. »Es ist süß, Jess und Ru zusammen zu sehen, Lili. Ben wäre begeistert.«

»Es ist, als hätte er es so geplant«, sagte Lili.

»Hm?« Alex hakte sich bei Lili unter und zog sie an sich.

»Ich weiß nicht, ich habe nur laut gedacht.«

»Ru hat den Harris-Magnetismus und diese bemerkenswerten Schokoladenaugen. Aber sie ist auch dir sehr ähnlich. Sie hat deine Entschlossenheit und dein markantes Kinn und stures Gemüt.« Alex grinste und eilte Tash nach, bevor Lili Gelegenheit hatte, sie auf den Arm zu schlagen.

»Wie wäre es, wenn ihr unseren durstigen Gästen ein paar Drinks ausschenkt?«, rief Lili.

Die Papierlaternen tauchten den Garten in weiches Licht, während die leisen, stimmungsvollen Klänge des Jazzpianos sich mit dem Rascheln der Blätter, den Rufen der Nachtvögel und dem Flüstern der fernen Wellen vermischten. Die anderen Gäste waren gegangen und alles war aufgeräumt. Lili, Alex und Tash saßen an einem Tisch neben dem warmen Holzofen.

Jess saß am anderen Ende des Tischs und beobachtete den Schein der verlöschenden Glut. Sie war tausende Meilen von vertrautem Boden entfernt, aber nach ihrer emotionalen Woche hieß sie das warme Licht, die angenehme Musik und den beruhigenden Effekt von beidem willkommen.

Diese Leute waren Fremde für sie, aber sie waren Bens Kollegen und Freunde gewesen. Jess stellte sich vor, wie er hier saß, ein Bier und eine Geschichte über sein letztes Surfabenteuer mit ihnen teilte oder sie mit einem Lied auf seiner Gitarre unterhielt. Sie war überrascht und erfreut gewesen, als sie das Instrument mit einem Stapel Musiknoten in der Hütte gefunden hatte. Als Jess im Alter von sechs Jahren mit Klavierstunden begonnen hatte, hatte Ben kein Interesse gezeigt, irgendein Instrument zu spielen. Es gab sehr vieles, was sie nicht über ihren Bruder wusste. Je mehr von seinen Habseligkeiten sie jedoch durchsah, desto mehr entdeckte sie.

Sie hatte Fotoalben und hunderte lose Fotos durchgesehen. Manche hatten handgeschriebene Notizzettel dabei; manche hatten nur Datum und Ort in Bleistift auf die Rückseite gekritzelt. In ihrem Schlafzimmer bei Lili waren überall Papiere und Fotos verstreut. Ben hatte eine Menge Andenken an ihre Familie gesammelt und langsam hatte Jess begonnen, die Fragmente ihres frühen gemeinsamen Lebens zusammenzufügen. Wenn der visuelle Ansturm ihre Emotionen ins Trudeln brachte und ihr alles zu viel wurde, fuhr sie mit dem Rad hinaus und trieb sich manchmal an, bis die körperliche Erschöpfung schließlich ihren Kopf klärte und ihr etwas inneren Frieden bot.

Eine kühle Hand legte sich auf ihre Schulter. Jess setzte sich auf und drehte sich um. »Alex.« Sie blinzelte und kämmte sich mit den Fingern durch die Haare.

Alex drückte ihre Schulter. »Tut mir leid. Ich wollte dich nicht erschrecken. Wir nehmen Bestellungen auf. Hättest du gern eine Tasse Tee, Kaffee oder etwas anderes?« Sie lächelte und trat zurück. »Du hast gewirkt, als wärst du meilenweit entfernt.«

Jass sah auf ihre Uhr. Es war nach Mitternacht. »Ich bin nur etwas müde. Danke, aber ich glaube, ich gehe zum Haus zurück.«

Lili tauchte direkt vor ihr auf. »Bleib«, sagte sie. »Die heißen Getränke brauchen nicht lange und dann gehe ich mit dir zurück.« Ihr Blick war wachsam.

Im Dunkeln allein über das Feld zu Lilis Haus zurückzugehen reizte sie überhaupt nicht. Jess nickte zustimmend. Es konnte nicht schaden, noch ein wenig länger zu bleiben.

»Das ist toll«, sagte Alex. »Was darf es dann sein? Tee, Kaffee oder Heiße Schokolade?«

Eine halbe Stunde später gingen Lili und Jess einen von Mondlicht erleuchteten Pfad entlang. Jess atmete tief ein und genoss den Hauch süßer Würze von Lilis Parfum, den die Nachtluft zu ihr trug. Sie war Lili über die letzten Tage hinweg aus dem Weg gegangen, während sie Bens Habseligkeiten aussortiert hatte, und Lili hatte sie auch nicht aufgesucht.

Das war vermutlich der Grund, dachte Jess, für das betretene Schweigen zwischen ihnen.

»Lili«, sagte sie schließlich, als sie das Haus erreicht hatten, ohne ein Wort gewechselt zu haben. Sie sagte es etwas lauter als sie vorgehabt hatte.

»Ja?« Lili blieb oben auf der Treppe stehen und drehte sich zu ihr um.

»Ich habe unter Bens Sachen mehrere Dokumente gefunden, die mit seiner Arbeit zu tun hatten. Ich wollte wissen, ob du Zeit hättest, sie mit mir durchzugehen?«, fragte Jess. »Ich bin nicht sicher, was wichtig ist und was nicht.«

Unter der Beleuchtung der Veranda zeigte Lilis Miene eine Mischung aus Gereiztheit und Müdigkeit. »Morgen kann ich nicht. Ich habe einen Termin in Geelong.« Sie drehte sich um und sperrte die Eingangstür auf. »Kann es warten?«

»Ja, keine Sorge.« Jess konnte ihre Enttäuschung kaum verbergen. Lili war so distanziert, dass sie das Gefühl hatte, irgendwie das Eis brechen zu müssen. »Habe ich irgendetwas gesagt oder getan, das dich verärgert hat? Du hast mich gebeten, mit dir nach Hause zu gehen, aber dann kein Wort mit mir gesprochen.«

»Ich konnte dich nicht allein zurückgehen lassen«, sagte Lili. »Und ich habe dich nicht gemieden. Du bist diejenige, die mich gemieden hat. Ich hatte eine Menge zu tun und du warst entweder in der Hütte beschäftigt oder bist in deinem Zimmer für dich geblieben.«

»Ich habe nicht gefragt, ob du mich gemieden hast. Hast du das?« Sie warf Lili einen scharfen Blick zu.

»Nein«, sagte Lili. »Wie gesagt, das habe ich nicht.« Sie kehrte Jess den Rücken zu und ging hinein, womit sie jede weitere Chance auf ein Gespräch vereitelte.

Jess stand auf der Veranda und sah in den klaren Himmel hinauf, der voller Sterne war. Ein Nebelschleier vom Meer hing tief im Tal unter dem Haus und die Luft war ziemlich kühl geworden. Sie seufzte, ging hinein und hielt auf ihr Zimmer zu.

Kapitel 9

Lili öffnete die Gurte und hob Ru aus ihrem Kindersitz. Sie ließ sie auf der asphaltierten Einfahrt vor dem Haus ihrer Eltern wieder runter.

Ru stürmte den Weg hinauf, erklomm die Stufen und rannte durch die offene Fliegengittertür hinein.

»Gehen, nicht rennen«, rief Lili, ohne Erfolg. Sie nahm Rus gelben Rucksack und die Kuchenschachtel vom Rücksitz des Subaru und folgte ihr ins Haus.

Obwohl es vor ein paar Jahren umfangreich renoviert worden war, hatte das Farmhaus ihrer Eltern aus den 1950ern seinen Retro-Charme behalten. Sie hatten das große Erkerfenster im vorderen Wohnzimmer mit seiner ungehinderten Aussicht auf grüne Weiden und Weinberge behalten. Dort war ihr liebster Platz zum Tagträumen gewesen – auf dem alten, mit Blumenstoff bezogenen Sofa vor dem Fenster. Lili merkte, wie sie grinste, entzückt von den glücklichen Erinnerungen, die das Cottage heraufbeschwor. Das durchhängende Sofa war vor langer Zeit durch zwei Ledersessel ersetzt worden, aber die Aussicht war größtenteils dieselbe geblieben.

»Hallo, Liebes. Heute Morgen bist du mit den Vögeln aufgestanden, hm?« Helen deutete auf Lilis Laufshorts. »Oder sollte ich sagen, mit den Vögeln *gelaufen*?«

»Muuum.« An manchen Tagen waren die Witze ihrer Mutter besser als an anderen.

»Hast du Zeit für einen Kaffee?«

»Danke, ich hatte heute schon zwei.« Lili küsste sie auf die Wange. »Guten Morgen. Wohin ist Ru so schnell verschwunden?«

»Es ist Zeit für *Angelina Ballerina*.« Sie deutete mit dem Daumen in Richtung des Wintergartens.

Lili streckte den Kopf um die Ecke und kicherte. Ru tanzte und summte im Rhythmus einer Show, die sie gerade im Fernsehen sah. »Letzte Woche waren es die *Wiggles*. Sie liebt es wirklich, mitzusingen, und klimpert bei jeder Gelegenheit auf Großmutters Klavier im Restaurant herum.«

»Hast du schon daran gedacht, mit Klavierstunden für sie anzufangen?«, fragte Helen.

»Sie ist zu jung«, sagte Lili. »Ich glaube nicht, dass sie sich konzentrieren könnte.« Sie hatte weder Zeit noch die Fähigkeiten, um Ru zu unterrichten, und Stunden bei einem Klavierlehrer waren momentan nicht in ihrem Budget.

»Du hattest deine ersten Klavierstunden bei deiner Großmutter, als du vier warst. Wenn es die Kosten sind, können dein Vater und ich dir helfen.«

»Ihr tut schon mehr als genug.« Was sie betraf, so war das Gespräch damit beendet. Aber Helen bedrängte sie schon seit Monaten wegen dieser Klavierstunden. »Die Stunden können bis nächstes Jahr warten.«

»Warte, lass mich dir damit helfen.« Helen warf sich ein Geschirrtuch über die Schulter und nahm Lili die Schachtel aus den Armen. Sie atmete tief ein. »Wenn das so gut schmeckt, wie es riecht, wird es köstlich sein.«

»Den habe ich heute Morgen vor meinem Lauf gemacht. Er ist noch nicht lange aus dem Ofen.«

»Dann warst du *wirklich* früh auf.« Sie sah Lili prüfend an. »Du siehst müde aus. Was ist los?«

»Nur ein paar Dinge, die mir im Kopf herumschwirren.«

»Wie läuft es mit Jess?«

»Nicht jetzt, Mum. Können wir bitte später darüber reden?«

Die letzten Nächte waren schrecklich gewesen. Ihre Angst vor der dem Termin mit dem Bankmanager hatte sie am Abend der Personalfeier an Jess ausgelassen. Sie hasste das. Nach dem deprimierenden Termin war sie ihr gestern Abend komplett aus dem Weg gegangen und hatte sich die ganze Nacht lang im Bett herumgewälzt. Schließlich hatte sie jeden Gedanken an Schlaf aufgegeben, war im Morgengrauen aus dem Bett gekrochen, hatte eine Idee für ein neues Dessert niedergekritzelt, die Zutaten zusammengeworfen und einen Kuchen gebacken.

Jetzt folgte sie ihrer Mutter in die helle, gelbe Küche und legte Rus Rucksack auf einem Stuhl ab. Es duftete hier oft nach frisch gebackenem Brot oder Scones. Der Emaille-Holzofen versorgte das Haus im Winter mit Wärme und auf der eisernen Kochplatte stellte Helen das ganze Jahr über Marmeladen und Soßen für *Ailie*s Küche her. An diesem Morgen lief Lili bei dem kombinierten Aroma von frischem Brot und Espresso aus der kupfernen Kaffeemaschine das Wasser im Mund zusammen.

»Was backst du gerade?«, fragte Lili.

»Einen Laib Körnerbrot mit Honig. Mit Avocado drauf ist es Rus Lieblingssorte.«

»Glückliches Mädchen.« Lili lächelte. Mit ein wenig krümeligem Feta oder Vegemite gehörte es auch zu ihren Lieblingsbroten.

»Wenn du zehn Minuten warten kannst, ist es aus dem Ofen.«

»Das würde ich liebend gern, Mum, aber ich kann wirklich nicht bleiben.« Lili nahm den Kuchen aus der Schachtel. »Ich glaube, ich werde nicht viel länger mit Ru im Kinderwagen laufen können. Sie wird immer zappeliger und ungeduldiger.«

Helen kicherte. »Na, das ist verständlich. Du kannst sie immer hier absetzen. Oder mich anrufen, dann komme ich rüber. Wie du weißt, bin ich selbst früh wach.«

»Ich finde schon eine Lösung. Du wirst ohnehin drei Tage in der Woche die Hände voll haben, wenn *Ailie* wieder geöffnet ist und ich in der Küche arbeite *und* im Büro sein muss. Ru braucht mich bei sich, so oft ich da sein kann. Wenn sie in die Schule kommt, können wir die Situation neu überdenken.« Lili wollte mit ihrer Mutter nicht kurz angebunden sein, aber der Schlafmangel machte sie an diesem Morgen launisch.

»Na, vergiss einfach nicht, dass dein Team im Restaurant solide Arbeit leistet und vertrauenswürdig ist. Im ersten Jahr war Ben eine große Hilfe. Aber es bist immer du, die das Herz des Restaurants ist. Während der letzten paar Jahre hast *du* die langen Stunden eingebracht und das Personal eingearbeitet.« Helen ging zu Lili hinüber und umarmte sie. »Dein Vater und ich sind flexibel. Lass uns dir helfen, solange wir das können.«

»Danke, Mum.« Lili erwiderte die Umarmung ihrer Mutter.

»Wird dieser Kuchen auf die Speisekarte kommen?«, fragte Helen, als Lili sie losließ.

Lili kratzte sich an der Stirn. »Vielleicht zum Nachmittagstee. Es ist eine Braune-Butter-Mandeltorte – glutenfrei und gesüßt mit unseren üppigen, dunkelrosa Quitten.«

»Und was ist das?«, fragte Helen und öffnete den ersten Deckel, unter dem ein hellrosa Sirup war.

»Brombeerensirup. Leicht säuerlich. Der mildert die Süße der karamellisierten Quitten.«

»Klingt göttlich.«

Lili nahm den Deckel vom zweiten Glas. »Vanilleschotencreme«, sagte sie. »Ich brauche eure Meinung. Würdest du sie heute Abend mit Dad probieren und mir sagen, was ihr denkt?«

»Das machen wir sehr gern.«

Sie ging zum Wintergarten und fand Ru auf dem Chesterfield-Sofa auf- und abspringend vor. »Auf den Möbeln wird nicht gehüpft, Aruishi McAllister.« Sie hob sie hoch, wirbelte sie in der Luft herum und setzte sie aufs Sofa. »Ich sollte los, Mum«, rief Lili.

»Mama, du bist geschwitzt«, sagte Ru und zog an Lilis feuchtem T-Shirt.

»Ja, ich *habe* geschwitzt und ich brauche eine Dusche. Sei ein gutes Mädchen für deine Oma.«

»Igitt.« Ru, die jetzt auf der Sofakante hockte, nickte zerstreut und sang weiter mit dem Fernseher mit.

Helen ging mit Lili zum Auto. »Wie ist es gestern mit der Bank gelaufen?«

»Ganz okay.« Lili stieg ins Auto und öffnete das Fenster.

»Nur okay?«, fragte Helen.

»Es tut mir wirklich leid, aber können wir später darüber reden? Ich komme noch zu spät.« Lili warf ihr einen Luftkuss zu und drehte den Schlüssel im Zündschloss.

Helen streckte eine Hand durch das Fenster und drückte Lilis Schulter. »Du bist nicht allein. Du weißt, dein Vater und ich helfen, so viel wir können.«

»Ich weiß, Mum. Ich rufe dich später an.«

Lili legte den Rückwärtsgang ein und fuhr aus der Einfahrt. Sie warf einen Blick auf die Zeitanzeige am Armaturenbrett. Sie hatte zwanzig Minuten, um zu duschen und sich anzuziehen, bevor sie sich mit Jess traf.

Die Bankmanagerin war nicht ihr üblicher Ansprechpartner gewesen. Angelica Costa war neu. Die dritte Managerin in drei Jahren. Sie war freundlich, aber Lili war trotzdem verstimmt von der Veränderung gewesen. Angelica hatte erklärt, dass ihr Betrieb zwar erfolgreich war und genug Gewinn hatte, um die Betriebskosten zu decken, aber dass die Bank so, wie die Dinge standen, ihre Hypothek nicht erhöhen konnte.

Hatte sie eine andere Quelle – ihre Eltern zum Beispiel? Lili würde ihre Eltern nicht um mehr Geld bitten. Sie träumten von einer Reise nach Übersee – einer Kreuzfahrt über den Canal du Midi von Marseilles nach Paris und dann nach Schottland, um Verwandte zu besuchen. Von diesen Ersparnissen würde sie keinen Cent nehmen.

Angelica Costa hatte vorgeschlagen, dass der Nachlassverwalter vielleicht eine Zahlungsmöglichkeit auf lange Frist oder einen Anteil am Betrieb akzeptieren könnte. *Ja, genau. Und Schweine können fliegen!* Auf keinen Fall würde sie einen Teil ihres Restaurants an jemanden mit wenig Ahnung von Essen und keiner Erfahrung im Gastgewerbe übergeben. Aber sie musste sich der Realität stellen. Wie konnte sie Jess davon überzeugen, langfristigen Zahlungen zuzustimmen?

Lili hatte vorgehabt, in Zukunft ihren Küchengarten auszubauen, damit sie das Restaurant und den Garten einen Tag der Woche als Lernzentrum benutzen konnte.

Sie hatte ein Programm entworfen, das Gärtnerei-Workshops und Kochkurse umfasste, um ein Bewusstsein für die Umwelt und gesunde Ernährung zu schaffen. Sie erwartete nicht, dass es von Anfang an eine Menge Geld einbringen würde, aber jedes zusätzliche Einkommen würde helfen, den Kredit zurückzuzahlen. Sie hoffte nur, Jess würde längeren Fristen zustimmen, auch wenn sie es wirklich nicht erwartete.

Wasser plätscherte gegen die alten Pfeiler unter dem Holzsteg, als Jess mit ihrem Espresso an einem Cafétisch am Rand des Piers saß und die warme Sonne auf ihrer Haut genoss. Sie hatte sich in Barwon Heads mit einem Immobilienmakler getroffen, der eine Markteinschätzung von Bens Besitz organisiert hatte. Jess verließ sein Büro mit Informationen über sein Investitionspotential, durchschnittliche Hauspreise und zu erwartende Mieteinnahmen für die Gegend. Sie fand, dass keine der vermittelten Informationen ihr die Entscheidung einfacher machte, ob sie es verkaufen sollte oder nicht.

Sie konnte nach Großbritannien zurückkehren und den Rest von Bens Nachlass ihren Anwälten hier überlassen. Sie konnten sich um den Verkauf des Hauses und seines Autos kümmern. Aber für sich selbst und auch für Lili wollte Jess den Kredit erledigt haben, bevor sie nach London zurückkehrte.

»Kann ich Ihnen noch einen Kaffee bringen?«, fragte der Kellner mit einem hoffnungsvollen Lächeln. »Oder vielleicht etwas zu essen?«

Sie lehnte beide Angebote ab, nahm ihre Sachen und ging dann den Weg entlang, der an dem weiten Sandstrand und der breiten Flussmündung entlanglief. Jess konnte sich nicht erinnern, als Kind je in Barwon Heads gewesen zu sein. Als ihr Vater nach der Scheidung nach England zurückgekehrt war, hatte ihre Mutter noch mehr gearbeitet und Familienausflüge an die Küste waren selten gewesen.

Jess erinnerte sich daran, wie die reizende Küstenstadt in der Fernsehserie *Sea Change* dargestellt worden war. Die hatten sie und ihre Freundinnen im Internat in England gesehen. Ein Teil der Serie war in dem Café am Pier von Barwon Heads gefilmt worden, bei dem sie gerade gesessen hatte. Jess grinste, als sie sich daran erinnerte, wie die anderen Mädchen von David Wenhams Figur Dan geschwärmt hatten, während Jess die verführerische Laura vorgezogen hatte, eine schöne Anwältin aus der Stadt, die zur Richterin der fiktiven Stadt Pearl Bay geworden war. Jess war süchtig nach der Serie gewesen und das hatte ihr geholfen, mit der Populärkultur und Landschaft Australiens in Verbindung zu bleiben.

Ihr Handy vibrierte mit einer Benachrichtigung. Es war das *Wylie Medical Centre*, das auf ihre Bitte um Informationen zum Verbleib von Doktor Usha Joshi, der Kindheitsfreundin ihrer Mutter aus einem christlichen Waisenhaus im indischen Pune, geantwortet hatte. Scheinbar arbeitete sie nicht länger als Ärztin in Wylie, Jess' Geburtsort, aber über die Telefonnummer mit Vorwahl aus Victoria, die der E-Mail beigefügt war, sollte sie erreichbar sein.

Unter Bens Fotos hatte Jess Bilder von ihrer Mutter mit Usha zusammen mit einem Brief gefunden, der in einer so krakeligen Handschrift geschrieben war, dass sie ihn kaum entziffern konnte. Er war von Usha an Ben adressiert und mit April letzten Jahres datiert. Die Tatsache, dass Ben mit der Freundin ihrer Mutter in Kontakt geblieben war, hatte so viele Erinnerungen geweckt. Jess wollte sich unbedingt mit Usha treffen. Sie konnte sich kaum an die Scheidung ihrer Eltern erinnern und hoffte, Usha könnte diese Zeit erhellen, obwohl es auch schmerzhaft sein würde.

Das ruhige Wasser unter dem Pier und die frische Luft hatten eine beruhigende Wirkung. Es war, als könnte sie zum ersten Mal seit ihrer Ankunft klar sehen. Sie wollte nicht zurück fliegen. Noch nicht. Sie würde ihren Aufenthalt in Australien verlängern. Nicht zu sehr. Nur lange genug, um Usha zu treffen und so viel Zeit wie möglich mit Ru zu verbringen, um hoffentlich eine Verbindung zu knüpfen, die bleiben würde, nachdem sie über die halbe Welt zurückflog. Eine Verbindung fürs Leben.

Auf einem der Fotos standen ihre Mutter und Usha vor dem riesigen Passagierschiff, das sie von Indien nach Australien bringen würde. Sie mussten jünger gewesen sein als Jess es jetzt war. Ihre langen, schwarzen Haare fielen in engen Zöpfen über ihre Schultern. Sie trugen bunte Salwar-Kameez – eine traditionelle, weite Hose und eine enge Tunika aus Nordindien, die von Frauen auf dem ganzen Kontinent übernommen worden waren. Jess mochte den Stil und er war offensichtlich praktischer für Reisen als ein Sari.

Sie hatten das Glück gehabt, Stipendien zu bekommen, und hatten ein Medizin-Studium in Pune abgeschlossen. Usha und Jess' Mutter hatten unter der Bedingung, dass sie mindestens fünf Jahre lang in Victoria praktizierten, medizinische Residenzen in Australien bekommen. Beide hatten sich in der Kleinstadt Wylie niedergelassen.

Wenn der Brite Benjamin Harris Senior während einer Radreise durch Australien nicht von seinem Rad gestürzt wäre und Nähte gebraucht hätte, hätten er und Doktor

Aruishi Annand sich nie getroffen. Jess seufzte. Ihre stürmische Romanze hatte nur sechs Jahre gedauert.

Jess fuhr zur Faodail Farm und dann die Allee zu *Ailie* hinauf. Sie nahm die lederne Dokumentenmappe vom Rücksitz und eilte über den Hof. Sie war fünfzehn Minuten zu spät.

Durch das Küchenfenster sah sie Lili, die sich an die Arbeitsfläche lehnte und behände gestikulierte, während sie mit jemandem außerhalb von Jess' Blickfeld redete. Lili wirkte sehr entspannt, ihre Rede von Gelächter und Gestik begleitet.

Jess drehte den Knopf, trat durch die Terrassentür ein und ging in die Küche.

Lilis Ausdruck wandelte sich von Freude zu Unsicherheit. Es war offensichtlich, dass Jess' Ankunft für ihren Stimmungswechsel verantwortlich war.

»Hi, Jess. Wie geht's dir?«, fragte Alex. Sie sah von Jess zu Lili und wieder zu Jess. »Wie ist dein Tag?«

»Mir geht es gut. Ich hatte einen produktiven Morgen, danke.« Jess wandte sich an Lili. »Aber es tut mir leid, dass ich zu spät komme.«

»Keine Sorge, Lili war auch zu spät«, sagte Alex, während sie dicke Scheiben Avocado auf einen getoasteten Bagel gab. »Ich mache Lili gerade einen Snack. Hättest du gern auch etwas?«

»Nein, danke.« Jess' Magen knurrte und sie hustete, um das Geräusch zu vertuschen. Sie hätte am Vormittag etwas zu ihren zwei Kaffees essen sollen. Als sie aufsah, hatte Lili den Kopf zur Seite geneigt und musterte sie. Jess nahm einen tiefen Atemzug und stieß ihn langsam wieder aus. »Bitte esst ruhig. Ich warte auf der Terrasse. Ich brauche kein Mittagessen.« Ihr Magen knurrte laut, als wollte er ihre Worte betonen. Wie peinlich.

Lili griff in den Kühlschrank unter dem Tisch und holte einen Bagel heraus. »Was hättest du gern dazu?« Sie deutete auf eine Reihe Zutaten auf der Arbeitsfläche. »Du hast die Wahl. Aber lass mich Mums Aprikosen-Ingwer-Konfitüre mit gereiftem Cheddar empfehlen oder meinen Favoriten – Vegemite und Avocado.«

Alex wendete die Bagelhälften, die gerade auf dem offenen Grill getoastet wurden.

»Vegemite und Avocado? Eine seltsame Kombination«, sagte Jess und trat näher zu Alex, die den Bagel vom Grill nahm und Vegemite und Avocado auf das goldbraune Brot strich.

Jess lief das Wasser im Mund zusammen. Natürlich sollte sie essen. Warum sträubte sie sich so sehr dagegen? »Hmm, ich nehme einen halben Bagel wie diesen … wenn das in Ordnung ist, bitte?«

Nachdem sie eine schnelle Prise frisch gemahlenen Pfeffer hinzugefügt hatte, schob Alex einen beladenen Teller über den Tisch zu Lili und einen weiteren mit zwei Hälften zu Jess.

»Gib nicht auf, bevor du es versucht hast. Das ist einer meiner liebsten Aufstriche.« Lili lehnte sich gelassen an den Tisch, nahm ihren Bagel und biss hinein.

»Tut mir leid. Ich glaube, meine Mutter hat nie gewusst, was die richtige Menge Vegemite für unsere Sandwiches war. Sie stammte ursprünglich aus Indien.« Jess lächelte. Warum hatte sie das gerade gesagt? Natürlich wussten Alex und Lili, dass ihre Mutter Inderin gewesen war. Damals hatten Jess und Ben einige seltsame Sandwich-Kombinationen in ihren Brotdosen für die Schule vorgefunden. Salami und Biskuitrollen. Gehacktes mit Mayonnaise und eingelegten Zitronen. »Ich konnte niemanden davon überzeugen, mit mir zu tauschen.«

»Ach wirklich?« Als sie diesmal Jess' Blick erwiderte, war Lilis Miene entspannt. »Hatten die meisten Schulkinder nicht auch Vegemite-Sandwiches?«

»Wahrscheinlich, aber nicht mit dem Vegemite zentimeterdick bestrichen, Käse und Petersilie.«

»Oh.« Lili lächelte. »Du hast es selbst gesehen, das hier ist nur dünn mit Vegemite bestrichen.«

Jess biss in den knusprigen Bagel. »Hmm …«

»Hmm? Das ist alles?«, fragte Lili mit hochgezogenen Augenbrauen.

Jess schüttelte den Kopf. »Es ist gut.«

»Ich hab's dir ja gesagt.«

»Nein, es ist *gut*. Die Avocado ist cremig und das Vegemite etwas salzig. Passt gut zum Bagel.«

Alex lehnte sich vor und wischte Jess' Kinn mit einem Geschirrtuch ab. »Entschuldige, du hast ein wenig Avocado –«

Jess trat unwillkürlich zurück. »Schon gut, ich mache das.« Sie fuhr sich mit der Hand ins Gesicht.

»Ups.« Röte trat auf Alex' Wangen. »Ich verschwinde lieber«, sagte sie betreten. »Bis bald, ihr beiden.«

»Danke, Alex, bis morgen.« Lili räumte die Zutaten vom Tisch und wischte ihn schnell ab. »Tatsächlich bin ich hier für heute fertig, Jess.« Lili deutete auf die Mappe, die Jess auf den Tisch gelegt hatte. »Erledigen wir das in meinem Büro zu Hause. Bring deinen Bagel mit, wenn du möchtest.«

»Das geht in Ordnung. Der Mini steht draußen. Ich treffe dich im Haus.« Jess starrte die zweite Hälfte ihres Bagels an, nahm sie dann und ging zur Tür. »Es wäre eine Schande, das zu verschwenden.«

Wie es aussah, wäre die hastige Rückfahrt zum Restaurant überhaupt nicht nötig gewesen.

Lili trommelte mit den Fingern auf ihren Schreibtisch und beobachtete, wie Jess die Papiere in ihrem Schoß durchblätterte. Lili war bereit. Konnte sie nicht einfach anfangen? Sie drehte sich und starrte aus dem Fenster. Der Wind war seit heute Morgen stärker geworden und die fernen Wellen hatten böige, weiße Schaumkronen. »Es sieht aus, als würde ein Sturm heraufziehen.« Das perfekte Wetter zu ihrer Stimmung, jetzt, da sie zum Geschäftlichen zurückgekehrt waren.

»Lili.«

Sie sah zurück und erwiderte Jess' durchdringendes Starren.

»Bist du bereit?« Jess lehnte sich mit erwartungsvollem Gesichtsausdruck zurück.

Lili nickte schnell. »Ja, bin ich.«

Jess hielt ein Blatt Papier hoch. »Dieses Dokument zeigt Bens ursprüngliche Investition in dein Restaurant und die vorgeschlagenen Zinsen bei der Auszahlung.« Sie sah Lili über den Rand ihrer Lesebrille hinweg an.

»Ich kenne die Zahlen.« Lili biss die Zähne zusammen. Sie kannte die Zahlen auswendig; sie konnte sie von hinten nach vorn im Schlaf aufsagen.

»Okay, gut«, sagte Jess. »Dann einigen wir uns einfach darüber, wie wir das machen.«

»Was machen?«

»Den Kredit abwickeln.«

»Ich bin sicher, du denkst, das wird ein richtiger Spaziergang.« Lili tippte wieder mit den Fingern auf den Schreibtisch. Warum sollte sie erwarten, dass Jess ihre Situation verstand? Je eher sie zu ihrem glamourösen Leben in London zurückfliegen konnte, desto besser.

»Verzeihung?«, fragte Jess mit erhobenen Augenbrauen. »Je eher das erledigt ist, desto eher hast du mich wieder vom Hals. Ist das nicht, was du willst?«

Lili seufzte. »Doch.«

»Wirklich? Du klingst nicht sicher.«

Sie verschränkte die Arme vor der Brust. »Es ist nur so, dass ich nicht genug Zeit hatte, um –«

Jess schnitt ihr das Wort ab. »Genau deshalb empfehle ich dir, mit deinem Buchhalter zu sprechen. Dann können wir über das Wie und Wann entscheiden.«

Ein Blitz erhellte den Raum, gefolgt von einem langsamen Donner. Ein Regenschauer prasselte gegen das Fenster.

Jess verzog das Gesicht. Ihre Augen wurden groß.

»Ein Sturm zieht herauf –« Lilis Handy klingelte und sie nahm es vom Schreibtisch auf. »Das ist Mum, ich muss abheben.«

Jess sprang auf die Füße und trug ihren Stuhl in die Raummitte, weiter weg vom Fenster.

Lili sprach kurz mit ihrer Mutter und legte das Handy dann wieder auf den Tisch. Sie drehte sich zu Jess. »Geht's dir gut?«

»Ja«, sagte Jess nach Luft schnappend und setzte sich abrupt auf, als ein Donnerschlag durch das Büro hallte.

Jess' Blick huschte durch den Raum – entweder sie war nervös wegen des Sturms oder sie hatte Angst oder beides.

»Mum hat angerufen, um zu sagen, dass sie und Ru gerade das interessante Wetter genießen.« Lili stand auf und trat zwischen Jess und das Fenster. »Wow, abgesehen von den Blitzen ist der Himmel richtig dunkel.« Lili liebte Gewitter. Sie betrachtete den Himmel. Sie liebte die turbulenten Wolken, die knackenden Geräusche, das Schauspiel und die Energie eines Frühlingsgewitters.

Ein weiterer heftiger Donnerschlag rüttelte an den Fenstern. »Hat Aruishi keine Angst?«, fragte Jess.

»Und da kommt der heftige Regen«, sagte Lili. »Das wird toll für den Garten sein.« Sie lächelte und kehrte an ihren Tisch zurück. »Ru liebt Gewitter – wenn sie mit ihrem Teddy und einer Decke im Haus ist. *Rumble, Thumble, Boom*.«

»Wie bitte?«

»Wir müssen dir *Rumble, Thumble, Boom* zeigen. Es ist ein Buch über einen Jungen und seinen Hund und wie er seine Angst vor Gewittern überwindet.« Lili sah die kaum verhüllte Nervosität in Jess' Augen und Haltung. Sie wollte sie trösten, zögerte jedoch. Jess könnte ihre Geste missverstehen und sie ohrfeigen. »Du magst Donner und Blitze offensichtlich nicht?«

»Nein.« Jess schob die Papiere über den Tisch zu Lili. »Können wir zu dem hier zurückkommen?«

»Klar.«

»Bist du einverstanden mit der Abzahlung und den Zinsen?« Jess rutschte unbehaglich hin und her, rieb sich den Nacken.

»So hatten Ben und ich es vereinbart.« Grundgütiger, Lili kannte die Summe und die Vereinbarung mit Ben.

Jess starrte sie finster an.

Lili wischte sich die verschwitzten Hände an der Hose ab und lehnte sich auf ihrem Stuhl zurück. Ihre Angst war nicht dem Wetter geschuldet. »Ich habe das Geld nicht, um das Geld in einer einmaligen Summe zurückzuzahlen.« Sie musste schreien, um den heulenden Wind zu übertönen.

Der Donner rollte durch das untere Tal und Regen prasselte auf das eiserne Dach. Lili erkannte das scharfe Knacken eines berstenden Eukalyptusbaums, gefolgt von einem ohrenbetäubenden Krachen.

Jess schlug die Hände über die Ohren.

Lili stand auf, ging zu Jess, nahm ihre Hände und zog sie sanft von ihren Ohren weg. »Hör mal, dir passiert nichts, wenn du im Haus bleibst. Ich muss nachsehen, was draußen los ist.«

»Okay, sei vorsichtig. Tut mir leid, dass ich dir nicht helfen kann.«

Nachdem Lili gegangen war, um nach dem lauten Krachen zu sehen, kehrte Jess in die Sicherheit ihres Zimmers zurück. Sie wünschte, sie wäre nicht so feige. Lili war allein zwischen all den Eukalyptusbäumen mit ihren flachen Wurzelsystemen draußen im Sturm. Jess' Mutter war in einem heftigen Sturm gestorben, als der starke Wind einen Baum entwurzelt hatte; er war auf ihr Auto gestürzt und hatte sie sofort getötet.

Jess lag zitternd im Bett und zog sich die Decke bis zum Kinn. Sie nahm langsame, tiefe Atemzüge und nutzte die Meditationstechnik, die sie von ihrer Therapeutin gelernt hatte, um diese entsetzlichen Erinnerungen von sich zu schieben.

Schließlich schien der Sturm nachzulassen und der Regen prasselte nicht länger gegen die Fenster des Schlafzimmers. Jess verließ die Zuflucht ihres Betts, um ihren Laptop von der Kommode zu holen. Lili hatte gesagt, sie konnte den Kredit nicht zurückzahlen – das war eine Überraschung. Sie scrollte durch ihren Posteingang und fand eine neue E-Mail von Jonathan. Sie hoffte, er hatte die Daten gefunden, um die sie ihn gebeten hatte. Wenn irgendjemand Informationen über Lilis finanzielle Lage aufstöbern konnte, dann Jonathan.

Sie klickte auf seine E-Mail, las den Text und öffnete das angehängte PDF-Dokument. Abgesehen von Bens Investition war *Ailie* von Scott und Helen durch ihren eigenverwalteten Pensionsfonds mitfinanziert worden. Auf dem Papier schrieb *Ailie* schwarze Zahlen und warf Gewinn ab. Laut des letzten Finanzberichts hatte das Restaurant seinen Umsatz seit der Eröffnung um fünfzehn Prozent erhöht. Die Zahlen waren gut und die Prognosen der nächsten zwei Jahre sagten einen weiter ansteigenden Nettoprofit vorher. Also was war Lilis Problem?

Jess scrollte die Seite hinab. »Aha …«

Das Haus hatte eine erhebliche Hypothek und Lili hatte Schulden bei ihren Eltern. Es musste schwierig sein, einen Betrieb mit achtzehn Mitarbeitern über Wasser zu halten und daneben das eigene Kind aufzuziehen. Der finanzielle Druck wäre enorm – etwas, worum Jess sich nie hatte Sorgen machen müssen.

Ihr Vater hatte zwar wenig Interesse an ihr gehabt – jedenfalls hatte es auf Jess so gewirkt –, aber er hatte ihr einen Großteil seines Vermögens hinterlassen. Ihr Erbe und ihre Investitionen boten ihr eine sichere Zukunft.

Lili hatte weniger Glück. Jess hatte nicht bedacht, dass Lili nicht die Mittel haben würde, um den Kredit abzubezahlen. Sie war so damit beschäftigt gewesen, sich selbst zu bemitleiden, dass sie nie über Lilis Situation nachgedacht hatte. Sie hatte sich wie eine selbstsüchtige Göre benommen. Ben war plötzlich gestorben und Lili hatte ihren Freund verloren. Jetzt war Jess hier und setzte Lili unter Druck, den Kredit zurückzuzahlen.

Ihr Handy klingelte und riss Jess aus ihrer düsteren Stimmung. Jonathans Nummer erschien auf dem Display.

»Guten Abend, Jess. Entschuldige, es hat länger gedauert als erwartet, die Informationen zu finden, um die du gebeten hast.«

»Guten Morgen, Jonathan. Danke für deine E-Mail.« Es war gut, seine Stimme zu hören, auch wenn er meilenweit entfernt war. »Lili kann den Kredit im Moment nicht zurückzahlen.«

»Hat sie dir das gesagt?«

»Tatsächlich hat sie es aus vollem Halse geschrien.«

»Habt ihr gestritten?« Er klang alarmiert.

»Nein, haben wir nicht.« Sie kicherte. »Es gab ein riesiges Gewitter und sie ist rausgeeilt, um nach einem umgestürzten Baum zu sehen.«

»Okay, ich hoffe, es geht ihr gut«, sagte er. »Also, was willst du tun?«

»Was meinst du, was will ich tun? Ich hätte gehofft, du könntest mir ein paar Ideen geben.«

»Es gibt Möglichkeiten. Aber letztendlich solltest du entscheiden, anstatt die Entscheidung dem Testamentsvollstrecker zu überlassen.« Jonathans Husten war gefolgt von einem Niesen. »Entschuldige, Jess.«

»Nein, ich muss mich entschuldigen. Du hast in deiner E-Mail erwähnt, dass du dich nicht gut fühlst. Das hier kann warten.«

»Nein, mir geht's gut, es ist nur ein Schnupfen.« Jonathan räusperte sich. »Egal, was du entscheidest, du musst es Lili sagen und sie von ihrem Elend erlösen. Du hast drei Optionen.«

»Drei? Das musst du näher ausführen.«

»Du kannst einen Zahlungsplan aufstellen, ein Geschenk machen oder verhandeln.« Er hustete wieder. »Jess, ich denke, ein Zahlungsplan ist die einzige Option für Lili. Vergiss das Verhandeln; ich kann mir nicht vorstellen, dass sie dir einen Anteil des Restaurants überlässt. Sie hat ohnehin schon alle Hände voll, entschuldige das Wortspiel. Als dein Buchhalter und Freund werde ich dich nicht ermutigen, die Schulden zu erlassen. Aber es liegt an dir.«

»Ein Zahlungsplan war auch mein Gedanke. Etwas, das sie nicht allzu sehr unter Druck setzt. Lili ist stolz; ich kann mir nicht vorstellen, dass sie eine Partnerschaft eingehen würde – vor allem nicht mit mir.« Da war Stolz und da war die Tatsache, dass Lili an die Zukunft ihrer Tochter denken musste. Als Rus Tante hatte Jess die Gelegenheit, den Druck zu mildern und beiden zu helfen.

»Viele Leute nehmen Hilfe nicht an, auch wenn sie sie brauchen«, sagte Jonathan mit kratziger Stimme. »Übrigens, vergiss nicht, dass ich nächste Woche nicht erreichbar sein werde.«

»Stimmt. Deine Konferenz in Südafrika. Bis dahin hast du den Schnupfen besser hinter dir.«

»Allerdings.« Er lachte. »Bootcamp im Londolozi-Tierreservat. Nur ich und fünfzig andere Erbsenzähler. Wenn du nicht mehr von mir hörst, hat ein Löwe mich gefressen.«

»Bootcamp, dass ich nicht lache. Ich habe davon gehört: Luxusunterkünfte und gehobene Küche.«

»Okay. Ich freue mich auf den kleinen Ökotourismus-Ausflug, aber ich mag es nicht, von Maxine und Rupert getrennt zu sein. Aber jetzt zurück zu dir. Rede mit Lili und sieh, ob sie einem Zahlungsplan zustimmt. Ich sehe keine andere Option für sie. Sobald das erledigt ist, kannst du nach Hause kommen.«

»Ja.« Jess zögerte. »Was das betrifft, ich bin nicht sicher, ob ich bereit bin …«

»Du bist nicht bereit, nach Hause zu kommen?«, fragte er. »Liegt es an Aruishi?«

»Es gibt ein paar Dinge, denen ich nachgehen möchte.« Jess hielt inne. »Aber ja, du hast recht, was Aruishi betrifft. Ich würde sie gern besser kennenlernen. Und ich glaube, sie mag mich.«

»Wie findet Lili das?«

»Das ist eine andere Sache. Lili will ihre Tochter beschützen und ich werde hart arbeiten müssen, um ihr Vertrauen zu gewinnen.« Lili nahm an, dass sie nur ein Promi-Partygirl auf zwei Rädern war. Jess hatte vor, sie vom Gegenteil zu überzeugen.

Was wurde von einer Tante erwartet? Es gab so viel zu lernen. Wenn sie nach ihrer Rückkehr nach England eine Beziehung zu Ru aufrechterhalten wollte, musste sie jetzt eine starke Verbindung zu ihrer Nichte aufbauen und ihre Mutter von sich überzeugen.

»Ich verstehe, dass du Zeit mit Aruishi verbringen willst. Kannst du deinen Aufenthalt verlängern?«

»Solange ich mein Trainingsprogramm einhalte und mich vorantreibe. Ich bin ganz dafür, mir Zeit für die Entscheidung zu nehmen, was ich im nächsten Kapitel meines Lebens erreichen will.«

»Das ist einiges, worüber du nachdenken musst«, sagte Jonathan. »Im Moment wohnst du bei Lili. Glaubst du, sie wird dich noch länger bei sich aufnehmen?«

»Ich will ihre Gastfreundschaft nicht übermäßig strapazieren«, sagte sie. »Bens Hütte ist eine Möglichkeit, aber ich müsste seinen Mitbewohner fragen. Sie ist nicht groß und Lili hat erwähnt, dass seine Freundin auch Zeit dort verbringt.«

»Das könnte komisch werden.«

»Ja, du weißt ja, wie gut ich mit solchen Situationen umgehen kann.«

»Rede mit Lili«, sagte er. »Ich muss Schluss machen. Habe in fünfzehn Minuten ein Meeting. Viel Glück und wir hören uns, wenn ich wieder in London bin.«

»Danke, Jonathan.«

»Jederzeit«, sagte er. »Und Jess, sei nicht zu hart mit dir selbst.«

»Versprochen.«

Kapitel 10

Am frühen Abend, um zwanzig nach fünf, marschierte Lili durch *Ailie*s ruhigen Essbereich. Die Beleuchtung war elegant und einladend – nicht zu hell. Verträumte Arrangements von Feldblumen in schimmernden Silbergrau- und Weißtönen zierten die Sideboards. Ihr Duft war Lilis Anweisungen folgend zart statt überwältigend.

Sie fuhr mit dem Finger den zentralen Tisch mit zwölf Plätzen entlang. Er war mit schlichtem, weißen Porzellan, Silberbesteck, Leinen und funkelnden, italienischen Gläsern gedeckt. Das Essen war zwar das Herz, aber das Dekor beeinflusste die Erfahrung der Restaurantgäste. Es musste perfekt sein.

»Alles zu Ihrer Zufriedenheit, Boss?« Owen verneigte sich übertrieben aus der Hüfte.

»Exzellent«, sagte Lili und lächelte jeden ihrer Kellner an. »Der Raum sieht wunderbar aus. Und Mei, bitte bedank dich bei deiner Mum für die Blumen. Sie hat großartige Arbeit geleistet.«

Mei zuckte mit den Schultern. »Mum ist richtig froh, die Arbeit zu bekommen.«

Owen reichte Lili eine Kopie der gedruckten Speisekarte. »Kannst du die letzten Änderungen an der Speisekarte für heute erläutern?«

»Ja«, sagte Lili. »Wir haben heute Morgen eine Menge frische Erbsen geerntet. Die heutige Vorspeise wird also gekühlte Erbsensuppe mit Ziegenkäse-Gougères sein.«

»Gougères?« Haley wirkte kurz unsicher, dann grinste sie. »Ah, das sind diese kleinen Bällchen mit Käse, oder?«

»Richtig. Kleine Brandteigbällchen mit seidigem Ziegenkäse.«

»Mmh.«

»Kommt kurz vor dem Service in die Küche, dann könnt ihr eins probieren«, sagte Lili. »Und wisst aus erster Hand, wie sie schmecken.«

Haley und Mei nickten gleichzeitig.

»Tuckerberry Hill hat uns am frühen Morgen eine Ladung Erdbeeren an die Tür geliefert, deshalb haben wir am anderen Ende der heutigen Speisekarte ein Buschhonig-Panna Cotta mit Erdbeeren, die mit Zimt und Sternanis gewürzt sind. Alex hat herrlich dünnes, salzig-nussiges Karamell-Krokant als Garnitur gemacht.«

»Ich wette, das wird beliebt sein«, sagte Haley.

»Wenn du dann fertig bist, Lili«, sagte Owen, während er auf seine Uhr sah. »Wir müssen uns darauf vorbereiten, unsere Gäste zu begrüßen.« Er knöpfte seine Weste zu, rückte seine Krawatte gerade und drehte sich zu den Kellnern um, die seinem Beispiel folgten. Haley rückte Meis Krawatte zurecht und strich ihre eigenen Manschetten gerade. In den weichen, dunkelgrauen Blusen und schwarzen Hosen sahen sie elegant aus. Graue Schürzen aus dickerem Stoff rundeten den Look ab.

Lili griff nach der Schwingtür in die Küche und spürte ein leichtes Tippen auf der Schulter. Sie drehte sich zu ihrer attraktiven, jungen Kellnerin um. »Hi, Haley. Hast du noch eine Frage?«

»Nein, es ist keine Frage zur Speisekarte. Es tut mir leid, dass ich die Personalfeier letzte Woche verpasst habe. Ich hatte mich darauf gefreut, Bens Schwester zu treffen. Ich verfolge ihre Karriere seit Jahren. Sie ist toll.« Haley richtete einen eifrigen Blick auf Lili. »Glaubst du, ich werde sie treffen können, bevor sie geht?«

»Ich bin sicher, sie würde sich freuen, einen Fan zu treffen. Ich sehe, was ich tun kann.«

Lili schob sich durch die Schwingtüren und hieß den Anblick und Geruch ihrer Küche in den Vorbereitungen für die Gäste willkommen. Als sie in den Raum trat, stieß sie fast mit ihrem Tellerwäscher Alan zusammen, der gerade aus der Garderobe eilte.

Er lächelte schüchtern und sah auf seine Uhr. »Entschuldige, Lili. Ich bin spät dran.«

»Schon gut. Ich bin froh, dass du hier bist.«

Er hob zustimmend den Daumen und ging in Richtung Waschküche.

Lili ließ den Blick über ihr engagiertes Team schweifen. Ein Restaurant war nur so gut wie sein Personal und sie war gesegnet, ein Team zu haben das so gut funktionierte, obwohl sie nicht nach der klassischen Küchenhierarchie strukturiert waren. Sie waren eine kleine Gruppe – *eine Familie,* dachte sie bei sich. Jeder hatte eigene Stärken, aber jeder Koch musste wissen, wie man sämtliche Gerichte auf der Speisekarte zubereitete und anrichtete.

Alex rührte sanft in der Soße, die im Topf auf dem Herd köchelte. »Schlimmer Sturm gestern«, sagte sie, als Lili zu ihr ging.

»Heftig. Er hat an den Fenstern gerüttelt. Wie war es bei dir?«

»In Ordnung. Tash war auf der Arbeit und ich hasse es, während Stürmen allein zu sein.«

»Da bist du nicht die Einzige«, sagte Lili. »Jess ist in Panik ausgebrochen. Ich dachte, sie wäre wegen unseres Meetings schlecht gelaunt. Ich hatte Angst vor dem Gespräch mit ihr und es hat mich überrascht, wie nervös sie war. Es gab einen riesigen Krach, als der Blitz in einen der großen Eukalyptusbäume am Cottage eingeschlagen ist. Ich wusste nicht, ob Dad gerade draußen war.«

»O Mann, Lili. Ich hatte ja keine Ahnung. War alles in Ordnung mit ihm? Was ist mit dem Baum?«

»Ja, Dad geht es gut. Er war in seiner Arbeitshütte. Der Baum hat ein kleines Chaos angerichtet, aber Gott sei Dank das Cottage verpasst.«

»Und Jess?«, fragte Alex.

»Ich war so dumm.« Lili schlug sich mit der Hand an die Stirn. »Erst als ich draußen war, ist mir eingefallen, wie Ben und Jess' Mutter gestorben ist. Sie wurde bei einem Sturm von einem umfallenden Baum getötet, als sie noch Kinder waren.«

»Verdammt. Wie ging es Jess, als du wieder nach Hause gekommen bist?«

»Sie war in ihrem Zimmer. Ich habe angeklopft, um nach ihr zu sehen.«

»Und?«

»Sie hat in Ordnung ausgesehen und so getan, als wäre alles gut, hat mich nach den Sturmschäden gefragt.« Lili nahm einen sauberen Löffel aus ihrer Jackentasche. »Darf ich?«

»Natürlich.« Alex trat beiseite.

Lili schloss die Augen und atmete ein. Das Aroma war himmlisch. Sie zog den Löffel durch die Soße, hob ihn an die Lippen und kostete. Sie ließ die Soße auf ihrer Zunge ruhen und kostete dann wieder. Die Soße aus roten Zwiebeln und Roter Bete würde das Lammschnitzel mit karamellisiertem Fenchel, Erbsenranken und herzhaften Olivenöl-Fladenbrot begleiten. »Perfekt.«

»Danke, Lil.« Alex nahm eine Serviette aus ihrer Tasche und tupfte sich die Stirn ab.

»Etwas süß, etwas herzhaft«, bemerkte Lili. »Aber sie wird das Aroma des Lammes oder der übrigen Elemente auf dem Teller nicht überdecken.«

Alex lächelte zufrieden. »Oh«, sagte sie mit hochgezogenen Augenbrauen. »Wie ist das Meeting gelaufen?«

»Der Sturm hat es vorzeitig beendet. Wir hatten uns noch nicht geeinigt.«

»Aber hast du ihr gesagt –«

»Ja. Ich habe ihr gesagt, dass ich das Geld nicht habe.«

»*Himmel* noch mal.« Alex erhob die Stimme.

Schlagartig waren alle Augen auf sie gerichtet und in der Küche wurde es still.

»Schon gut, Leute.« Lili stieß Alex' Arm an. »Prüft eure Stationen. In fünfundzwanzig Minuten ist Showtime.« Sie lehnte sich näher an Alex. »Beenden wir dieses Gespräch später, ohne Zuhörer.«

Alex nickte. »Wo *ist* Jess heute Abend?«

»Im Haus. Sie passt später auf Ru auf, damit Mum hier vorbeikommen kann.«

»Wessen Idee war das?«, fragte Alex.

»Jess hat es angeboten. Ich hoffe, Ru macht keinen Ärger«, sagte sie stirnrunzelnd. »Ich weiß nicht, ob Jess viel Erfahrung mit Kindern hat, aber sie ist so süß mit Ru, dass ich es nicht über mich gebracht habe, Nein zu sagen. Ich habe ihr gesagt, sie soll Dad anrufen, wenn die Dinge außer Kontrolle geraten.«

»Scott wird zur Rettung eilen, wenn es nötig ist.«

»Ich rufe Mum jetzt an und sehe, ob Ru alles hat, was sie braucht.« Lili legte die Hand an die Bürotür.

»Kein Problem.« Alex stellte den Doppelkessel neben dem Wasserbad am Rand ihrer Station ein. »Gibt es noch irgendetwas, was ich tun soll?«

»Sieh nach Nora und sag ihr, dass wir sechs bestätigte Vegetarier haben. Und der Geschmack in den Grünkohl-Kartoffel-Gnocchi ist subtil, also müssen wir mit den Otway-Trüffeln in der Haselnuss-Butter-Soße sparsam sein. Die sind himmlisch, aber intensiv.«

»Mache ich.«

Lili betrat das Büro, dann streckte sie den Kopf wieder durch die offene Tür, um ihren Lehrling zu rufen. »Josh.«

»Ich bin hier, Boss.« Er kam auf sie zu.

»Gut. Du arbeitest heute neben mir. Es ist Zeit, dass du etwas Erfahrung im Anrichten bekommst.«

»Ja, Lili.« Er grinste.

»Vergiss nicht, das Anrichten ist eine Kunst. Wir halten es schlicht und nutzen Farbe, Form, Aroma und Textur, um ein Gleichgewicht zu schaffen.« Sie erwiderte sein Lächeln. »Hilf Nora dabei, die Shotgläser und Teller für den ersten Gang aufzustellen. Ich bin gleich bei dir.« Sie drehte sich wieder zu ihrem Büro, um ihre Mutter anzurufen.

»Ja, Boss.«

Jess nahm ihre Brille ab, legte sie auf den Küchentisch und rieb sich die Augen. Sie hatte die E-Mail des Vollstreckers zweimal gelesen, um ganz sicher zu sein, aber es war offensichtlich, dass sie die Papiere nicht elektronisch unterzeichnen konnte. Sie würde sich in ihr Büro in South Melbourne begeben müssen, um den Papierkram persönlich zu erledigen. Nun ja, sie konnte genauso gut zwei Ziele mit einer Fahrt erreichen. Sie würde in die Stadt fahren und zugleich das Mietauto zurückgeben. Der Mini war nett, aber Bens Jeep Wrangler stand in Scotts Garage und fing Staub. Der Wagen mit Allradantrieb war größer als sie es gewohnt war, aber jetzt, da sie beschlossen hatte, ihren Aufenthalt in Australien zu verlängern, ergab es Sinn, ein praktischeres Fahrzeug für ländliche Konditionen zu haben.

»Darf ich *bitte* ein Glas Wasser haben?«

»Aruishi, wo kommst du auf einmal her?« Jess sah erschrocken auf. »Deine Oma hat dich vor Ewigkeiten ins Bett gebracht.«

Ru lächelte lieb, während ihr brauner Bär von ihrem Arm baumelte. »Ich hab Durst.« Sie sah zu ihren Füßen hinab. »Und Hunger.«

»Hunger? Hast du nicht genug zu Abend gegessen?« Jess schloss ihren Laptop und winkte Ru näher heran. »Sag mir, was du gern essen würdest.« Sie klopfte auf den Platz neben sich.

Ru zog die Füße nach und setzte ihren braunen Bären auf den Stuhl. »Boris will Milch und Honig.«

»Okay, aber was hättest du gern?« Sie nahm eine Avocado aus der Schüssel in der Tischmitte. »Wie wäre es mit deiner Lieblingsspeise, Toast mit Avocado?«

Sie schüttelte den Kopf und stampfte mit dem Fuß auf. »Ich hasse Avocado.«

»Wie wäre es mit einem Cracker mit Erdnussbutter? Oder Honig?« Jess stand auf. »Komm, schauen wir mal in die Speisekammer.«

Ru neigte den Kopf zur Seite, dann schüttelte sie ihn entschlossen. »Nein.«

Was konnte sie einem Kind in der Nacht gefahrlos zu essen geben? Würde Lili überhaupt wollen, dass sie so spät am Abend etwas aß? Woher sollte Jess das wissen? Sie war zum ersten Mal Babysitterin. Vielleicht ging es nicht einmal um Essen und sie wollte nur Aufmerksamkeit.

Es war ja nicht so, als hätte Jess Erfahrung mit Kindern.

»Was, wenn ich dir eine Geschichte aus einem der Bücher vorlese, die deine Großmutter neben dem Bett gelassen hat?«

Ru ignorierte Jess' Frage und packte den Bären. Sie rannte quietschend durch die Küche und warf Boris über ihren Kopf.

Jess stürzte vor und fing den Bären aus der Luft, gerade als ihr Handy klingelte. Bevor sie es erreichen konnte, nahm Ru es vom Tisch und wischte über das Display.

»Hallo«, sagte sie. »Ja, Oma, das ist Jess' Handy.« Ein paar Sekunden Stille. »Mhm. Nein, Oma. Ich konnte nicht schlafen. Ich habe Hunger, aber Jess will mir nichts zu essen geben. Boris knurrt der Bauch. Ich bin ein braves Mädchen. Okay.« Ru hielt Jess das Handy hin. »Es ist Oma. Sie will mit dir reden.«

Jess nahm ihr Handy und seufzte. »Helen?«

»Hallo, Jess. Ist alles in Ordnung?«

»Ähm ... das war es«, sagte sie und hob Ru hoch, die gerade auf einem Küchenstuhl Pirouetten drehte. Der Stuhl fiel um und stürzte zu Boden, während Ru fröhlich von Jess' Armen baumelte.

»Was war das?«, fragte Helen.

»Entschuldige, ich habe einen der Küchenstühle umgeworfen.«

»Ru hat fest geschlafen, als ich gegangen bin. Wann ist sie aufgewacht?«

»Gerade eben.« Jess setzte sich an den Tisch und hob Ru auf ihren Schoß. »Ich glaube, sie hat Hunger. Jedenfalls hat sie mir das gesagt.«

Helen lachte. »Ich habe ihr eine großzügige Portion Veggie-Nudeln und etwas Joghurt mit Beeren gegeben. Sie hat alles gegessen.«

Jess konnte sich vorstellen, wie Helen den Kopf schüttelte. »Also soll ich ihr nichts geben?« Sie hielt das Handy dicht an ihr Ohr, während Ru mit dem Reißverschluss an ihrer Windjacke spielte.

»Nein. Warum bietest du ihr nicht einfach ein Glas Wasser an?«, sagte Helen. »Ich komme, so schnell ich kann.«

»Ich lese ihr noch eine Geschichte vor. Das beruhigt sie vielleicht«, sagte Jess. »Ich komme schon zurecht. Du musst nicht kommen.«

»Das kleine Fräulein haut dich übers Ohr. Es ist Lilis erster Abend im Restaurant seit einer Weile und ich denke, Ru will Aufmerksamkeit.«

»Aber ...«

»Keine Sorge. Ich gehe trotzdem zu *Ailie* hinüber. Ich schaue nur vorbei und decke sie zu«, sagte Helen amüsiert.

»Okay, Helen. Wenn du sicher bist?«

»Bis gleich.«

Jess steckte das Handy in ihre Tasche. Sie legte die Wange leicht an Rus Kopf und war überrascht, dass das kleine Mädchen in ihrer Armbeuge einzuschlafen schien. Vorsichtig fand sie eine bequemere Position. Jess wagte es nicht, sich von der Stelle zu bewegen, bis Helen eintraf.

Helen kam dicht gefolgt von Scott in die Küche. Sie flüsterte Jess ins Ohr: »Wir bringen Ru ins Bett zurück.«

»Hoffentlich schläft sie durch. Es tut mir so leid, dass ihr kommen musstet.« Jess ließ das jetzt engelsgleiche, schlafende Kind los.

Scott strich mit der Hand sanft über Rus Locken. »Kein Problem. Wir bleiben nicht lange.«

Ru schniefte leise, als Scott sie aus Jess' Schoß hochhob, sicher in die Arme nahm und Helen aus dem Raum folgte.

Mit einem erleichterten Seufzer stand Jess auf und ging umher, um ihre Beine zu strecken. Wie konnte eine Vierjährige sich so schnell bewegen? Es war wirklich beängstigend. Sie hätte von diesem Stuhl fallen und sich wehtun können.

Sie schaltete ihren Laptop aus und packte ihn in die Umhängetasche. Sie setzte sich auf das Sofa, die Hände unter die Schenkel geklemmt, und wartete.

»Sie schläft tief und fest, hat sich gar nicht geregt«, sagte Helen, als sie wieder in den Raum kam. »Scott bleibt noch ein paar Minuten bei ihr, um sicherzugehen. Ich garantiere, dass sie heute Abend nicht wieder aufwacht.«

»Gott sei Dank. Ich fühle mich schrecklich, weil ich deinen und Scotts Abend stören musste. Danke. Ich komme jetzt klar.« Jess konnte nur hoffen, dass Ru durchschlief, denn sie wusste nicht, was sie tun würde, wenn sie wieder aufwachte.

»Jess, hättest du Interesse daran, mit mir zum Restaurant zu kommen?«, fragte Helen.

»Jetzt? Ich habe Lili versprochen, dass ich auf Aruishi aufpassen würde, bis sie nach Hause kommt.« Bisher war Jess nicht besonders gut darin gewesen.

»Ja, aber du würdest mir einen Gefallen tun. Wie du weißt, ist es *Ailie*s erster Abend nach der Winterpause und sie sind komplett ausgebucht.« Sie setzte sich neben Jess auf das Sofa. »Egal, wo dein Bruder war – in welcher Ecke des Planeten –, er hat Lili immer angerufen und ihr Glück gewünscht. Heute wird es anders sein.« Ihre Augen füllten sich mit Kummer. »Ich gehe rüber, um zu sehen, ob es Lili gut geht.« Sie tätschelte Jess' Knie. »Es wäre schön, wenn du mitkommst.«

»Was ist mit Aruishi?«

»Scott kann das Football-Spiel hier ansehen und ein Auge auf seine Enkelin haben«, sagte Helen. »Warum ziehst du dich nicht um und kommst mit mir? Ich sage Scott Bescheid.«

Jess nickte. Natürlich vermissten sie Ben an diesem Abend. Es war richtig, es zu tun.

Jess stieg aus dem Auto und wartete neben der Beifahrertür. Mittlerweile hatte sie Zweifel, ob es richtig gewesen war, zum Restaurant zu kommen. Sie hatte nicht vor zu essen, was tat sie also hier? Helen wollte nach ihrer Tochter sehen und Jess konnte ihre Sorge verstehen, aber vielleicht wollte Lili sie nicht hier sehen.

»Bereit?«, fragte Helen.

Jetzt ist es zu spät, um meine Meinung zu ändern. Sie folgte Helen durch den Garten hinter dem Haus und durch einen Seiteneingang hinein. Sie gingen an Lilis leerem Büro und dem Personalzimmer vorbei, dann einen kurzen Korridor entlang in ein gemütliches Foyer.

Helen drückte Jess' Schulter. »Wenn wir uns an die Bar setzen, können wir alles beobachten, ohne im Weg zu sein.« Sie lächelte warm, als spürte sie Jess' Befangenheit. »Du siehst schön aus. Dieses Pink an deinem Pullover ist hinreißend. Ist er aus Kaschmir? Er sieht so edel aus. Komm schon, sehen wir, ob Owen uns einen Drink ausgibt.«

Als sie einen Blick zu den Tischen warf, an denen elegant gekleidete Gäste saßen, war Jess froh, dass sie sich die Zeit genommen und etwas anderes als Jeans und Windjacke angezogen hatte. Sie hielt den Kopf erhoben und schob beide Hände tief in die Taschen ihrer Leinenhose, während sie sich der neugierigen Blicke nur allzu bewusst war.

»Setz dich«, sagte Helen und kletterte selbst auf einen Barhocker.

Jess glitt auf den Hocker neben ihr. »Das diffuse Licht von den Metallrad-Kronleuchtern verändert das Restaurant.« Der sanfte Schein und die Blumenarrangements waren heimelig und einladend. »Bis jetzt hatte ich es nur bei Tag gesehen.«

»Ja, ich finde, Lili hat großartige Arbeit geleistet. Sie wollte, dass es ein wenig lässig und minimalistisch wird, aber ich finde es stilvoll. Ben hat auch einige fantastische Ideen beigesteuert.«

»Ich bin beeindruckt.«

»Der Raum hat eine gute Größe. Das Restaurant ist zwar gestreckt voll, aber nicht eng oder laut«, sagte Helen. »Die Tische sind in guten Abständen aufgestellt und die großen Fenster bringen den Garten hinein.«

Helen hatte recht. Die gedämpfte Beleuchtung auf der Terrasse und im Garten erweiterten die Sicht der Gäste und ließen das Restaurant geräumiger wirken. An einem lauen Sommerabend war es sicherlich wunderbar, auf der Terrasse unter den Sternen zu essen.

Die Bar befand sich auf der linken Seite des Raums, zwischen dem Essbereich und der Küche. Die beleuchteten, offenen Regale hinter der Theke waren voller Flaschen mit Flüssigkeiten in allen möglichen Farben. Quadrate aus farbigem Glas waren an zufälligen Stellen zwischen den Regalen eingebaut und Jess erinnerte sich daran, wie sie bei ihrem letzten Besuch aus der Küche durch sie hindurchgespäht hatte. An der Wand über der Bar zeigte ein großes, düsteres Landschaftsgemälde einen stürmischen Himmel und schweren Wolken und Sonnenstrahlen, die auf dem türkisfarbenen Meer schimmerten. Jess sah auf die Signatur und konnte den Namen *A. Rey* erkennen. »Ich liebe das Gemälde, Helen. Lebt der Maler in der Nähe?«

»Sie und ihre Frau haben ein Haus in Hakea, an der Great Ocean Road. Andrea und Caitlin haben in Irland geheiratet und die Hochzeitsfeier war kurze Zeit später hier im *Ailie*. Sie waren so beeindruckt von Lilis Bemühungen – das Menü war herrlich; ich wünschte, du hättest es sehen können –, dass sie Lili Andis Bild geschenkt haben.«

»Was für ein außergewöhnliches Geschenk«, sagte Jess.

»In dieser Umgebung sieht es wirklich fabelhaft aus.«

Jess begann, Fragen über das Paar zu stellen, als sie in einer Ecke des Raums nahe der Terrasse ein Klavier bemerkte.

»Ein Baby Grand? Nicht zu glauben, dass ich das bisher nicht bemerkt habe.«

»Sie haben es erst gestern vom Fachmann zurückgebracht. Was für ein Drama, das zu bewegen. Zwei starke Männer und eine Menge Seile.« Helen kicherte. »Alles nur wegen irgendeines Problems mit instabiler Feuchtigkeit. Hoffentlich muss es nicht wieder bewegt werden.«

»Feuchtigkeit kann das Holz beschädigen und den Klang verändern.«

»Das ist richtig. Spielst du?«

»Ja, aber ich bin aus der Übung.«

»Lili hat früher gespielt, aber jetzt hat sie keine Zeit dafür.« Helen seufzte. »Es war das Klavier meiner Mutter und wurde vollständig restauriert und gestimmt. Du darfst es gern spielen, wenn das Restaurant geschlossen ist.«

Der Restaurantmanager kam mit einer Flasche und zwei Gläsern in den Händen auf sie zu.

Jess hatte Owen kurz auf der Personalfeier kennengelernt. An jenem Abend war sie meistens im Hintergrund geblieben und hatte die eng verbundene Gruppe aus der Ferne beobachtet.

»Owen«, sagte Helen. »Ich hoffe, dieser Wein ist für uns.«

»Definitiv.« Er lächelte und goss dunklen Wein in die hohen Gläser. Er war elegant gekleidet und seine dichten, hellen Haare waren aus seiner breiten Stirn zurückgekämmt. »Es ist schön, dich wiederzusehen, Jess.«

»Owen ist unser extravaganter Restaurantmanager. Der sich nicht nur um den Essbereich kümmert, sondern das *Ailie* auch mit seinem außergewöhnlichen Wissen über Weine und Spirituosen bereichert«, sagte Helen grinsend.

»Willkommen im *Ailie*.« Owen reichte ihnen ihre Gläser. »Scotchman's Hill Pinot Noir. Der ist in der Gegend besonders beliebt.«

Jess neigte den Kopf, während sie seinem Akzent lauschte. »Danke, Owen. Aus welchem Teil von London stammst du?«

»East Finchley«, sagte er.

»Meine Wohnung ist in Hampstead«, sagte sie. »Praktisch dieselbe Nachbarschaft.«

»Du solltest bedenken, dass ich zwanzig war, als ich von dort weg bin. Seitdem habe ich überall gewohnt.«

»Und jetzt haben wir großes Glück, dich hier zu haben.« Helen hob ihr Glas zu Owen, bevor sie einen Schluck nahm.

»Und ich habe Glück, hier zu sein, Helen.« Er wandte sich an Jess. »Was hältst du von dem Wein?«

»Hmm, er erinnert mich an reife Pflaumen, leicht würzig. Ich mag ihn.«

Helen entschuldigte sich, um einen Gast zu begrüßen, der ihr durch den Raum hindurch zuwinkte. Eine Kellnerin gesellte sich zu Owen hinter die Bar. Genau wie er war sie elegant gekleidet, obwohl das Outfit der attraktiven jungen Frau von einer langen Schürze vervollständigt wurde. Während sie mit Owen sprach, wanderte ihr Blick mehrmals zu Jess und ein wissendes Lächeln trat auf ihre Lippen. Sie war nicht auf Lilis Personalfeier gewesen – dessen war Jess sich sicher.

Jess erwiderte ihren Blick, als sie um die Theke herumging und sich vor sie stellte. »Hi. Jessica Harris?«, fragte sie. »Ich bin Haley. Es ist toll, dich hier zu haben. Hier, auf der Halbinsel, meine ich. Ich habe gesehen, wie du vor zwei Jahren in Südamerika gewonnen hast – du warst großartig.« Haley streckte die Hand aus.

Jess hob erstaunt eine Augenbraue und schüttelte Haleys Hand. »Du warst dort?«

Röte trat auf ihre Wangen und sie ließ Jess' Hand los. »Nein. Nein, das wäre schön gewesen«, sagte sie. »Ich habe dich im Fernsehen gesehen.«

Jess lächelte. »Ah … das war ein tolles Rennen.«

»Es war alles in allem ein großes Jahr für dich, oder? Und diese Tour – zwei verschiedene Medaillen in einem Event. Wow.«

»Unser ganzes Team hat sich gut geschlagen. Es ging nicht nur um die einzelnen Medaillen.« Das war das erste Mal seit ihrer Ankunft in Australien, dass ein Radsportfan an sie herantrat. Die Art, wie Haley sie in ein Gespräch zog, hatte einen flirtenden Unterton an sich.

Haley lehnte sich an sie heran, sodass Jess ihren leichten, blumigen Duft wahrnehmen konnte. »Oh, das weiß ich … aber ich kann nicht glauben, dass ich dich wirklich treffe«, sagte sie und streckte die Hand nach Jess' Unterarm aus.

Jess zuckte nicht vor der Berührung zurück. Sie sah auf Haleys Hand hinab, die ihren Arm leicht liebkoste.

»Haley. Kannst du bitte Mei helfen?« Hinter der Bar runzelte Owen die Stirn.

Haley zog die Hand zurück. »Ja, natürlich.« Sie drehte sich zu Owen und neigte abwehrend das Kinn, bevor sie wieder zu Jess sah und grinste. »Es ist so gut, dich zu treffen. Ich hoffe, wir können wieder einmal … reden?« Sie stand aufrecht, die Hände auf dem Rücken verschränkt.

»Ja. Das wäre nett«, sagte Jess, bevor Haley an ihre Station zurückkehrte. Sie war süß, auf eine naive, aufmerksame, eifrige Art und Weise. Jess musste zugeben, dass sie die Aufmerksamkeit von jemandem, der offensichtlich den Frauen-Radsport verfolgte, durchaus willkommen hieß.

Bei lautem Gelächter drehte Jess sich auf ihrem Hocker um und beobachtete, wie ein älteres Paar sich an den Tisch in der Mitte setzte. Sie wurden von den anderen in ihrer Gruppe mit Händeschütteln und Umarmungen begrüßt.

»Wäre es nicht schön, die Liebe deines Lebens mit zwanzig getroffen zu haben und dann sechzig gemeinsame Jahre zu feiern?«

Bei Lilis leiser Stimme in ihrem Ohr und ihrem warmen Atem auf ihrem Gesicht zuckte Jess zusammen.

»Entschuldige. Ich wollte dich nicht erschrecken.« Lili blieb dicht neben ihr. »Mr. und Mrs. Hubert feiern heute ihren sechzigsten Hochzeitstag.«

»Eine ziemliche Leistung«, sagte Jess. »Es ist schwer zu begreifen, dass *irgendeine* Beziehung so lange dauern könnte.«

»Ach ja?« Lilis blaue Augen leuchteten und sie hob das Kinn, als wäre sie aufrichtig an ihrer Antwort interessiert.

»Ja.« Sie nahm einen Schluck Wein. Jess kannte nicht viele Ehen, die auch nur halb so lange andauerten. Ihre Eltern hatten sich scheiden lassen, bevor sie drei Jahre alt gewesen war.

»Schade, dass du das glaubst.« Lili lächelte traurig und wich zurück, als Helen zu ihnen an die Bar trat. »Mum«, grüßte sie.

»Du musst zufrieden damit sein, wie viele heute gekommen sind«, sagte Helen und drehte sich zu Jess. »Also, was denkst du?«

Jess stellte ihr Glas auf die Bartheke. Lilis erwartungsvoller Blick machte sie nervös. »Es ist nicht, was ich erwartet hatte.«

»Ach?«, fragte Lili mit hochgezogenen Augenbrauen.

»Bisher habe ich das Restaurant nur bei Tageslicht und leer gesehen.« Jess deutete zur Küche. »Das ist eine neue Erfahrung für mich. Ich mag es, dass ich durch die kleinen Fenster zwischen den Flaschen einen Blick auf das Treiben in der Küche habe. Die ruhige Atmosphäre im Essbereich ist ein ziemlich großer Kontrast.« Sie sah auf und begegnete Lilis neugierigem Starren. »Die Gäste können die Essenszubereitung ohne den Lärm und die Hitze beobachten.«

»Exakt. Sehr aufmerksam.« Der Anflug eines Grinsens war zu sehen.

Jess hielt die Speisekarte hoch und biss sich auf die Lippe. »Trauen dir die Leute zu, ihnen einfach … irgendetwas zu servieren?«

»Das tun sie«, sagte Lili selbstsicher. »Unser Verkostungsmenü ist eine großartige Gelegenheit, um neue Geschmäcker zu entdecken, abenteuerlich zu sein – die Kontrolle ein wenig abzugeben.«

Wurde Jess gerade aufgezogen? Sie bedachte Lili mit einem abwägenden Blick. Ihr gefiel, was sie sah. In der makellosen, weißen Jacke mit dem seitlichen Reißverschluss und den Vordertaschen, die offensichtlich für sie maßgeschneidert war, der weiten schwarzen Hose und den polierten Arbeitsstiefeln sah sie ansprechend aus. Von sich selbst überzeugt und kompetent strahlte Lili pure Energie aus.

»Lili.« Helen zupfte an ihrer Jacke.

Lili warf einen Blick auf ihre Uhr. »Los geht's.« Verspielt zuckte sie mit den Schultern. »Wir sind flexibel. Wir beachten besondere Ernährungsbedürfnisse und es gibt für jeden Gang eine vegetarische Alternative. Unser Motto lautet frisch, saisonal und schlicht.«

»Boss. Wir können loslegen«, sagte Owen hinter der Bar und gab Mei ein Zeichen, die eine blassrosa Flüssigkeit in Aperitifgläser auf einem Tablett einschenkte.

»Okay. Bitte sag Alex, dass wir in zehn Minuten starten. Ich mache jetzt meine Runde.« Lili verneigte sich vor Jess und ging zum Tisch der Familie Hubert. Sie begrüßte das ältere Paar mit einer Umarmung und einem Handschlag, bevor sie weiterging.

Lili hatte diesen Blick – den Blick, den Jess einst so gut gekannt hatte: den Blick des Erfolgs. Den Blick einer Siegerin. War sie vor einem großen Abend angespannt? Kribbelten ihre Hände vor Aufregung oder Nervosität? Genoss Lili genau wie Jess am Beginn eines Rennens den Rausch einer Herausforderung? Erlebte sie auch den Adrenalinstoß des Aufbaus und dann des Sprints bis zur Ziellinie?

Jess bewunderte, wie Lili von einer Gruppe zur nächsten ging, einigen Gästen die Hand schüttelte und anderen zulächelte. Der ganze Prozess dauerte weniger als zehn Minuten, bevor sie in die Küche zurückschlüpfte.

Gespräche, das Klirren von Gläsern und Besteck, das Klappern der Schwingtüren zwischen dem hinteren Bereich und dem Essbereich summten um Jess herum.

»Ich bin jetzt bereit zu gehen«, sagte Helen. »Falls du länger bleiben willst, kann Owen ein Auge auf dich haben.«

Jess trank ihr Glas aus und griff nach ihrer Jacke. Sie wäre gern noch etwas länger geblieben – hätte ein weiteres Glas Wein getrunken und beobachtet, wie Lilis Verkostungsmenü aufgenommen wurde. Lili schien so sicher, dass die Gäste bezaubert von ihrer Auswahl sein würden, und Jess war neugierig auf ihre Reaktionen. »Nein, danke. Ich bin bereit«, sagte sie trotzdem widerwillig.

Lili, die Köchin, hatte etwas Unwiderstehliches an sich. Ihre Selbstsicherheit war attraktiv. Jess war sicher, dass sie die richtige Entscheidung getroffen hatte. Morgen würde sie nach Melbourne fahren, sich mit dem Testamentsvollstrecker treffen und die Papiere unterzeichnen. Stufe Eins abgeschlossen.

Kapitel 11

Sobald sie das Café betrat, erkannte Jess die zierliche Gestalt von Usha Joshi. Es war die Art, wie sie saß: stets aufrecht und mit der dünn umrandeten Brille auf der Spitze ihrer leicht gebogenen Nase.

Jess' Erinnerungen waren verschwommen, aber sie würde nie die wichtige Rolle vergessen, die diese Frau einst in ihrem Leben gespielt hatte, vor allem an dem Tag, als ihre Mutter gestorben war.

Usha hatte sie nach der Mittagspause von der Schule abgeholt. Der heftige Sturm hatte alle drinnen gehalten und der prasselnde Regen hatte es unmöglich gemacht, vom Schulgebäude zu Ushas Auto zu gelangen, ohne völlig durchnässt zu werden. Ben hatte zitternd auf dem Rücksitz gesessen, mit fest vor der Brust verschränkten Armen und unlesbarem Gesicht. Jess hatte an ihrem Sitzgurt gezerrt, da er ihr die Luft abgeschnürt hatte, bis sie kaum noch atmen konnte. Während der fünfzehn Minuten langen Fahrt hatte Usha geradeaus gestarrt und sich darauf konzentriert, das Auto auf überschwemmten Straßen zu steuern, während Regen auf die Windschutzscheibe prasselte.

Der Albtraum hatte begonnen, als Jess hatte das leuchtend blaue Neonschild über dem Eingang der Krankenhaus-Notaufnahme erspähte. Das war ein halbes Leben, fast neunzehn Jahre, her.

Jetzt ging Jess an leeren Tischen mit einer seltsamen Ansammlung an Stühlen, einem abgenutzten Ledersofa und einem Sofatisch voller Zeitschriften vorbei. Im Schein einer Retro-Pendelleuchte, die direkt über ihr hing, sah Ushas Haar grau aus, aber sie trug es immer noch zu einem einzelnen Zopf geflochten, der ihr bis zur Taille fiel. Als sie von ihrer Zeitschrift aufsah, leuchteten Ushas weiche, braune Augen – mit nur ein paar Lachfältchen in den Augenwinkeln – erkennend auf.

Jess' Kehle zog sich zusammen und ungeweinte Tränen brannten in ihren Augen.

Usha schob ihren Stuhl zurück, stand auf und breitete die Arme aus. »Komm«, sagte sie nur. Sie legte die Arme um Jess' Taille. Es waren starke Arme, genau wie an jenem Tag in der Notaufnahme. Der Arzt hatte den Kopf geschüttelt und Jess würde nie Ushas scharfes Luftholen vergessen, als sie Jess' Unterarm fest gepackt hatte, damit sie nicht wegrannte.

Sie senkte den Kopf auf Ushas Schulter und sie standen mehrere Augenblicke lang da, ohne ihre Umgebung wahrzunehmen.

»Kind«, sagte Usha leise, »wir haben Glück, dass das Café an diesem Morgen leer ist. Das ist eine kleine Stadt und die Leute werden über uns tratschen.«

Sie hob den Kopf und sah in lächelnde Augen hinab. Usha zwinkerte, dann legte sie eine Hand auf Jess' Unterarm.

So zärtlich von Usha gehalten zu werden und nicht widerstehen zu können, sich auf diese Art trösten zu lassen, war so weit von ihrer Erfahrung der letzten neunzehn Jahre entfernt, dass sie fast auf den Stuhl fiel, den Usha für sie hielt.

»Trinken wir gemeinsam Tee und reden ein wenig.«

Sie setzten sich an einen kleinen Tisch am Fenster.

Usha drehte sich auf ihrem Stuhl zur Seite, als eine robuste Frau in mittleren Jahren mit einer Speisekarte in der Hand an ihren Tisch trat. »Ah, Jess, das ist Maddie, meine Freundin und die Inhaberin des Cafés. Maddie, das ist meine liebe Jessica, die ich seit langer, langer Zeit nicht gesehen habe.«

»Willkommen.«

»Danke. Es ist schön, hier zu sein.«

»Ich nehme eure Bestellung auf und lasse euch dann Neuigkeiten austauschen.« Sie wandte sich an Jess. »Was kann ich dir bringen?«

»Earl Grey, bitte. Schwarz.« Eine Tasse Tee war genau das, was sie jetzt brauchte, um ihre Nerven zu beruhigen.

»Mach bitte gleich eine Kanne«, fügte Usha hinzu. »Und zwei von diesen frischen Zimtschnecken. Heute musst du mich nicht dazu überreden, sie riechen so köstlich.«

»Zwei Zimtschnecken und eine Kanne Earl Grey-Tee, kommt sofort«, sagte Maddie, bevor sie zur Theke ging.

»Ich könnte nicht …«

Usha hob die Hand und schüttelte den Kopf. »Natürlich kannst du. Sie sind sehr gut. Ich esse nicht gern allein. Verbringen wir etwas Zeit miteinander und teilen das Essen.« Sie griff über den Tisch und drückte Jess' Hand. »Ich habe lange Zeit auf diesen Tag gewartet.«

»Es tut mir so leid –«

»Entschuldige dich nicht. Du bist jetzt hier«, sagte sie. »Nach der Scheidung und nachdem dein Vater nach England zurückgekehrt ist, waren du und dein Bruder und deine Mutter meine Familie. Du warst noch ein Kind, als sie gestorben ist, und dein

Vater ist nach Australien gekommen und hat dich mitgenommen. Ja, manche Dinge sind anders zwischen uns. Aber manche Dinge ändern sich nie.« Usha gestikulierte mit der Hand zwischen ihnen beiden. »Du bist immer noch Familie.«

Jess keuchte bei diesen mächtigen Worten von Usha und erwiderte langsam den ruhigen Blick der Frau. »Du bist mit Ben in Kontakt geblieben.« Sie zögerte. »Ich bin froh, dass er nicht allein war.«

»Ja, ich war sein Vormund, bis er achtzehn wurde. Aber es war auch für mich gut, in Kontakt zu bleiben, Jess«, sagte sie. »Als er nach Melbourne gezogen ist, haben wir uns für ein Jahr oder so aus den Augen verloren. Ben wollte beweisen, dass er es allein schaffen konnte.« Ihre Augen funkelten. »Er war ein Mann Er brauchte mich nicht, um über ihn zu wachen.«

»Wusstest du von Aruishi?« Jess konnte den Schmerz in ihrer Stimme nicht verbergen.

»Es tut mir so leid, dass er es dir nicht gesagt hat.« Usha senkte den Blick. »Ich habe es selbst erst herausgefunden, als dieses wunderschöne Kind schon zwei Jahre alt war.«

»Aber warum? Warum hat er es vor dir verheimlicht?«

Usha wickelte sich das Ende ihres Zopfes um die Finger. »Ich glaube, es war ihm peinlich«, sagte sie schließlich. »In deiner E-Mail hast du geschrieben, dass du von der Vereinbarung zwischen Lili und Ben weißt? Dass er seine Rechte als Elternteil aufgegeben hatte?«

Jess nickte.

»Ich weiß nicht, warum er dachte, ich würde ihre Vereinbarung nicht gutheißen. Er half einer guten Freundin und Lili ist eine wundervolle Mutter für Aruishi.«

»Ich wünschte, ich hätte ihn nicht auf Abstand gehalten«, sagte Jess mit Bedauern in der Stimme.

Usha hielt Jess' Blick fest. »Dein Bruder ist immer von einem Ort zum anderen gezogen und war nicht der Beste im Kommunizieren.«

Dasselbe konnte man von ihr sagen. »Ich war so wütend, dass er nicht mit uns gekommen ist. Er hat mich mit meinem Vater allein gelassen. Ich kannte den Mann nicht mal.« Jess wandte den Blick ab, bevor Usha die Tränen sah, die ihr in die Augen stiegen. »Ich konnte ihm nicht vergeben«, flüsterte sie.

Usha griff nach ihrer Hand und drückte sanft ihre Finger. »Das tut mir so leid.«

Jess zwang sich, ihre Emotionen unter Kontrolle zu bekommen. »Also, wie hast du von Aruishi erfahren?«

Usha nahm einen Löffel und rührte den Tee um, bevor sie ihn vorsichtig in ihre Tassen einschenkte. »Ben war gerade verreist. Nach Hawaii, glaube ich. Ich habe mitten in der Nacht einen Anruf bekommen. Aruishi war ins Krankenhaus in Geelong gebracht worden.«

Jess ließ beinahe ihre Teetasse fallen. »Was um alles in der Welt ist passiert?« Vorsichtig stellte sie sie auf der Untertasse ab.

»Aruishi wurde mit Respiratorischem Synzytialvirus eingewiesen. Normalerweise sind die Symptome mild, wie bei einer Erkältung. Aber bei ihr hatte es sich zu einer Bronchitis entwickelt und sie hatte Schwierigkeiten zu atmen.«

Obwohl Jess wusste, dass ihre Nichte jetzt gesund war, zitterten ihre Hände und sie klemmte sie unter ihre Schenkel.

»Lili hat Ben auf Hawaii angerufen, um ihm Bescheid zu sagen. Ben hat mich angerufen. Er war panisch vor Sorge.«

»Es muss schlimm gewesen sein, so weit weg zu sein.«

»Ja, aber er machte sich auch Sorgen um Lili. Ihre Eltern waren im Urlaub in Schottland.«

»Lili war ganz allein?« Jess biss sich auf die Lippe. Sie konnte sich nicht vorstellen, wie traumatisch es war, wenn das eigene Kind im Krankenhaus lag. »Sie muss außer sich gewesen sein.«

»Ja, das war sie. Zuerst hat Ben mich gebeten, zum Krankenhaus zu gehen und nach dem Kind einer Freundin zu sehen. Als er mir sagte, das Mädchen hieße Aruishi, verstand ich sofort. Ich habe ihn direkt gefragt und er hat bestätigt, dass Aruishi seine Tochter ist.«

»Was für ein Schock.«

»Ja, aber ich bin sofort ins Krankenhaus gefahren. Aruishi bekam Sauerstoff und Flüssigkeit, damit sie nicht dehydrierte. Ihre Atmung hatte sich beruhigt, aber sie wirkte so klein und hilflos. Als ich am Bett des Kindes ankam, sah Lili aus, als würde *sie* gleich zusammenbrechen, so blass und erschöpft war sie. Es hat eine lange Zeit gedauert, bis ich sie davon überzeugen konnte, dass Aruishis Zustand stabil war.«

»Ich bin so froh, dass du für Lili da warst. Ich wusste nicht, dass ihr euch kennt. Bist du noch in Kontakt mit ihr und Aruishi?«

Usha nickte. »Als Ben zurückgekehrt war, haben wir gemeinsam in Lilis Restaurant gegessen. Ich habe Lilis Eltern Helen und Scott kennengelernt.« Usha holte ein Taschentuch aus ihrer Tasche. »Es war Lili, die mir die Nachricht von Bens Unfall überbrachte. Sie hat mich gebeten, auf der Trauerfeier zu sprechen.« Sie betupfte sich die Augen. »Sie sind eine sehr liebevolle Familie und Ben war ihnen sehr wichtig. Und dieses Kind, Jess – sie ist etwas ganz Besonderes. Aruishi, sie ist so schön, genau wie du es in ihrem Alter warst.« Sie lächelte Jess an. »Genau wie du es jetzt bist.«

»Danke, Usha.« Sie rieb sich den Nacken. »Es ist beängstigend, wie schnell Aruishi mir unter die Haut gegangen ist. Ich habe sie gerade erst getroffen, aber es ist, als würde ich sie ihr ganzes Leben lang kennen.«

Usha nickte ermutigend, damit Jess fortfuhr.

Ihr kam eine Idee. »Ich würde gern etwas Besonderes für sie tun, damit sie mich nicht vergisst, wenn ich zurückfliege.«

»Sie wird dich nicht vergessen, Jess.«

Ich hoffe nicht. »Sie will unbedingt ein eigenes Fahrrad. Aruishi ist nicht nur von meinem Rennrad fasziniert, sondern auch von meinem Radkit«, sagte Jess lächelnd. »Ich habe sie dabei erwischt, wie sie auf mein Rad klettern wollte, und konnte sie gerade rechtzeitig stoppen. Stell dir nur vor, wenn Lili sie gesehen hätte.«

Usha machte große Augen, gerade als ihr Handy einen Alarm von sich gab, und sie verzog das Gesicht.

»Bedeutet das, du musst gehen?«, fragte Jess enttäuscht. Es fiel ihr überraschend leicht, mit Usha zu reden, selbst nach all den Jahren.

»Ich fürchte ja. Ich kann meine Patienten nicht warten lassen«, sagte sie. »Ich dachte, es wäre angenehmer für dich, wenn wir uns zuerst hier im Café treffen. Aber bevor du nach England zurückkehrst, musst du zu mir nach Hause kommen. Ich möchte für dich kochen.« Sie lächelte wieder.

»Nur wenn wir gemeinsam kochen können, wie früher …«

»Ja, wie früher. Wir treffen uns noch einmal und dann kannst du mir von deinem Leben und deinen sportlichen Erfolgen erzählen – und wenn du bereit dazu bist, nach diesem schrecklichen Unfall.« Usha schüttelte den Kopf, als wollte sie den Gedanken loswerden.

Nach dem Tod ihrer Mutter war Usha zu Ben und Jess ins Haus gezogen. Sie hatte alle ihre Lieblingsspeisen gekocht und versucht, sie zum Essen zu ermutigen. Sie hatte Jess im Arm gehalten, wenn ihre Albträume sie aufgeweckt hatten. Sie hatte alles für sie getan, bis Jess weggebracht worden war.

Jess seufzte schwer. Usha hatte ihre Karriere verfolgt und wusste von dem Unfall. »Ich war so egoistisch. Ich habe nie auf deine Geburtstagskarten geantwortet, die du geschickt hast, als ich im Internat war.«

»Jessica, sei nicht so streng mit dir«, sagte Usha. »Du warst nur ein Kind. Nichts davon war deine Schuld.«

Jess war froh, dass Usha so nachsichtig war und dass sie die Chance bekam, sie wieder in ihrem Leben zu haben – und einige ihrer Fehler zu korrigieren.

Usha stand auf und deutete auf Jess' leeren Teller. »Ich hab's dir ja gesagt: Maddies Zimtschnecken sind unwiderstehlich.«

Sie hatte tatsächlich das Gebäck mit Rosinen und Nüssen aufgegessen. Jess schob den leeren Teller ungläubig weg, stand auf und griff nach ihrer Tasche. »Lass mich das übernehmen.«

Usha zog Jess in eine Umarmung. »Es ist schon erledigt.« Sie ließ sie los und trat zurück, um ihr wehmütig in die Augen zu blicken. »Jetzt versprich mir, dass du mich besuchen wirst, bevor du abreist.«

»Ich verspreche es«, sagte sie und meinte es auch so.

»Gut. Das ist sehr gut.«

Während sie ihr nachsah, bemerkte Jess, dass Usha auf dem rechten Bein leicht hinkte. Was konnte das verursacht haben? Vielleicht Arthritis. Oder eine Verletzung. Jess runzelte die Stirn; es gab vieles, das sie nicht über Ushas Leben wusste.

Als Jess den Jeep in der Garage der McAllisters parkte, trommelte sie mit den Fingern zerstreut auf das Lenkrad – tippte den Rhythmus zu einem Song mit, der im Radio lief. Bens Wagen mit Vierradantrieb war weit geräumiger als der Mini. Sie war zufrieden mit dem Ergebnis ihres Einkaufs bei Simon Emmetts *CycleMania* in Geelong und drehte sich um, um den Gegenstand zu bewundern, den sie vorsichtig hinten verstaut hatte. Simons Schwester Haley – und das war eine Überraschung gewesen, die Kellnerin aus dem *Ailie* in dem Fahrradgeschäft vorzufinden – hatte sie selbst beraten wollen.

Jess sprang vom Fahrersitz. Wenn sie noch breiter lächelte, würde sie bald einem Clown ähneln. *Danke, Haley.*

»Hi.« Lili kam in die Garage. »Du bist zurück.«

»Ja, hallo«, sagte sie neben der hinteren Tür. »Ich habe Usha in einem Café in Drysdale getroffen.«

»Fantastisch, ich wette, sie hat sich gefreut, dich zu sehen.«

»Sie ist kleiner als in meiner Erinnerung.« Jess grinste. »Es war wunderbar, nach so langer Zeit mit ihr zu reden.« Sie öffnete die Hintertür, hob das kleine Fahrrad mit dem Metallrahmen – in Weiß und Lila – aus dem Auto und stellte es auf den Betonboden.

Lili ging um Jess herum und blieb vor dem Kinderrad stehen. »Was ist das?«

»Es ist für Aruishi.«

»Du kannst ihr nicht einfach teure Geschenke kaufen«, sagte Lili mit einem gereizten Unterton in der Stimme.

Diese Reaktion auf das Geschenk hatte Jess nicht von Lili erwartet. Überhaupt nicht.

»Sie hat erwähnt, dass sie nie ein eigenes Rad hatte.« Lili würde doch bestimmt nichts dagegen haben, dass Jess Ru eines gab?

»Sie ist vier Jahre alt.«

»Ja, ich weiß. Es ist von *CycleMania*. Haley war sehr hilfsbereit.«

»Du bist in Simons Geschäft gegangen? In Geelong?« Lilis stahlblaue Augen schienen Jess zu durchbohren.

»Ja, Haley hat mir geholfen, das sicherste in Australien hergestellte Fahrrad für eine Vierjährige auszusuchen. Ich wusste nicht, dass es das Geschäft ihres Bruders war. Es war eine angenehme Überraschung, sie dort zu sehen«, sagte Jess.

»Darauf wette ich.« Lili ging um das Rad herum. »Haley arbeitet nur Teilzeit im *Ailie*«, sagte sie. »Es ist wunderschön. Aber du hättest das nicht tun sollen.«

»Ich dachte, ich könnte es ihr beibringen ... das Fahren.«

»Hast du überhaupt daran gedacht, mich zu fragen? Dad und ich reparieren ein altes Rad für Ru. Als Weihnachtsgeschenk.«

Das rostige, alte Ding, das Jess von Spinnweben bedeckt in der Ecke der Garage gesehen hatte, würde nicht sicher für Ru sein. »O Gott. Entschuldige.«

»Nein. Du hast offensichtlich nicht daran gedacht, zu fragen.« Lili schüttelte verärgert den Kopf.

Jess griff in die Tasche, um den Brief des Vollstreckers herauszuholen. Hoffentlich würde das Lilis Stimmung heben. Sie reichte ihn ihr.

»Was ist das?«, fragte Lili und nahm den Umschlag aus Jess Hand. »Wirklich, Jess, du hättest zuerst mit mir über das Rad reden sollen, bevor du dein Geld ausgibst.«

»Du machst den Brief besser auf.«

Lili riss den Umschlag auf und nahm das Dokument heraus.

Jess schob das Rad langsam vor und zurück, während sie auf Lilis Reaktion wartete.

»Was hast du getan?«

»Was ich getan habe?«, fragte Jess, obwohl sie genau wusste, was sie getan hatte.

Lili wedelte mit dem Papier vor Jess' Gesicht herum. »Ich verstehe nicht. Du bist Bens einzige Begünstigte. Du hast ein Recht auf das ganze Geld.«

Warum machte Lili es so kompliziert? Im Grunde war es sehr einfach. »Ich kann es erklären«, sagte sie.

»Da steht, dass der Kredit abgeschrieben wurde – komplett abbezahlt.« Ihre Augenbrauen zogen sich zusammen. Sie blinzelte einmal, dann noch einmal. »Das warst du.«

Jess zuckte mit den Schultern.

»Warum hast du das getan?«, fragte Lili misstrauisch. »Du wirfst mit Geld um dich, als wäre das ein Monopoly-Spiel.«

Jess wich einige Schritte zurück und lehnte sich an das Auto. »Es ist, was Ben gewollt hätte«, sagte sie. »Ich habe gehört, dass er vorhatte –«

»Wie kannst *du* das wissen? *Du* kannst das nicht wissen.«

»Spielt es eine Rolle?« Jess sah auf das Kinderrad hinab. Sie strich mit der Hand über den kleinen, lila Lenker. »Ich weiß es einfach.«

»Das kann ich nicht zulassen«, sagte Lili.

Obwohl Lilis Stimme jetzt leise und beherrscht war, hörte Jess zum ersten Mal Unsicherheit. Sie straffte die Schultern und nahm einen tiefen Atemzug. »Doch, kannst du. Ben war dein Freund. Er muss dich sehr gemocht haben, wenn er zugestimmt hat, der Spender zu sein. Mein Bruder war Aruishis biologischer Vater.« Sie senkte die Stimme. »Ihr beide wart ihm wichtig.« Sie seufzte. »Es ist, was er gewollt hätte.« *Ob es dir gefällt oder nicht, ich bin Aruishis Tante.*

Jess stellte das neue Rad neben ihr eigenes in den Stauschrank und schob den Riegel vor. »Ich überlasse es dir. Entscheide du, ob Aruishi das Rad haben kann oder nicht«, sagte sie. »Und wenn du dich dagegen entscheidest, bringe ich es zurück. Kein Problem.« Ihre Stimme bebte. »Aber was den Kredit betrifft, das Thema ist nicht verhandelbar. Er ist abgeschrieben.«

Lili starrte sie mit halb geöffnetem Mund an.

Jess nahm ihre Jacke vom Vordersitz des Jeeps und ging zum Haus. Aber dann hielt sie inne und drehte sich noch einmal um. »Oh, nur dass du es weißt. Ich fahre heute Abend mit ein paar Freunden nach Melbourne und komme wahrscheinlich erst spät zurück.«

Was wäre das Richtige gewesen, Lilis Meinung nach? Jess drehte sich auf dem Absatz um und ging weiter. »Ich habe es für dich und Aruishi getan«, murmelte sie durch zusammengebissene Zähne. Sie hatte alles noch schlimmer gemacht. Jess konnte nicht verstehen, warum Lili so unzufrieden mit ihr war.

Wie eine Närrin stand Lili fest angewurzelt an der Stelle, an der Jess sie zurückgelassen hatte und atmete einige Male tief durch. Was war gerade passiert? Sie hatte die Beherrschung verloren, das war passiert. Jess hatte Ru ein Rad gekauft, das einige hundert Dollar kostete, *und* Lilis über hundertfünfzigtausend Dollar Schulden abgeschrieben – und sie hatte sich nicht einmal dafür bedankt. Alles war so schnell passiert.

Verdammt. Sie war bereits spät dran und wenn sie zum Haus zurückging, um ihre Autoschlüssel zu holen, würde sie Jess nicht aus dem Weg gehen können. Sie jetzt auch nur zu sehen wäre zu einschüchternd.

Du bist so ein Feigling. Sie würde zu Fuß zu *Ailie* gehen, obwohl sie Alex dadurch warten ließ.

Als sie ankam, sah Alex vom Computerbildschirm auf. »Lili, ich bin froh, dass du hier bist. Du wolltest wissen, wann Mac mit den bestellten Jakobsmuscheln kommt. Sie sind jetzt da.«

»Gut.« Lili seufzte erleichtert. »Ich bin froh, hier zu sein.«

»Die Vorbereitungen für das heutige Menü laufen gut«, sagte Alex.

»Das ist großartig«, sagte sie zerstreut.

»Tim und Sara sind beide abkommandiert, um die zusätzlichen Tische auf der Terrasse zu übernehmen. Wir sind gut in Form.« Alex musterte sie besorgt. »Hey, geht's dir gut?«

Lili lehnte sich an die Wand und ließ ihre Tasche zu Boden fallen. Was konnte sie sagen? Sie hätte Jess nachlaufen und sich bedanken sollen. »Ich bin so eine Idiotin.« Sie vergrub das Gesicht in den Händen und rieb sich die Schläfen.

»Jetzt mache ich mir Sorgen«, sagte Alex. »Was hast du getan?«

Lilis Magen verkrampfte sich schuldbewusst, während sie das Gespräch von vor einer halben Stunde nacherzählte und dabei kaum innehielt, um Atem zu schöpfen.

»Mich trifft der Schlag«, sagte Alex.

»Tja, also …«

»Du musst begeistert sein, dass die Schulden getilgt sind. Ich hätte die Arme um sie geworfen und sie gründlich geküsst.«

Lili schüttelte den Kopf.

»Ich bin sicher, Jess hat recht. Ben hätte das für dich und Ru getan«, sagte Alex. »Absolut. Aber du weißt hoffentlich, dass Jess das nicht hätte tun müssen.«

»Ich weiß.« War sie aus Unsicherheit oder aus Stolz so mit Jess umgegangen? Sie bereute ihre beschämende Reaktion. »Ich weiß nicht, was in mich gefahren ist. Ich rede später mit ihr und entschuldige mich.« Lili rieb sich den Nacken.

Alex wollte etwas sagen, dann zögerte sie. »Du wirst ohnehin warten müssen. Haley war gerade hier«, sagte sie schließlich.

»Ach? Sie arbeitet heute nicht, oder doch?«

Alex schüttelte den Kopf.

»Was wollte sie dann hier?« Lili konnte sich nicht erinnern, einen Termin mit Haley vereinbart zu haben.

»Sie wollte etwas Kram abladen, bevor sie zu deinem Haus fährt und Jess abholt. Aber ich schätze, das weißt du schon, oder?« Alex hob die Augenbrauen. »Haley und ihre Radfreunde gehen mit Jess im *Mother's Attik* in Prahran tanzen.«

Lili stand der Mund offen, aber sie schluckte schnell die sarkastische Bemerkung herunter, die ihr schon auf der Zunge lag. Es ging sie nichts an, wenn Jess mit Haley in den lesbischen Tanzclub in Melbourne gehen wollte, oder? Aber warum verstimmte der Gedanke daran, dass Jess mit ihrer verführerischen Mitarbeiterin feierte, Lili so sehr? »Na, ich hoffe, sie haben eine wundervolle Zeit.« Sie zuckte mit den Schultern.

»Hey, das ist neu.« Alex kniff die Augen zusammen. »Bist du eifersüchtig?«

»Nein«, fauchte Lili.

Alex grinste. »Nicht, dass ich es dir übelnehme. Du hast diese hinreißende *Single*-Frau unter deinem Dach. Und falls ich dich daran erinnern muss – auch du bist eine wunderschöne, tolle Single-Frau.«

Als ob Jess' Schönheit eine Rolle spielen sollte. Aber das schien sie doch zu tun.

Nicht, dass sie das Alex verraten würde. »Sei nicht albern. Machen wir uns an die Arbeit.«

Lili schob Alex sanft zur Bürotür hinaus. »Und hör auf zu grinsen.«

Haley und ihre Freundinnen waren aufrichtige Radsportenthusiasten, nicht wie andere besessene und übereifrige Fangirls, die Jess auf der Höhe ihrer Karriere überallhin gefolgt waren. Sie hatten erst den halben Weg nach Melbourne hinter sich und sie hatten ihr bereits eine Million Fragen zu allen erdenklichen Themen gestellt.

»Hey, Jess. Was tust du gegen einen wunden Hintern? Du weißt schon, damit du deine … Teile nicht beschädigst.«

»Ach, Tori, hast du keine gepolsterte Radhose?«, fragte Haley am Steuer.

»Klar, ich will nur wissen, ob Jess irgendwelche Geheimtipps hat, die sie mit uns teilen will«, sagte Tori.

»Geheimtipps. Ja, erzähl uns ein paar Geheimnisse von dir«, rief eine andere Stimme vom Rücksitz. Jess konnte nicht zuordnen, wem sie gehörte.

Haley wandte sich an Jess. »Es tut mir wirklich leid, dass du die drei dort hinten ertragen musst.«

»Eine gepolsterte Hose ist ein Muss, aber du brauchst auch den richtigen Sattel. Manche Radfahrer brauchen mehr Polsterung für ihr Hinterteil«, sagte Jess über die Schulter.

»Du würdest doch keinen tauben Hintern wollen, oder, Haley?« Tori kicherte.

Haley warf Jess einen Seitenblick zu und seufzte schwer.

Der Club war überwältigend – und voller Frauen. Die Musik war unglaublich laut und Jess bekam einen Adrenalinrausch, sobald sie die Tanzfläche betraten. Sie genoss das Meer unterschiedlicher Gesichter und die Anonymität in einer fremden Stadt. Abgesehen von ein paar geschrienen Gesprächsfetzen redete sie sehr wenig mit ihrem Strom an Tanzpartnerinnen und das passte ihr gut. Noch vor wenigen Monaten wäre sie lockerer gewesen und hätte ausgelassener gefeiert – jetzt nicht mehr.

Sie war keine große Trinkerin, aber die Mädchen überzeugten sie davon, an dem Rad mit Cocktailgeschmäckern zu drehen, und sie trank gehorsam eine tödliche Mischung aus Absolut-Wodka mit Cranberry-, Orangen- und Aprikosenschnaps. Das war genug für sie. Jess überließ das Glücksspiel Haley und ihren Freundinnen und blieb für den restlichen Abend bei kaltem, erfrischendem Corona mit einer Zitronenscheibe. Das Bier und eine Menge Mineralwasser reichten, um sie leicht betrunken zu halten.

»Ich liebe diesen Song. Wie wär's, Jess? Jetzt bin ich an der Reihe.« Haley sah mit hellblauen Augen zu ihr auf. Sie nahm Jess' Hand und zog sie auf die Tanzfläche zu.

Warum nicht? Sie genoss Haleys Aufmerksamkeit und die energetischen Drehungen der jungen Frau.

Wie würde Lili tanzen?, fragte Jess sich. Hatte sie je Zeit, um auszugehen? Was würde es brauchen, damit sie sich entspannte, etwas Spaß hatte? Es hatte etwas Befreiendes, sich in einer Menge zu bewegen, in der man niemanden kannte, zwischen heißen, sich windenden, attraktiven Körpern. Wie wäre Lili an einem Ort wie diesem – die temperamentvolle, willensstarke, *intensive* Lili? Sie war sauer auf Jess, obwohl diese nur versucht hatte, ihr und Aruishi das Leben leichter zu machen. *Lili ist so starrsinnig.*

Haley schlang die Arme um Jess' Taille, zog sie an sich. Sie schien auf eine gute Zeit aus zu sein; sie war unkompliziert und in diesem Moment kam das Jess ganz recht. Mit einer geschmeidigen Bewegung schickte Haley Jess in eine Drehung, dann packte sie sie entschlossen um die Taille und drückte die Lippen auf Jess' Mund.

Nach ein paar Augenblicken beendete Jess den Kuss und löste sich aus Haleys Griff. »Dreist«, sagte sie lachend.

In den frühen Morgenstunden stiegen sie zu viert wieder ins Auto. Tori kam nicht mehr mit, da sie mit einer Frau aus dem Club mitgegangen war. Sie hielten außerhalb der Stadt an einem Drive-in, um Frühstück zu besorgen. Haley und ihre Freundinnen ließen sich Schinken-Ei-Burger und Fritten im Auto schmecken, während Jess den größten Becher Kaffee wählte, den es gab. Er war schwarz und stark und schmeckte, als wäre er über einen halben Tag lang gebrüht worden. Sie sah über die Schulter zurück. »Sieht aus, als wären Bec und Claire eingeschlafen«, sagte sie zu Haley. »Ich habe jetzt die wichtige Aufgabe, dich wach zu halten.«

Haley lachte. »Ich bin hellwach und nüchtern«, sagte sie. »*Dich* vor all diesen Frauen zu beschützen war ein Vollzeitjob.«

»Tolle Arbeit.« Sie stupste Haleys Schenkel an. »Ich bin dir sehr dankbar.«

In Geelong brachten sie das dösende Paar aus dem Auto und in ihre Wohnung, bevor sie um fünf Uhr morgens die Farm erreichten.

Jess griff nach ihrer Jacke auf dem Rücksitz und drehte sich dann wieder zu Haley um. »Danke, das war –«

Bevor sie Luft holen konnte, legte Haley den Arm um Jess' Nacken und küsste sie erneut. Jess hatte keine Gelegenheit zu reagieren, ehe Haley die Zunge in ihren Mund schob.

Jess legte sanft die Hand auf Haleys Schulter. »Das war unerwartet«, sagte sie. Obwohl es das eigentlich nicht war. Haley war die ganze Nacht über in Jess' Nähe geblieben und hatte sie mehr als einmal verspielt geküsst. Sie war offensichtlich an mehr als Tanzen interessiert.

Vielleicht sollte Jess sich nicht länger weigern, wenn hübsche, interessierte Frauen sich ihr näherten? Sie zog Haley dichter an sich. »Es gefällt mir«, flüsterte sie in ihr

Ohr, bevor ihre Lippen erneut Haleys fanden, und ihre Münder in einen mühelosen Rhythmus verfielen.

Hartes Licht erleuchtete plötzlich das Innere des Autos und sie trennten sich sofort. Jess blinzelte in die Dunkelheit. »Lili?«

»Ich sehe niemanden«, sagte Haley. »Es muss ein Bewegungssensor sein.« Sie versuchte, Jess wieder an sich zu ziehen. »Hey«, sagte sie träumerisch.

Jess löste sich aus Haleys Griff und rutschte näher zur Tür. »Ich glaube, jemand hat das Licht eingeschaltet.« Sie hoffte, dass Lili sie nicht gesehen hatte. Nicht, dass es eine Rolle spielen sollte. Aber irgendwie tat es das doch.

»Du bist so sexy, Jess.« Haley stieß einen tiefen Seufzer aus.

Jess zwang sich zu einem Lächeln. »Danke für die Nacht.«

»Ja, das *war* eine gute Nacht. Und sie muss noch nicht enden.«

»Haley.« Jess griff nach ihren Händen. »Ich hatte wirklich Spaß, aber ich muss jetzt gehen. Du bist eine großartige Tänzerin und deine Freundinnen sind zum Schießen.«

»Sie sind die besten. Ich hatte auch eine tolle Zeit.« Haley schenkte ihr ein kleines Lächeln. »Wiederholen wir das mal?«

»Ja«, sagte Jess. Aber sie wusste, dass sie nicht ganz überzeugt klang. »Machen wir.« Sie wartete, bis Haley ihren Blick erwiderte. »Ich habe gerade mit vielen Veränderungen in meinem Leben zu tun.«

Haley packte Jess' Unterarm. »Es tut mir leid, Jess. Ich habe nicht nachgedacht. Du hast Ben verloren und alles.«

»Danke. Kein Grund für eine Entschuldigung«, sagte Jess und unterdrückte ein Gähnen. »Ich weiß ja nicht, wie es dir geht, aber ich bin erschöpft. Bist du sicher, dass du nach Hause fahren kannst?«

Haley schenkte ihr ein freches Grinsen. »Ich könnte Nein sagen. Was würdest du dann tun?«

Jess hob eine Augenbraue.

»Nur ein Scherz. Mir geht es gut. Glücklicherweise.« Haley sah auf ihre Uhr hinab. »In fünf Stunden treffe ich mich mit meinem Bruder für eine Sechzig-Kilometer-Rundfahrt um die Halbinsel.«

Jess hatte die Tür geöffnet und war bereits halb aus dem Auto gestiegen. »Du Glückliche.«

»Hey, Jess?«, rief Haley.

»Ja?«

»Vielleicht würdest du gern mal mit uns mitfahren?« Haley zögerte. »Mit meiner Gruppe. Es würde viel bedeuten, wenn du dabei wärst.«

Sie lehnte sich ins Auto. »Sehr gern. Fahr vorsichtig.« Jess warf die Autotür zu und trat zurück.

Haley startete den Motor und hupte, bevor sie davonfuhr.

So viel dazu, keine Aufmerksamkeit auf sich zu ziehen. Jess sah zum Haus hoch und schüttelte den Kopf. Keine Spur von Lili. Vielleicht war es nur der Bewegungssensor, der zu empfindlich eingestellt war.

Die ersten orangen Sonnenstrahlen tanzten über die Landschaft. Eine Nebeldecke hing tief über den Bäumen und die Luft war kühl und feucht. Jess seufzte müde und erklomm die Stufen zum Haus.

Kapitel 12

Helen schnallte Rus Kindersitz los und hob sie aus dem Auto. Ru nickte schläfrig mit dem Kopf und lehnte ihn an die Schulter ihrer Großmutter. »Lili, nimm du die Taschen und ich trage diese Schlafmütze ins Haus.«

»Keine Schlafmütze«, murmelte Ru und zappelte mit den Füßen.

»Kannst du dann selbst reingehen?«, fragte Helen, als Ru aus ihren Armen glitt.

Sie hatten zwei Stunden auf dem Farmers' Market verbracht, die Waren begutachtet und die Tiere auf der Kinderfarm besucht. Lili und Helen hatten Brote, Fleisch aus örtlicher Freilandhaltung, Käse und andere Gourmetschätze gekostet, während Ru die kleinen Ziegen und Gänse gefüttert hatte und auf Mickie, dem Esel, geritten war. Lili war hocherfreut, da sie mit einem Secondhand-Verkäufer ein hervorragendes Geschäft um einen großen, eisernen Wetterhahn abgeschlossen hatte, der wunderbar in den Küchengarten des Restaurants passen würde. Er hatte versprochen, ihn Anfang der nächsten Woche zu *Ailie* zu liefern.

Als sie das Einkaufsnetz mit Lebensmitteln auf die Kücheninsel stellte, spürte Lili ein Zupfen an ihrem Hemdsaum.

»Kann ich Tante Jess bitte von meinem Ritt auf Mickie erzählen?« Ru rieb sich die Augen und gähnte.

»Hand vor den Mund, bitte«, sagte Lili und warf einen Blick zu ihrer Mutter, die die Augenbrauen hob.

»Ja, Mama.« Ru bedeckte den Mund mit der Hand. »Aber kann ich nachsehen, ob Tante Jess wach ist?«, murmelte sie durch ihre Hand.

Lili griff sich an die Nasenwurzel. »Ich glaube nicht, dass Jess dich riechen will, bevor du gebadet hast.«

»Ich lasse Wasser ein«, sagte Helen und eilte zu Lilis Rettung. »Du riechst wie Mickie, der Esel, und hast überall Stroh und Matsch an dir kleben.« Sie zerzauste Rus Locken.

»Rieche ich wirklich wie Mickie, Oma?« Ru hob ihre pinkfarbene Windjacke an die Nase und schnüffelte.

»Vielleicht nur ein wenig. Aber nach deinem Bad riechst du nach Orangen.«

Ru nahm die Hand ihrer Großmutter. »Okay, dann erzähle ich es Tante Jess später, wenn ich nach Orangen rieche.« Hand in Hand gingen sie zu Rus Schlafzimmer.

Inzwischen hieß es *Tante Jess dies, Tante Jess das* mit Ru. Lili stöhnte und begann, das Obst und Gemüse auf dem Küchentisch auszubreiten. Sie wünschte, sie wäre gestern Nacht nicht neugierig gewesen und hätte die Beleuchtung am Carport eingeschaltet, als sie ein Auto kommen gehört hatte. Aber sie hatte es doch getan – gerade rechtzeitig, um zu sehen, wie Jess und Haley übereinander hergefallen waren.

»Was wollte Aruishi mir erzählen?«

Lili stolperte zurück. Die Äpfel und Grapefruits, die sie gehalten hatte, rollten über den Boden. »Verdammt«, murmelte sie. »Ich wünschte *wirklich*, du würdest damit aufhören.«

»Womit?«, fragte Jess.

Lili konnte nicht aufhören, Jess anzustarren, die mit wirren, dunklen Haaren, als käme sie gerade aus dem Bett, am Türrahmen lehnte. Ihre Lider waren schwer, ihre Augen von einem schönen Dunkelbraun – beinahe schwarz.

»Mich zu Tode zu erschrecken.« Lili langte nach einem Apfel, der vom Tisch rollte und zu Boden fiel. Sie beugte sich hinab und hob ihn auf.

»Entschuldige. Lass mich dir helfen.« Jess ging auf die Knie und huschte auf dem Boden umher, um die verstreuten Früchte in den Armen einzusammeln. Lili gab sich große Mühe, sich nicht auf Jess' Pyjamashorts und ihre muskulösen Schenkel zu konzentrieren oder auf das ärmellose Trikot, das ihr passte wie angegossen. Lili war nicht blind. Tatsächlich war ihre Sehschärfe perfekt und es fiel ihr schwer, den Blick von dieser Vollkommenheit abzuwenden.

Was tue ich da? Ich starre eine Frau an, die offensichtlich nicht an mir interessiert ist. Lili schüttelte den Kopf, um das Bild von Jess und Haley im Auto loszuwerden. Jess hatte erst vor wenigen Stunden mit Haley gefeiert – und wer wusste was sonst noch getan.

»Lili, könntest du mir bitte sagen, wohin ich die räumen soll?«

Lili biss sich auf die Lippe und griff nach der Obstschüssel aus Draht. »Hier. Bitte leg sie einfach hinein.«

Jess legte die acht Äpfel und drei Grapefruits sorgfältig in die Schüssel. »So. Hoffentlich haben sie keine Dellen bekommen.«

Wie mein Ego. Lili senkte den Blick. »Danke für deine Hilfe«, sagte sie etwas zu harsch.

»Kein Problem«, sagte Jess, nahm Lili den letzten Apfel aus der Hand und legte ihn sanft auf die anderen. »Kann ich dir sonst mit irgendetwas helfen?«

»Nein, danke.« Als Jess mit den Schultern zuckte und sich zum Gehen wandte, schluckte Lili schwer und fügte hinzu: »Jess, warte. Ich muss mich bei dir entschuldigen.«

»Wofür?« Sie drehte sich wieder zu Lili um, die Augenbrauen fragend hochgezogen.

»Für meine Reaktion auf Rus neues Rad. Und für meine Unhöflichkeit.«

»Okay, kein Problem.« Jess starrte und wartete offensichtlich darauf, dass sie fortfuhr.

Lili schob die Hände in ihre Taschen. »Außerdem wollte ich mich bedanken, für deine großzügige –«

»Tante Jess, du bist wach«, rief Ru, die nackt und tropfend aus dem Gang angelaufen kam. Sie lief auf Jess zu, während Helen ihr mit einem Handtuch in einer Hand und Rus Kleidern in der anderen dicht auf den Fersen folgte.

»Ru, komm zurück, du Schlingel.« Helen stürzte auf Ru zu, die die Arme um Jess' Beine schlang.

»Schon gut, Oma. Ich kann jetzt Lärm machen. Jess ist wach.«

»Aruishi, lass Jess los«, sagte Lili amüsiert und verzweifelt zugleich. »Bitte.«

Helen wickelte das Handtuch um Ru und hob sie hoch. »Entschuldige, Jess. Jetzt sind deine Klamotten nass.«

»Äh, das ist schon in Ordnung. Ich freue mich auch, dich zu sehen, Aruishi.«

Ru quietschte. »Ich musste ein Bad nehmen, weil Mickie mich dreckig gemacht hat.« Sie wippte dramatisch mit dem Kopf auf und ab.

Helen seufzte. »Hallo, Jess. Wie war dein Ausflug nach Melbourne?«

»Er war ziemlich lang.« Jess unterdrückte ein Gähnen mit der Hand, bevor sie sich an den Küchentisch setzte. »Aber sehr spaßig. Es hat sich gut angefühlt, auf der Tanzfläche Dampf abzulassen.«

»Ja, darauf wette ich«, murmelte Lili in sich hinein und schob die Hände noch tiefer in die Taschen.

Helen neigte den Kopf zur Seite und blickte mit gerunzelter Stirn schnell von Jess zu Lili. »Vielleicht solltest du mal mit Haley und ihren Freundinnen mitgehen, Lili.«

»Ja, Mum.« Lili verzog das Gesicht. Es war vielleicht das, was Jess mochte, aber im Ernst, wie kam ihre Mutter auf die Idee, dass *sie* mit Haley feiern gehen würde?

»Wie auch immer, den Rest überlasse ich dir, Lili.« Helen übergab ihr Ru. »Ru, willst du Jess von den Tieren auf dem Markt erzählen?«

»Ja! Endlich.« Ru zappelte in Lilis Armen und drehte sich zu Jess. »Ich war auf der Hühnerfarm mit den Tieren und bin auf einem Esel namens Mickie geritten. Er war aber nicht so groß wie Dora. Und ich habe die Gänse und die kleinen Schweinchen gefüttert und bin ganz schlammig geworden und so.«

»Immer langsam, Ru. Ich glaube, Jess hat nicht mal die Hälfte davon verstanden.« Aber im Grunde war Lili dankbar für die Ablenkung von ihren Gedanken an Jess und Haley. Sie stellte Ru auf den Boden und hielt das Handtuch um sie.

»Ja, Mama.« Sie zog an Jess' Hand.

Jess lachte. »Hat dir der Ritt auf Mickie gefallen?«

»Er hat richtig stark gerochen.« Ru hielt sich die Nase zu. »Ich hab etwas davon abbekommen.«

»Deshalb musstest du also ein Bad nehmen.« Jess beugte sich zu Ru hinab und küsste sie auf den Scheitel. »Jetzt riechst du herrlich.«

Diese Geste ihrer Tochter gegenüber war entwaffnend und trotz allem, was am Vorabend und heute geschehen war, hätte Lili sich in diesem Anblick verloren, wenn ihre Mutter nicht ihre Gedanken unterbrochen hätte.

»Tut mir leid, dass ich störe.« Helen reichte Jess Rus Kleider.

Lili warf ihrer Mutter einen finsteren Blick zu, den Helen fröhlich zu ignorieren schien. »Ich gehe nach Hause. Die McPhersons kommen zum Nachmittagstee vorbei. Ich hoffe, ihr drei habt einen angenehmen restlichen Tag.« Sie küsste Lili auf die Wange.

»Danke, Mum«, sagte sie mit einem kleinen Winken, bevor sie sich wieder Ru zuwandte. »Wenn du Jess von den Tieren erzählt und dich angezogen hast, können wir an den Strand gehen.« Lili strich Ru einige verirrte Strähnen aus den Augen. »Vielleicht eine Sandburg bauen? Genau wie in Queenscliff.«

»Ja, okay, wenn Jess mitkommen kann.« Ru legte die Hände auf die Hüften und drehte sich zu Jess. »Kannst du bitte mit uns an den Strand kommen und beim Sandburgbauen helfen?«

Jess biss sich sichtbar auf die Unterlippe. »Das würde ich sehr gern, Aruishi, aber ich wollte gerade eine lange Runde mit dem Rad machen. Wenn Lili mit ihrem Handy ein Foto macht, kann ich mir die Sandburg anschauen, wenn ich zurückkomme. Wie wäre das?«

Glücklicherweise hatte Jess genug Verstand, um zu erkennen, dass jetzt nicht die richtige Zeit war, um heile Familie im Sand zu spielen.

»Gute Idee«, sagte Lili, wirbelte Ru herum und ging mit ihr zum Badezimmer, bevor ihre Tochter Gelegenheit hatte, zu widersprechen.

Kapitel 13

»Tisch Acht: viermal Schwein, zweimal Ravioli«, rief Lili und beobachtete, wie Sky, ihr Kochlehrling im dritten Jahr, perfekte Klackse Apfelpüree ein wenig seitlich auf vier handgetöpferte Keramikteller gab. Dann gab sie jeweils eine Portion Saubohnen zur Linken des Pürees. Daraufhin hob Lili das kleine, rechteckige Stück Schweinsbraten, positionierte es so, dass es gerade das Püree berührte, und löffelte die Apfel-Brandy-Soße auf den Teller – sie zog dieses traditionelle, rustikale Aussehen einem verwischten oder kunstvollen Streifen vor. Das zweimal gekochte Schwein war weich und zart mit goldener, knuspriger Kruste. Das leuchtende Grün der Saubohnen, das blasse Gelb des Pürees und die dunkle Karamellglasur rundeten das Gericht ab. Lili stellte die Teller unter die Infrarotlampe, wo bereits zwei breite Tonschüsseln Ziegenkäse-Ravioli mit Zitronenbutter, weißem Spargel und ein paar kleinen Würfeln roten Johannisbeeren-Gelees standen – garniert mit einem leuchtend grünen, gebratenen Petersilienzweig.

»Tisch Acht ist fertig.« Lili griff nach dem Tischplan auf dem Regal über der Ausgabe und sah auf, direkt in Haleys Augen.

Haley lächelte. »Dann los«, sagte sie, nahm zwei Teller auf den linken Arm und eine der vegetarischen Schüsseln. Owen war dicht hinter ihr. Er nahm die übrigen Gerichte auf und folgte Haley durch die Küchentüren.

Lili hatte nicht wieder an Jess' Nacht in der Stadt gedacht, bis Haley zu Beginn ihrer Schicht schwungvoll in die Küche gekommen war. Sie war gut gelaunt, voller Lob über Jess und redete immer weiter darüber, wie viel Spaß sie im Nachtclub gehabt hatten.

Lilis Fantasie verlief sich in wilde Szenarien und sie stellte sich vor, wie Jess und Haley sich auf der Tanzfläche aneinander pressten – eine Abwandlung der Szene, die Lili im Auto beobachtet hatte. Es half auch nicht, dass sie Jess seit der Nacht in Melbourne kaum gesehen hatte.

»Boss, wir haben ein Problem.« Nora stand mit einem tiefen Stirnrunzeln in ihrem normalerweise fröhlichen Gesicht neben der Ausgabe.

»Ja? Was gibt es?«, fragte Lili ruhig.

»Eddie hat gerade die Schneidemaschine zerlegt.« Nora schüttelte den Kopf. »Er hat sich ziemlich schlimm in den Finger geschnitten. Ich glaube, es muss genäht werden.«

O nein. »Geht es ihm gut?«

Nora zuckte mit den Schultern. »Ich hoffe es.«

»Okay. Danke, Nora.« Lili nahm einen tiefen Atemzug. »Alex, bitte übernimm für mich.«

Alex sprach kurz mit Sara, ihrer Assistenzpâtissière, und nahm Lilis Platz an der Ausgabe ein. Sie hob das Klemmbrett auf. »Sky, du assistierst Sara«, wies sie den Kochlehrling an. »Fünfzehn Minuten bis zum nächsten Gang, Leute.«

»Ja, Alex«, riefen Sara und Sky einstimmig.

Während sie zügig zum Technikraum ging, nahm Lili ihr Handy aus der Jackentasche und drückte die Kurzwahl für den örtlichen Nachtarzt, der schnell abhob. Sie erklärte den Unfall und fragte, ob er sich für einen Patienten bereithalten konnte, der vielleicht genäht werden musste.

Blutspritzer zierten Eddies Schürze und den weißen Fliesenboden. Sie nahm ein Paar steriler Handschuhe, eine Rolle Papiertücher und ein sauberes Geschirrtuch unter der nächsten Station heraus. Eddie saß auf einem niedrigen Hocker mit einem dunkelrot befleckten Tuch um die rechte Hand. Er wirkte blass und sichtlich erschüttert.

»Wie fühlst du dich, Ed?« Sie legte die Hand auf seine Schulter.

»Ein wenig mulmig«, sagte er. »Es tut mir leid, Lili. Ich habe total vergessen, den Sicherheitshandschuh anzuziehen.«

»Schätze, nächstes Mal vergisst du es nicht mehr.« Sie hockte sich neben ihn. »Darf ich es mir ansehen? Ich werde so sanft sein, wie ich kann.«

Er nickte.

»Hier ist das warme Wasser.« Nora stellte eine Wasserschüssel und das Erste-Hilfe-Set neben sie auf den Boden.

»Danke, Nora«, sagte sie. »Okay, dann mal los.«

Lili entfernte vorsichtig das blutige Tuch und legte den tiefen Schnitt zwischen Eddies Daumen und Zeigefinger frei. Sie säuberte die Wunde mit Alkoholwischtüchern und drückte ein sauberes, weiches Tuch fest darauf.

Eddie verzog das Gesicht.

»Tut mir leid.« Sie nahm das Tuch weg und wickelte schnell etwas Verbandmull um die Wunde. »Du musst das hier festhalten. Genau. Drück etwas drauf. Nicht *zu* fest.«

»Muss es genäht werden?«

»Wahrscheinlich. Doktor Travis wird sich um dich kümmern.« Lili stand auf und rief Nora zu sich. »Kannst du Ed bitte zum medizinischen Zentrum in Portarlington fahren? Ich sage dort Bescheid, dass ihr jetzt losfahrt.«

»Keine Sorge. Ich kann ihn nachher nach Hause bringen und darauf achten, dass er in Ordnung ist.«

»Danke. Ich würde selbst fahren, aber ich schließe heute.«

»Das ist gar kein Problem. Ich hole schnell meine Schlüssel«, sagte sie. »Ich weiß nicht, wie lange es dauern wird.«

»Keine Sorge, ich kümmere mich darum. Nimm alles mit und fahr direkt nach Hause, nachdem du dich um Ed gekümmert hast.«

»Bist du sicher?«

»Absolut. Hol du deine Sachen und ich helfe ihm, seinen Kram einzusammeln. Wir treffen uns am Hinterausgang.« Lili warf die Handschuhe und schmutzigen Tücher in den Müll und half Eddie auf die Beine. »Komm schon. Der Arzt wird dich ganz schnell versorgt haben.«

Eddie sah auf seine Schuhe hinab. »Es tut mir leid. Ich fühle mich wie ein *totaler* Trottel. Wer wird meine Arbeit beenden?«

»Mach dir deswegen keine Sorgen. Ich kümmere mich um alles.« Sie drückte beruhigend seine Schulter. »Sag nachher Bescheid, wie es gelaufen ist.«

Jess parkte den Jeep neben Lilis leuchtend orangem Subaru auf dem Parkplatz hinter *Ailie*. Sie sprang hinaus, ging über den spärlich beleuchteten Platz und hörte das Klirren von Glas. Wahrscheinlich die Flaschen, die in die Recycling-Container geworfen wurden. Als sie sich dem Bereich näherte, der von einem starken Scheinwerfer erleuchtet war, sah sie, dass Lili wild auf einem großen Karton auf- und absprang.

»War der Abend so schlecht, dass du dich an einem Karton abreagierst?«

»*Gott*, Jess.« Lili griff sich an den Hals, bevor sie sich Kopfhörer aus den Ohren zog. Ihr Blick war benommen und ein Schweißfilm stand ihr auf der Stirn. Die Vorderseite ihrer Schürze war mit Flecken bespritzt wie ein skurriles, abstraktes Gemälde von Jackson Pollock. »Es ist fast Mitternacht. Was tust du hier?«

»Ich habe mit Aruishi und deinen Eltern zu Abend gegessen. Helen hat es schließlich geschafft, Aruishi zum Einschlafen zu bringen, nachdem ich ihr viermal dieselbe

Geschichte vorgelesen hatte. Dann hat Helen einige alte Fotoalben herausgeholt und wir haben völlig die Zeit vergessen.«

Lili hob den geplätteten Karton auf und warf ihn in einen Recycling-Container mit Rädern. »Mütter«, murmelte sie, schüttelte den Kopf und zuckte mit den Schultern. »Na, das war bestimmt lustig für dich.«

»Das war es wirklich. Du warst ein süßes Kind und ein schlaksiges Teenagermädchen mit Zahnspange. Du hast dich verändert«, sagte sie und wandte den Blick ab. Selbst in ihrem zerzausten Zustand, mit feuchten und in seltsamen Winkeln abstehenden Haaren, hatte Lili jetzt nichts Schlaksiges oder Unsicheres mehr an sich.

Lili runzelte die Stirn. »Tja, darüber muss ich ein Wörtchen mit Mutter reden.«

»Sei nicht zu streng mit ihr. Ich habe es geliebt, die Fotos durchzusehen«, sagte Jess. »Helen hat erwähnt, was heute passiert ist, und du warst immer noch nicht da, als ich ins Haus zurückgekommen bin, also dachte ich, ich sehe mal nach, ob du Hilfe brauchst.«

»Danke. Ich bin fast fertig«, sagte Lili. »Alex und Mei sind geblieben, um zu helfen.«

»Das ist gut. Wie geht es deinem Mitarbeiter?«

»Ed wird sich erholen. Sechs Stiche. Er hatte Glück, dass er sich keine Sehne gerissen hat. Wenn alles gut läuft, wird er nächste Woche wieder zur Arbeit kommen.«

»Das ist gut. Ich bin froh, dass er bald zurückkommen kann.«

»Es hätte schlimmer sein können.« Lili seufzte. »Der Unfall hat mich daran erinnert, dass ich eine Auffrischung der Schulung über die sichere Nutzung von Maschinen, Messern und Klingen einplanen muss.« Sie neigte den Kopf in Jess' Richtung. »Meinst du, du könntest mir mit diesen Mülleimern helfen? Ich hätte fast vergessen, sie rauszubringen.«

Gesagt, getan; gemeinsam rollten sie die zwei Mülleimer durch das Tor des Platzes hinaus.

»Danke.« Sie stieß Jess mit der Schulter an und trat schnell zurück.

Jess sah überrascht auf. »Kein Problem.« Sie folgte Lili ins Restaurant und den Korridor zu ihrem Büro entlang. »Was kann ich sonst tun?«

»Lauf mir nach und pass auf, dass ich nicht im Stehen einschlafe«, sagte sie.

»Okay.«

Lili drehte sich wieder zu ihr um. »Ich mache nur Witze. Aber danke, dass du mit den Mülleimern geholfen hast. Ich bin hier fast fertig.« Sie rieb sich das Kreuz und drehte sich von einer Seite zur anderen. »Ich brauche wirklich eine heiße Dusche. Und einen Whiskey.«

»Bist du sicher, dass ich dir mit nichts helfen kann?«, wiederholte Jess.

»Na ja, falls du gut im Massieren bist und magische Hände hast …« Lili drückte ihren Nacken.

Jess schloss kurz die Augen. »Genau genommen –«

Lili unterdrückte ein Gähnen mit der Hand. »Entspann dich. War nur ein Witz.« Sie schaffte ein müdes Lächeln. »Aber da du hier bist, könntest du mich nach Hause fahren. Ich lasse das Auto hier und komme morgen früh zu Fuß zurück.«

»Das kann ich machen«, sagte Jess.

Obwohl die Stimmung zwischen ihnen so angespannt gewesen war, gefiel Jess die Idee seltsamerweise, heute Abend in Lilis Nähe zu sein. Selbst wenn es nur für kurze Zeit war.

»Gib mir nur fünf Minuten«, sagte Lili. »Ich sammle meinen Kram ein.«

Sie ließ sich auf Lilis gemütlichen Bürostuhl sinken und wartete.

Jess betrachtete das Foto von Aruishi, Lili und Ben am Strand, das auf der Anrichte im dänischen Stil in Lilis Wohnzimmer stand. Es war das einzige Foto, das sie gesehen hatte, auf dem alle drei abgebildet waren. Ru sah viel jünger aus – vielleicht zwei Jahre alt – und saß auf Lilis Schulter, die Hände in den Haaren ihrer Mutter. Ben stand mit einem breiten Grinsen etwas hinter ihnen. Alle drei wirkten glücklich.

Sie atmete scharf ein und verspürte einen inzwischen vertrauten Schmerz in der Brust, als sie die gerahmte Karte von Bens Trauerfeier neben dem Foto bemerkte.

»Würdest du mir Gesellschaft leisten? Ich gönne mir diesen Whiskey.«

Jess wischte sich mit dem Handrücken über die Augen, bevor sie sich umdrehte, und war erleichtert, dass Lili mit dem Rücken zu ihr vor dem Getränkeschrank stand.

Nach der Dusche hatte Lili eine lockere, gestreifte Pyjamahose angezogen, die hübsch auf ihren Hüften hing, und ein weißes Tanktop, das ihre trainierten Schultern betonte. Als Lili nach den Gläsern auf dem oberen Regalbrett griff, sah Jess weg, bevor sie sie beim Starren erwischte. Sie setzte sich schwer auf das Sofa. »Sehr gern.«

»Du hast die Wahl. Aberlour 16 oder Suntory Hibiki.«

»Das überlasse ich dir. Ich kenne keinen von beiden«, sagte Jess.

Lili stellte zwei gewölbte Gläser und eine bauchige Flasche auf den Sofatisch vor sie und setzte sich an das andere Ende des Sofas. Sie schenkte ein wenig in beide Gläser ein und reichte Jess eines. »Dann stelle ich dir den schottischen Aberlour vor. Würzig mit einem sanften, eichigen Beigeschmack. Sag mir, was du davon hältst.«

Jess nippte an der dunklen, bernsteinfarbenen Flüssigkeit und hustete, als die Wärme ihre Kehle erreichte. »Oh …« Sie atmete scharf ein.

Lili lachte und hob ihr eigenes Glas. »*Langsam*«, sagte sie und zog das Wort in die Länge. »Neig das Glas leicht zu deinen Lippen. Trink ganz wenig – gerade genug, um deine Zunge zu bedecken. Selbst guter Whiskey brennt, wenn du einen Schluck nimmst. Wenn du ihn zehn Sekunden lang im Mund behältst, solltest du die Süße schmecken – wie Rosinen. Öffne den Mund leicht, nachdem du geschluckt hast, dann schmeckst du die anderen Blumen- und Pflaumennoten.«

Lili trank aus ihrem Glas. »Hmm …«

Jess' Blick ruhte auf Lilis Mund – der Kurve ihrer leicht geöffneten Lippen, ihrem süßen Lächeln. Sie schluckte hart und hustete erneut, obwohl sie noch kein zweites Mal gekostet hatte.

»Trink ganz langsam«, betonte Lili noch einmal sanft.

Lili lehnte sich in die Ecke des Sofas zurück und streckte die Beine vor sich aus, um die Schmerzen in ihrem Kreuz zu lindern. Es war nett, dass Jess im Restaurant vorbeigekommen war, um nach ihr zu sehen. Unnötig, aber eine angenehme Überraschung.

Jess hob das Glas und versuchte, Lilis Bewegungen zu imitieren. Als sie diesmal die rubinroten Lippen spitzte und an der honigfarbenen Spirituose nippte, hustete sie nicht und rosige Röte trat auf ihre Wangen. Verführerisch. Unwillkürlich und trotz all der Anspannung, die in letzter Zeit zwischen ihnen stand, war Lili verzaubert.

»Hmm … er schmeckt mir schon«, sagte Jess mit heiserer Stimme.

Lili lachte und ertappte sich dabei, wie sie sich vorlehnte und Jess leicht in den Unterarm kniff. »Du wirst eine Single Malt-Feinschmeckerin sein, bevor du dich versiehst.« Sie verzog das Gesicht, als die plötzliche Bewegung in ihrem Rücken ziepte. Sie rieb die empfindliche Stelle auf der linken Seite ihrer Taille.

Jess stellte das Glas auf den Tisch. »Dein Rücken macht dir noch Probleme, obwohl du geduscht hast.«

Es war eine Aussage, keine Frage. Lili konnte nicht leugnen, was offensichtlich war. »Ja, es war ein langer Tag auf den Beinen.«

»Macht dir dein Rücken schon lange Probleme?«

»Erst seit ich Ru auf dem Markt aufgefangen habe, damit sie nicht vom Esel rutscht.«

»Ah, das ergibt Sinn.« Jess stand auf und zog die lederne Ottomane vor das Sofa. »Kannst du dich erinnern, ob der Schmerz plötzlich war oder allmählich schlimmer geworden ist?«

»Es war wie ein Ziehen. Eigentlich war es nicht allzu schlimm, aber es hat nicht geholfen, dass ich heute so lange auf den Beinen war.« Lili legte den Kopf fragend zur Seite und musterte Jess. »Warum stellst du so viele Fragen über meinen Rücken?«

Jess kehrte zum Sofa zurück, zog den Schemel am Fuß der Ottomane zwischen ihre Beine und klopfte auf die gepolsterte Fläche. »Setz dich. Ich sehe es mir an.«

»Danke, aber alles, was ich brauche, ist Schlaf. Mein Rücken ist etwas empfindlich, also glaube ich nicht, dass ich Berührungen ertragen kann.« Lili wollte nicht riskieren, die Situation schlimmer zu machen, wenn Jess nicht wusste, was sie tat. Die Idee einer sanften Massage war allerdings verlockend. Ebenso wie der Gedanke an Jess' warme Hände auf ihrem Rücken … *Hmm.*

»Ich kann vielleicht helfen. Setz dich.« Jess klopfte wieder auf die Ottomane. »Ich sage das nicht nur so. Ich habe einen Bachelor in Physiotherapie. Ich habe über eintausend Stunden Teilzeitarbeit in einer Klinik absolviert und Massage war ein Teil meines Kurses.«

Lili wusste, dass sie Jess mit weit offenem Mund anstarrte. »Bist du nicht Berufssportlerin? Wie um alles in der Welt hast du die Zeit gefunden?«

Jess grinste. »Ich habe als Schülerin mit Radrennen begonnen und bin während meiner drei Studienjahre in London im Universitätsteam gefahren. Danach habe ich mich auf Sporttherapie spezialisiert und Teilzeit für British Cycling gearbeitet. Ich habe trainiert, bin Rennen gefahren und habe meinen Abschluss gemacht. Manchmal arbeite ich ehrenamtlich in der Kinderklinik in London. Glaub mir, Lili, ich werde sanft sein.« Jess sah sie bedeutungsvoll an und stupste die Ottomane diesmal mit dem Fuß an. »Was hast du zu verlieren?«

»Du steckst voller Überraschungen.« Das war eine Untertreibung. Jess erwischte sie immer auf dem falschen Fuß und überraschte sie mit ihren scheinbar endlosen

Talenten. Sie rutschte an den Rand des Sofas und setzte sich auf die vierbeinige Ottomane vor Jess. *Was habe ich zu verlieren? Meinen Verstand – oder mehr?*

»Okay, entspann dich einfach«, sagte Jess und legte die Hände auf Lilis nackte Schultern.

Lili zuckte unter der Berührung. Es war ein Reflex – Jess' Hände waren warm und stark, genau wie sie es sich vorgestellt hatte.

»Entspann dich«, wiederholte Jess sanft und übte stärkeren Druck aus, wobei sie die Daumen sanft in die Knoten ihrer Schultern presste. »Du bist so verspannt.«

»Mhmm.«

»Lass den Kopf nach vorn sinken und das Kinn langsam auf die Brust fallen. Genau so«, sagte sie, als Lili gehorchte. »Schultern und Nacken sind mit dem Herzchakra verbunden. Du spürst, wie die Spannung verschwindet, wenn du deine Brust hebst und den Kiefer entspannst. Das löst die aufgestaute Spannung in deinem ganzen Körper.« Jess leise Stimme klang beruhigend.

Lili ließ die Schultern sacken und erlaubte ihrem Körper, sich zu entspannen. »Du hast das in deiner Ausbildung zur Physiotherapeutin gelernt?«

Jess lachte leise und ihre Hände stoppten. »Nein, von einer buddhistischen Yogini.«

»Also natürliche Therapie kombiniert mit traditioneller Praxis? Ich dachte, alle Physiotherapeuten wären Zuchtmeister.«

»Es hat seinen Platz. In der Physiotherapie geht es um Genesung, Rehabilitation und Schmerzbehandlung.« Jess bewegte die Hände zu Lilis Kreuz. »Hier?«

»Ja, da. Auf der linken Seite. Jepp. Genau die Stelle.«

»Du hattest keine Taubheit oder Kribbeln in den Beinen? Keine Schmerzen in anderen Körperteilen?«

»Nein …«, sagte Lili langsam, während Jess ihr Kreuz direkt unter dem Saum des Tanktops mit geübten Fingern erkundete. Lili seufzte und verzog dann das Gesicht, als Jess' Hände plötzlich verschwanden.

Jess räusperte sich. »Keine anderen Probleme, soweit du weißt?«

»Gar keine.« Als Köchin glaubte Lili an ein gesundes Körperbild und ging gern mit gutem Beispiel voran. Sie war stolz darauf, dass sie sich fit hielt. Es war nicht ihr Stil, irgendjemandem ihre Fehlbarkeit zu zeigen, vor allem wenn diese Person Jess war.

»Gut. Ich versuche einfach mit einer sanften Bindegewebsmassage, um die Durchblutung anzuregen. Das sollte deine Schmerzen lindern.« Ihre Stimme war ruhig und selbstsicher. »Fühlst du dich gut damit?«

»Mhmm«, murmelte Lili und lehnte sich in Jess' Hände zurück, als die ihre Taille umfassten. Sie wurde lockerer, als die Spannung aus ihrem Körper verschwand. »Das fühlt sich gut an.« Sie seufzte. Wenn sie eine Katze wäre, würde sie schnurren.

»Dann funktioniert es«, flüsterte Jess dicht an ihrem Ohr. »Jetzt streck dich nach rechts. Und jetzt zurück in meine Hand. Gut. Ich glaube, wir sind fertig. Wie fühlt es sich an?«

Lili konnte nicht sofort antworten. Ihre Wangen wurden heiß und Wärme breitete sich in ihrem ganzen Körper aus. Lili tadelte sich für die Richtung, in die ihre Gedanken gingen. Jess verhielt sich nur professionell.

Sie lehnte sich vor, weg von Jess Händen, stand vorsichtig auf und kehrte dann zu ihrem vorherigen Platz auf dem Sofa zurück. Sie nahm einen tiefen Atemzug und stieß ihn langsam wieder aus. »Danke, das fühlt sich so viel besser an. Ich meine … danke.«

»Keine Ursache. Hoffentlich schläfst du heute gut. Aber du brauchst vielleicht bald eine weitere Massage und ein paar Dehnübungen«, sie senkte den Blick, »wenn es dir nichts ausmacht, dass ich dir damit helfe?«

Lili griff nach ihrem Glas und trank es mit einem Schluck aus, in der Hoffnung, dass das Brennen des Whiskeys sie wieder zur Besinnung bringen würde. »Klar. Danke, Jess.« Sie seufzte wieder. »Du hast wirklich magische Hände.«

Jess räusperte sich und sah in ihr Glas hinab.

»Oh.« Lili ließ den Kopf in die Hände sinken. »Bitte sag mir, dass ich das gerade nicht laut ausgesprochen habe.«

Wunderbar. Sie hatte es geschafft, sie beide in Verlegenheit zu bringen. Wenn sie im Sofa versank und verschwand, wäre das ein Segen.

Kapitel 14

In den letzten paar Nächten hatte Jess keine Besuche von ihren Dämonen bekommen und friedlich bis etwa sechs Uhr durchgeschlafen. Gestern Nacht nicht. Aber gestern Nacht war ihre Rastlosigkeit nicht schlechten Träumen geschuldet gewesen.

Sie war um halb zwei ins Bett gekrochen, hatte Stunden damit verbracht, sich beim Gedanken an Lilis überraschend flirtendes Verhalten herumzuwälzen, und kaum geschlafen. Es war außergewöhnlich schwierig gewesen, während ihrer Massage- und Therapiesitzung professionell zurückhaltend zu bleiben. Lili war erschöpft, wund und verletzlich gewesen. Jess hatte ihr freundliches Flirten ignorieren und den angenehmen Empfindungen widerstehen müssen, die aufgekommen waren, als sie mit den Händen über Lilis angespannte Muskeln gefahren war. Aber es war ihr schwer gefallen, die Anzeichen zu ignorieren, dass sich etwas zwischen ihnen ändern könnte. Verstand Lili endlich, dass Jess' Motive, aus denen sie die Schulden abbezahlt und ein Rad für Ru gekauft hatte, gutgemeint und ohne Hintergedanken waren?

Sie stieg aus dem Bett, duschte und ging dann in die Küche. Lili war nicht dort. Auf der Kücheninsel lag ein Zettel, der Jess informierte, dass sie surfen gegangen war und danach Ru von ihren Eltern abholen und zum Kindergarten in Portarlington fahren würde. Die Massage musste geholfen haben, wenn Lili heute Morgen surfen konnte.

Zwanzig Minuten, zwei Kaffees und eine Banane später saß Jess auf ihrem Rad, sah auf ihre behandschuhten Hände hinab und lächelte. *Magische Hände.* Sie hatte geholfen, Lilis Beschwerden zu lindern, und das hatte sie tatsächlich glücklich gemacht.

Jess wandte sich der offenen Straße zu und radelte die allmähliche Steigung hinauf. Es war ein langer Hügel und sie legte ihre ganze Kraft in ihre Beine. Sie hielt den Oberkörper reglos, trat leicht in die Pedale und bewegte die Beine rhythmisch. Die geschmeidige Technik bedeutete, dass sie noch mehr als genug Energie haben würde, wenn sie über den Hügelkamm gekommen war. Sie glitt auf dem Sattel nach vorn und hielt die Hüften genau im richtigen Winkel, um ihre Muskelkraft bei ihrer Größe optimal nutzen zu können.

Seit ihrem Unfall waren Hügel die größten Herausforderungen geworden. Gute Aufwärmübungen und Hügelfahrten waren die Schlüssel dazu, ihre Geschwindigkeit und Kraft zu verbessern. Cassie aus dem Rehazentrum hatte ihr das immer und immer wieder gesagt. Und so wählte Jess wenigstens einmal in der Woche eine hügelige Strecke, um ihre Kraft zu erhalten. Für ein richtiges Workout würde sie nach Barabool Hills nahe Geelong oder über eine Stunde in die Otway Ranges hinausfahren müssen. Challambra Crescent, die quälend steile Straße in Geelong, die 2010 ein Teil der Route für die International Road Cycling Championship gewesen war, bot eine weitere Option, aber nicht für heute.

Als sie das Ende ihrer Einunddreißig-Kilometer-Rundfahrt erreichte, hatte Jess den Portarlington Pier in Sicht und ihre Navi-Uhr führte sie zum Foreshore Reserve. Am Rand des Parks stieg Jess ab und griff nach ihrem Handy in der Satteltasche. Sollte sie es wagen und Lili eine Nachricht schreiben? Sie sah nach links zu den Geschäften und Cafés. Ach, warum nicht? Sie öffnete die Nachrichten-App und tippte.

Hi. Falls du nahe Portarlington bist, hast du Zeit für einen Kaffee?

Es dauerte über eine Minute, bevor ihr Handy mit der Antwort piepte.

Ja. Habe mich gerade von Ru verabschiedet. Ein Kaffee wäre gut. Wo bist du?

Jess schrieb zurück.

Foreshore Reserve. Neben dem Parkplatz. Wo sollen wir uns treffen?

Jess' Trikot und Shorts waren nicht das beste Outfit für ein Café und ihr Gesicht verfinsterte sich, als ihr ein Schweißtropfen den Rücken hinabrann. Sie würde sich viel besser fühlen, wenn sie duschen und frische Kleider anziehen könnte, aber sie hatte Lili spontan angeschrieben. Zum Glück hatte sie sich an diesem Morgen die Zeit genommen, ihre Haare zu einem Zopf zu flechten, was die Feuchtigkeit und den geplätteten Look vom Helm etwas verbarg.

Sie bekam die Wegbeschreibung.

Geh weiter die Hauptstraße entlang. Portarlington Bakehouse. Tisch im Freien. Ich bestelle. Espresso mit heißer Milch im eigenen Kännchen, richtig?

Jess entdeckte die gut beschilderte Bäckerei in dem verschalten Gebäude mit Schornstein aus roten Ziegeln etwa dreihundert Meter vor sich auf der Straße. Beim Gehen grinste sie leicht darüber, dass Lili sich daran erinnerte, wie sie ihren Kaffee trank.

Perfekt.

Perfekt auf mehr als eine Art. Die Zustimmung, sich auf einen Kaffee zu treffen, musste ein Zeichen sein, dass Lili ihre gemeinsame Zeit am gestrigen Abend genossen hatte.

Jess brauchte einige Minuten, um das Rad zur Bäckerei zu schieben und am Ständer festzumachen. Sie zog die Handschuhe aus, klemmte sich den Helm unter den Arm und marschierte zu dem Tisch auf dem Gehweg, wo Lili im Schatten der Markise saß. Ihr freundliches Lächeln war ein willkommener Anblick.

Jess hatte eine Art, sich zu bewegen, die sowohl lässig als auch sexy war. Wie schaffte sie das nur?

Vielleicht machte die Aufmerksamkeit der Öffentlichkeit, mit all dem sozialen Druck, der damit einherging, – als wüsste Lili irgendetwas darüber –, sie selbstbewusster als sie mit ihren neunundzwanzig Jahren sein sollte. Nach außen hin wirkte sie zugleich unbekümmert und reif, aber während des Sturms hatte Lili einen Blick auf Unsicherheit und Unruhe darunter erhascht. Langsam bekam sie ein Bild davon, was unter Jess' kühler und beherrschter Fassade lag.

Jess war klug. Ein Abschluss in Physiotherapie war nicht einfach zu bekommen. Lili hatte nie daran gedacht, dass Jess sich als Elitesportlerin die Mühe gemacht hätte, eine andere Karriere zu verfolgen, aber das war offensichtlich eine dumme Annahme gewesen.

Klug, ja, aber auch wunderschön.

Und als Jess elegant auf die Bank ihr gegenüber glitt, trat dieser letzte Teil deutlich hervor. Wie schaffte es irgendjemand, in dehnbarem Elastan so gut auszusehen?

»Hi«, sagte Jess.

»Hallo, wie war die Rundfahrt?«

»Sie war toll.« Jess warf ihren Zopf lässig über die Schulter und nahm die Sonnenbrille ab.

Sie wurde in die tiefen Seen von Jess' Augen gezogen. *Sieh weg. Sie ist an Haley interessiert – nicht an mir.*

»Lili.« Jess neigte den Kopf zur Seite.

»Ja?« Lili richtete sich gerade auf.

»Danke für den Kaffee.« Jess goss einen Schuss heiße Milch in die Espressotasse und rührte langsam um. »Du warst surfen. Wie war es?«

»Sensationell. Dank dir habe ich es heute geliebt, draußen im Wasser zu sein.« Sie grinste. »Perfekte Wellen.« Lili war dankbar für Jess' Hilfe und vermutlich war es sinnlos, sich von der Sache mit Haley die Laune vermiesen zu lassen.

»Ich bin froh, dass ich helfen konnte. Deinem Rücken geht es besser?«

Lili hob die Arme über den Kopf und streckte sich auf beide Seiten. »Nahezu schmerzfrei.«

»Übernimm dich noch ein paar Tage nicht.«

»Werde ich nicht«, sagte Lili. »Ehrlich, ich fühle mich gut.«

»Das freut mich.« Aber Jess wirkte unsicher. Dann lächelte sie plötzlich und deutete auf den vollen Teller vor ihr. »Und für wen ist das alles?«

»Für mich, aber ich teile es. Das Croissant ist mit Marzipan gefüllt und sieh dir nur diese gerösteten Mandeln darauf an. Blätterig und golden – purer Genuss – versuch es.«

»Es sieht gut aus. Aber ich bleibe bei Kaffee.«

Lili wischte eine kleine Menge der blassgelben Cremefüllung mit einem Stück Gebäck auf, das sie abgebrochen hatte, und hielt es Jess hin. »Nur zu, ich bestehe darauf. Es ist nussig und köstlich, ihre Spezialität, und macht jeder französischen Bäckerei Konkurrenz.«

Jess lehnte sich vor und Lili schob ihr den Bissen in den Mund. Sie kaute anmutig und leckte sich den Puderzucker von den Lippen.

Lili schloss kurz die Augen und zog die Unterlippe zwischen die Zähne, als sie sich an gestern Abend und an Jess' Lippen erinnerte, als sie den Whiskey getrunken hatte.

»Definitiv ein Luxus. Diese Creme ist dick und enthält wahrscheinlich tausend Kalorien.« Jess wischte sich den Mund mit einer Serviette ab und nippte an ihrem Kaffee.

»Aber es schmeckt. Alles in Maßen. Du hast auf deiner Runde wahrscheinlich eine Menge Energie verbrannt. Du musst sie wieder auffüllen.«

»Es war keine anstrengende Runde.« Jess grinste. »Nur dreißig Kilometer.«

Lili starrte sie an. »Nur ein Spaziergang im Park, hm?« Sie schob den Teller mit dem restlichen Croissant zu ihr herüber. »Wenn ich genau darüber nachdenke, glaube ich, das gehört dir.« Sie sah zu Jess' Rad hinüber. »Also, warst du schon immer eine gute Sportlerin?«

»Ich habe viele verschiedene Sportarten gemacht, als ich jung war. Habe alles ausprobiert. Leichtathletik, Gymnastik, Korbball, Schwimmen.«

»Das kann ich mir vorstellen. Du warst ein Landmädchen aus Wylie, oder?«

Jess nickte.

»Ich wette, du hast an *Little Athletics* teilgenommen. Wahrscheinlich einen Haufen Medaillen gewonnen?«

Jess schob den Teller wieder zu Lili und strich mit dem Finger über den Rand ihrer Tasse. »Ich erinnere mich daran, ein paar Schleifen in Leichtathletik ergattert zu haben.«

»Was ist mit Radfahren?«, fragte Lili.

»Tatsächlich bin ich erst nach meiner Ankunft in England zum ersten Mal auf ein Rennrad gestiegen.«

»Wirklich? War dein Vater nicht auch ein Medaillengewinner? Gold.«

Jess schürzte die Lippen. »Ja, das war er.«

Hmm. Sie hatte einen Nerv getroffen. Sollte sie weiterfragen? Es schien Jess zu schmerzen, über ihre Eltern zu sprechen, aber Reden könnte ihr mit den Lasten helfen, die sie trug. Wenn Jess sich ihr nur öffnen würde.

»Wann hast du mit Radrennen begonnen?«

»Das Internat, auf das ich ging, hatte Schwerpunkte auf Sport und akademischen Leistungen. Wir wurden dazu ermutigt, an Wettbewerben mit anderen Schulen teilzunehmen. Nachdem ich mit Radfahren begonnen hatte, hat sich mein Leben verändert.«

»Wie das?«

Obwohl sie unbehaglich wirkte, hielt Jess Lilis Blick stand. »Es hat mir das Leben gerettet. Es hat mir das Gefühl gegeben, zu etwas dazuzugehören. Nachdem mein Vater mich nach England gebracht hat, war ich … verloren. Es war eine dunkle Zeit. Ich habe ein paar dumme Dinge getan.« Sie rieb sich mit den Fingerknöcheln über die Schenkel.

Lilis Herz tat einen Satz, als sie an Jess ohne ihre Mutter oder ihren Bruder in einem fremden Land dachte. Laut Ben war Jess kurz nach dem Tod ihrer Mutter von ihrem Vater nach England gebracht worden. Die Verzweiflung, die Jess damals erlebt hatte, war sogar jetzt noch deutlich sichtbar.

»Ich bin froh, dass du Zuflucht im Radfahren gefunden hast. Dein Vater hat das Richtige getan, als er dich auf diese Schule geschickt hat.«

Jess neigte den Kopf zur Seite, dachte scheinbar über Lilis Worte nach. »Damals erschien es mir nicht so. Aber ich schätze, du hast recht.«

»Er muss stolz auf dich gewesen sein? Weil du in seine Fußstapfen getreten bist?«

»Mein Vater hat nicht viel Zeit mit mir verbracht. Er war erfreut, als ich mit dem Radfahren angefangen habe, aber er konnte seine Voreingenommenheit gegenüber Frauen als professionelle Sportlerinnen nicht verbergen. Von der alten Schule, schätze ich. Seine eigene Radsportkarriere war beinahe vorbei, aber er hat mich nicht besonders ermutigt.«

»Oh, das tut mir so leid, Jess.« War Ben Senior eifersüchtig auf den Erfolg und die körperlichen Fähigkeiten seiner Tochter gewesen? Wenn sein Sohn Sportler gewesen wäre statt Koch – er hatte Ben einmal ein Weichei genannt –, wäre vielleicht alles anders gewesen.

»Das muss es nicht. Wie du gesagt hast, er hat mir einen guten Start gegeben und ich habe etwas von meinem Ehrgeiz und Antrieb von ihm geerbt.«

»Du hast schon sehr viel erreicht«, sagte Lili mit einem ermutigenden Lächeln.

»Danke. Ich bin bereit für mehr Kaffee und vielleicht noch einen Bissen von deinem Croissant.« Sie sah mit einem Funkeln in den Augen zu Lili auf. »Was ist mit dir? Noch ein Kaffee?«

»Ja, das wäre toll.« Lili beobachtete, wie Jess in die Bäckerei ging, und konzentrierte sich unwillkürlich auf ihr wohlgeformtes Hinterteil. Sie lächelte in sich hinein, kratzte sich an der Stirn und dachte über ihre neue Anerkennung für Lycra nach.

Es war eine Sache, die körperliche Schönheit zu bewundern, aber Jess war auch so lieb gewesen und hatte Lilis Ausbruch in der Garage wegen des Rads und des getilgten Kredits nicht einmal erwähnt. *Ich muss mich wirklich entschuldigen, diesmal richtig. Und jetzt wäre ein guter Zeitpunkt.*

»Der Kaffee kommt gleich«, sagte Jess, als sie sich wieder auf die Bank ihr gegenüber setzte.

»Danke«, murmelte Lili. Sie biss in die weiche Haut an ihrem Daumen, dann nahm sie schnell die Hand vom Mund und umklammerte den Tischrand. »Es tut mir leid.«

»Es tut dir leid?« Jess blickte sie an.

»Ja, wie gesagt, es tut mir sehr leid, wie ich mich in der Garage verhalten habe.«

Jess runzelte die Stirn. »Du meinst wegen Aruishis Fahrrad?«

»Ja, aber nicht nur. Ich entschuldige mich für meine Reaktion auf den Brief, in dem stand, dass du den Kredit getilgt hattest. Ich war so schockiert. Es war so unerwartet. Ich war krank vor Sorge darum, wie ich das Geld aufbringen sollte, aber es war mein Problem … Dann war es auf einmal außerhalb meiner Kontrolle.« Sie sah kurz weg. »Ich habe so schlecht reagiert. Es tut mir leid.«

Jess blinzelte und nickte langsam. »Ich verstehe das jetzt. Danke, dass du es erklärt hast. Ich hätte dir den Brief nicht einfach geben sollen. Du warst schon wütend wegen der Fahrrad-Überraschung. Ich hätte erklären sollen, was ich getan habe und warum.«

»Okay«, sagte Lili. »Können wir neu anfangen?«

»Ähm, was meinst du?« Sie lächelte, wirkte aber verwirrt.

»Können wir Ru das schöne, neue Rad geben, wenn ich sie heute Nachmittag vom Kindergarten abhole?«

»Wirklich? Bist du sicher?«

»Café Latte?«

Beide sahen überrascht auf, der Kellner war unbemerkt herangekommen. Er hielt ein Kaffeeglas.

Jess wandte sich lächelnd zu Lili. »Das wird ihrer sein.«

»Danke.« Lili sah schnell wieder zu Jess. Sie griff über den Tisch und drückte ihre Hand. »Ja, ich bin absolut sicher. Ru wird ganz hin und weg sein.«

Ru starrte Jess mit den Händen auf den Hüften an. »Was ist?«, fragte sie, blickte von Jess zu Lili und wieder zurück.

»Deine Mutter und ich haben eine Überraschung für dich«, sagte Jess und zwinkerte Lili zu.

Jess folgte ihnen an einem schmalen, gewundenen Bach entlang, der eine sanft hügelige, mit Wildblumen bedeckte Weide eingrenzte. Frische Meeresluft füllte ihre Lungen und die Nachmittagssonne wärmte ihre Haut. Ru ging an der Hand ihrer Mutter etwas vor ihr und sah alle paar Sekunden zu Jess zurück. Jess beschleunigte ihre Schritte, holte sie ein und ging neben Lili weiter.

»Es wird unmöglich sein, sie von diesem Rad wegzubekommen«, flüsterte Lili, als Ru ihre Hand losließ und vorlief. Sie erreichten Scotts Garagentür und Lili steckte den Schlüssel ins Schloss und betätigte einen Schalter an der Außenwand. Das Rolltor ging auf und Ru duckte sich hinein.

»Ich hoffe, es gefällt ihr«, flüsterte Jess zurück.

Ru stand mit verschränkten Armen drinnen und sah in alle Richtungen. »Ich sehe nichts Neues, Tante Jess.« Sie wirbelte herum. »Was ist meine Überraschung? Sag es mir«, beharrte sie.

Lili lehnte sich an den geparkten Jeep, lächelte Jess an und zuckte mit den Schultern. »Wenn du stillstehst, Ru, wirst du es selbst sehen.«

Als Jess das Rad aus dem Schrank und in Sicht schob, kreischte Ru und klatschte begeistert in die Hände. »Ooh! Jess«, sagte sie. »Es ist ein Rad … ein wunderschönes Rad. Kann ich draufsteigen, kann ich jetzt draufsteigen?«

»Ich helfe dir«, sagte Jess. »Oh, warte, einen Moment, das hätte ich fast vergessen.« Sie hielt einen Finger hoch und ging zum Schrank zurück. Sie nahm einen kleinen Karton heraus und stellte ihn auf den Boden. »Das ist auch für dich, Aruishi.«

»Noch ein Geschenk?« Ru packte Jess' Arm, drehte sich aber zu ihrer Mutter zurück. »Noch ein Geschenk, Mama. Hab ich nicht Glück?«

Lilis Augen funkelten. Ihr fröhliches Lachen erfüllte den Raum. Sie ging zu ihrer Tochter, kniete sich neben sie und half ihr, die Schachtel zu öffnen. »Du hast definitiv Glück, Zwerg.« Sie hob den violetten Helm aus der Schachtel und setzte ihn vorsichtig auf Rus Kopf. »Ähm, ich bin nicht sicher, wie das funktioniert.«

Jess trat heran und passte die magnetische Schnalle an, sodass sie eng anlag. »Ist das bequem?«

Ru nickte. »Danke, Jess, du bist die beste Tante überhaupt.« Sie grinste und kletterte auf das Rad, während Lili ihr eine stützende Hand reichte.

Jess sah auf und begegnete Lilis anerkennendem Blick. Stumm formte Lili mit den Lippen das Wort *Danke.*

»Es hat so viele Räder«, sagte Ru in ernstem Tonfall und deutete auf die Stützräder. »Kann ich jetzt draußen herumfahren?«

»Nachdem du hier drinnen ein wenig geübt und dich daran gewöhnt hast«, sagte Lili. »Wenn Jess Zeit hat, bringt sie dir vielleicht die Regeln bei und fährt mit dir eine Runde um die Farm.«

»Okay, ich werde mich an das Rad gewöhnen.« Ru fuhr los und im Kreis in der großen Garage herum.

»Ich würde Ru sehr gern Übungsstunden geben.« Jess drehte sich im Kreis, um ihren Weg zu verfolgen. »Vielleicht morgen? Ich habe heute Nachmittag einen Besichtigungstermin für ein *Airbnb* in Portarlington.«

»Warum?«

»Ich habe beschlossen, ein wenig länger in Australien zu bleiben. Ich kann deine Gastfreundschaft nicht weiterhin in Anspruch nehmen.«

Lili runzelte die Stirn. »Was redest du da? Fühlst du dich hier mit uns nicht wohl?«

»Das ist es nicht, Lili. Ich will nur nicht länger bleiben als vereinbart.« Sie rieb sich den Nacken. Das wurde allmählich peinlich. »Ich möchte mehr Zeit mit Usha Joshi verbringen. Ich habe sie jahrelang nicht gesehen und wir haben eine Menge nachzuholen. Und Aruishi …« Sie sah zu Boden.

»Jess, du kannst hier wohnen. Außer du *willst* ausziehen?« Lili wirkte unsicher. »Ru und ich möchten, dass du bleibst. Schließlich hast du vorgeschlagen, ihr das Radfahren beizubringen – sie kann von einer Expertin lernen.«

»Aber ich weiß nicht, wie lange ich hierbleiben werde, bevor ich nach Großbritannien zurückkehre.«

»Das ist in Ordnung.« Lili sah sie fragend an. »Allerdings habe ich mich schon gefragt … Hast du keinen Job, etwas oder jemanden, zu dem du zurückkehren musst?«

Das war eine sehr gute Frage und keine, die sie zweifelsfrei beantworten konnte. Vor allem in diesem Moment. Vor allem Lili gegenüber. »Nichts, das nicht warten kann«, sagte Jess.

Lili sah aus, als wollte sie weitere Fragen stellen, aber glücklicherweise tat sie es nicht. »Dann sind wir uns einig«, sagte sie. »Bitte sag diesen Termin ab.«

Jess stieß einen erleichterten Atemzug aus. Sie wollte durchaus auf der Farm bleiben, aber früher oder später würde sie Lilis Fragen über ihr Leben in Großbritannien beantworten müssen. Sie würde zweifellos wieder danach fragen.

»Ich habe Hunger.« Ru kletterte von ihrem Rad und griff an die Schnalle unter ihrem Kinn.

Lili beugte sich vor und öffnete den Magneten. »Okay. Zuerst bedanken wir uns bei Jess für deine Geschenke. Dann räumen wir sie sicher weg.«

»Danke für mein Rad und meinen Helm, Tante Jess.« Ru schlang die Arme um Jess' Beine. »Ich kann es gar nicht glauben. Mein Freund Max wird so neidisch sein. Wir wollten beide Fahrräder und jetzt hab ich eins.«

»Sehr gern.«

»Kann Tante Jess mit uns Fish and Chips essen kommen?« Ru ließ Jess los und zerrte am Arm ihrer Mutter.

»Warum fragst du nicht sie?«

»Komm mit uns, Jess«, sagte Ru. Es war keine Frage, sondern eher eine Bitte mit geweiteten Augen und voller Erwartung.

»Ja, komm mit uns.« Lilis Mundwinkel hoben sich in einem belustigten Lächeln. »Die frischen, knusprigen Fish and Chips sind richtig gut. Wir essen immer im Park am Ufer, damit wir dabei Menschen beobachten können, und danach machen wir einen Spaziergang am Pier.«

Lilis Handy vibrierte. Sie holte es aus ihrer Tasche und sah auf das Display. »Wir beeilen uns besser und verstauen dein Rad, Ru. Tash und Alex sind schon in Queenscliff.«

Erinnerungen waren manchmal so schmerzhaft, dass man sie von sich schieben wollte. Aber Queenscliff und Fish and Chips mit ihrer Mutter und Ben, das waren glückliche Erinnerungen, die Jess gern mit Lili und Ru auffrischen wollte.

Sie ging neben ihrer Nichte her, half ihr, das Rad neben ihres zu schieben, und hängte den Helm auf den Haken an der Wand. Sie verriegelte die Tür und drehte sich zu Lili um. »Ich komme mit, wenn du nichts dagegen hast? Es ist ein wunderbarer Abend für einen Spaziergang, aber zuerst erledige ich diesen Anruf. Wie gesagt, wenn du sicher bist?«

Lili schenkte Jess ein strahlendes Lächeln. »Ja.« Sie zuckte mit der Schulter und sah zu Ru. »Was sagst du, Ru? Sollen wir Jess mitnehmen?«

»Ja. Sie muss kommen. *Bitte.*« Ru hüpfte zur Garagentür. »Komm schon, Jess«, rief sie laut.

»Wie könnte ich da ablehnen?«, meinte Jess. »Deine Tochter ist sehr überzeugend.«

»Von welcher Seite der Familie sie das wohl hat?« Lili grinste.

Kapitel 15

Am nächsten Morgen baute Jess auf der asphaltierten Farmstraße mit einem orangen Verkehrskegel, einem alten Reifen und einer Schubkarre eine provisorische Straßenszene auf, um Ru in Fahrrad- und Straßensicherheit zu unterrichten.

»Können Crumpet, Cream Puff, Elsie und Patch Autos sein?« Ru zeigte auf die vier Jersey-Kühe auf der nahen Weide. »Dort drüben ist Jack.« Sie zeigte zum Farmhelfer. »Bitte ihn, das Tor aufzumachen und sie rauszulassen, Tante Jess.«

»Das ist eine sehr schlechte Idee. Wir können die Kühe doch nicht von der Weide lassen.« Jess unterdrückte ein Lachen. Ru würde noch lange nicht auf einer Straße mit Verkehr fahren, aber sie musste lernen, mit Hindernissen und vor allem Autos umzugehen. »Tu einfach so, als wäre die Schubkarre ein Auto.«

»Aber sie bewegt sich nicht.«

»Tu so, als wäre sie ein geparktes Auto«, sagte Jess.

»Das ist ein sehr kleines geparktes Auto. Mit nur einem Reifen.«

»Ja, Aruishi. Fahr geradeaus, keine Schlangenlinien. Ich bin direkt hinter dir.«

Ru drehte sich um und rief: »Ich bin keine Schlange.«

»Sieh nach vorn. Pass auf … die Schubkarre auf.«

Sie beendeten die Übung ohne größere Krisen, nachdem Ru schließlich beide Hände auf den Lenker legte und sich nicht mehr umdrehte. Jess hatte zwar an Programmen teilgenommen, bei denen Menschen jeden Alters Radfahren lernten, aber nach zwei Stunden mit ihrer Nichte war sie erschöpft.

Bei Ru war es anders; es stand mehr auf dem Spiel.

Nachdem sie ihre Räder nebeneinander in der Garage geparkt und die Helme verstaut hatten, warf Ru die Arme um sie und Jess war zufrieden.

Als sie später zu Ushas Haus fuhren, blickte Jess regelmäßig in den Rückspiegel. Anfangs hatte Ru pausenlos geplappert, aber zehn Minuten nach der Abfahrt war sie eingeschlafen.

»Wo sind wir?«, fragte sie schließlich, als Jess sie aus dem Kindersitz und auf ihre Hüfte hob.

»Wir sind da«, sagte Jess. »Erinnerst du dich, was ich dir erzählt habe?«

Ru rieb die Augen und nickte. »Doktor Usha.«

»Genau. Du warst schon mal mit deiner Mama hier, oder?« Jess hatte Schwierigkeiten, Ru auf der Hüfte zu halten und gleichzeitig die große Tragetasche vom Rücksitz zu nehmen.

»Mhm, ich war auch mit Ben hier«, sagte Ru, während sie sich an Jess' Schulter festklammerte. »Kann ich Usha die Blumen geben?«

»Ja, bitte.« Jess hängte sich die Tasche über die Schulter und hob den Strauß Blumen auf, die Helen speziell für ihren Besuch gepflückt hatte. Sie stellte Ru auf den Weg und nahm sie fest an der Hand. Ru griff mit der anderen Hand nach den Blumen und hielt sie vor sich.

Die Tür ging auf und Usha streckte die Arme aus. »Willkommen«, sagte sie breit lächelnd und Jess lehnte sich in Ushas Umarmung.

Usha legte die Hand auf Rus Schulter. »Wen haben wir hier? Du musst Aruishi sein.«

»Ja, bin ich. Ich habe dich schon mal getroffen.« Sie gab ihr die Blumen. »Die sind für dich. Sie sind aus Omas Garten, aber wir haben sie mitgebracht.«

»Wie dumm von mir. Natürlich warst du schon hier.« Usha nahm den Strauß aus roten und gelben Rosen sowie leuchtend orangen Tulpen entgegen. Sie hob sie ans Gesicht und roch daran. »Sie duften wundervoll und erinnern mich an einen Sonnenuntergang. Danke, Aruishi und Jess. Kommt, kommt.« Sie führte sie durch die Tür ins Haus. »Ich muss die Blumen gleich in eine Vase stellen. Gehen wir in die Küche«, sagte sie. »Ich dachte, ihr könntet mir heute Nachmittag dabei helfen, Puri zu machen.«

»Puri? Was ist das?« Ru zerrte an Ushas freier Hand.

Usha sah über die Schulter zu Jess. »Weißt du noch, Jess? Als deine Mutter und ich dir beigebracht haben, dieses frittierte Brot zu machen?«

»Ja. Wie könnte ich das vergessen? Als du nach Mums Tod in unser Haus gezogen bist, haben Ben und ich dir viel beim Kochen geholfen.« Es war eine bittersüße Erinnerung.

Ru kniete sich neben Usha am Küchentisch auf einen Stuhl. »Genau so, Kind. Knete den Teig ein wenig mit den Händen. Dann können wir ihn flach ausrollen«, sagte Usha. Sie plättete den runden Ball mit der Handfläche, platzierte ihn auf dem Brett und legte die Hände über Rus auf das Nudelholz. »Wenn wir drehen und rollen, drehen und rollen, wird es zu einem Kreis.«

Von ihrer Station am anderen Tischende beobachtete Jess, wie Usha Ru geduldig Anweisungen gab – genau wie sie es getan hatte, als Jess klein gewesen war. Ru sah mit großen Augen zu, als Usha das letzte Puri zu dem Stapel unter das Geschirrtuch legte.

»Jetzt sind es zwanzig.« Ru hielt beide Hände hoch.

»Das sind zehn«, sagte Jess.

Ru öffnete und schloss die Hände und wedelte damit in der Luft herum. »Zwanzig«, rief sie. »Was kann ich jetzt machen?«

Usha wischte sich die Hände mit einem Küchentuch ab und stemmte sie in die Hüften. »Jetzt, mein liebes Kind, kannst du genau hier stehen und zusehen, wie Jess das Kartoffel-Bhaji macht und ich die Puri brate. Dann können wir essen.«

»Puri und Bhaji«, wiederholte Ru fünfmal und rieb sich den Bauch.

»Schh, Aruishi.« Jess räumte ein Ende des Küchentischs ab, holte Buntstifte und ein großes Notizbuch aus der Tragetasche und legte beides auf den Tisch. »Möchtest du eine Weile zeichnen, bis wir essen?«

»Kann ich Usha ein Bild von uns auf unseren Fahrrädern zeichnen?«

»Oh, ich würde gern sehen, wie dein neues Rad aussieht«, sagte Usha.

»Okay.« Ru öffnete das Notizbuch und nahm die Stiftebox.

Usha trat neben sie. »Das ist ein wunderschönes Medaillon, das du da trägst, Aruishi.«

»Es hat Fotos drin.« Sie hielt es Usha hin, damit sie es genauer betrachten konnte.

»Ich kenne dieses Medaillon, obwohl ich es lange nicht gesehen habe. Hättest du etwas dagegen, wenn ich es kurz halte?«

Usha hielt das Schmuckstück in der Hand und schloss die Augen. »Ich war bei deiner Großmutter, als sie das in Indien gekauft hat.« Sie öffnete die Augen und drehte sich zu Jess. »Sie hat es immer getragen.«

Ru legte die Hände auf die Hüften und sagte schnaubend: »Ich würde es jeden Tag tragen, wenn ich könnte, aber Mami lässt mich nicht.« Sie nahm das Medaillon aus Ushas Hand zurück, tätschelte es sanft, ehe sie es wieder unter ihr T-Shirt schob.

Jess lächelte über Rus Selbstsicherheit und ihr Temperament. Sie konnte ihre Trauer tatsächlich etwas lindern.

»Jessica, komm ein wenig zu mir, damit wir reden können.« Usha klopfte auf die Arbeitsfläche neben dem Herd.

Ushas Anweisung folgend begann Jess, das Bündel frischen Korianders zu schneiden. »Das bringt viele Erinnerungen zurück, Tante Usha.«

Usha stieß leicht Jess' Hüfte an. »Ach, für mich auch. Und es ist lange Zeit her, seit du mich *Tante* genannt hast.«

»Tut mir leid, es ist einfach herausgerutscht«, entschuldigte sich Jess. »Ich habe dich immer als meine Tante gesehen.«

»Deine Mutter und ich standen uns so nahe wie Schwestern. Als ihr noch Kinder wart, haben du und Ben mich immer so genannt. Ich verstehe nicht, warum Leute so tun, als müsste man dafür verwandt sein. Uns wurde beigebracht, dass es respektvoll ist und Liebe ausdrückt. Also entschuldige dich nicht. Wir sind eine Familie, oder nicht?«

Jess lächelte und sah zu Ru, die auf dem Küchenstuhl kniete und ganz auf ihre Zeichnung konzentriert war. »Ja, Usha. Es ist wunderbar, wieder Zeit mit dir zu verbringen.«

»Und jetzt hast du Aruishi. Du gehst gut mit ihr um.«

Jess lachte. »Ich habe zwar mit Kindern gearbeitet, aber auf persönlicher Ebene habe ich sehr wenig Erfahrung mit ihnen.« Sie sah wieder zu ihrer Nichte. »Sie kann sehr … schalkhaft sein«, flüsterte sie.

»Vergiss nicht, sie ist erst vier. Du wirst mit der Zeit lernen müssen«, sagte Usha. »Genau wie alle anderen. Es gibt eine Menge Bücher darüber, aber ich persönlich würde mich damit nicht aufhalten.«

»Ach, wirklich?«

»Die Experten können Dinge niederschreiben, aber das reale Leben ist ganz anders. Kinder können unglaublich klug sein. Lustig. Voller Überraschungen. Erschöpfend.« Usha riss ein Stückchen Teigrest ab und warf es ins Öl. »Es ist bereit.« Sie gab ein Puri dazu und drückte es mit einem Schaumlöffel in das Öl nieder. »Am wichtigsten ist, dass Kinder Ehrlichkeit und bedingungslose Liebe erfahren. Ich kann sehen, wie du mit dem Kind umgehst. Du hast sie sehr gern und sie dich auch.«

Jess zögerte, unsicher, wie viel sie offenbaren sollte. »Ru bedeutet mir sehr viel. Sie hat mir Hoffnung gegeben. Ich verspüre ein starkes Verlangen, für meine Nichte da zu sein.« Sie rührte die Kartoffelmischung im Wok um, legte den Löffel ab und drehte sich zu Usha. »Ich würde gern weiterhin ein Teil ihres Lebens sein, aber London ist weit weg. Vielleicht vergisst sie mich.«

Usha hob das goldgebratene Puri auf ein Küchentuch und gab das nächste in das knisternde Öl. »Ich bin sicher, das wird sie nicht. Hast du mit Lili darüber gesprochen, wie du für Ru empfindest? Sie muss es wissen – sonst würde sie dir ihre Tochter nicht für einen ganzen Tag anvertrauen.«

Jess schüttelte den Kopf und seufzte. »Das stimmt, aber sie ist so selbstsicher, hat einen genauen Lebensplan für sich und ihr Kind. Ich weiß nicht, ob sie wollen würde, dass ich weiterhin aus der Ferne an ihrem Leben teilhabe. Und ich denke, sie glaubt, was sie in den Klatschspalten drucken, und stellt sich vor, dass ich ein oberflächliches, rasantes Leben führe.«

»Aber nichts davon ist wahr?« Usha schüttelte den Kopf und verdrehte leicht die Augen.

»Meine Sponsoren erwarten einfach, dass ich mich in der Öffentlichkeit zeige. Und ich werde oft mit bekannten Leuten fotografiert«, sagte sie. »Du weißt, was ich meine.«

»*Ooh la la*. Ja, du meinst Schauspielerinnen, Models und so weiter. Gelegentlich jemand aus der Königsfamilie? Das kann nicht so schlimm sein.«

»Das Problem ist, dass die Zeitungen ihre eigene Interpretation davon abgeben. Sie deuten an, dass ich Ehen zerrütten würde und nichts weiter als ein Partygirl bin.«

»Nein. Lili hat das vielleicht gedacht, bevor sie dich kennengelernt hat. Doch jetzt nicht mehr. Sie wirkt scharfsinnig und sieht sicher dein wahres Ich.« Usha drehte den Herd ab und deckte das Essen mit einem Geschirrtuch ab.

»Vielleicht«, sagte Jess. »Ich weiß immer noch nicht, wie ich zu Lili stehe. In letzter Zeit ist es besser geworden, aber wir hatten keinen guten Start miteinander. Ich habe seit dem Internat nicht mehr mit einer anderen Frau zusammengewohnt.«

»Ah, und du willst wegen Aruishi einen guten Eindruck machen, richtig?« Sie warf Jess einen Seitenblick zu.

Jess schluckte. »Ja. Ja, natürlich.« Lilis Nähe während der Massage an jenem Abend hatte unruhige Schmetterlinge in ihrem Magen aufgescheucht – genau wie vor einem großen Rennen. Aber das würde sie vor Usha nicht zugeben. Im Café in Portarlington hatte Lili Jess dazu gebracht, ein wenig über ihre Vergangenheit zu erzählen. Für Jess war es selten, jemand anderem so sehr zu vertrauen.

»Zeit fürs Essen«, sagte Usha. »Sehen wir nach Aruishi. Sie kann dir helfen, den Tisch zu decken, und ich serviere das Essen.«

Ushas gepufftes, gebratenes Puri-Brot mit Kartoffel-Bhaji übertraf selbst die besten Speisen, die auf dem Borough Market in Southwark erhältlich waren.

Ru war experimentierfreudig beim Essen und probierte alles. Usha schickte sie mit einem Behälter voller Gemüsetaschen und einem Glas Kokos-Minze-Chutney für ihre Mutter nach Hause. Es war ein besonderer Tag.

Als Lili an diesem Nachmittag die Restaurantküche betrat, hatten Alex und Tim bereits die Lieferungen abgehakt und weggeräumt, das Gemüse vorbereitet – das später püriert werden würde, um die Basis für die gekühlte Erbsensuppe zu bilden – und die Ernte des Tages aus *Ailie*s Garden geholt. Tim stellte gerade den Zusatz zum Vorkostermenü des Tages zusammen: Ballotine von der Freiland-Ente gefüllt mit Sauerteigkrümeln, karamellisierten Orangen, Sardellen und Lauch. Die entbeinte und gefüllte Ente würde perfekt gebraten werden, sodass die Haut knusprig und gerade so karamellisiert war, das Fleisch dagegen zart und noch rosa. Sie würde schlicht mit goldenem Bratensaft und Ingwerkarottenpüree serviert und mit einem Zweig frischen Thymians garniert werden. Das war der Plan.

Mit aufgerollten Ärmeln arbeiteten Alex und Lili gemeinsam auf der marmornen Arbeitsfläche. Der blassgoldene Teig hatte dreißig Minuten lang geruht und Alex teilte ihn mit einem Messer in vier gleich große Portionen. Lili bestreute die Arbeitsfläche dünn mit Mehl und knetete den Teig mit bloßen Händen.

»Wann ist das passiert? Um halb eins nachts?« Alex legte das Messer ab und starrte Lili mit geweiteten Augen an. »Du warst im Schlafanzug und sie hat dir den Rücken massiert?«

Lili drehte den Kopf von Alex zurück zum Teig. »Sieh mich nicht so an. Jess war die ganze Zeit über sehr professionell.«

»Aha. Klar. Sie hatte diese sehr professionellen starken Hände und langen Finger auf deiner Haut.« Alex kicherte. »War das bevor oder nachdem du die Freuden von Single Malt Whiskey demonstriert hast?«

»Warum war ich so dumm, dir davon zu erzählen?« Sie nahm das Nudelholz und rollte den Teig aus, bis er dünner war als eine Kreditkarte.

»Du hast mit ihr geflirtet«, sagte Alex, während sie ihr das nächste Teigstück reichte. »Das wirst du nicht leugnen, oder?«

Lili grinste, hielt die Hüften still und bewegte den Oberkörper von einer Seite zur anderen. Sie zwinkerte Alex zu und lachte laut heraus. »Sie hat meinen Rücken geheilt.«

»Sie hat mehr getan als deinen Rücken zu heilen, meine Liebe«, sagte Alex. »Es ist lange her, seit du *so* gelacht hast.« Alex boxte sie leicht in den Arm. »O mein *Gott*, du magst sie. Ich hatte meine Vermutungen, aber … du *magst* sie. Du findest sie attraktiv. Begehrenswert.«

Lili legte das Nudelholz weg. »Komm schon, Alex. Hol die Füllung aus dem Kühlschrank unter der Tischfläche, bevor der Teig klebrig wird, und auch das Ravioli-Rädchen, wenn du schon dabei bist. Und könntest du etwas mehr Mehl verstreuen?«

»Ja, Boss.« Alex streckte die Zunge heraus.

»Natürlich fühle ich mich von ihr angezogen. Jess ist wunderschön.« Mehl stob in einer Wolke von der Arbeitsfläche auf, als Lili einen Atemzug ausstieß. »Ich bin auch nur ein Mensch.«

»Okay, ich habe mich etwas hinreißen lassen. Tut mir leid«, sagte Alex. »Also, was wirst du anstellen?« Alex gab einen Teelöffel Ziegenkäsemischung auf die dünnen Teigschichten und strich den Teig dann mit Eierstreiche um die Füllung herum fest.

Lili legte eine Teigschicht darüber und drückte sie um die Füllung herum fest, wobei sie sicherging, dass es keine Luftlöcher gab. »Was meinst du?«

»Mit deiner Anziehung zu Jess? Was willst du tun?« Alex stupste ihre Schulter mit einem Finger an und nahm dann das Teigrädchen, um die Ravioli zu schneiden. Sie hob die dicken Quadrate auf mit Backpapier ausgelegte Bleche und bestäubte sie mit Grieß.

Lili wusch sich am Spülbecken die Hände, trocknete sie mit einem Geschirrtuch ab und stemmte sie in die Hüften. »Du hast die Medienberichte über Jessica Harris gesehen. Sie hat die Wahl und bedient sich – oft. In einer Woche mit einer schönen Schauspielerin am Arm, in der nächsten beim intimen Dinner mit irgendeiner *heißen* Sportlerin. Oder mit einem Model, einer Wissenschaftlerin oder einer Erbin.« Lili hob die Hände. »Verstehst du, was ich sagen will?«

»Du kannst doch nicht glauben, was du in diesen britischen Klatschblättern liest«, sagte Alex. »Warum nicht?« Sie holte die Frischhaltefolie aus der Schublade, bedeckte die Bleche locker damit und stellte sie in den Kühlschrank. Sie hob den Kopf. »Haleys Aufmerksamkeit hat sie auf jeden Fall.« Lilis Hände fielen schlaff an ihre Seiten. »Glaubst du, sie haben miteinander geschlafen?«

»Na ja, möglich ist es. Haley redet bei jeder Gelegenheit von ihr. Ich habe gehört, dass Jess zugestimmt hat, bei der Spendenaktion mitzumachen, die Simon und Haley über *CycleMania* organisieren. Es geht darum, Spenden für das junge Mädchen aus Drysdale zu sammeln, das auf dem Schulweg vom Rad gestoßen wurde.«

»Oh, richtig. Was für ein schrecklicher Unfall. Ich habe in der *Surf Coast Times* von Usha Joshis Wohltätigkeitsveranstaltung gelesen. Ich wusste nicht, dass Jess daran teilnimmt.«

»Das tut sie jetzt. Ich finde es fantastisch, dass sie sich hier in der Gemeinschaft engagiert, du nicht auch?« Alex hielt inne. »Ich wette, Haley hat vor, Jess' Zeit hier in Australien voll auszunutzen«, sagte sie mit einem Hauch Belustigung in der Stimme.

»Was meinst du damit?«, fragte Lili abrupt.

»Ich meine ja nur. Jess ist Single. Sie ist jung. Sie ist sexy. Manche Leute wollen vielleicht das Beste daraus machen.« Sie zuckte übertrieben mit den Schultern. »Wie auch immer, du hast wahrscheinlich den Vorteil.«

»Was bedeutet *das* denn?« Das Gespräch war über peinlich hinausgegangen und ernsthaft lästig geworden.

»Hey, ich habe Jess in deiner Nähe gesehen. Ich glaube, sie wäre gewillt, wenn du es wärst. Es wäre eine tolle Gelegenheit, deine Dürre zu beenden. Du musst aufhören, dich zu verschließen, nur weil eine Frau dich nicht zu schätzen gewusst hat. Und warum nicht zumindest etwas Spaß haben?«

»Alex, du redest Unsinn. Das wird nicht passieren«, sagte Lili ernst. »Es *sollte* nicht passieren.«

Alex schlug sich mit der Hand an die Stirn, als hätte sie eine plötzliche Einsicht gehabt, wobei sie ihre Haare und Gesicht über und über mit Mehl bestäubte. Sie hustete. »O *verdammt*. Jess ist Rus Tante und sie bleibt nicht hier. Das wäre später unangenehm, oder? Entschuldige, Lili. Ich habe nicht nachgedacht.«

»Hey, seid ihr zwei bereit für eine Pause?«, rief Tim aus dem Nebenraum. »Ich könnte eine Tasse Tee vertragen.«

»Wir sind in fünf Minuten bei dir, Tim«, antwortete Lili. »Setz den Tee auf.«

»Verstanden. Wird sofort erledigt.«

Lili fegte den Boden, während Alex die Arbeitsfläche aufräumte. Ihre Freundin hatte endlich aufgehört, über Jess zu reden, und Lili beschäftigte sich damit, auch die Ecken und Ritzen zu erwischen, während sie sich beruhigte.

Mit einer Sache hatte Alex recht: Vermutlich litt sie tatsächlich an Beziehungsängsten, seit sie von Dani allein und schwanger zurückgelassen worden war. Vielleicht würde eine Affäre ihrem Selbstwertgefühl helfen – vor allem wenn sie die Kontrolle behielt und Grenzen setzte. Sie würde loslassen müssen, wenn Jess unweigerlich abreiste, aber sie konnte es trotzdem eine Weile genießen.

Eigentlich hatte Alex in vielen Dingen recht: Jess war Single, jung und schön. Sie kam viel herum und würde bald nach London zurückfliegen. Ganz zu schweigen davon, dass eine Menge Leute sie alarmierend sexy fanden. Gestern in der Bäckerei hatte sie mit ihrem seidigen, abstrakt gemusterten Trikot und der Trägerhose auf jeden Fall ein paar Anwesenden die Köpfe verdreht.

Doch als sie ihre sportliche Sonnenbrille abgenommen hatte, war ihr Blick Lilis begegnet. Jess' Augen hatten auf eine Art gefunkelt, die sie noch nie zuvor gesehen hatte.

Konnte Lili eine Affäre riskieren und dann zu ihrem Alltag zurückkehren, als wäre nichts geschehen?

Niemals, nicht mit Jess. Es war das Beste, vernünftig zu bleiben und an die Folgen zu denken. Sie musste ihre Tochter beschützen. Es würde ohnehin schmerzhaft genug für Ru werden, wenn Jess nach London zurückkehrte. Sie hatten bereits ein starkes Band miteinander geknüpft. Eine Affäre zwischen Lili und Jess würde sich nicht einfach so beiseiteschieben und vergessen lassen. Jess würde immer ein Teil ihres Lebens sein. Lili würde sich vor ihren Eltern verantworten müssen, wenn sie es herausfanden.

Sie schob den Besen zurück in den Schrank und sah sich nach Alex um. Sie musste geahnt haben, dass Lili etwas Raum brauchte, und leise gegangen sein.

Hatte jemand erwähnt, Tee aufgestellt zu haben? Lili hoffte es. Sie sehnte sich nach einer Tasse und einem Happen zu essen. Toast mit Vegemite wäre ideal.

Kapitel 16

»Mama, sieh mal. Da kommt Tante Jess, mit Simon und Haley. Sieh mal!«, rief Ru auf der Zaunlatte stehend, Lili dicht hinter sich, und deutete auf die letzten drei Radfahrer, die die Ziellinie überquerten.

Als Organisatoren des Events hatten Haley und Simon sich zurückgehalten, um sicherzustellen, dass alle Radfahrer das Ziel erreichten. Jess musste beschlossen haben, neben ihnen zu fahren, denn Lili hatte keine Zweifel, dass sie die Strecke in einem Bruchteil der Zeit absolviert hätte. Jess hatte erwähnt, dass ihre Aufgabe bei diesem Event darin bestand, die weniger kompetenten Radfahrer in der Gruppe zu ermutigen und zu unterstützen. Es war kein Rennen, sondern eine gesponserte Wohltätigkeitstour, um Spenden für die Familie Russo zu sammeln. Jeder gesammelte Dollar würde dafür verwendet werden, die Krankenhausrechnungen und anhaltende Pflege für Cara zu bezahlen, die neunjährige Tochter, die eine ernste Rückenmarksverletzung erlitten hatte, nachdem ein Autofahrer sie vor ihrer Schule angefahren und dann Fahrerflucht begangen hatte.

Lili und Ru standen gemeinsam mit Helen, Scott und Usha Joshi unter einem Transparent, auf dem ein Bild der strahlenden Cara Russo mit ihrem Jack Russell-Welpen Romeo prangte. Lokale Betriebe, Restaurants, Weinkeller und Privatpersonen hatten zweihundert Radfahrer für die Rundfahrt von fünfunddreißig Kilometern gesponsert. Die Idee für die Spendenaktion war von Usha gekommen, die Caras behandelnde Ärztin war, und sie hatte die Emmetts hinzugezogen, um bei der Organisation des Events zu helfen. An diesem Tag gab es keine Verlierer, nur Gewinner.

»Wunderbar.« Usha drehte sich zu den anderen. »Was für eine großartige Menge. Eine bessere Beteiligung hätten wir uns nicht wünschen können.« Sie lächelte und klatschte in die Hände. Ihre Tunika im indischen Stil schwang mit ihren Armen mit und ihr langer, dunkler Zopf wippte hin und her. Usha war eine kleine, zierlich gebaute Frau. Nichtsdestotrotz hatte sie eine selbstsichere, starke Ausstrahlung.

Lili hob Ru vom Zaun und auf ihre Hüfte. »Usha, ich bin so froh, dass wir heute helfen konnten.«

»Ach, Lili. Ich bin dir und deinen Eltern sehr dankbar für eure Lebensmittelspende.« Usha wandte sich an Scott. »Danke, dass du uns heute Morgen geholfen hast, die Gerüste und das Zelt aufzubauen.«

»Kein Problem. Ich habe gern geholfen.« Scotts Gesicht lief rot an. »Ich habe nicht viel getan. Es war Lili, die ihre Lieferanten beschwatzt hat, damit sie das Obst, die Säfte und Flaschen mit Quellwasser spenden.«

»Na, dann möchte ich dir noch einmal danken, Lili«, sagte sie.

»Wie es aussieht, haben die freiwilligen Helfer von der *Community Association* das Essen vorbereitet.« Helen nickte zu den Reihen an Gasgrills, auf denen mehrere Fleischstücke und vegetarische Alternativen für die Radfahrer und ihre Unterstützer brutzelten. Auf den rotweiß karierten Tischen standen Schüsseln, Körbe und Teller mit Salaten, Obst, Kuchen, Brot und Getränken bereit.

Ru zappelte in Lilis Armen. »Kann ich jetzt Jess suchen? Sie ist bestimmt hungrig.«

»In einer Minute, Süße. Jess ist gerade beschäftigt.«

Ru zappelte heftiger in Lilis Armen und Scott griff hinüber und hob sie heraus. »Hier, ich nehme sie dir ab«, sagte er.

»Danke, Dad.«

Lili sah sich um und entdeckte Jess unter den anderen Radfahrern. Sie hatte ihren Helm und Haargummi abgenommen und den Zopf gelöst. Ihre schimmernden Haare lagen in sanften, dunklen Wellen über ihren Schultern und bewegten sich leicht in der Brise. Lili starrte, als Jess ein Handtuch von Haley entgegennahm, sich damit über das Gesicht wischte und Schultern, Arme und Nacken abtupfte. Jess strahlte Haley an, als sie ihr eine Flasche reichte – vermutlich irgendeine Art Elektrolyt-Erfrischung. Sie trank das leuchtend gelbe Getränk aus und führte die Hand zum Mund, als Haley sich einen Zipfel des Handtuchs griff und damit Jess' Kinn betupfte.

Jess schien die Aufmerksamkeit zu genießen. *Vielleicht haben sie miteinander geschlafen. In dem Fall habe ich definitiv keine Chance.* Verdammt, konnte Haley ihr noch mehr auf die Pelle rücken?

Mit finsterer Miene zuckte Lili zusammen, als Usha sie leicht in den Arm kniff.

»Entschuldige, dass ich deine Gedanken unterbrechen muss, aber ich habe noch einen Grund, um dir dankbar zu sein«, sagte Usha.

Lili senkte den Blick, während Usha ihren Unterarm streichelte, wie um den kleinen Schmerz abzumildern. »Die Lieferanten haben sehr gern an Cara und ihre Familie gespendet.«

Usha schüttelte den Kopf. »Und ja, dafür bin ich sehr dankbar.« Sie richtete den Blick auf Jess. »Aber ich wollte mich dafür bedanken, dass du Jess in deinem Haus aufgenommen hast und ihr das Gefühl gibst, willkommen zu sein.«

Lili beobachtete, wie Ru aus Scotts Armen glitt. Als Jess niederkniete, um sie zu begrüßen, warf sie die Arme um Jess' Hals und sie beide beinahe zu Boden.

Haley trat schnell aus dem Weg. Ru hatte eine Ablenkung geschaffen. *Das ist mein Mädchen.* »Wie du sehen kannst, hat Ru Jess schon sehr gern«, sagte Lili.

»Ja. Und Jess hat ihre Nichte sehr gern.« Usha neigte den Kopf zu Lili. »Was ist mit dir?«

Die Bedeutung hinter Ushas Worten war unmissverständlich. Lili verschränkte die Arme vor der Brust und hielt Ushas Blick stand. In deren ernsten, dunklen Augen lag keine Verurteilung, lediglich aufrichtige Sorge. »Jess wird bald nach London zurückkehren«, sagte Lili bestimmt.

»Es würde ihr viel besser gehen, wenn sie hierbleibt, wo sie Familie hat. Sie ist schon viel zu lange allein. Jetzt, da ich Jessica wiedergetroffen habe, wäre ich sehr traurig, wenn sie geht.« Usha seufzte resigniert.

»Ru wird auch sehr traurig sein, wenn sie uns verlässt.« Lili starrte Usha überrascht an. Hatte Jess je darüber nachgedacht, wieder in Australien zu leben? »Glaubst du …«

Ein ernst wirkender, massiger Mann im Poloshirt trat mit einem Notizblock in der Hand an Usha heran. »Entschuldigen Sie, Doktor Joshi. Martin Dean von der *Bellarine Times*. Hätten Sie Zeit für ein Interview?«

Usha zwinkerte Lili zu und sagte: »Wir reden später.« Sie schenkte dem Reporter ein freundliches Lächeln und folgte ihm.

Lili stand wie angewurzelt da, während sie immer noch über Ushas Wunsch nachdachte, dass Jess blieb. Als ihre Tochter die Hand in ihre schob, drehte sich zu ihr und sah, dass Rus andere Hand fest in Jess' lag. Ihr Herz setzte einen Schlag aus. *Seien wir ehrlich. Ich werde sie auch vermissen.*

»Mami, ich bin hungrig. Kann ich jetzt eine Wurst haben? In einem Brot und mit Soße, bitte?«

»Ja. Gehen wir.« Lili blinzelte ihre Frustration weg und marschierte mit Ru und Jess im Schlepptau zu den Essenstischen.

Haley und Simon kamen dicht gefolgt von Helen auf sie zu.

»Bist du unterwegs zum Essen, Ru? Ich bin am Verhungern.« Haley sah direkt zu Jess. »Warum gehen wir nicht alle essen? Kommst du mit, Simon?«

Simon schüttelte den Kopf. »Ich habe den Russos versprochen, dass ich mit Jess zu ihnen komme, damit sie Cara treffen kann.« Er wandte sich an Jess. »Sie ist mit ihrer

Familie im Zelt und sie freuen sich sehr darauf, dich zu treffen. Ist es in Ordnung, wenn wir das jetzt machen?« Er zog seine stylische Sonnenbrille über die Augen.

»Ja, enttäuschen wir sie nicht.« Jess warf Haley ein entschuldigendes Lächeln zu. »Aruishi, möchtest du mitkommen und ein ganz besonderes Mädchen kennenlernen?« Jess lächelte sie an, bevor sie Lili einen fragenden Blick zuwarf.

Sie lehnte sich an Lilis Seite zurück und sah blinzelnd zu ihr hoch. »Soll ich, Mama? Was ist mit meiner Wurst?«

»Die kannst du auch hinterher noch haben. Aber willst du Cara treffen?«

»Ich glaube schon. Du musst mir eine Wurst aufheben.«

»Okay, mache ich. Sei bitte ein gutes Mädchen und bleib bei Jess.«

»Ich verspreche, dass ich sie bei mir behalten werde.« Jess hob ihre immer noch verschränkten Hände. »Helen, Lili, wollt ihr mit uns kommen?«

»Wir gehen ins Essenszelt und sehen, ob wir helfen können, während wir auf euch warten«, sagte Lili. »Ich treffe euch im Picknickbereich, wenn ihr fertig seid, dann besorgen wir Ru ihre Wurst.«

»Okay, sie ist bei mir sicher.«

»Ich weiß.« Lili warf ihrer Tochter einen Luftkuss zu.

»Hey, ich muss nirgendwo sein. Ich komme mit dir, Jess«, rief Haley und trabte los, um sie einzuholen.

»Ich dachte, sie wäre am *Verhungern*.« Helen lachte und hakte sich bei Lili unter. »Dieses Mädchen ist wirklich dabei, unsere Promi-Radsportlerin zu erdrücken.«

Lili machte sich nicht die Mühe, ihre finstere Miene zu verbergen. Zuerst Alex, jetzt ihre eigene Mutter. Mussten alle es ihr unter die Nase reiben?

»Was?«, fragte Helen. »Ist es dir nicht aufgefallen? Nicht, dass es eine Rolle spielt. Ich glaube nicht, dass Jess etwas dagegen hat. Sie ist es wahrscheinlich gewöhnt, eine Menge Aufmerksamkeit von hübschen Frauen zu bekommen.«

»Ja, Mum. Das ist sie bestimmt.« Lili trat mit der Stiefelspitze gegen die Erde und stolperte fast. »Komm schon. Gehen wir.«

Jess warf einen kaputten Strandkorb auf den Müllhaufen vor der Tür und wischte sich mit dem Handrücken den Schweiß von der Stirn. In Bens Garage war es glühend heiß, obwohl beide Türen weit offenstanden.

Lili wirkte ebenso erhitzt und verschwitzt wie Jess sich fühlte. Über die letzten Tage hatte sich Lilis verspielte Seite gezeigt. Wenn sie lächelte, hellte sich ihr ganzes Gesicht auf. Es war schwierig gewesen, zu ignorieren, wie provokativ und sexy Lili ihre Vorliebe für Single Malt Whiskey demonstriert hatte. Das heisere, etwas kehlige Timbre ihrer Stimme hatte Jess ein wenig schwindlig gemacht.

Immer mehr genoss Jess die Zeit, die sie gemeinsam verbrachten. An jenem Nachmittag in der Bäckerei in Portarlington hatte Jess mehr über sich erzählt als jemals zuvor. Das lag an Lilis beeindruckender Fähigkeit, Jess aus ihrem Schneckenhaus zu locken. Wie hatte sie das geschafft?

Sie war so dankbar gewesen, als Lili angeboten hatte, den Berg an Surfbrettern, Angelzubehör, Kajaks und anderem Trödel in Bens Garage zu sortieren. Sie arbeiteten seit einer Stunde und hatten bereits anständige Fortschritte gemacht.

Jess stieß einen erstickten Seufzer aus. Sie zupfte am Ausschnitt ihres Trikots, zog es sich über den Kopf und warf es auf eine nahe Werkbank. »Das ist das reinste Treibhaus«, sagte sie und drehte sich zu Lili um, die sie direkt anstarrte. *Gott*, sie musste so verschwitzt aussehen.

Lili wandte rasch den Blick ab, doch Jess hatte das Interesse in ihren Augen sehen können.

Lili nahm eine Wasserflasche aus ihrer Stofftasche und reichte sie ihr. »Hier, das hilft vielleicht.«

»Perfekt. Genau das Richtige.« Jess öffnete den Verschluss, trank die Flasche fast aus und goss das übrige Wasser in die offene Hand, um es sich über Gesicht, Nacken und Arme zu schütten.

»Meine Güte …«, schnaufte Lili und beugte sich hinab, um ein Ende eines Kajaks anzuheben. »Kannst du mir damit helfen? Wenn du bereit bist.«

Jess nahm ihr Trikot und wischte damit die Wassertropfen ab, die vorn an ihrem Tanktop hinabliefen. »Klar, gib mir eine Minute.« Sie strich die losen, feuchten Haarsträhnen zurück, die ihr im Gesicht klebten, und griff nach dem Kajak. Als sie zu Lili aufsah, war ihr Gesicht gerötet. Lag das nur an der Hitze in der Garage?

Nach Lilis kürzlicher Verletzung war Jess der Meinung, dass sie keine schweren Lasten heben und riskieren sollte, ihr Kreuz zu entzünden. Aber Lili hatte ihr versichert, dass sie regelmäßig Kartoffelsäcke hob, die doppelt so schwer waren als das *Superlite*-Kajak. Es war mit seinen elf Kilo nicht schwer, sondern vielmehr unförmig, aber gemeinsam schleppten sie es auf den Grasstreifen vor der Garage hinaus, wo bereits ein schlankes Ein-Personen-Kanu lag.

»Ben hat es geliebt, dieses Ding zu fahren«, sagte Lili. »Ist ständig in die hohen Wellen rausgepaddelt, um die perfekte Welle für ein wenig Luftakrobatik zu finden.«

»Ich wünschte, ich hätte ihn dabei gesehen.« Jess streckte die Arme über den Kopf und genoss die warme Brise auf ihrem entblößten Bauch. »Ich würde es gern damit versuchen, aber ich sollte zuerst ein Surfbrett nehmen. Haley hat angeboten, es mir beizubringen, wenn ich interessiert wäre.«

»Ach?« Lili marschierte in die Garage und kehrte mit zwei Fiberglaspaddeln zurück, die sie auf das Gras warf.

»Sie ist voller Energie, sehr unterhaltsam«, sagte Jess. Haley wollte ihr unbedingt Surfunterricht geben und *definitiv* noch mehr. Nun da Jess jedoch genauer darüber nachdachte, erkannte sie, dass sie selbst nicht an *mehr* mit Haley interessiert war.

Lili trat gegen eins der Paddel und es stieß mit einem Klicken gegen das Kanu. »Ja, sie ist ein richtiges Energiebündel.«

Bildete Jess sich das nur ein oder klang Lili genervt? »Wenn dir dein Rücken Probleme macht, können wir die Garage ein andermal fertig aufräumen?«

»Mir geht's gut. Was auch immer du an diesem Abend gemacht hast, es hat geholfen. Danke.« Lilis Blick wanderte über Jess' ganzen Körper, aber als ihre Blicke sich trafen, verdunkelte sich ihre Miene und sie sah weg.

Es war nicht zu leugnen: Da bestand gegenseitiges Interesse zwischen ihnen. »Vielleicht könntest du mir beibringen, wie man das Kajak steuert?«, schlug Jess vor. »Wenn du Zeit hast.«

»Vielleicht.« Lili drehte sich um und ging zur Garage zurück. »Also, wenn du lange genug hierbleibst.«

Was war nur los? An jenem Abend schien Lili das Flirten mit Jess genossen zu haben und Jess wollte ihre wachsende Anziehung zu Lili nicht ignorieren – die Anziehung, die derzeit für ihre Energie und das angenehme Flattern in ihrem Bauch verantwortlich war. Allerdings gab es jetzt kein Anzeichen von Lilis lockerer, koketter Seite; sie lächelte nicht einmal ansatzweise.

Stattdessen konzentrierte sich Jess auf die Umgebung. Das war wirklich ein Küstenstreifen wie aus dem Reisemagazin – ohne Menschenmengen, mit sauberen, hellen Sandstränden. Jess liebte die Schreie der Möwen und das Rauschen der Wellen. Sie atmete die salzige Luft tief ein, schloss die Augen und genoss den Sonnenschein.

Helens Rat folgend hatte sie Sonnencreme aufgetragen; trotzdem hatte ihre Haut unter der australischen Sonne ein gesundes Goldbraun angenommen.

Sie dehnte Nacken und Schultern und schüttelte sich aus der Trance, in die sie verfallen war. Hatte Lilis Stimmungswandel mit Haley zu tun? Bestimmt nicht. Sie schien eifersüchtig zu sein, aber warum? Jess konzentrierte sich nicht auf Dinge, die sie nicht haben konnte, oder klammerte sich an etwas Vergängliches, egal, wie attraktiv sie war. Sie hatte geglaubt, dass Lili genauso tickte.

Jess ging den kurzen Weg entlang und trat aus der Sonne in die Garage. Sie blinzelte, als ihre Augen sich an den spärlich beleuchteten Raum gewöhnten. »Lili?«, rief sie.

Bevor sie reagieren konnte, spürte Jess den Stahl der Garagenwand an ihrem Rücken. Lili packte Jess' Tanktop mit der Faust und drückte ihre Körper aneinander. Als sie losließ, nahm sie Jess' Gesicht zwischen die Hände. Jess bebte, als Lili mit dem Daumen sanft über ihre Stirn und die Linie ihrer Augenbrauen entlangstrich.

Sie krallte sich an Lilis Hüften und zog sie dicht zu sich. Lili öffnete die Lippen und Jess war überwältigt von ihrem intensiven Blick.

»Küss mich«, befahl Lili.

Jess senkte den Kopf und drückte die Lippen leicht auf Lilis.

Lilis blaue Augen starrten durchdringend, bevor sie sie schloss. Sie küsste Jess – heftig, impulsiv, als könnte sie nicht anders.

Jess war verloren in dem seidigen Gefühl, der Bereitschaft und der Süße von Lilis Mund. Als ihre Zunge über Jess' Unterlippe strich, öffnete sie mit einem tiefen Stöhnen den Mund, hungerte nach mehr von diesen köstlichen Empfindungen, die Lilis Kuss hervorrief. Die Zeit stoppte, alles andere wurde still. Einen Moment lang gab es nur Lili und Jess.

Benommen und atemlos unterbrach Jess ihren Kuss, um mit der Zunge an Lilis Ohr entlangzufahren. Sie strich mit den Fingern über Lilis Wange, ihren Hals hinab und ließ die Hand über Lilis Herz ruhen. Sie spürte den rhythmischen Herzschlag unter ihrer Hand und konnte Lilis beschleunigten Atem hören. Für einen Moment schloss Jess die Augen. Zwar hatte sie sich schon einmal ausgemalt, wie es wohl wäre, Lili zu küssen, doch die Realität übertraf ihre Fantasie bei Weitem. Aber was hatte Lili zu diesem plötzlichen Stimmungsumschwung bewegt?

»Jess«, stöhnte sie und schmiegte den Kopf an Jess' Hals. »Was tust du nur mit mir?«

Sie hob Lilis Kinn, brauchte wieder die Hitze ihrer Verbindung. Jess wollte sie. Sie schob die Hände unter Lilis T-Shirt und liebkoste die Kurve ihrer Brüste.

Schlagartig wich die Farbe aus Lilis Gesicht und sie drückte die Hand fest mitten auf Jess' Brust. »Tut mir leid, ich kann nicht.« Sie schob sie weg und wich einen Schritt zurück. »Ich kann das mit dir nicht tun. Ich weiß, ich habe damit angefangen, aber …«

Jess sank an die Wand zurück. »Aber –«

»Es tut mir leid.« Lili schüttelte den Kopf. »Ich werde nicht riskieren …« Sie hob die Hände, als wollte sie die Versuchung tatsächlich von sich schieben. »Nein, ich kann nicht. Nicht mit dir, Jess.« Sie sah mit einem traurigen Lächeln auf, drehte sich um und hastete aus der Garage.

Als die Reifen des Subaru in der Kieseinfahrt knirschten, sank Jess auf den Boden und steckte den Kopf zwischen die Knie. *Einatmen, ausatmen, einatmen.* Die Magie, als Lili sie an sich gerissen hatte, und die Energie, die ihre kurze Begegnung hervorgerufen hatte, wirbelten durch ihren ganzen Körper. Sie hob den Kopf und rammte ihn viermal gegen die Wand.

In dem Moment, als sie sich geküsst hatten, hatte sich ihr Leben verändert – sie spürte es mit jeder Faser ihres Wesens. Aber welche Bedeutung hatte dieser Kuss für Lili und warum war sie geflüchtet? Normalerweise war es Jess, die nach dem Vergnügen die Flucht ergriff. Sie ging nichts Ernstes ein. Öffnete sich nicht für Leid. Doch Lilis Flucht hatte Jess verwirrt und mit dem Drang, ihr nachzulaufen, zurückgelassen.

Kapitel 17

Zum gefühlt hundertsten Mal an diesem Tag wanderten Lilis Gedanken zu dem Vorfall mit Jess in Bens Garage. Sie hatte voreilig gehandelt, ohne über die Konsequenzen nachzudenken, was völlig untypisch für sie war. Noch schlimmer, sie hatte die Flucht ergriffen wie eine Diebin in einem Juweliergeschäft.

Die Erinnerung an Jess' Lippen und ihren warmen Mund jagte Schauder durch ihren Körper. Kopfschüttelnd beugte sie sich über das Beet. Wenn sie sich nicht konzentrierte, würde sie den halb reifen Blumenkohl ernten, anstatt die wachsenden Knospen zu beschützen.

Aber wie fühlte Jess sich? Hatte sie einen weiteren Gedanken auf den Kuss verwendet? Lili bezweifelte, dass sie es gewohnt war, dass Frauen unerwartet über sie herfielen, aber es war ihr sicherlich nicht fremd, dass Frauen sich ihr näherten. Hätte Lili sich ohne Warnung auf sie stürzen sollen? Wahrscheinlich nicht.

Andererseits hatte sie lange niemanden so intensiv geküsst – wenn überhaupt – und der Gedanke, diese Lippen erneut zu berühren, diese Leidenschaft noch einmal zu spüren, überwältigte sie.

»Bitte gib mir noch einen.« Helen wedelte mit einer leeren Aufzuchtschale herum. »Ich habe die Erde vorbereitet.«

Die Stimme ihrer Mutter ließ Lili abrupt zu der Aufgabe vor ihr zurückkehren. »Okay, Mum.« Sie griff in den abgestuften Wagen und nahm eine Schale mit Tomaten-Setzlingen heraus. Daraus würden gelb und rubinrot gestreifte Früchte wachsen – perfekt für das pikante Tomatensorbet, das sie für das Sommermenü plante.

Lili lehnte sich zurück und betrachtete ihre Mutter. Helen trug Jeans und ein gestreiftes Shirt mit bis zu den Ellbogen aufgerollten Ärmeln. Ein abgenutzter Strohhut auf ihrem Kopf beschattete ihre blasse Haut. Ihre blonden Haare waren über die letzten Jahre etwas nachgedunkelt, aber es waren lediglich ein paar graue Strähnen zu sehen.

»Ich erinnere mich noch, wie ich diesen Trick von dir gelernt habe. Ich muss ungefähr fünf gewesen sein.« Lili streute grüne Blätter über einen acht Zentimeter großen Blumenkohl, bevor sie auf den Knien zum nächsten rutschte.

»Und ich habe davor von meiner lieben, alten Mum gelernt, wie man einen Blumenkohlkopf weiß hält«, sagte Helen schmunzelnd.

»Ich bin mit den Händen im Dreck aufgewachsen.« Lili wackelte mit den erdverkrusteten Handschuhen. »Du und Oma haben meine Liebe für die Erde geweckt, fürs Wachsen und Gedeihen. Bald zeige ich es auch Ru.« Vorerst war ihre Vierjährige zufrieden, mit ihren kleinen Gartenwerkzeugen zu graben, frische Beeren zu pflücken und gleich zu essen und Schmetterlinge zu jagen.

Lili hatte einmal Köchin in einem von Sydneys besten Restaurants werden wollen. Jetzt konnte sie sich nicht vorstellen, ihre Tochter in einer gedrängten Stadt aufzuziehen anstatt auf der Faodail Farm.

Helen sah unter ihrem breitkrempigen Hut zu Lili. »Jess' Großzügigkeit hat vieles leichter für dich gemacht, nicht wahr?«

Sie schluckte den Kloß in ihrer Kehle herunter und hielt den Blick gesenkt. »Mum«, begann Lili, aber die Worte ließen sie ihm Stich. Schweigen war der einzige Weg, um ihr schlechtes Gewissen zu zügeln.

»Ich weiß, Jess will nicht darüber reden«, sagte Helen. »Für sie ist die ganze Sache erledigt.« Sie zog die Handschuhe aus und drückte Lilis Unterarm. »Aber als eine Familie müssen wir ihren Großmut anerkennen.«

Lili nahm ihre Wasserflasche aus dem Wagen, öffnete sie und trank einen dankbaren Schluck. Ihre Mutter hatte die Tür aufgestoßen, damit sie erklären konnte, warum es ihr schwierig fiel, zu akzeptieren, dass Jess die Schulden einfach beseitigt hatte.

»Es hat mich total schockiert, dass der gesamte Kredit getilgt war. Sie hat versucht, es zu erklären, aber ich verstehe immer noch nicht ganz, warum sie es getan hat. Sie ist uns nichts schuldig.«

»Nein, ist sie nicht. Es war für Aruishi. Man kann an der Geduld und der Wärme in ihrem Blick sehen, wie gern sie ihre Nichte hat.«

»Das Problem ist, dass ich immer in ihrer Schuld stehen werde«, sagte Lili mit einem entnervten Seufzer. »Es hätte Jahre gedauert, ihr alles zurückzuzahlen, aber es wäre das Richtige gewesen.«

Helen legte den Arm um Lilis Schulter. »Es wurde dir wirklich aus den Händen genommen, Liebes. Liegt es daran, dass Jess das riesige Ausmaß ihres Geschenks nicht zu begreifen scheint – ist es das, was du so schwer akzeptieren kannst?«

»Du und Dad haben schwere Zeiten durchgemacht, vor allem als der große Milchverarbeiter euch dazu zwingen wollte, den Betrieb auszubauen. Ihr habt einen Weg gefunden, euch unabhängig zu machen und über Wasser zu halten. Das kann ich auch. Ihr habt mich zur Selbständigkeit erzogen.«

»Ja, und wir sind stolz auf dich und das, was du bereits erreicht hast. *Ailie* ist ein blühender Betrieb.« Sie drückte sie fest an sich. »Aber lass dich nicht von Stolz zurückhalten. Dankbarkeit ist ebenso wichtig.«

»Ich bin wirklich dankbar, aber es ist schwierig, alte Gewohnheiten abzulegen.«

»Manchmal müssen wir akzeptieren, dass alles aus einem bestimmten Grund passiert, und einfach dankbar sein.« Helen stieß sie sanft an. »Es gibt ein paar Dinge, über die du nachdenken musst.«

Da hatte ihre Mutter nicht ganz Unrecht. Aufgrund ihrer mangelnden Selbstbeherrschung hatte Lili sich idiotisch verhalten, sich auf Jess gestürzt, sie geküsst – und war dann weggerannt wie ein Teenager. Und sie hatte Jess mit der Arbeit in der Garage allein gelassen. Nicht, dass ihre Mutter irgendetwas davon wissen musste. »Das stimmt.«

»Ich beeile mich besser. Ich will die Setzlinge eingepflanzt haben, bevor ich den Zwerg vom Kindergarten abhole«, sagte Helen. »Dann hast du Zeit dafür, etwas Rote Beete zu ernten und Braunen Senf zu säen.«

»Du bist die Beste, Mum. Ich stelle neue Stäbe für die Erbsen auf. Nach dem Regen letzte Woche sind sie in die Höhe geschossen. Und die Erbsenvorspeise bekommt bereits positive Rückmeldungen von unseren Gästen.«

»Es geht nichts über den Geschmack von frischen Erbsen direkt aus dem Garten«, sagte Helen. »Dann wirst du den ganzen Nachmittag zu tun haben.«

Je beschäftigter, desto besser, schließlich hatte sie dann weniger Zeit, über Jess nachzudenken. »Dank deiner Hilfe ist schon eine Menge erledigt.« Lili stapelte die leeren Schalen aufeinander und wischte sich mit dem Ärmel über die feuchte Stirn. »Puh, ist das heiß. Wenn ich hier fertig bin, mache ich mich an den Papierkram auf meinem Schreibtisch.« Sie hob ihren spitzen Hut an und strich sich durch die Haare. »Heute Abend habe ich diesen Vortrag mit unseren Lehrlingen im College. Ist es noch in Ordnung, dass Ru bei euch übernachtet?«

»O ja. Wir haben einen Plan«, antwortete Helen. »Sie hat sich Zucchini-Nudeln mit Bolognese zum Abendessen gewünscht. Dann haben wir ein Date mit *Findet Dorie*.«

»Schon wieder?« Lili lachte. »Bist du sicher?«

»Es wird in Ordnung sein. Ru wird eine halbe Stunde nach Start des Films eingeschlafen sein.«

Lili zog ihre Handschuhe aus, strich mit den Fingerspitzen über die frischen, grünen Blätter und zog die Hände durch die reichhaltige, dunkle Erde um die Rübe der Roten Beete. Sie hob sie vom Boden und atmete das holzige, fast süße, feuchte Aroma ein. Sie liebte erdige Düfte. Heute waren irdische Freuden eng mit Jessica Harris verknüpft. Beide waren stark und verführerisch. Die Kuhle an ihrem Halsansatz, an der Lilis Lippen verweilt hatten und der Duft von Vanille und Orangenblüten, die sie eingeatmet hatte. Sie lehnte sich zurück, schloss die Augen und hob das Gesicht zur Sonne. Ablenkung konnte sie vergessen.

Es war ein glücklicher Zufall, dass Jess gerade mit Usha auf einem dreitägigen Trip nach Wylie war – die ländliche Stadt in Western Victoria, in der Jess geboren wurde. Lili wollte sich ihr jetzt nicht stellen. Es war ihre Schuld, dass sie sich nicht zurückgehalten und auf Jess gestürzt hatte, womit sie eine schwierige, peinliche Situation geschaffen hatte.

Jess war unwiderstehlich und herausfordernd. Lilis Bauchgefühl sagte ihr, dass der Versuch, ihre Anziehung zu unterdrücken, die gleichen Erfolgschancen hatte, wie an einem feuchten Tag einen Croquembouche mit Karamell zu besprenkeln und zu hoffen, dass es halten würde. *Unmöglich.* Sobald Jess abreiste, würde das Leben wieder normal werden müssen. Die verbotene Frucht war immer am süßesten, aber auch fast unmöglich zu vergessen, sobald sie einmal gekostet war.

Jess saß unter den ausgebreiteten Ästen eines riesigen Feigenbaums auf einer alten Holzbank, die in der Nähe des Grabsteins ihrer Mutter stand. Sie war seit der Beerdigung nicht hier gewesen. Sie erinnerte sich noch an Ushas Arm um ihre Schultern, als sie den Sarg in die Erde hinabgelassen hatten. Ben hatte geschluchzt, doch sie hatte nicht weinen können. Jetzt rollten Tränen über ihre Wangen und sie wischte sie mit dem Ärmel weg.

»Aruishi hat deine Augen, Mum«, sagte sie. »Als Ben gestorben ist, habe ich mich so allein gefühlt. Jetzt habe ich eine Nichte. Ich habe ihr ein Fahrrad geschenkt. Du solltest sehen, wie sie darauf über die Landstraße flitzt.« Jess lachte. »Sie ist temperamentvoll und verspielt und so frech; in der Hinsicht erinnert sie mich an Ben. Sie ist auch wunderschön und stur wie ihre Mutter.«

Was würde *ihre* Mutter von Lili halten? »Ich mag es, sie beide um mich zu haben, Mum. Lili ist gütig und großzügig. Ich genieße ihre Gesellschaft sehr.«

Jess stand auf und ging zum Grab. »Mein Körper heilt und ich werde jeden Tag stärker. Ich fühle mich gut damit, wieder in Australien zu sein und es tut mir leid, dass ich so lange gebraucht habe, um hierher zu kommen.« Sie beugte sich vor, ordnete den kleinen Strauß Rosen in der Tonvase neu und presste zwei Finger an die Lippen, bevor sie sie auf den in den Stein gehauenen Namen ihrer Mutter legte. »Ich hole Usha vom Krankenhaus ab; sie ist die Gastrednerin beim Mittagessen der Ehemaligen. Du weißt ja, wie sehr sie es hasst, wenn man sie warten lässt.«

Auf dem Weg zum Auto sah Jess über ihre Schulter. Feine Sonnenstrahlen fielen auf die ordentliche Reihe der Grabsteine und warfen einen warmen Schein auf die letzte Ruhestätte ihrer Mutter. »Ich vermisse dich, Mum.«

Im nächsten Monat würde sich ihr Tod zum neunzehnten Mal jähren, doch während sie vor dem Krankenhaus in Wylie auf Usha wartete, kam es Jess so vor, als sei es erst gestern gewesen.

Usha kletterte in den Jeep und schnallte sich an. »Danke, dass du mich abgeholt hast, Jess. Es war schön, so viele meiner alten Freunde wiederzusehen«, sagte sie. »Einige der Gäste kannten deine Mutter und du hast sie vielleicht als Kind getroffen.«

»Es überrascht mich, dass es noch Leute in Wylie gibt, die sich an Mum erinnern«, sagte Jess, während sie nach links auf die Hauptstraße der Stadt abbog.

»Wir waren eine enge Gemeinschaft und deine Mutter war respektiert und geliebt. Du musst dich an Marion Neville erinnern. Sie war hier, als wir in Wylie angekommen sind, und wurde unsere beste Krankenschwester und eine enge Freundin. Sie ist gerade nach zweiunddreißig Jahren im Dienst in Rente gegangen.«

Jess' Mutter und Usha hatten einen Fünfjahresvertrag unterzeichnet, um im Gegenzug für eine Aufenthaltsbewilligung in Australien hier zu arbeiten. Ledig und ohne Familie, für die sie sorgen mussten, hatten sie die relativ schlechte Entlohnung einer ländlichen Praxis angenommen.

»Ich erinnere mich an Krankenschwester Neville«, sagte Jess. »In der Grundschule hatten alle schreckliche Angst vor der … verrückten Marion.«

Usha kicherte. »Ihr Bellen war fast schlimmer als ihr Biss. Habt ihr Kinder sie wirklich so genannt?«

»Ja. Wir wurden regelmäßigen Tests der Augen, Ohren und auf Skoliose unterzogen und auf Läuse geprüft. Und Marions Tetanusspritzen waren am schlimmsten.« Jess schauderte. »Gott sei Dank waren es nur die Älteren, die auch körperlich untersucht werden mussten.«

»Sie hat geholfen, die Gesundheit unserer Gemeinschaft zu verbessern. Wir hatten nur drei Ärzte in der Stadt. Die meisten Patienten waren zwar nicht operativ oder postoperativ, aber die Ärzte und Assistenzärzte waren für alles verantwortlich. Marion war eine Bereicherung für die Stadt und wir haben uns in vielem auf sie verlassen.«

»Ich verstehe. Als Kind war sie trotzdem beängstigend.«

»Du warst schon immer empfindlich«, sagte Usha. »Ich hätte mit dir auf den Friedhof kommen sollen, Jess. War es in Ordnung für dich, allein zu gehen?«

»Ja. Jemand hat Rosen vor den Grabstein gestellt.«

»Deine Mutter hat Rosen geliebt.« Usha seufzte wieder. »Die *Women's Historical Association* kümmert sich um den Friedhof, obwohl er schon seit Jahren geschlossen ist.«

»Dann leisten sie gute Arbeit. Alles sieht ordentlich und gut gepflegt aus.«

»Hat es geholfen, das Grab deiner Mutter zu besuchen?«

»Ja. Es war beruhigend. Eine Erneuerung der Verbindung zu Mum und meiner Kindheit«, sagte sie. »Erzählst du mir, was zu Mums Scheidung von Dad geführt hat? Ich war zu jung, um es zu verstehen. Ich kann mich kaum erinnern, wie er damals war.«

»Oh, Kind. Er war wegen seines sportlichen Engagements nicht oft da. Ich kann mich nicht erinnern, dass er je länger in Wylie war als ein paar Monate. Reiste immer wieder ins Ausland.« Usha tippte mit der Hand auf das Armaturenbrett. »Immer, wenn er nach Hause gekommen ist, war es wieder wie in ihren Flitterwochen. Aruishi war überglücklich, als sie mit Ben schwanger geworden ist, und sie haben geheiratet, obwohl sie wusste, dass dein Vater sich niemals niederlassen würde.«

»Warum haben sie mich bekommen, wenn er so oft weg war?«

»Sie haben sich geliebt, Jess«, sagte Usha ernst. »Dein Vater ist erfolgreich von den Olympischen Spielen zurückgekehrt. Zwei Medaillen. Er hat Aruishi eine Menge Versprechungen gemacht, dass er bleiben würde. Ich habe versucht, sie zu warnen, aber was konnte ich tun, wenn sie so verliebt war?« Sie tätschelte Jess' Knie. »Deine Mutter wollte noch ein Kind und neun Monate später wurde sie mit dir gesegnet.«

»Offensichtlich konnte er sein Versprechen nicht halten.«

»Das war etwas, worauf deine Mutter gehofft hat.« Sie schüttelte den Kopf. »Nach deiner Geburt blieb er fast ein Jahr in Wylie, hat nur an australischen Veranstaltungen teilgenommen. Aber er wurde rastlos und hat versucht, Aruishi davon zu überzeugen, ihre Arbeit aufzugeben und mit ihm zu reisen.«

»Warum hat sie das nicht getan?«

»Mit zwei kleinen Kindern ging das nicht. Ich glaube auch, dass seine mangelnde Hingabe an die Beziehung und seine Familie zu diesem Zeitpunkt nicht mehr ignoriert werden konnte. Benjamin Harris konnte nicht an einem festen Ort glücklich werden«, sagte Usha. »Deine Mutter wollte dir und Ben ein stabiles Zuhause bieten.«

»Also hat sie ihn für uns aufgegeben.« Jess starrte geradeaus auf die Straße.

»Ja. Ihre Kinder waren immer ihre oberste Priorität. Die Arbeit war wichtig, aber du und Ben wart ihre ganze Welt.«

»Leider hat sie nicht viel von Dad erzählt, jedenfalls nichts Persönliches.«

»Sie wollte dich nicht mit ihren Problemen belasten«, sagte Usha. »Die Scheidung war unvermeidlich.«

»Danach warst du immer da. Ohne deine Hilfe wäre Mum nicht zurechtgekommen.«

Sie fuhren weiterhin schweigend in Richtung ihres Motels, bis Usha mit einem müden Lächeln sagte: »Ich weiß ja nicht, wie es dir geht, aber ich könnte ein Nachmittagsschläfchen gebrauchen. An freien Tagen fühle ich mich immer so. Sobald ich innehalte, werde ich müde.« Sie klopfte sich auf den Bauch. »Zugegeben, mitten an einem ungewöhnlich warmen Tag einen Braten und die ganze Garnitur zu essen hilft nicht gerade.«

»Ich hatte vergessen, wie heiß es hier werden kann, sogar im Frühling.« Jess parkte den Jeep auf dem Parkplatz des Motels. »Ich wollte ein paar Runden im Schwimmbad drehen, wenn es hier noch eins gibt. Ich brauche ein Workout.«

»Gute Idee. Der Shire-Pool wurde vor Jahren geschlossen, aber es gibt ein Freizeitzentrum mit Schwimmbad in der Nähe des Botanischen Gartens«, sagte Usha. »Ich würde ja mitkommen, aber nach diesem Mittagessen würde ich wie ein Stein zu Boden sinken.« Sie lachte herzlich.

Jess wusste, dass Usha und ihre Mutter nie Schwimmen gelernt hatten. »Ich wäre da, um dich zu retten«, sagte sie.

»Ich bleibe bei meinem Nickerchen, danke. Nachdem ich im Stehen vor so vielen Leuten gesprochen habe, bin ich völlig fertig. Wenn du nichts dagegen hast, knabbere ich einfach an den Snacks, die ich gekauft habe, und gehe früh schlafen.«

»Das ist in Ordnung, Usha. Dann bist du gut ausgeruht und wir können früh zurückfahren. Ich habe versprochen, morgen Abend auf Ru aufzupassen. Lili arbeitet und Helen und Scott wollen ins Kino gehen.« Jess sprang vom Fahrersitz und rannte zur Beifahrerseite hinüber, um Usha zu helfen, die Jess' Arm dankbar nahm, als sie ausstieg.

Usha massierte sich leicht die Hüfte, bevor sie Jess scharf ansah. »Das Alter, Jess«, kicherte sie. »Du bist nicht nur zu einer wunderschönen Frau geworden, auch deine Manieren sind tadellos. Du warst auf der Gala gestern eine attraktive Begleiterin und hast vielen die Köpfe verdreht. Ich denke, einige der Frauen dort hätten dich gern besser kennengelernt.«

Schockiert wandte Jess den Blick ab. Wusste Usha, dass sie eine Lesbe war?

Usha drückte ihren Arm. »Wie du weißt, habe ich deine Karriere und dein Leben in London verfolgt. Da sind Geschichten in den Klatschblättern, meine Güte.«

»Glaub nicht alles, was du liest.« Hatte sie das nicht auch zu Lili gesagt?

»Ich lese nie etwas Schlechtes. Nur Geschichten einer Sportlerin, die eine Menge erreicht hat«, sagte Usha. »Ich schätze, bei deinem Privatleben tragen sie etwas dicker auf. Du bist jung, erfolgreich und attraktiv. Und du erregst eine Menge Aufmerksamkeit.«

»Du weißt, dass ich ...« Jess zögerte; sie konnte das Wort einfach nicht aussprechen.

»Dass du lesbisch bist? Natürlich. Deine Mum und ich haben darüber gesprochen, als du zehn Jahre alt warst.«

»Aber damals habe ich es nicht einmal selbst gewusst.« Jess konnte nicht glauben, dass sie dieses Gespräch auf einem Motel-Parkplatz hatte.

»Deine Mutter schon.« Sie erreichten Ushas Zimmer und sie schloss auf und öffnete die Tür. »Wir haben einmal beobachtet, wie du in den Leichtathletik-Wettbewerben in der Schule eine Handvoll Medaillen gewonnen hast, und sie sagte, wenn du alt genug wärst, um dich zu verlieben, dann würde es in ein Mädchen sein.«

Jess lehnte sich an den Türrahmen und rieb sich die Schläfen. Sie konnte Usha nur ungläubig anstarren.

»Deine Mutter war eine kluge Frau.« Sie scheuchte Jess in den Raum und schlang die Arme um sie. »Und sie hat dich bedingungslos geliebt.«

»Danke. Ich kann gar nicht sagen, wie viel mir das bedeutet.« Sie hatte nie an der Liebe ihrer Mutter gezweifelt, aber herauszufinden, dass sie ihre Sexualität akzeptiert hätte, war ungemein tröstlich.

Usha ließ Jess los und gähnte. »Deine Mum hat eine Menge bemerkt. Wie auch immer, ich lasse dich ins Schwimmbad fahren.« Sie hielt die Hand vor den Mund, als sie erneut herzhaft gähnte.

»Hab einen erholsamen Abend, Usha. Ruf mich an, wenn du etwas brauchst.« Jess drehte sich um, ging zur Tür und öffnete sie.

»Jess«, rief Usha.

Sie drehte sich wieder um.

»Deine Mutter wäre so stolz auf dich gewesen.« Usha warf ihr einen Luftkuss zu. »Viel Spaß beim Schwimmen.«

Jess summte den ganzen Weg zu ihrem eigenen Motelzimmer, aber als sie die Tür erreichte, füllten sich ihre Augen mit Tränen. Es bedeutete ihr alles, dass ihre Mutter gewusst hatte, dass sie lesbisch war. Auf dem Friedhof hatte Jess ihr von Lilis Kuss erzählt und davon, dass sie weggelaufen war.

Warum war Lili weggelaufen? Jess war keine schlechte Küsserin. Vielleicht hatte sie Angst. Das war verständlich. Warum würde sie etwas mit Jess anfangen wollen? Sie war Bens Schwester. Sie war Rus Tante *und* nur vorübergehend in Australien. Oder nicht?

Sie steckte den Schlüssel ins Schloss. Hatte sie wirklich gedacht, dass sie sich ausgeweint hatte? Gut, dass Wylie noch ein Schwimmbad hatte. Im Wasser würde niemand ihre Tränen bemerken; rote Augen konnten immer mit zu viel Chlor erklärt werden.

Kapitel 18

Lili wischte sich die Hände an dem Tuch ab, das über ihrer Schulter hing, und stellte sich neben ihren Lehrling an die Ausgabe. »Halte die Brühe auf achtundachtzig Grad Celsius, bereit zum Anrichten«, sagte sie. »Wenn der Kellner bereitsteht, füll den Krug zu drei Vierteln.«

»Ja, Lili.« Sky nahm das Lebensmittelthermometer aus ihrer Jackentasche und wischte es an einem Tuch ab, bevor sie es in den Kessel mit Tomaten-Muschel-Brühe steckte.

»Sie ist knapp über achtundachtzig Grad. Ich halte die Temperatur, bis wir servieren.«

Die Tür schwang auf. Owen rauschte in die Küche und trat zum Arbeitsbereich. »Tisch Zwölf, Platz Vier hat darum gebeten, dich zu sehen, Lili.«

Sie neigte den Kopf und runzelte die Stirn. »Ach? Das ist die Gruppe, die sich verspätet hat. Gibt es ein Problem?«

»Ich hoffe nicht. Es sind diese urbanen Kreativtypen aus der Stadt. Die Frau ist eine Augenweide und immerhin ein umgänglicher Gast. Vielleicht will sie dich um ein Rezept bitten.« Owen grinste.

»Das ist doch nicht dieselbe Frau, die vergessen hat zu sagen, dass sie laktoseintolerant ist, oder?«, fragte Lili. »Kann es warten, bis wir den Schnapper serviert haben?«

»Nein, nicht die. Sie hat allerdings gesagt, dass es keine Eile hat.«

»Okay, danke, Owen. Ich kümmere mich darum.«

»Kein Problem.« Er drehte sich um und ging in den Essbereich zurück.

Urbane Kreativtypen? Bedeutete das, sie waren ein Tisch von Yuppie-Kindern? Sie zuckte mit den Schultern. Nachfahren der Yuppies? Egal. Lili wusste nicht, in welche Kategorie sie passen würden, wenn überhaupt in irgendeine.

Mit einem Topfhandschuh nahm Lili fünf Suppenteller aus dem Geschirrwärmer unter der Arbeitsfläche und reihte sie ordentlich auf der Anrichte auf. Die Keramikteller mussten sengend heiß sein, da sie abkühlen würden, wenn sie in den Essbereich hinausgetragen wurden. Schnell löffelte sie drei pochierte Muscheln auf jeden Teller, bevor sie die in dünne Streifen geschnittenen, mit Ingwer gewürzten Birnen und roten Zwiebeln neben die prallen, orangenen Meeresfrüchte legte. Lili legte vorsichtig eine

Portion des goldenen, leicht gesalzenen Schnapper-Filets auf die Streifen und garnierte den Fisch mit knusprig gebratenen Rucolablättern. Sie wischte die Ränder der Schüssel ab und stellte sie unter die Wärmelampen. »Sky, füll jetzt die Krüge.« Lili schlug auf die Serviceglocke und der Lehrling goss die Brühe ein, was ein leichtes Aroma von Zitronenmyrte freisetzte.

Lili nahm den Zettel mit der Bestellung ab und spießte ihn auf die Scheckspindel. »Viermal Schwein und der Tisch ist fertig«, sagte sie, während sie sich mit beiden Händen die schmerzenden Muskeln im Kreuz massierte. Es war ein langer Abend gewesen, aber bisher war alles glatt gelaufen.

Sky hatte ihre Anweisungen perfekt befolgt. »Gute Arbeit«, sagte Lili.

Ihr Lehrling sah mit tiefrotem Gesicht auf. »Danke, Boss.«

»Das meine ich ernst. Du hast dich heute gut geschlagen.«

»Soll ich Alex fragen, ob sie Hilfe mit dem Dessert und den Petit Fours braucht?«

»Gute Idee. Ich räume auf, bevor ich nachsehe, was unser Gast an Tisch Zwölf zu sagen hat.« Lili wischte sich die Stirn mit einem Tuch aus dem Wäschekorb ab und drehte sich wieder zu Sky um. »Ich habe mit Alex gesprochen und sie hat dich nächste Woche für Dessert und Backwaren eingeteilt, wie du dir gewünscht hattest.«

»Vielen Dank.« Skys schüchternes Lächeln erschien wieder und ihre dunklen Augen leuchteten begeistert auf.

»Keine Ursache.« Lili ging in Richtung Umkleide. In gewisser Weise erinnerte ihr Lehrling sie an sich selbst – leidenschaftlich und energetisch. Damals, als sie im selben Lehrjahr gewesen war, hatte sie in der *Culinary Federation National Apprentice Competition* eine Silbermedaille für ihr Mandelkrokanttorte gewonnen. Anders als die siebzehnjährige Sky war Lili jedoch nie schüchtern gewesen. Sie würden daran arbeiten müssen, ihr Selbstbewusstsein aufzubauen und ihre Kreativität zu ermutigen.

Lili starrte in den Spiegel und rieb sich die Augen. Sie konnte nicht glauben, dass sie in zwei Wochen siebenunddreißig wurde. Nichts Außergewöhnliches, nur ein weiterer Geburtstag.

Sie war gesund und stark, mit einem wunderschönen Kind, das ihre Tage mit Liebe erfüllte. Sie hatte eine Familie, gute Freunde und einen Betrieb, der bereichernd war – sie genoss aufrichtig, was sie tat. Aber sie hatte gestern Abend eine lange Zeit im Bett gelegen und hatte in die Dunkelheit gestarrt, bevor sie zu dem Schluss gekommen war, dass sie wollte, was Alex und Tash miteinander teilten – eine liebevolle Beziehung. Zeit mit ihnen zu verbringen erinnerte sie an das, was sie vermisste.

Sie nahm einen tiefen Atemzug und dann noch einen, bevor sie die Schultern lockerte und sich aufrichtete. Nur weil eine Beziehung gescheitert war, bedeutete das nicht, dass sie keine weitere wollte.

Kurz nach Rus Geburt war Lili zu beschäftigt gewesen – gefangen in den Wundern der Mutterschaft, zu erschöpft und zu ausgelastet für eine Beziehung. Was war jetzt ihre Entschuldigung? Die Wahrheit war, dass sie durchaus Zeit für Dates hatte. Wie oft hatten Alex und Tash versucht, sie zu verkuppeln? Mindestens ein Dutzend Mal. Wie oft hatte sie ihre Angebote angenommen? Zweimal, wenn überhaupt. Alex hatte genau ins Schwarze getroffen: Sie hatte Angst.

Momentan bewohnte eine verlockende Frau ihr Haus. Eine Frau, deren Gegenwart ihre Selbstbeherrschung, ihr Gleichgewicht bedrohte. Wenn sie in Jess' Nähe war, wünschte Lili sich mehr als nur freundliche Gesellschaft, mehr als nur einen Kuss. Es war verdammt schade, dass Jess bald nach England zurückkehren würde; es gab einfach keine Zukunft für sie.

Sie drehte den Wasserhahn zu, trocknete sich das Gesicht ab und sah auf ihre Jacke hinab. Unter der langen Schürze war sie überraschend sauber geblieben. Schnell trug sie einen Hauch farbloses Lipgloss auf, strich sich mit den Fingern durch die Haare und setzte das schwarze Käppchen wieder auf. »Los geht's.«

Lili ging durch die Schwingtüren und stellte sich neben Owen an die Bar. Da die Dessertteller aufgeräumt waren, würden gleich die Petit Fours mit Kaffee und süßem Wein serviert werden. Mei gesellte sich aus der Küche zu ihnen, trug geschickt drei Keramikteller auf einem Arm und den vierten in der anderen Hand. Sie hielt kurz vor Lili inne, um ihr Urteil zu hören.

»Bitterschokolade-Akaziensamen-Brownie und Lavendelhonig-Macaron. Alles in Ordnung«, sagte Lili.

Mei ging zu Tisch Drei und stellte die letzte Gabe vor den Gast. Seine Augen wurden groß und er lächelte anerkennend. Ohne Zögern hob er den weichen Schokoladenbrownie zum Mund. Zusammen mit dem zarten, lila Macaron sollte die bittersüße Leckerei ein verlockendes Finale bieten. Dem Ausdruck auf seinem Gesicht nach zu schließen hatte es funktioniert.

Lili konnte ihr Grinsen nicht unterdrücken. *Ich hab es geschafft.*

Owen nickte diskret zu Tisch Zwölf. »Das ist sie, mit dem Rücken zu uns. In dem ärmellosen, schwarzen Kleid«, sagte er zu Lili. Die Frau auf Platz Vier redete gerade mit einem bärtigen Hipster in marineblauem Anzug. Mr. Hip sah auf, als Lili sich näherte, und ein Lächeln trat auf sein attraktives Gesicht. Die Frau straffte die gebräunten Schultern und griff hoch, um sich eine rotbraune Locke hinter das Ohr zu streichen.

Lili lächelte, als die anderen Gäste am Tisch aufsahen.

Mr. Hip räusperte sich. »Deine Köchin ist hier, Danielle.«

Danielle drehte sich im Stuhl zu Lili um. In einer fließenden Bewegung grinste sie, schob den Stuhl zurück, stand auf und trat auf Lili zu. Ihr Kleid schimmerte und umhüllte jede Kurve ihres Körpers.

Lili kämpfte gegen ihren Fluchtinstinkt an und ballte die Hände an den Seiten zu Fäusten. Ihre Blicke trafen sich und als Dani einen weiteren Schritt nach vorn machte, wich Lili instinktiv zurück.

»Lili. *Gott*, es ist gut, dich zu sehen«, sprudelte es aus Dani heraus.

Lili versuchte zu sprechen, aber sie blieb stumm. Sie schloss den Mund – plötzlich auf einen sprachlosen Roboter reduziert.

»Du bist so beeindruckend wie immer.« Danis breites Grinsen zeigte die winzige Lücke zwischen ihren blendend weißen Schneidezähnen.

»Dani. Was tust du hier?«, fragte Lili schließlich in lässigem Ton, der ihre Wut und ihren Unglauben darüber verbarg, dass ihre Ex-Freundin unangekündigt aufgetaucht war.

Dani gestikulierte zu ihren Begleitern, die ihre Gespräche wiederaufgenommen hatten. »Ich bin mit Freunden hier. Wir sind für Jacksons und Avrils Hochzeit in Queenscliff hier.« Sie deutete auf das Paar, das sich zärtlich umarmt hatte.

»Nein, das meine ich nicht. Was tust *du* hier? Ich dachte, du wärst noch in London.«

»Ich bin seit sechs Monaten hier.« Dani strich mit der flachen Hand seitlich an ihrem Kleid hinab und liebkoste den seidigen Stoff mit den Fingern. »Tatsächlich wohne ich in St. Kilda. Die Kanzlei konzentriert sich stärker auf das Büro in Melbourne und hier habe ich eine bessere Chance, es zur Partnerin zu schaffen.« Dani lehnte sich zu Lili und streckte die Hand aus, als wollte sie sie berühren.

Mit einem weiteren Schritt zurück vermied Lili die Berührung.

»Lili, könnte ich bitte kurz mit dir reden?«, flüsterte Owen ihr ins Ohr. Sie war so abgelenkt gewesen, dass sie nicht bemerkt hatte, dass er herangetreten war.

»Bitte entschuldige mich eine Minute«, sagte sie zu Dani, bevor sie Owen hinter die Bar zurückfolgte.

»Ist alles in Ordnung?«, fragte er.

»Das wird es sein«, sagte sie seufzend.

»Es tut mir so leid. Ich dachte ehrlich nicht, dass sie sich über irgendetwas beschweren würde. Ihre Teller waren sauber, sie waren höflich zu den Kellnern. Ich hätte mich selbst darum kümmern sollen.«

Lili legte die Hand auf Owens Unterarm. »Schon gut, es gibt kein Problem.« Zumindest war es nicht das, was er dachte. »Ich kenne sie.«

»Entschuldige.« Er wirkte betreten. »Ich wusste nicht, dass sie eine Freundin ist.« Er sah über Lilis Schulter in Danis Richtung.

»Ist sie nicht«, sagte Lili. »Ich habe Danielle Taylor seit vier Jahren nicht gesehen.«

Owen zog fragend eine Augenbraue hoch.

»Ich gehe besser zurück und finde heraus, was sie will. Ich würde gern so früh wie möglich nach Hause kommen. Jess ist heute Babysitterin.«

»Verstanden«, sagte er. »Es muss ihr Spaß machen.«

Lili runzelte fragend die Stirn.

»Jess. Ich meine, es muss Jess Spaß machen, auf Ru aufzupassen. Ich habe gesehen, wie sie im Kreis herumgefahren sind, als ich heute Nachmittag am Haus deiner Eltern vorbeigekommen bin. Ru sieht aus, als hätte sie ihr neues Fahrrad gemeistert«, sagte er. »Ähm, wie auch immer, ich lasse dich besser zurückgehen.«

»Danke.«

An Tisch Zwölf hielt Mr. Hip den Schokoladenbrownie an Danis Lippen. Lili verzog das Gesicht, als Dani kicherte und daran knabberte.

Owens Unterbrechung hatte ihr einen Moment gegeben, um sich zu beruhigen. Sie marschierte zum Tisch hinüber.

Dani sah auf. »Wow, das ist zum Sterben gut – Tod durch Schokolade.« Sie wischte sich einen Krümel vom Kinn und schob ihn in den Mund. »Würdest du dich mit mir am Sonntag auf einen Kaffee treffen? Wir können über die alten Zeiten plaudern.«

Lili starrte sie an und schüttelte den Kopf. »Ich kann nicht. Ich habe zu tun.«

Dani kniff die Augen zusammen und wandte sich an ihren Begleiter. »Hast du Stift und Papier, Süßer?«

Süßer?

»Ich kann welche finden«, sagte er.

»Ich habe eine Wohnung in St. Kilda neben dem Strand, an der Acland Street. Sie muss renoviert werden, aber ich habe einen tollen Innenausstatter. Er ist ein richtiger Schatz.«

War Dani schon immer so oberflächlich gewesen? Lili verschränkte die Arme und wippte auf den Fersen zurück.

»Wie auch immer, hier ist meine Nummer.« Dani kritzelte sie auf einen Zettel. »Ruf mich an, wenn du Zeit hast. Ich bin sicher, dieses Lokal hält dich beschäftigt. Übrigens, ich liebe das Soufflé. Du hattest schon immer eine sanfte Hand.«

Der dreiste Blick, den Dani ihr zuwarf, weckte in Lili das Verlangen, den Zettel zu Konfetti zu zerreißen und in ihr überhebliches Gesicht zu schleudern.

»Danke«, sagte sie höflich. »Ich gehe besser zurück.« Sie sah auf und merkte, dass Danis Freunde ihr Gespräch verfolgten. »Herzlichen Glückwunsch an das glückliche Paar und genießt die Feier morgen.«

»Danke, das werden wir bestimmt.« Bevor Lili zurückweichen konnte, lehnte Dani sich vor und küsste sie auf die linke, dann auf die rechte Wange. »*Au revoir.*«

»Gute Nacht.« Kochend vor Wut drehte Lili sich auf dem Absatz um und marschierte auf die Zuflucht ihrer Küche zu. »*Bon débarras*«, murmelte sie durch zusammengebissene Zähne. *Na endlich.*

Auf dem oberen Treppenabsatz sah Lili in den dunklen, bedrohlichen Himmel hinauf und füllte die Lungen mit frischer Luft. Sie atmete langsam aus. Die Vertrautheit ihres Zuhauses hatte eine beruhigende Wirkung und der warme Lichtschein am Eingang war ein willkommener Anblick. Plötzlich fiel ihr auf, dass Dani nicht nach Ru gefragt hatte. Überhaupt nicht. Sie hatte sich nicht die Mühe gemacht, nach dem Kind zu fragen, das *ihres* hätte sein können.

Vor der Eingangstür zog Lili die Schuhe aus und schloss leise auf. Auf Zehenspitzen ging sie direkt zu Rus Schlafzimmer, öffnete ihre Kochjacke, legte sie zusammen mit ihrer Umhängetasche auf den Boden und betrat das Zimmer. Weiches Licht fiel von der Giraffenlampe auf das Bett. Ru lag auf der Seite und schlief, einen Arm über den Kopf geworfen. Ihre Atmung war tief und gleichmäßig. Ein raschelndes, leises Seufzen kam von der anderen Bettseite an der Wand. Lili beugte sich hinab, um unter das Bett zu spähen, und da lag Jess zusammengekrümmt und mit Rus Prinzessinnen-Teddy unter dem Kopf auf dem Teppich. Lili lächelte. Jess hatte es irgendwie geschafft, ihren langen Körper zwischen das Bett und die Wand zu quetschen, obwohl es nicht gerade gemütlich aussah.

Ru seufzte laut und drehte sich auf den Rücken. Jess griff hoch und klopfte auf die Decke. »Ich bin hier, Baby. Geh wieder schlafen«, murmelte sie, zog den Arm zurück und legte ihn um den Teddybären.

Lili stand auf und schlich um das Fußende des Bettes, um sich zu Jess zu knien. Sie sah friedlich aus, ohne eine Spur Anspannung. Lili strich eine seidige Haarsträhne von Jess' Wange und ihre Finger kribbelten, als sie die samtweiche Haut liebkoste.

Jess regte sich und öffnete ein Auge. Sie blinzelte und öffnete auch das andere. »Lili«, sagte sie schläfrig.

»Schh …« Lili legte einen Finger an die Lippen, dann ließ sie die Hand sanft auf Jess' Schulter ruhen. »Entschuldige, dass ich dich geweckt habe, aber ich kann dich nicht die ganze Nacht auf dem Boden liegen lassen.«

Jess stemmte sich in eine sitzende Haltung auf, drehte sich zu Lili um und berührte ihren Arm. »Was ist mit Aruishi?«, flüsterte sie.

»Sie schläft tief und fest.« Lili stand auf, bot ihre Hand an und half Jess auf die Beine. Sie drückte Jess' Finger, wollte noch nicht loslassen.

Jess streckte sich und drehte die Taille von einer Seite zur anderen. »Ich konnte sie nur so zum Einschlafen bringen«, flüsterte Jess. »Sie hat sich einfach nicht beruhigt und immer wieder gemeint, dass da ein Rascheln vor dem Fenster wäre. Sie wollte nicht allein sein.«

Lili unterdrückte ein Kichern. »Kühe, Schafe, Pferde, Kaninchen, Ameisenigel – wir sind schließlich auf dem Land. Sie hat dich zum Affen gehalten, Jess«, sagte sie. »Das gehört zu ihren kleinen Tricks.«

»Oh, es hat mir nichts ausgemacht. Aber ich merke es mir für das nächste Mal.«

Beide verstummten und sahen zu Ru, als sie hustete und sich auf die Seite drehte.

Lili legte wieder den Zeigefinger über die Lippen und deutete zur Tür. Sie beugte sich über Rus Bett, küsste sie auf die Stirn und schaltete die Lampe aus. Das Nachtlicht an der Wand sprang automatisch an. Lili gähnte und folgte Jess auf den Gang hinaus.

Jess stand an die Wand gelehnt. Sie trug eine zerknitterte, dünne Schlafhose und ein T-Shirt mit rundem Ausschnitt, das kaum ihre Taille erreichte. Mühelos verführerisch.

Es war ein langer Abend gewesen. Der Frust von ihrer Begegnung mit Dani hob sich und löste sich in Luft auf und Lili konnte nur noch Jess sehen. Mit zerzausten Haaren und verträumten Augen wie ein Mitternachtshimmel – so unvollkommen vollkommen.

Lili konnte nicht widerstehen. Sie trat auf Jess zu und lehnte sich vor, bis ihre Stirnen sich berührten.

Jess' warmer Atem kitzelte ihr Gesicht und ihre Hände fuhren die Kurven von Lilis Taille hinab zu ihren Hüften. Als Jess sie dichter an sich zog, strahlte ihr Körper Hitze aus. Verlangen durchströmte Lili, vermischte sich mit ihrer Leidenschaft, als Jess in einer langsamen, verlockenden Bewegung über das Ende ihrer Wirbelsäule streichelte.

Lili hob den Kopf und Jess' Augen fielen flatternd halb zu, sodass die dunklen Wimpern ihre Wangen streiften. Sie hob eine Hand in Lilis Nacken und zog die Finger langsam durch ihre Haare.

Lili lehnte sich vor und öffnete die Lippen.

Jess trat einen Schritt zurück und senkte den Blick auf den Boden. »Bitte, Lili. Lauf nicht weg. Diesmal nicht.«

»Ich kann nicht, obwohl mein Kopf mir sagt, dass ich es sollte.« Lili schluckte.

Jess sah auf und fing Lilis Lippen in einem höchst verlangenden Kuss ein.

Wellen der Lust durchströmten sie, als das Liebkosen von Jess' Zunge sanft, langsam und neckend wurde. Sie schlang die Arme um Jess' Hals und zog sie dichter an sich. Sie drückte sich an Jess' Körper – so schlank und straff, so seidig und weich. Die Sorgen des Tages zerschmolzen wie Eis auf heißem Zement. Instinkt übernahm die Kontrolle. Sie vertiefte ihren Kuss, passte sich an Jess' hungrige Bewegungen an.

Jess' Duft war süß wie Honig, üppig und berauschend wie Vanille, warm und würzig wie Zimt. Lili knabberte sanft an Jess' Mundwinkel und fuhr mit der Zunge über Jess' Unterlippe.

Jess stöhnte und schob die Hände unter den Saum von Lilis Tanktop, aber Lili packte Jess' Shirt, um sie zurückzuschieben.

»Ist das dein Handy, das vibriert?« Jess deutete auf Lilis Tasche.

»Oh. Niemand ruft mich so spät an.«

»Irgendjemand tut es doch«, sagte Jess. »Und er ist beharrlich. Es vibriert schon eine Weile.« Sie zog an Lilis Tanktop. »Heb nicht ab.«

»Tut mir leid, ich sehe besser nach.« Lili holte das Handy aus der Tasche und sah auf das Display. »Es ist Alex. Das muss wichtig sein.« Sie nahm Jess' Hand. Schlechtes Timing.

»Na gut.« Jess drückte ihre Hand kurz, bevor sie losließ. »Gute Nacht, Lili«, sagte sie.

»Geh nicht. Gib mir eine Minute?«

»Okay, gut. Geh ran.« Jess wandte sich ab und ging den Gang entlang.

Es fiel ihr schwer, die Enttäuschung in Jess' Blick zu ignorieren. Sie hatte Lili gebeten, nicht wegzulaufen, und doch war sie jetzt hier und obwohl sie nicht wirklich weglief, vermasselte sie es erneut.

Lili trat von Rus halb offener Tür weg und hob das Handy ans Ohr. »Hi, Alex. Was gibt's?«

Kapitel 19

Eine warme Brise aus dem Norden wehte über die dichte Wiese mit den verstreuten Gänseblümchen und Lavendelbüscheln. Jess stieg vom Fahrrad und schob es zwischen den Apfelbäumen hindurch, die pinke und weiße Blüten zierten. Von dem Pfad am Ufer aus war die Aussicht auf Port Phillip Bay und die Hügel über den flachen Werribee Plains von dem klaren, blauen Himmel und dem azurblauen Meer eingerahmt, wobei zur Rechten gerade so die verschwommenen Silhouetten der Wolkenkratzer von Melbourne zu sehen waren. Die McAllister-Farm hatte Jess in diesem wunderschönen Winkel der Halbinsel eine einladende Unterkunft geboten.

Sie würde all das vermissen, wenn sie wieder in London war und zu … was genau zurückkehren würde? Zu einer einsamen Wohnung und ihrer Karriere, die an einem seidenen Faden hing. Selbst wenn sie ihre vorherige Fitness wieder erreichte, erschien es ihr wie ein vernünftiger nächster Schritt, den vollen Terminplan, die strenge Ernährung und die ständigen Reisen zu reduzieren und allmählich an ihre Zukunft zu denken. Sie konnte das hier in Australien tun, wenn sie wollte. Von einem Kontinent auf den anderen zu ziehen war vielleicht keine schlechte Idee.

Sie wollte nicht riskieren, Scotts und Helens Respekt zu verlieren, oder die enge Verbindung, die sie zu Ru geknüpft hatte. Dennoch hatte Jess sich am Vorabend gewünscht, Lilis Klopfen an ihrer Tür zu hören. Sie war in ihr Zimmer gegangen und hatte darüber nachgedacht, die Tür als Einladung einen Spalt offen zu lassen. Dann hatte sie sich an Lilis Worte erinnert und sie geschlossen, damit Lili ihrem *Kopf* folgen konnte.

Wenn sie miteinander geschlafen hätten, hätten sie später in der Patsche gesessen, wenn im Anschluss nichts aus ihnen geworden wäre. Der erste Kuss in Bens Garage konnte auf einen wilden Impuls oder eine Laune geschoben werden, aber gestern Abend hatte Lili bestimmt gewusst, was sie tat. Es fiel Jess immer schwerer, die Anziehung zu unterdrücken, und Lilis abwechselnd kühnes und zögerliches Verhalten regte ihren sexuellen Appetit nur weiter an.

Bei einem schwierigen Straßenrennen war es entscheidend eine gute Vorbereitung, Konzentration und gut eingeübte Taktik als Vorteile für sich zu nutzen. Jess organisierte ihre Beziehungen ähnlich wie ihre Übungen als Radsportlerin. Enge Kurven meiden.

Die Konkurrenz kennen. Den richtigen Moment abwarten, um einen Schritt zu tun und sich an die Spitze zu setzen. Diesmal war es anders; Lili ergriff die Initiative.

Wenn Jess in London gewesen wäre, hätte sie heute eine Sitzung mit Doktor Waters gehabt. Irgendwie hatte sie es geschafft, mit minimalem Schaden eine Menge Hindernisse, ohne das ruhige Vorgehen und die Beratung ihrer Psychologin, zu überwinden. Sie würde die Bewältigungsstrategien nutzen müssen, die sie gelernt hatte, um diese Verwicklung mit Lili zu meistern.

Die ersten fünfzehn Minuten eines Rennens waren immer schnell und hektisch, aber man musste sich beherrschen und durfte sich nicht zu früh zu sehr verausgaben. Man musste sich in Geduld üben. Aber Jess wusste auch, dass man es riskieren musste, das Rennen zu verlieren, um es letztendlich zu gewinnen.

Jess zögerte am Hintereingang, bevor sie das schmiedeeiserne Tor öffnete, das Rad neben den Personaleingang schob und an die Wand lehnte. Sie klopfte an die Tür und betrat dann die Küche.

Alex streckte den Kopf aus dem Kühlraum. »Jess, komm herein.«

»Danke, Alex«, sagte sie und atmete dann tief ein. »Irgendetwas riecht hier richtig gut.«

»Das wäre dann ich.« Alex hob einen Mundwinkel zu etwas, das nur als freches Grinsen bezeichnet werden konnte.

Jess platzierte die Ellbogen auf der Theke, stützte das Kinn in die Hände und erwiderte Alex' Blick. »Hmm. In diesem Fall duftest du köstlich nach üppiger, warmer Schokolade.« Sie zwinkerte.

»Eigentlich sind es die Brownies, die ich gerade aus dem Ofen genommen habe«, sagte Alex. »Bist du hier, um uns wieder mit deinem Klavierspiel zu beglücken?«

»Wenn ich euch damit nicht störe?«

»Nein, es ist wunderbar und so angenehm jemandem zuzuhören, die so gut spielt wie du.«

»Danke.«

»Übrigens, wie geht es Lili heute Morgen?«

Jess neigte den Kopf auf die Seite. »Ich war mit dem Rad unterwegs und habe sie nicht gesehen. Stimmt etwas nicht?«

»Ach, ich wollte nur sichergehen, nachdem ich gestern Abend mit ihr gesprochen habe.«

»Wie hat sie denn gewirkt?« Jess runzelte die Stirn. Hatte Lili Alex erzählt, was zwischen ihnen vorgefallen war?

»Dani und ihre Freunde aus Melbourne waren gestern Abend im Restaurant und sie –«

»Dani? Du meinst Lilis Partnerin, Danielle?« Jess trat einen Schritt auf Alex zu.

»Ex-Partnerin, ja. Dani war so dreist, Lili an ihren Tisch zu bestellen. Niemand hatte eine Ahnung, dass sie im Restaurant war.« Alex schüttelte ungläubig den Kopf.

»Okay«, sagte Jess leiser. »Na, das erklärt … gewisse Dinge.«

»Was für Dinge?« Alex berührte Jess' Unterarm. »Hör mal, ich hätte nichts sagen sollen. Ich dachte, sie hätte dir erzählt, was passiert ist. Hat sie das nicht?«

»Nein, hat sie nicht.« Lange nachdem sie ins Bett gekrochen war, war Jess noch wach gewesen und hatte auf das Klopfen an der Tür gehofft. Jetzt zuckte sie mit den Schultern und wandte sich schnell dem Klavier zu. »Ich hoffe du magst Wagner.«

Es hatte etwas Beruhigendes an sich, *Ailie* zu betreten. Die helle, offene Küche, die sie und Ben geschaffen hatten, war ihr zweites Zuhause. Jeder Zentimeter erfüllte seinen Zweck. Sie funktionierte optimal, egal, ob Lili allein an einer Idee arbeitete oder ob sie an einem geschäftigen Abend voll besetzt war und vor Betrieb summte.

Das warme, umhüllende Aroma geschmolzener Schokolade zusammen mit dem kaffeeähnlichen der gerösteten Akaziensamen wehte hindurch, als Lili die Küche betrat. Sie seufzte selig.

Für einen Koch war ein guter Geruchssinn unerlässlich, um Aromen und Geschmäcker ansprechend kombinieren zu können. Sie hatte eine ›gute Nase‹ entwickelt und arbeitete ständig daran, ihre Fähigkeit zu verfeinern, um Essen identifizieren und seine Kondition bewerten zu können. Lili hielt inne und schloss die Augen.

»Hi, Lili«, rief eine Stimme hinter der Mischmaschine.

»Oh, hallo, Tim.« Sie sah abrupt auf. »Wo ist Alex?« Klaviermusik erklang leise aus dem Essbereich. »Diesen Song habe ich noch nicht gehört. Spielt sie wieder mit meiner Playlist herum?«

»Ich glaube, sie ist vorn.«

»Sie spielt doch nicht selbst? Soweit ich weiß, ist sie ungefähr so musikalisch wie ein Stein.«

»Wohl kaum.« Tim lachte. »Es ist dein Hausgast, die reizende Jessica.«

»Oh. Bist du sicher?«

»Jepp«, sagte Tim und füllte einen Spritzbeutel mit Vanille-Buttercreme aus der Mischschüssel.

»Okay. Ich lasse dich weiterarbeiten.« Sie hielt auf ihr Büro zu, machte jedoch unwillkürlich einen Umweg in den Essbereich, da die gefühlvolle Melodie sie anzog wie ein Magnet. Sie hielt in der Tür inne. Alex stand an die Bar gelehnt, halb im Schatten verborgen.

Lili glitt neben sie. »Hallo«, flüsterte sie.

Ohne sich umzudrehen, sagte Alex: »Sie war ein paar Mal hier, um auf den Tasten herum zu klimpern, aber so habe ich sie noch nicht gehört. Vorhin hat sie richtig schweres Zeug gespielt, aber diese gefühlvolle Melodie gefällt mir besser. Sie ist gut.«

»Ja, sie ist gut.« Ihre Mutter hatte erwähnt, dass Jess spielte, aber nicht, dass sie so talentiert war. Jetzt saß sie hier in *Ailie*s winziger Klaviernische, mit hoch erhobenem Kopf, geraden Schultern und starken Händen, die anmutig über die Tasten glitten, als wäre sie an einem anderen Ort und in einer anderen Zeit.

Lili legte eine Hand über ihr Herz, als es zu rasen begann. Sie stellte sich diese Hände auf ihrer Haut vor. Langsam und geschickt. Gab es nichts, was diese Frau nicht konnte?

Ein lautes Krachen aus der Küche brach den Zauber.

Jess drehte sich um, deutlich erschrocken von dem Geräusch. Ihr Blick traf kurz Lilis, bevor sie sich zum Klavier zurückdrehte.

»Es tut mir leid, aber ich bin vorhin vielleicht in ein Fettnäpfchen getreten«, flüsterte Alex Lili zu.

»Was meinst du?«

»Ich habe Jess gefragt, wie es dir nach gestern Abend geht.«

»Ach? Was hast du noch gesagt?«

»Ich habe erwähnt, dass Dani hier war. Ich weiß nicht warum, aber sie wirkte aufgewühlt. Was läuft da zwischen euch beiden?«

»Nichts.«

»Lili, ich kenne dich. Wenn es nicht um Jess geht, worum dann? Du hast gestern Abend am Telefon gesagt, dass es dir nach deiner Begegnung mit Dani gut geht. Aber jetzt verhältst du dich komisch.«

»Mir geht es gut. Glaub mir, es geht nicht um Dani.«

»Dann geht es also um Jess.«

»Lassen wir es vorerst gut sein, bitte. Ich muss mit Jess über Rus neues Fahrrad reden. Ich glaube, es muss angepasst werden oder so.« Lili sah auf ihre Uhr. »Ich komme in einer halben Stunde nach hinten.«

»Okay, klar. Aber ich habe gesehen, wie ihr zwei euch anseht.« Alex zuckte mit den Schultern. »Du verhältst dich komisch und sie auch. Glaub nicht, dass ich das nicht bemerkt habe.« Sie drehte sich um und ging in die Küche zurück.

Lili wollte schon widersprechen, aber was hatte es für einen Sinn, es zu leugnen? Sie musste tatsächlich mit Jess reden, und zwar jetzt. »Diese Musik macht ein wenig nachdenklich«, sagte sie und legte die Hand auf Jess' Schulter.

Jess' Muskeln verkrampften sich unter Lilis Fingerspitzen. Sie schloss den Deckel des Klaviers. »Was? Gefällt dir Leonard Cohen nicht?« Sie sah über die Schulter zu Lili und Falten traten auf ihre Stirn. »Hast du mich gestern wegen dem geküsst, was mit Dani passiert ist?«, fragte sie frei heraus.

»Nein. Habe ich nicht.« Lili verschränkte die Arme. Jess' offensichtlicher Kummer legte ein Gewicht auf ihre Brust. Dachte sie wirklich, dass Lili sie geküsst hatte, weil sie wütend auf Dani war? Sie stöhnte innerlich. Zeit für Schadensbegrenzung. »Ich war sauer, weil Dani nach vier Jahren der Abwesenheit unangekündigt aufgetaucht ist und erwartet hat, dass ich sie mit offenen Armen willkommen heiße.« Lili strich mit den Fingern sanft über Jess' Arm. »Aber das ist nicht der Grund, warum ich dich geküsst habe.«

Jess neigte den Kopf und ihre ausdrucksstarken Augen füllten sich mit Emotionen. »Warum hast du mich dann geküsst? Schon wieder?«

Lili konzentrierte sich auf Jess' volle Lippen und atmete tief durch. »Ich konnte nicht anders. Ich konnte einfach nicht anders«, wiederholte sie.

Die Tür flog auf und Josh stürzte herein. »Hey, Lili«, sagte er und nickte Jess zu, bevor er in die Küche verschwand.

»Hi, Josh. Nicht rennen«, rief Lili und beobachtete, wie die Türen weiterhin hin und herschwangen, hin und her. Sie drehte sich zu Jess zurück. »Komm mit raus und rede mit mir.«

Aus Jess' dunklen Augen sprach Argwohn. »Okay.«

»Suchen wir uns einen Platz im Garten, wo uns niemand stören wird.«

Dicht gefolgt von Jess steuerte sie auf eine hintere Ecke im Garten zu. Es war eine friedliche Nische gefüllt mit Pflanzen, die sie aus dem Rosengarten ihrer Großmutter bekommen hatte. Lili setzte sich in einen von zwei alten Holzstühlen. Sie bedeutete Jess, den anderen zu nehmen.

Sie war nicht sicher, wie sie anfangen sollte. Wenn ihre temperamentvolle Großmutter noch hier wäre, hätte sie Lili geraten, ihrem Instinkt zu vertrauen. Sie zupfte an einem losen Faden ihres Ärmelsaums.

»Mir geht es genauso. Ich konnte nicht anders als den Kuss zu erwidern«, sagte Jess.

»Wirklich?« Lili sah auf.

»Es fällt mir immer schwerer, in deiner Nähe zu sein«, sagte sie und schob die Hände unter die Schenkel, als wollte sie sie ruhigstellen. »Ich weiß, es gibt viele Gründe, warum das eine schlechte Idee ist. Aber ich mag dich, Lili.« Jess rutschte an den Rand des Stuhls und nahm ihre Hand. »Was, wenn? Ich frage mich immer wieder: *Was, wenn?*« Sie liebkoste Lilis Faust mit dem Daumen, bis Lili sich entspannte und Jess erlaubte, die Finger in ihre zu schieben. »Warum bist du gestern Abend nicht in mein Zimmer gekommen?«

Lilis Blick wanderte hoch zu Jess Gesicht, wo ihre Augen verharrten. »Es war spät.« Sie hob die Hand und zupfte sanft an Jess' Zopf, dann strich sie mit einem Finger die gerade Linie ihrer Nase entlang, über ihre Wange und die Kurve ihres Kiefers entlang zu ihrem Mundwinkel. »Deine Tür war zu. Ich war feige. Du lenkst mich so ab ... Du hast sehr schöne Lippen. Ich mag dich auch.«

Jess' Mund verzog sich zu einem leichten Lächeln und ihr warmer Atem kitzelte Lilis Hand. Lilis eigenes Verlangen war in ihren Augen reflektiert, zusammen mit einem Hauch Schüchternheit und einem Deut Verspieltheit.

»Ich habe fast Angst, dich zu berühren«, sagte Lili.

»Schh«, murmelte Jess. »Ich nicht. Und ich will deine Berührung.« Sie lehnte sich vor und drückte die Lippen leicht auf Lilis, bevor sie zurückwich. In ihren Augen funkelte Belustigung. »Siehst du? Es ist nichts Schlimmes passiert.« Sie hielt Lilis Gesicht zwischen den Händen. »Tatsächlich werde ich deinen wunderschönen Mund wieder küssen.«

Lili neigte den Kopf, um Jess' Lippen entgegenzukommen, und der leichte, sinnliche Kuss weckte Zärtlichkeit und Sehnsucht. Sie schloss die Augen und atmete langsam aus.

»Was machen wir jetzt?«, flüsterte Jess.

Lili öffnete die Augen und sagte: »Du tust es schon wieder.«

»Was?«

»Meine Gedanken in Worte fassen.« Lili rutschte auf ihrem Stuhl zurück und bedeutete Jess mit den Händen, es ihr gleichzutun. »Ein wenig körperlicher Abstand ist gut. Den brauchen wir, um zu reden.«

»Aber …«, protestierte Jess leicht schmollend.

Lili streckte die Hand aus. »Nein. Du bleibst genau da. Ich kann nicht richtig denken, wenn du in der Nähe bist.«

»Okay, aber ich sehe nicht, was der Vorteil dabei sein soll, richtig zu denken.« Jess richtete sich kerzengerade auf.

»Ja, na ja.« Lili lachte über die Selbstsicherheit, die Jess ausstrahlte.

Jess lehnte sich entspannter zurück und überkreuzte die Beine. »Okay, ich bin bereit zum Reden.«

»Wenigstens stimmen wir in einer wichtigen Tatsache überein.« Lili sah auf, als ein lauter Schwarm Kakadus vorbeiflog.

»Ja.« Jess grinste und starrte sie direkt an. »Du magst mich und ich mag dich.«

»Wir brauchen ein paar Regeln.«

»Ja, *Boss*.«

»Im Ernst, Jess. Wir müssen wirklich ein paar Dinge klarstellen.«

»Tut mir leid, Lili. Bitte fahr fort«, sagte Jess und gestikulierte entschuldigend mit den Händen.

»Du gehst sehr gut mit Ru um.«

»Aruishi ist total niedlich, das kleine Biest.« Jess kicherte.

»Ja, aber sie ist auch sensibel und intuitiv. Es wäre mir lieber, wenn sie nichts davon weiß. Sie ist ohnehin schon auf dich fixiert. Wenn sie glaubt, dass zwischen uns etwas läuft«, Lili deutete zwischen ihnen hin und her, »würde sie sich Hoffnungen machen.« Sie würde nicht wollen, dass Jess ging. »Wir müssen die Sache vor ihr platonisch halten.«

»Platonisch? Oh, du meinst, nur freundschaftlich. Ich will Aruishi nicht wehtun. Ich werde vorsichtig sein.«

Es war eine Erleichterung, zu wissen, dass auch für Jess Rus Wohlbefinden an erster Stelle stand »Wir werden beide vorsichtig sein. Mir wäre es lieber, wenn auch Mum und Dad nichts davon wissen.«

»Okay.« Jess trommelte mit den Fingern auf die Armlehne des Stuhls.

»Nur *okay*?«, fragte Lili. »Für uns ist es anders, weil es nicht so ist, als hätten wir uns gerade erst getroffen. Du bist schon ein Teil unseres Lebens. Ich bin übertrieben vorsichtig. Und wenn ich du wäre, würde ich uns in die Zu-schwierig-Kategorie stecken.«

»Das wird kein Problem sein.« Jess griff nach Lilis Hand. »Du beschützt deine Familie. Das kann ich verstehen.«

Lilis Haltung entspannte sich ein wenig, denn sie wollte Jess nicht beunruhigen. »Danke«, sagte sie.

Jess küsste Lilis Hand, legte sie sorgfältig wieder auf Lilis Bein und tätschelte es leicht mit den Fingern. »Wir können es langsam angehen … Es gibt eine Menge, was ich über dich erfahren will.«

»Ich bin wie ein offenes Buch, meinst du nicht?« Der Druck von Jess Hand auf Lilis Schenkel wurde intensiver. »Ich dagegen weiß sehr wenig über *dein* Leben. Du bist ausgewichen, als ich gefragt habe, ob zu Hause jemand auf dich wartet.«

»Da wartet niemand.«

»Im Ernst, es ist schwer zu glauben, dass du in keiner Beziehung bist.«

»Warum?«, fragte Jess abwehrend. »Hast du die britischen Klatschblätter gelesen und glaubst nun, was sie erzählen – genau wie mein lieber, alter Dad? Zum Beispiel, dass ich nur herumspiele und noch *nie* etwas Ernstes hatte?«

»Jess, entschuldige. Ich wollte nicht –«

»Zum Teil haben sie recht«, unterbrach Jess sie. »Als ich neu in der Szene war, war es leicht, in die Kultur zwangloser Affären zu fallen, aber ich bin sie bald leid geworden. Ich habe vielleicht viele Dates, aber es gibt niemanden, der mir wichtig ist.« Sie warf Lili einen herausfordernden Blick zu. »Was ist mit dir? Gehst du oft aus?«

Lili rutschte unbehaglich auf ihrem Stuhl herum. »Äh … ich war zu sehr mit Ru und dem Restaurant beschäftigt.«

»Wann bist du zum letzten Mal mit jemandem ausgegangen?«

»Vor zehn Monaten. Mit einer Freundin von Tash.«

»Vor zehn Monaten? Das ist eine lange Zeit.«

»Sieh mich nicht so an. Ich habe doch gesagt, dass ich beschäftigt war.« Lili zuckte mit den Schultern. »Wie auch immer, es war ein Desaster, also hatte ich es nicht eilig, es wieder zu versuchen.«

Diesmal lachte Jess, ein weiches, kehliges Lachen, und ihr ganzes Gesicht hellte sich auf. »Was hat mit ihr nicht gestimmt? Ich meine, du bist so –«

»Langweilig und an Verpflichtungen gebunden.«

»Das hätte ich nicht gesagt.«

»Nein. Das hat die andere von mir gedacht.«

»Na, dann ist es ihr Pech.« Jess grinste und Lili tat es ihr unwillkürlich gleich.

Jess wedelte wild mit der Hand, als eine Biene um ihr Gesicht flog und ihren Kopf umkreiste. Sie erhob sich rasch und gestikulierte wild, aber die Biene wollte nicht von ihr ablassen. »Verdammt, ich reagiere allergisch auf Bienenstiche.«

Lili sprang auf, nahm Jess' Hände und hielt sie an ihren Seiten. »Glaub mir«, sagte sie. »Wenn du nach einer Biene schlägst, sticht sie dich. Halt still.«

Das kleine Geschöpf landete auf dem Flügelärmel von Jess' T-Shirt. »Und jetzt?«

»Halt still«, wiederholte Lili. Sie beugte sich vor und blies auf die Biene. Sie fiel zu Boden und flog dann in den Rosengarten davon. Lili wischte Jess' Schultern ab. »Siehst du? Nichts passiert.«

»Nur mein Selbstbild hat gelitten«, sagte Jess. Sie sah sich um und trat dichter an Lili heran.

Diese tippte ihr leicht auf die Nase, legte die Arme um Jess' Taille und zog sie an sich, ehe sie den Kopf an Jess' Schulter lehnte. »Ich muss jetzt zurück an die Arbeit. Sonst schaltet noch jemand eine Vermisstenanzeige.«

»Darf ich dich zuerst küssen?«, fragte Jess mit leiser und verspielter Stimme an Lilis Ohr.

»Bitte.«

Diesmal sprach der Kuss von einem Versprechen und ließ Lilis Herz in ihrer Brust hämmern. Sie beobachtete, wie Jess mit schwungvollen Schritten durch die Rosenbüsche ging. Am Gartentor drehte sie sich zu Lili um und warf ihr einen Luftkuss zu.

Kapitel 20

Usha gab einen weiteren Löffel Curry auf Jess' Teller. »Iss nur. Denk daran, wie sehr du meine Kochkünste vermissen wirst, wenn du zurückfliegst.« Sie zwinkerte Jess zu. »Ich weiß, ich weiß. London ist voller guter indischer Restaurants. Diese britisch-indischen Köche können vielleicht die beste Qualität und authentische Gewürze reproduzieren, aber nichts ist besser als zu Hause zu kochen.«

Jess nickte, wischte etwas Palak Panir mit einem Stück frisch gebackenem Roti auf und steckte es sich in den Mund. Sie trank einen Schluck Wasser, um den würzigen Spinat und Käse herunterzuspülen. »Es ist scharf. Definitiv besser als alles, was ich in London gegessen habe.«

»Du schmeichelst mir, Jess. Ich bin froh, dass es dir schmeckt.«

»Ich sage nur die Wahrheit.«

»Und du bist sehr lieb.« Usha nahm sich grinsend ein Stück Roti und bot Jess noch mehr an.

»Das reicht, bitte. Ich habe viel mehr gegessen als sonst.« Jess schüttelte den Kopf und schob ihren leeren Teller von sich.

»Gut. Ich freue mich.« Usha nippte an ihrem Chardonnay. »Danke, dass du diesen sehr schmackhaften Wein mitgebracht hast.«

»Er war eine Empfehlung von Lili.«

»Ah, die liebe Lili. Du kannst ihr sagen, dass er mir geschmeckt hat.«

»Das werde ich. Sie hat gehofft, dass er zu dem passen würde, was du kochst.«

»Sehr gut. Ich bin ein Gewohnheitsmensch und koche immer noch die Gerichte, die mir in meiner Kindheit geschmeckt haben. In der Klinik ist es geschäftig, daher bereite ich leider nicht oft eine anständige Mahlzeit für mich zu.« Usha zuckte mit den Schultern. »Also, sag mir, wie ist es mit Lili?«

Jess verschluckte sich fast an ihrem Wein und betupfte sich mit einer Serviette den Mund.

»Geht es dir gut, Jess?«, fragte Usha alarmiert.

»Ja. Ich habe den Wein in den falschen Hals bekommen. Alles ist zu meiner Zufriedenheit. Ich habe ein geräumiges, bequemes Zimmer, ein wunderschönes Bad mit einer riesigen Badewanne und einen Panoramablick auf die Farm und das Meer. Mehr könnte ich mir nicht wünschen.«

»Das ist gut. Was ist mit Bens Freund, der das Strandhaus mietet? Kannst du dort einziehen, wenn du beschließt, länger zu bleiben? Ich vermute, du kannst nicht für immer bei Lili unterkommen.«

»Nathan reist in einem Monat mit seiner Freundin nach Südamerika. Ich will die Pläne der beiden nicht über den Haufen werfen und werde daher keine Entscheidungen über das Haus treffen, bevor sie abgereist sind.«

»Das ist fair. Ist Lili einverstanden damit, dass du weiterhin bei ihr wohnst?« Usha beäugte Jess mit einem unlesbaren Gesichtsausdruck. »Zwei schöne, alleinstehende Frauen unter einem Dach. Das muss doch für euch beide schwierig sein?«

»Ich genieße Lilis Gesellschaft«, sagte Jess vorsichtig. »Und natürlich Aruishis. Und Scotts und Helens. Sie waren alle sehr gut zu mir.«

»Das habe ich nicht gemeint, Jessica.« Usha lächelte und wandte sich zum Fenster. »Das Wetter wird wärmer hier. Später Frühling und Frühsommer sind die beste Zeit auf der Halbinsel. Aber du musst die Kälte in England vermissen. Ich habe nur zwei Wochen auf einer Konferenz in Oxford verbracht, aber das hat gereicht. Versteh mich nicht falsch: Ich habe es geliebt, an der Universität zu sein, aber es wurde *so* früh dunkel und jeder Tag war grau. Während meines Aufenthalts hat der Wind drei meiner Regenschirme ruiniert – umgestülpt.«

Jess lachte, erleichtert, dass Usha vom Thema Lili abgekommen war. »Ich liebe den Frühling und Sommer in England. Die Parks und Radwege in der Nähe meiner Wohnung sind in den wärmeren Jahreszeiten wunderschön. Alles ist so grün und frisch. Aber die englischen Winter vermisse ich nicht. Mein Radrennteam reist in den kühlen Monaten in mildere Klimazonen, um zu trainieren. In den Süden Frankreichs, nach Spanien oder Italien.«

»Du hast Glück. Auch ich hatte die Chance, mehrmals den Süden von Europa zu bereisen. Ich kann mir vorstellen, wie du mit dem Rad diese Schlösser passierst und auf windigen Straßen fährst wie bei der Tour de France. Wie wunderbar«, sagte Usha. »Der Sturz ist noch nicht lange her. Wie geht es mit deiner Erholung und Rehabilitation voran?«

Jess legte die Hand automatisch zwischen ihr Brust- und Schlüsselbein. »Gut. Die letzten Tests haben keine langzeitigen Nachwirkungen von der Gehirnerschütterung gezeigt. Ich hatte einen sauberen, nicht dislozierten Bruch des Schlüsselbeins.

Normalerweise operieren sie nicht, aber ohne eine OP hätte ich sechs Wochen lang eine Schlinge tragen und ruhig liegen müssen, bis es verheilt wäre«, erklärte Jess.

»Also hattest du eine Operation?«

»Mein Chirurg hat das Schlüsselbein mit Titan zusammengenagelt. Sie betrachteten die Operation als aggressive Option, aber dadurch konnte ich zwei Wochen nach meiner Knie-OP mit der Reha auf dem stationären Rad beginnen.«

»Sie haben dich wirklich schnell auf das Rad zurückgebracht. Du hast dich bemerkenswert gut erholt. In manchen Bereichen hat Sportmedizin die Allgemeinmedizin dazu getrieben, neu zu überdenken, wie wir mit muskuloskelettalen Verletzungen und Schmerzmanagement umgehen. Deine Ausbildung in Physiotherapie muss ein Vorteil bei deiner eigenen Rehabilitation gewesen sein«, sagte Usha.

»Es hat geholfen, den Prozess zu kennen, aber ich musste den anderen vertrauen. Die Fachärzte des Teams haben ein strenges Programm beaufsichtigt und jetzt fahre ich über dreihundert Kilometer in der Woche.«

»Ach, du meine Güte. Ich weiß gar nicht, wie du das schaffst.« Usha stapelte das schmutzige Geschirr ordentlich aufeinander. »Aber es liegt dir im Blut.« Sie stand auf und Jess half ihr, das Geschirr und die Reste in die kompakte Küche zu tragen. »Geh, setz dich und entspann dich. Ich räume auf und komme dann zu dir.«

»Ich würde gern helfen. Schließlich hast du gekocht«, sagte Jess, während sie das Geschirr auf die Theke stellte.

»Ich brauche keine Hilfe. Ich habe einen Geschirrspüler. Es wird nur fünf Minuten dauern, das Essen wegzuräumen und das Geschirr in die Maschine zu stellen.« Sie schob Jess sanft aus der Küche in Richtung Wohnzimmer.

Ushas Haus war gemütlich und von bescheidener Größe, mit einem nur postkartengroßen Garten, aber das Innere war geräumig und lichterfüllt. Ein erdiger Hauch von Sandelholz und Patchouli, vermischt mit einer schwachen Restwürze, kitzelte Jess' Nase. Sie schlenderte in dem Wohnzimmer umher, das mit üppig gefärbten Stoffen und Möbeln dekoriert war. Stehlampen aus Messing, ein leuchtend gefärbter Teppich, gemusterte Decken und mit symmetrischen Mustern bestickte Kissen, die von Ushas Herkunft zeugten, passten überraschend gut in das Holzhaus aus der Edwardianischen Ära.

In dem zum Bersten gefüllten Bücherregal standen überall verstreut gerahmte Fotos. Jess nahm einen Holzrahmen heraus, der ein Foto von Usha und ihrer Mutter vor einem riesigen Ozeandampfer zeigte. Dieses Bild hatte sie bereits in Bens Hütte gesehen. Sie fuhr mit dem Finger über ein Foto von sich selbst, wie sie zwischen ihrer Mutter und Ben stand. Es war an einem Sporttag der Grundschule in Wylie geschossen worden. Jess hielt ein goldenes Band und strahlte wie die Grinsekatze höchstpersönlich. Mit zehn war sie bereits genauso groß wie ihre Mutter gewesen. Ben mit seinen dunklen Stirnfransen über einem Auge überragte sie beide.

Gerade als sie das Foto in das Regal zurückstellte, vibrierte ihr Handy mit einer neuen Nachricht. Sie eilte durch den Raum und holte es aus ihrer Umhängetasche.

Chopin bei Kerzenlicht im Melbourne Arts Centre, *Sonntagabend. Und frühes Abendessen? Mit einem Glas Schaumwein?*

Mit einem breiten Grinsen und über das Display fliegenden Fingern tippte Jess ihre Antwort.

Ja, zu allem. Ja. x

Sie starrte auf das Display, bevor sie das Handy wieder in die Tasche steckte und sich auf das rote Sofa setzte.

Usha kam mit aufgeschnittenen Früchten, einer Schüssel helloranger Würfel, einer Teekanne und zwei Teegläsern auf einem Tablett herein. »Bedien dich an etwas Mango und Wassermelone. Und versuch dieses Kürbis-Grieß-Halva.« Usha nahm ein Stück und steckte es sich in den Mund, dann schenkte sie den Tee ein. »Kardamom. Sehr gut für die Verdauung.«

»Danke. Ich glaube nicht, dass ich noch etwas essen kann. Aber den Tee nehme ich«, sagte Jess und griff nach dem Glas.

Usha lehnte sich in ihren Armsessel zurück. »Das Halva ist von einer meiner Patientinnen, Mrs. Trivedi. Gesegnet sei sie. Komm schon, nur ein Stück.« Usha schob den Teller über den mit Einlegearbeiten dekorierten Holztisch zu ihr. »Wenigstens haben wir jetzt einen guten indischen Supermarkt in Geelong. Wir bekommen alles, was wir brauchen, um solche Köstlichkeiten zu machen, ohne nach Melbourne fahren zu müssen.«

Jess nahm sich das kleinste Stück und biss vorsichtig hinein. »Hmm … ich mag die Textur und den Kokosgeschmack.«

»Es ist sehr verlockend. Halt mich bloß davon fern.« Usha kicherte. »Ich bin froh, ein Lächeln auf deinem Gesicht zu sehen. Ich war besorgt, dass all das Reden über den Unfall dich beunruhigen würde. Du musst alles und jeden vermissen?«

Jess kaute das Halva fertig und nippte an ihrem heißen Tee. »Nein, es geht mir gut, Usha. Ich musste akzeptieren, dass ich einige Zeit nicht an Rennen teilnehmen kann, aber in der Zwischenzeit genieße ich das Radfahren, um meine Kraft aufzubauen, ohne den Druck der Konkurrenz oder der Presse.« Sie schenkte Usha ein warmes Lächeln. »Hierher zurückzukommen hat mir erlaubt, dich wiederzutreffen. Und ich habe neue Freunde gefunden.«

»Ah … ja. Das ist gut. Lili und ihre süße Tochter bringen dich zum Lächeln.« Usha räusperte sich. »Du kannst mich gern eine lästige Tante nennen, aber ich habe gesehen, wie Lili dich auf der Spendenaktion beobachtet hat.«

»Lili ist ein sehr gutmütiger Mensch. Großzügig und liebenswürdig.« Jess sah auf ihren Schoß hinab. »Sie ist –«

»Ja, ich weiß. Großzügig und liebenswürdig«, wiederholte Usha.

Bei dem leicht neckischen Unterton sah Jess schnell auf und bemerkte Ushas verschmitztes Grinsen.

»Es gibt viele Gründe für dich, hierzubleiben, Jess«, sagte Usha.

»Ich hatte nie vor, so lange hierzubleiben. Jetzt, da Bens Nachlass fast geregelt ist, muss ich allerdings zurückfliegen.« Aber schon als die Worte ihre Lippen verließen, wusste Jess, dass sie nicht überzeugend klang.

»Es tut mir so leid. Ich habe nur an mich gedacht. Ich habe nicht einmal gefragt, ob du zu Hause jemand Besonderen hast. Gibt es jemanden, zu dem du zurückkehren willst?«

»Nein. Niemand Besonderen.« Jess lächelte traurig. »Aber ich habe Freunde in London, eine Wohnung und ein Auto, mein Team und meinen Manager und meine Therapeutin.« Sie starrte an die Decke. Es war so leicht, ihre Verpflichtungen zu Hause zu vergessen, vor allem wenn *zu Hause* sich allmählich wie ein ganz anderer Ort anfühlte.

»Ja, ich verstehe.« Usha deutete auf Jess' Tasche auf dem Sofa. »Dein Handy macht ein Geräusch. Vielleicht solltest du danach sehen.«

»Ich bin sicher, dass es warten kann.« Jess sah auf ihre Tasche hinab. »Aber wenn du nichts dagegen hast, sehe ich trotzdem kurz nach.« Sie nahm ihr Handy heraus und drehte sich leicht von Ushas prüfendem Blick weg, in dem Wissen, dass sie wahrscheinlich wieder albern grinste.

Bin morgens mit Mum und Ru auf dem Bauernmarkt und muss den Elektriker im Ailie *treffen, bevor wir gehen. Wir könnten um 3 herum los.*

»Es ist Lili«, murmelte Jess und blickte auf, um Ushas Reaktion zu sehen.

»Ah, ja. Großzügig und liebenswürdig. Sonst nichts.« Usha beobachtete sie vergnügt.

Kapitel 21

Zusammen mit dem Strom der anderen Konzertbesucher verließen Jess und Lili das *Arts Centre* in der St. Kilda Road. Jedes Mal, wenn ein eifriger Besucher sich vorzudrängen versuchte, stießen sie aneinander. Während sie darauf warteten, dass die Ampel an einem Fußgängerübergang auf Grün sprang, drückte Jess die Lippen auf Lilis Wange. »Danke«, sagte sie.

»Keine Ursache, aber ich sollte mich bei dir bedanken. Ohne dich wäre ich wahrscheinlich nicht auf das Konzert gegangen und ich habe eine Menge über Chopin gelernt«, sagte Lili.

»Wie das?«

»Ich habe ein Orchester erwartet, aber du hast erklärt, dass Chopin es vorgezogen hat, vor kleinen Gruppen in Salons zu spielen statt in Konzertsälen. Deshalb gab es heute nur ein Cello, eine Violine und eine …«

»Oboe«, ergänzte Jess.

»Ja, eine Oboe. Nur diese drei Instrumente als Begleitung zum Pianisten haben etwas Besonderes herausgebracht. Es war persönlich. Und die Cellistin war beeindruckend in ihrem schwarzen Frack.« Begeisterung funkelte in Lilis Augen unter dem Licht der Straßenlampen und der spektakulären Farbpalette der untergehenden Sonne, die um sie herum reflektiert wurde.

»Küss mich«, flüsterte Jess.

»Hier? Vor all diesen Leuten, auf einer der geschäftigsten Straßen in Melbourne?« Lilis Ton war neckend, doch sie lehnte sich vor und ihre Lippen trafen aufeinander.

Jess keuchte überrascht, dann gab sie nach und erwiderte den Kuss.

Nach einigen köstlichen Sekunden beendete Lili den Kuss und lächelte verlegen, während sie Jess' Hand nahm, ihre Finger verschränkte und sanft zog. »Die Ampel ist auf Grün.« Sie sah nach links und rechts, dann führte sie Jess über die Straße und auf den Weg am Flussufer. »Komm, wir können am Yarra River entlanggehen. Aber nicht lange. Von all der romantischen Musik und dem Kerzenlicht habe ich richtigen Heißhunger bekommen. Ich nehme dich zu einem meiner liebsten Lokale in der Innenstadt mit.«

Jess warf ihr einen Seitenblick zu und fing Lilis verführerisches Grinsen auf. »Es war Musik, bei der einem das Wasser im Mund zusammenläuft.«

»Genau.« Lili ließ Jess' Hand los und sie schlenderten nebeneinander auf den Parkterrassen am Fluss entlang, bis sie den Federation Square erreichten, wo die Menge dichter wurde. Sie rückte näher an Jess. »Hier entlang.«

Gelegentlich legte sie den Arm auf Jess' Schulter, während sie sie durch die Menge führte. Die lockere Vertrautheit und ein Hauch von mehr ließ Jess' Körper vor Energie knistern. Am Besucherzentrum hielt sie an.

»Können wir uns die Karte ansehen? Ich würde mich gern orientieren. Normalerweise bin ich diejenige, die führt, weißt du.« Sie blickte auf die Liste an Restaurants, Galerien und Theatern. »Das *Australian Centre for the Moving Image*. Das könnte einen Blick wert sein.«

»Du wirst an einem anderen Tag zurückkommen müssen, um die Stadt zu erkunden«, sagte Lili so nahe, dass ihr Atem Jess' Ohr kitzelte.

»Das werde ich definitiv.« Jess lachte unvermittelt laut heraus. Lilis Verspieltheit und ihre körperliche Nähe machten sie auf die bestmögliche Art und Weise benommen. Sie genoss die Atmosphäre: die ultramoderne Architektur, vermischt mit solidem Stein und Metall; die Leute, die in ihre Handys plauderten; Einkäufer mit ihren Tüten; das Gelächter und Gläserklinken der Gäste, die vor den Weinbars standen.

Melbourne war nicht London, aber es war eine aufregende und kulturell vielfältige Stadt. Wenn Jess nach Victoria zurückkehrte, würde Melbourne ihr die Großstadtatmosphäre bieten, wenn sie sie brauchte.

Eine Sirene heulte in der Ferne und plötzlich bemerkte Jess, dass Lili an ihrem Arm zog.

»Weiter, du Schnecke«, sagte Lili und zerrte sie ungefähr fünfzig Meter weiter, bis sie mitten auf dem Federation Square in einem chaotisch strukturierten Atrium aus Glas und Stahl standen. Beide sahen auf und Jess drehte den Kopf hierhin und dorthin, als irre verzerrte Muster von den spiegelnden Oberflächen zurückgeworfen wurden.

Lili war schon weitergegangen und Jess joggte, um mit ihr mitzuhalten. Wieder nahm Lili ihre Hand und sie passierten den stehenden Verkehr im Zickzack und überquerten die Straßenbahngleise, um auf die andere Seite der Flinders Street zu gelangen. Dort betraten sie eine schattige, gepflasterte Seitenstraße.

Die Doleritgasse lag zwischen einer hohen gotischen Kathedrale und einem modernen Bürogebäude gegenüber der Flinders Street Station. Jess starrte mit großen

Augen auf die mit Graffiti bedeckten Wände, bevor Lili sie sanft in einen Durchgang schob.

»Ich sage Bescheid, dass wir hier sind.« Lili gelangte mit ein paar Schritten zu dem anderen Ende des Restaurants und tippte einem robusten, bärtigen Mann auf die Schulter. Er drehte sich um und begrüßte sie mit einem breiten Grinsen und einer halben Umarmung, bevor er Notizblock und Bleistift herausholte.

Die trüb beleuchtete Restaurantbar aus rotem Ziegelstein erinnerte Jess an die vielen Tapaslokale, die sie während der Aufenthalte mit ihrem Radrennteam in Spanien besucht hatte.

Lili kam um die Holztische herum zu ihr zurück. »Komm mit.« Sie lächelte entspannt. »Ich habe im Voraus reserviert und Sam hat uns einen schönen, *ruhigen* Tisch abseits der Bar aufgehoben. Folge mir.«

Sie bedeutete Jess, sich zu setzen, streifte ihre dunkelgrüne Jacke im Militärstil ab und hängte sie über ihre Stuhllehne. »Da wir zu unserem Chopin Champagner hatten, hoffe ich, du hast nichts dagegen, dass ich so frei war uns ein Glas Rioja zu bestellen – meinen liebsten saftigen Rotwein aus Spanien. Sie haben einen besonders guten, der zu den Tapas passt.«

»Danke. Sie scheinen dich hier zu kennen.«

»Ich schätze schon. Ich komme schon seit Jahren in diese Bar. Sie ist belebt und freundlich, egal, ob man allein oder mit einer Gruppe unterwegs ist.« Lili rückte ihren Stuhl dichter an Jess. »Ich liebe den Bodega-Stil. Wenn ich zum Essen ausgehe, wähle ich meistens etwas Schlichtes und Frisches, das abenteuerlich und schmackhaft ist. Dieses Lokal erfüllt alle Bedingungen.«

Der Kellner brachte den Wein und Lili hob ihr Glas, schwenkte es langsam herum, hielt es Jess hin und wartete, bis sie dasselbe tat. »Prost«, sagte sie.

Jess stieß ihr Glas leicht gegen Lilis, nahm einen vorsichtigen Schluck und begegnete Lilis Blick. Sie nahm einen großen Schluck und rollte ihn im Mund herum, bevor sie schluckte. »Ich mag ihn. Kann ich die Speisenauswahl dir überlassen?«

»Vertraust du mir?«

Jess hob eine Augenbraue. Sie war nicht übermäßig probierfreudig bei Essen – oder gewohnt, ihre Ernährung in fremde Hände zu geben –, aber mit Lili war Essen ein aufregendes Abenteuer.

»Kein Zurück? Das ist gut, denn ich habe schon bestellt«, sagte Lili schuldbewusst. »Ich habe meine Favoriten, aber auch eine Spezialität bestellt.«

»Danke. Ich vertraue dir tatsächlich. Und ich traue dir auch zu, mich nach Hause zu bringen.« Jess nahm einen Schluck und dann noch einen, und ehe sie sich versah, hatte sie das Glas geleert. »Ich bin völlig entspannt und bereit, mich ganz in deine Hände zu begeben.« Sie lehnte sich auf ihrem Stuhl zurück.

»Ich bringe dich sicher nach Hause, versprochen. Von jetzt an trinke ich nur noch Wasser, aber da du den Wein anscheinend so sehr magst, bestelle ich dir noch einen.« Lili stupste Jess' Schulter an.

Jess genoss einen angenehmen Rausch von dem Wein und der halben Flasche Veuve Clicquot, die sie zum Konzert geteilt hatten. Zu ihrer Überraschung hatte sie Appetit. Bisher war das Date mit Lili mehr als angenehm, aber nervöse Energie wog schwer in ihrem Magen. Sie würden in ein leeres Haus zurückkehren; Ru verbrachte die Nacht bei Helen und Scott. Sie sah zu Lili auf, die sie neugierig betrachtete.

»Ich habe Hunger«, sagte Jess. Malte Lili sich ebenfalls aus, was passieren würde, sobald sie nach Hause zurückkehrten?

Sie hatten drei farbenfrohe, herzhafte Gerichte verspeist, als der Kellner ein Holzbrett mit zwei goldbraunen Bällchen brachte, die in eine weiße, gummiartige Substanz gehüllt und mit schwarzen Punkten besprenkelt waren. Jess starrte das Gericht skeptisch an. »Ähm … was ist das?«

Lili nahm ein Bällchen mit den Fingern und brach es auseinander. Sie tunkte eine Hälfte in eine schimmernde, gelbe Soße und lehnte sich über den Tisch. »Nimm einen Bissen und sag mir, was du davon hältst.«

Ihre Augen funkelten und Jess konnte dem Bissen vor ihren Lippen nicht widerstehen. Warum nicht? Es gefiel ihr, wie Lilis Gesellschaft sie dazu ermutigte, Neues zu probieren. Sie biss durch die knusprige Hülle und als sie den weichen, klebrigen Kern erreichte, explodierte der Geschmack auf ihrer Zunge.

Sobald sie sprechen konnte, sagte Jess: »Ich weiß nicht, was das ist, aber es ist köstlich.«

»*Croquetas de Choco en su Tinta*.« Lili zwinkerte.

Jess zwinkerte zurück. »Deine Aussprache ist tadellos, aber ich habe keine Ahnung, was du gerade gesagt hast.«

»Mit Sepia panierte Tintenfischkrokette.«

»Sepia?« Jess schluckte. »Okay.«

Etwa um zehn Uhr verließen sie die Tapasbar, um zum Auto zurückzugehen. »Nehmen wir die Straßenbahn«, schlug Lili vor. »Damit sind wir schneller.«

Jess griff nach Lilis Hand. »Ich genieße das hier. Mit dir zusammen zu sein. Lass uns zu Fuß gehen.«

Es dauerte eine Weile, ehe sie das Parkhaus erreichten, in den Subaru stiegen und die Heimfahrt antraten. Jess drehte sich auf dem Beifahrersitz, um Lili besser betrachten zu können. Sie hatte den Kopf an die Kopfstütze gelehnt, den Sitz leicht zurückgekippt und die Hände sicher, auf jeweils neun und drei Uhr, auf dem Lenkrad.

»Was starrst du denn so?«, fragte Lili vergnügt, den Blick weiterhin auf die Straße gerichtet.

»Ich bin froh, dass du fährst. Ich würde wahrscheinlich eindösen.« Sie tätschelte ihren Bauch und seufzte zufrieden. »Es war köstlich, aber ich habe zu viel gegessen.«

»Das war eine kleine Auswahl. Du hast nicht so viel gegessen.«

»Oh, doch. Was war dieses knusprige, rauchige, salzige Gericht? Das ich unbedingt probieren sollte und mit dem du mich gefüttert hast?«

»Aah, du meinst den dünnen Toast mit Sardellen und Räuchertomatensorbet?«

»Das klingt verworren, aber es hat mir geschmeckt«, sagte Jess. »Und glaub mir, ich bin normalerweise nicht gerade begeistert von Essen.«

»Nein? Wer war dann die Fremde an unserem Tisch, die die letzte *Crème caramel* vom Teller geleckt hat?«

Jess kniff Lili zärtlich ins Bein und ließ die Hand auf ihrem Schenkel ruhen. »Ich habe nichts dergleichen getan, obwohl ich daran gedacht habe.«

Lili wechselte auf die linke Spur und lenkte den Subaru in Richtung Geelong. Sie legte die Hand auf Jess'. »In etwa vierzig Minuten sind wir zu Hause. Bist du sehr müde?«

»Nicht wirklich.« Jess' Hand zitterte und sie zog sie unter Lilis hervor, in der Hoffnung, dass sie nichts bemerkt hatte. »Du bist es, die früh auf den Beinen war. Kannst du je ausschlafen?«

»Mit dem richtigen Anreiz würde ich das bestimmt.« Sie grinste Jess von der Seite an.

Jess lachte und schluckte dann. Sie näherten sich dem Haus und sie war nervös vor Erwartung. Normalerweise war es ihr Hauptziel nach einem Date, früh am nächsten Morgen zu entkommen. Heute nicht. Wenn sie und Lili die Nacht miteinander verbrachten, würde alles anders sein.

Seit ihrem Gespräch vor ein paar Tagen hatte Jess sich an Lilis Regeln gehalten. Lili nicht. Als sie sich auf dem Gang getroffen hatten, beide bereit für ihren Ausflug nach Melbourne, hatte Lili sie von oben bis unten gemustert und war dicht an sie herangetreten. Sie hatte die Hände auf Jess' Schultern gelegt, war an ihren Armen herabgestrichen und hatte sie dann quälend langsam unter den seidigen Stoff ihres Pullovers wandern lassen, um die Finger direkt unter ihren Rippen zu krümmen. Lilis ruhiger Blick hatte sie gefangen gehalten.

»Ich war heute früh auf den Beinen, um den Elektriker im *Ailie* zu treffen, aber er hat in letzter Minute abgesagt.«

»Gibt es ein Problem?«

»Das Licht im freistehenden Verkaufsstand hinten flackert schon, seit das Temperaturkontrollsystem gewartet wurde. Das sollte sich jemand ansehen.«

»Klingt nach einer guten Idee.«

Lili tippte mit dem Zeigefinger auf das Lenkrad. »Ich kann mich nicht erinnern, wann ich zum letzten Mal faul im Bett herumgelegen habe. Wenn ich einmal wach bin, läuft mein Gehirn auf Hochtouren und ich muss aufstehen.«

Jess lächelte. Das konnte sie als Herausforderung betrachten. »Danke für diesen Tag. Alles war perfekt – das Konzert, das Essen, die Gesellschaft.« Sie neigte den Lüftungsschlitz, sodass die kühle Luft in ihr erhitztes Gesicht blies. »Mit einer Köchin essen zu gehen war eine neue Erfahrung für mich. Ich kann mich nicht an alles erinnern, was ich gegessen habe, aber deine Auswahl hat mir geschmeckt.«

»Salziges Schwein mit Krokantkruste, Jakobsmuschel-Ceviche, gebackene Auberginen und die Tintenfischkrokette.« Lili grinste sie frech an. »Bei dem zweiten Bissen von der hast du fast meinen Finger mitgenommen.«

»Das wäre unpraktisch gewesen«, lachte Jess.

»Ich freue mich, dass du eine gute Zeit hattest. Mir geht es genauso.« Als sie an einer roten Ampel vor Geelong anhalten musste, drehte Lili sich zu Jess. Sie legte die Hand in Jess' Nacken und lehnte sich für einen kurzen Kuss zu ihr, bevor sie wieder das Lenkrad umklammerte und den Blick auf die Straße richtete. »Du hast mich noch nicht für dich kochen lassen.«

Abgelenkt von Lilis sinnlichen Lippen und voller Sehnsucht nach mehr sagte Jess: »Hmm. Doch, du hast für mich gekocht. Einen Salat … aus dem Garten.«

»Du hast noch nicht in meinem Restaurant gegessen.« In ihrem Ton verbarg sich eine Herausforderung.

Jess räusperte sich und schüttelte die Bilder ab, die in ihren Gedanken aufblitzten. »Ich bin bereit dafür und mehr als gewillt.«

»Ich auch«, flüsterte Lili. Sie drückte einen Knopf auf dem Lenkrad und Martha Wainwrights unbestreitbar heisere Stimme erfüllte das Auto, als das Radio ansprang.

»Das ist ja eine Abwechslung nach Chopin.«

»Ich mische gern Genres. Country, Jazz, R&B, Klassik und Rap. Allerdings kein Metal«, sagte Lili. »Du sollst ja nicht einschlafen.« Sie trommelte auf dem Lenkrad herum und gerade als die letzten rauen Töne verklangen, begann der Klingelton eines eingehenden Anrufs zu spielen.

»Das ist Mum. Ich muss abheben. Es ist auf Lautsprecher gestellt.«

»Okay.«

»Hi, Mum. Was gibt's?«

»Hi, Lili. Hattet ihr einen netten Abend?«

Lili sah zu Jess herüber und lächelte. »Ja, den hatten wir. Alles war fantastisch. Wir brauchen noch fünfzehn Minuten oder so. Ich glaube, Jess würde mir zustimmen, dass wir müde und bereit fürs Bett sind.«

Jess legte die Hand über den Mund, um das Kichern zu unterdrücken, das in ihr aufstieg.

»Darauf wette ich. Du klingst glücklich. Wie auch immer, ich rufe an, weil ich Ru in ihr eigenes Bett zurückbringen musste. Sie wollte sich nicht beruhigen und hat leichtes Fieber«, sagte Helen.

Ein Anflug Sorge verdüsterte Lilis Gesicht. »Wir sind bald zu Hause. Was glaubst du, was sie hat? Ist ihre Atmung in Ordnung?«

»Sie schläft jetzt und atmet normal. Du kannst selbst nach ihr sehen, wenn du nach Hause kommst.«

»Wir sollten nicht mehr lange brauchen. Tut mir leid, dass dein Abend unterbrochen ist.«

»Sei nicht albern. Fahr vorsichtig, bis gleich.«

»Tschüss, Mum.«

Jess wusste, dass Lili nach dem früheren Schreck und Krankenhausaufenthalt besorgt um Ru sein würde. Sie selbst war beunruhigt und froh, dass sie fast zu Hause waren. »Alles in Ordnung?«

»Entschuldige. Der Abend entwickelt sich anders, als ich geplant hatte.« Vor dem Tor zur Faodail Farm brachte Lili das Auto langsam zum Stehen.

»Ich mache das Tor auf. Bitte entschuldige dich nicht. Ich verstehe das.« Jess lehnte sich an die Kopfstütze und sah Lili eindringlich an, bevor sie die Autotür öffnete.

»Jess, warte.« Lili griff nach ihr und stieß einen verärgert klingenden Seufzer aus. »Ich will das.« Sie küsste sich an Jess' Wangenknochen entlang, über ihre Lider und ihren Hals hinab. Ein träges Feuer des Verlangens brannte in Jess, bevor Lilis Mund auf ihrem lag. Seidig, heiß und voller unausgesprochener Versprechen.

Sie beendeten den Kuss und verharrten Stirn and Stirn. Jess sah dorthin hinab, wo Lilis Hand auf ihrem Bein lag. Ihr Herz pochte in ihrer Brust. Die Beifahrertür stand halb offen, was gut war, denn sie brauchte Luft. »Ich mache das Tor auf«, wiederholte Jess und schlüpfte aus dem Auto.

Zwanzig Minuten später brachte Lili ihre Mutter zur Tür und schloss hinter ihr ab. Jess folgte ihr durch den dunklen Gang zu Rus Zimmer, blieb aber draußen stehen.

Lilis mit Socken bekleidete Füße waren fast lautlos, als sie über die Dielen tappte. Sie beugte sich über Rus Bett, legte die Hand auf die Stirn ihrer Tochter und strich ihre Locken zurück. Sie drehte sich zu Jess um, nickte und lächelte. Die Anspannung von vorhin war verschwunden. Erleichterung leuchtete aus ihren Augen. Lili legte sich vorsichtig neben Ru auf das Bett und streckte einen Arm über das schlafende Kind aus.

Leise betrat Jess das Zimmer, nahm die Tagesdecke vom Fußende des Betts und breitete sie sanft über Lilis Schultern aus. Als Lili mit den Lippen ein stummes *Danke* formte, küsste Jess ihre Fingerspitzen und legte sie auf ihre Lippen. Lili schloss die Augen und Jess ging, um sich für eine weitere Nacht allein einzurichten.

Fragen über die Bedeutung dieses Abends schwirrten in ihrem Kopf herum, während sie tief eingekuschelt unter ihrer Decke lag. Ginge es nach ihrer Trainingsroutine, so würde sie sich einfach nehmen, was sie wollte – doch das hier war kein Straßenrennen und auch kein Wettbewerb.

Sich eines anderen Menschen so deutlich bewusst, ja, so auf sie eingestimmt zu sein, war ein neues Phänomen. Jess hatte immer gedacht, dass die Macht eines einzelnen Blicks in Liebesromanen übertrieben war und viel zu oft eingesetzt wurde. Das war falsch. Lilis blaue Augen waren magisch – ihr Blick war wie ein Magnet, der Jess anzog.

Im Auto hatte Lili ihr gesagt, dass sie *das* wollte. War das lediglich eine Erklärung körperlicher Anziehung gewesen? Die Chemie zwischen ihnen konnte nicht länger geleugnet werden und das Interesse, dass Lili in ihr geweckt hatte, übertraf alles, was Jess je empfunden hatte. Es war beunruhigend, dass diese Gefühle weit über reine körperliche Lust hinausgingen. Wie viel wollte sie riskieren? Der Einsatz war hoch. Hier ging es nicht nur um ihre Zuneigung zu Ru, nicht nur um eine Rückkehr nach Australien. Es ging um Lili.

Was wäre der Preis, wenn sie Sex hatten und es dann doch schiefging?

Kapitel 22

»Ich habe Fieber«, sagte Ru, als Jess die Küche betrat. Sie wischte sich mit einer Hand über die Stirn. Ein Stück Joghurt rutschte von dem Löffel, den sie hielt, und fiel auf ihr leuchtend rotes T-Shirt. »Mama, schau. Ich hab eine Sauerei gemacht.«

Lili griff über den Tisch und kratzte den Joghurt schnell mit ihrem eigenen Löffel ab, bevor er in das Baumwollshirt einsinken konnte. Sie nahm Ru den Löffel aus der Hand und gab ihn zurück in die Müslischüssel. »Sei ein gutes Mädchen und zeig Jess, dass es dir besser geht und du kein Fieber mehr hast: Iss dein Frühstück auf.«

Sie drehte sich auf ihrem Stuhl um. »Guten Morgen.« Schnell musterte sie Jess' Gesichtsausdruck, um ihre Laune abzuschätzen.

Jess strich auf dem Weg zum Tisch mit der Hand über ihre Schulter und Lili stieß einen leisen Seufzer der Erleichterung aus.

»Guten Morgen, Süße. Es ist schön, dass du heute erholt aussiehst.« Die Wärme in Jess' Augen war auch in ihrer Stimme zu hören. Sie zog den Stuhl neben Ru heraus und setzte sich.

»Ich hab mich gut ausgeruht. Mami hat mit Doktor Travis geredet, aber ich muss nicht zu ihm, oder?«

»Nein, alles wird in Ordnung sein«, sagte Lili.

»Ich bin froh, dass du nicht zum Arzt musst. Fühlst du dich besser? Kein Fieber?« Jess lehnte sich vor und legte die Hand auf Rus Stirn.

»Kein Fieber.« Ru nahm Jess' Hand und hielt sie fest. »Mama hat mit einem Meter nachgesehen.«

»Mit einem Thermometer?«

Lili nickte. »Ru fühlt sich heute viel besser.«

Ru legte ihrerseits die Hand auf die Stirn. »Oma hat mich wegen dem Fieber wieder in mein eigenes Bett gebracht.«

»Im eigenen Bett wird man am schnellsten wieder gesund.« Jess küsste Ru auf den Scheitel und warf Lili einen sehnsüchtigen Seitenblick zu.

»Was kann ich dir zum Frühstück machen, Jess?«

»Weißt du das nicht inzwischen? Kaffee. Sonst nichts.« Sie grinste Lili an.

»Kaffee kommt sofort.« Lili schüttelte den Kopf. »Ru weiß, dass Frühstück wichtig für einen guten Start in den Tag ist, oder?«

»Frühstück gibt dir Energie für den ganzen Tag«, sagte Ru streng und starrte Jess an.

Sogleich sprang Jess auf die Füße und stand einen Augenblick später neben Lili. Sie griff in den Küchenschrank neben der Kaffeemaschine und holte eine Schüssel heraus. »Andererseits will ich kein schlechtes Vorbild sein. Ich esse Müsli und Obst zu meinem Kaffee.«

Lili konnte den warmen, einladenden Duft von Jess' feuchten Haaren vernehmen, als sie sie streiften. Sie wollte die Daumen in Jess' lockere Yogahose haken, Jess an sich ziehen und das Gesicht an ihrem Hals vergraben. Stattdessen genoss sie es, einfach in ihrer Nähe zu sein.

»Ich hatte Joghurt mit meinem Müsli«, rief Ru laut.

»Oh, vielleicht gebe ich auch etwas Joghurt dazu.« Jess ging zum Kühlschrank und nahm den Joghurtbehälter heraus. Sie setzte sich wieder und nahm sich Müsli und geschnittene Erdbeeren aus den Schüsseln auf dem Tisch. »Hättest du gern noch etwas Joghurt, Aruishi?«

»Nein, Jess.« Ru schob ihre Schüssel weg und packte die Kordel an Jess' dunkelgrauem Kapuzenpulli. »Ich will einen hübschen Pulli wie den da.«

Jess ließ sich mitziehen. Sie beugte sich vor und flüsterte etwas in Rus Ohr, das Lili nicht hören konnte.

Die Kleine quietschte und schrie: »Orange!«

»Ich sehe, was ich tun kann«, sagte Jess und schob sich einen Löffel Müsli in den Mund.

Die Häuslichkeit der Szene zerrte an Lilis Herz. Während sie das Geschirr vom Frühstück in den Geschirrspüler räumte, beobachtete sie, wie die beiden gemeinsam kicherten, als wären sie beste Freundinnen.

Jess unterhielt Ru mit ihrer Nacherzählung von *Der geheime Garten* von Francis Hodgson Burnett. Die tiefgründige Geschichte eines Mädchens, das nach dem Tod ihrer Eltern aus ihrem Zuhause in Indien nach England gebracht wurde, erzählte von den heilenden Kräften der Natur, Familie und Freundschaft.

Lili konnte sich nicht vorstellen, wie traumatisch es für Jess als Elfjährige gewesen sein musste, nicht nur ihre Mutter zu verlieren, sondern auch von einem ihr unbekannten Vater ihres Bruders und ihrer Heimat beraubt und in ein Land auf der anderen Seite der Welt gebracht zu werden. Sie schluckte den Kloß der Trauer in ihrer Kehle herunter. Jess' Einsamkeit musste unerträglich gewesen sein.

Bens Tod war herzzerreißend gewesen, aber vielleicht konnte etwas aus der Tragödie gewonnen werden. Jess war zurück in Australien und hatte herausgefunden, dass sie eine Nichte hatte.

Jess zitierte eine Zeile aus dem Buch.

Ru machte große Augen und klatschte in die Hände.

Jess hatte Lilis Tochter auf jeden Fall bezaubert, aber Ru war zweifellos nicht die Einzige, die Jessica Harris' Charme erlegen war. Lili war geradezu süchtig nach ihr, wurde angezogen wie eine Biene von süßem Honig. Nicht nur von ihrer Schönheit – obwohl sie hinreißend und sexy war. Es faszinierte sie, wie Jess Stärke, Eloquenz, Feingefühl und Entschlossenheit mit Bescheidenheit und einer Fähigkeit, ganz im Moment zu sein, ausglich. Lili verknallte sich. Heftig.

»Mama, können wir Tante Jess zu unserem geheimen Garten mitnehmen?« Ru sprang aus ihrem Stuhl und rannte zu Lili hinüber.

»Vorsicht. Ich halte heiße Getränke.« Lili hob die zwei Tassen hoch, als Ru sich an ihr Bein klammerte. Sie reichte Jess vorsichtig ihren Kaffee und schlurfte mit Ru, immer noch an ihrem Bein hängend, zu ihrem eigenen Stuhl.

»Danke.« Jess lächelte, als sie den Kaffee nahm.

»Gern.« Lili stellte ihre Tasse ab, griff mit beiden Armen hinab und hob Ru auf ihren Schoß. »Also, was hast du gesagt?« Sie kniff sie sanft in die Nase.

»Können wir Jess zum Garten mitnehmen?«, flehte Ru.

»Na, das kommt darauf an«, sagte Lili und sah über Rus Kopf hinweg zu Jess. »Vielleicht hat sie heute Morgen andere Pläne.«

Jess neigte den Kopf, tippte sich ans Kinn und gab vor, über ihre Optionen nachzudenken. Ihre Augen funkelten verschmitzt. »Keine Pläne. Ich gehöre ganz euch«, sagte sie. »Sollen wir gehen, wenn wir mit dem Frühstück fertig sind? Wo ist dieser Garten?« Sie schob Rus Glas Apfelsaft in ihre Griffweite.

»Das ist ein Geheimnis«, riefen Lili und Ru gleichzeitig. Ru kicherte, sprang aus Lilis Schoß und drehte sich im Kreis. »Das ist ein Geheimnis, Jess«, wiederholte sie selig.

Jess hob spielerisch eine Augenbraue und lächelte immer noch, während sie ihren restlichen Kaffee austrank.

Sie gingen durch den Obsthain und an einer alten Windmühle am Bach vorbei, bevor Ru stehen blieb und darauf bestand, dass Jess' Augen für den restlichen Weg verdeckt wurden.

Lili nahm ihr Seidentuch vom Hals, faltete es und band es locker um Jess' Kopf, womit sie ihr die Sicht vollständig nahm. Lilis fesselnder, einzigartiger Duft, umhüllte Jess und einen köstlichen Moment lang drückte ihr warmer Körper gegen Jess' Rücken.

»Entspann dich. Es ist nur ein kurzer Weg. Vertrau mir.« Lili führte sie vorsichtig weiter, indem sie Jess' Taille festhielt. »Pass auf deine Füße auf. Ups, ich meine, geh langsamer.« Lili packte sie fester, als Jess stolperte.

»Das ist ein erstes Mal für mich. Ich habe mich noch nie von jemandem auf einem Gartenweg führen lassen, vor allem nicht mit verbundenen Augen.«

»Es gibt für alles ein erstes Mal.«

»Du darfst nicht schauen, Jess, bis ich es dir sage.« Ru hielt Jess' andere Hand und zog sie mit sich.

»Ich kann gar nichts sehen, Aruishi.«

Kurz darauf wurde der Boden weicher und sie hörte das Rascheln von Laub. Ein Metallriegel klapperte, die Scharniere eines Tors quietschten und eine Messingglocke klingelte.

»Wir sind da«, sagte Lili.

»Mama, ich will ihr das Tuch abnehmen.«

»Okay. Warte kurz. Ich halte dich.«

Lili musste ihre Tochter hochgehoben haben, denn ihre kleinen Hände betasteten Jess' Ohren und hoben die Augenbinde über ihren Kopf. Jess blinzelte im hellen Sonnenlicht. Zwei Augenpaare starrten sie an, eines dunkelbraun und das andere leuchtend blau. Lilis Augen funkelten und ihr sinnlicher Mund verzog sich zu einem leichten Lächeln. Sie ließ Ru auf ihrer Hüfte abfedern, bevor sie sie auf den Pfad stellte.

»Das ist es«, rief Ru aus.

Jess drehte sich einmal im Kreis. Sie standen in einem umzäunten Garten mit einer bunten Mischung aus wild wachsenden Pflanzen. Leuchtende orange und gelbe Blumen bedeckten den Boden vor ihren Füßen. Weiße Narzissen und violette Margeriten lugten aus einer halb mit Efeu überwucherte Schubkarre und rosafarbene Rosen rankten sich um den hohen Bambuslattenzaun des Gartens. »Es ist wunderschön«, sagte Jess. »Wo sind wir?«

Ru stemmte die Hände in die Hüften. »Das ist ein Geheimnis.«

Das Dach von Helens und Scotts Haus war in der Ferne zu sehen. »Ja, es ist mir ein Rätsel«, sagte sie und zwinkerte Lili zu.

»Wie wäre es, wenn wir Jess das Geheimnis verraten? Ich glaube nicht, dass sie es jemandem erzählen wird«, sagte Lili.

Ru nickte ernst. »Okay, ich flüstere es dir ins Ohr.«

Jess kniete sich nieder und Ru legte die Hände um ihr Ohr. »Das ist der geheime Garten. Er war Mamas, als sie klein war. Jetzt ist er meiner und er kann auch deiner sein.«

»Ich werde ihn in Ehren halten.« Jess biss sich auf die Lippe, griff hinab und nahm eine große, weiße Muschel aus einem überquellenden Haufen in einem verrosteten, blauen Eimer und hielt sie ans Ohr. Sie lächelte über das Echo der Wellen und hielt sie ihrer Nichte ans Ohr.

Ru kicherte entzückt und sah zu Jess hoch. »Das ist Magie. Es ist das Meer.«

Der restliche Morgen verging mit ein wenig Sonnenschein, einer sanften Brise, einem Dutzend geheimer Blicke und verstohlener Berührungen. Es gab sogar einen kurzen Kuss, als Ru in ihr Baumhaus ungefähr dreißig Zentimeter über Jess' Kopf kletterte und Lili und Jess einen Moment lang allein ließ.

Sie warteten vor der Leiter. Lili saß auf der Stufe zum Baumhaus, das Kinn in die Hand gestützt, und beobachtete ihre Tochter. Die leichte Brise zerzauste Lilis helle Haare und ihre Wangen leuchteten hellrot.

»Hey, Jess«, sagte Lili. Ihre Blicke trafen sich mit aufflackernder Leidenschaft und ein Kribbeln zog über Jess' Nacken herauf. »Woran denkst du?«, fragte sie sanft. »Du musst es mir nicht sagen, aber du wirkst nachdenklich.«

»Der Frühling ist die beste Zeit des Jahres.«

Lili neigte den Kopf und schenkte ihr ein Grinsen.

Jess wippte auf den Fersen vor und zurück, bevor sie die wenigen Schritte zu Lili hinüberging und einen Kuss auf ihre Lippen drückte.

»Fang mich auf, Jess.« Ru erschien auf der obersten Stufe des Baumhauses und streckte die Arme aus.

»Ru, nicht!«, rief Lili und sprang auf die Füße.

Jess drehte sich schnell um und packte Ru, bevor sie von der Plattform sprang. Sie wirbelte sie durch die Luft und schwang sie auf ihre Hüfte. »Ru kann fliegen!«, rief Jess mit übertriebenem Staunen.

Ru lachte, schlang die Beine um Jess' Taille und die Arme um ihren Nacken. »Ich hab dich lieb, Jess.«

Jess war überwältigt von Rus Zärtlichkeit. »Ich habe dich auch lieb«, flüsterte sie.

Lili schlang die Arme um beide und drückte sie.

Tränen brannten in Jess' Augen, als sie das Gesicht an Lilis Hals vergrub.

Kapitel 23

Jess hob das Kinn, als Wasser über die Oberfläche des Seekajaks spritzte. »Das ist toll«, sagte sie und atmete die salzige Luft ein. Sie war begeistert, wieder draußen im Meer zu sein und ihre erste Kajakstunde mit Lili zu haben. Helen hatte Ru auf ihren Shoppingtrip nach Geelong mitgenommen und sie und Lili nutzten das kurze Zeitfenster an diesem sonnigen Morgen.

Gott sei Dank wusste Lili, was sie tat, sonst hätte Jess schon mehrere Liter Wasser geschluckt. Mit dem Kajak auf offener See zu fahren war eine neue Erfahrung, aber Lili hinter sich zu wissen, ihre Füße neben den eigenen Hüften zu sehen, gab Jess ein sicheres Gefühl. Sie befolgte Lilis Anweisungen genau, da sie wusste, dass sie jederzeit in der schäumenden Brandung landen konnten. Da es sich um ihre erste Fahrt in einem Tandemkajak handelte, überließ Jess ausnahmsweise gern jemand anderem die Führung.

Die Wellen waren rau genug, um ihre Torso-, Arm- und Schultermuskeln zu strapazieren. Jess krümmte die Finger fest um das Paddel, als eine große Woge hinter dem Kajak heranrollte.

»Halt das Paddel in die Luft«, rief Lili über die rauschenden Wellen und kreischenden Möwen hinweg. »Wenn wir zu früh anfangen, paddeln wir vor der Welle und sie bricht über uns. Warte. Ich führe uns hinein.«

Jess hob das Paddel in die Luft und drehte sich kurz um, um einen Blick auf Lilis selbstbewusstes Grinsen zu werfen. Sie hatte diesen Blick schon gesehen, als Lili ihre Gäste im *Ailie* begrüßt hatte. Damals hatte sie sich von der selbstbewussten und kompetenten Ausstrahlung angezogen gefühlt – und jetzt raubte sie ihr den Atem.

Das Kajak glitt über das Wasser, als wäre es schwerelos, während die Welle unter ihnen schwoll. Lili paddelte und steuerte mühelos auf das Ufer zu und Jess lehnte sich zurück und genoss das Rauschen, als sie auf dem Rücken einer großen Welle bis zum Strand ritten.

»Steig du zuerst aus. Versuch, es ruhig zu halten«, sagte Lili.

Jess kletterte im seichten Wasser aus dem Kajak und hielt es fest, damit Lili aussteigen konnte. »Das war großartig. Fast so gut wie Radrennen. Fast.« Ihr Adrenalinspiegel war hoch und die Worte sprudelten atemlos heraus.

»Stimmt, es war toll«, sagte Lili und streckte die Hand aus, um Jess' Bizeps zu drücken.

Sie hievten das Kajak aus dem Wasser und auf trockenen Sand. Jess verzog das Gesicht, als ihre Beinmuskeln krampften. Der leichte Schmerz in ihrem Oberschenkelmuskel war das Ergebnis dessen, dass sie heute Morgen bei so manch haarsträubenden Momenten auf dem Wasser die Muskeln angespannt hatte. Das war es wert gewesen und nichts, was ein paar Dehnübungen nicht beseitigen konnten.

Lili schob ihre Sonnenbrille auf den Kopf hoch. »Du kannst wirklich gut Anweisungen befolgen.« Ihre Augen funkelten belustigt und leuchteten blau im hellen Sonnenlicht.

Jess hielt Lilis Blick stand. »Absolut, denn das ist definitiv etwas, das ich wiederholen möchte.« Sie folgte Lili zu der abgeschirmten, sandigen Nische umgeben von hohen Grasbüscheln und Sträuchern, in der sie ihre Handtücher, T-Shirts und Shorts verstaut hatten. Jess zog ihre durchnässte Schwimmweste und Sonnenblende aus und streifte den Neoprenanzug halb ab, um ihre Arme aus dem gummiartigen Material zu befreien.

Mit der Sonne im Rücken zog sie ihr bauchfreies Racerback-Top zurecht und streckte langsam den Nacken, drehte Schultern und Arme und beugte dann das Knie, um den linken Knöchel in die rechte Hand zu nehmen, das Bein zurückzuziehen und die Schenkelmuskeln zu dehnen. Zuletzt berührte sie mit gestreckten Beinen die Zehen und hob die Arme über den Kopf. Sie drehte sich, um ihr Handtuch aufzuheben, und merkte, dass Lili sie mit einem dunklen, hungrigen Ausdruck beobachtete. Lilis Hand lag auf dem halb geöffneten Reißverschluss ihres hautengen, zweiteiligen Neoprenanzugs.

»Hey, du hast deinen Kram auf dem Sand verstreut. Warum wirfst du ihn nicht in den Wassereimer?« Lili flüsterte fast und in ihrer Stimme lag ein rauer Unterton. Sie deutete zu dem grünen Eimer, der im Sand lag.

»O Gott, das wäre wirklich das Vernünftigste gewesen.« Es wäre wirklich vernünftig, es jetzt zu tun, aber die Sonne glitzerte auf dem feuchten Neopren und der entblößten Haut an Lilis Brust und Jess konnte den Blick nicht von ihr wenden.

Lili biss sich auf die Lippe. Vor dieser kleinen Geste trat alles andere in den Hintergrund. Jess' Konzentration beschränkte sich auf sie beide. Sie konnte nichts hören außer ihrem eigenen pochenden Herzen.

Sie traten gleichzeitig aufeinander zu. Jess streckte die Hand aus und stellte fest, dass sie zitterte. Jetzt war nicht die richtige Zeit, um nervös zu sein. Sie legte die Hand auf Lilis und gemeinsam zogen sie den Reißverschluss ganz hinab, um mehr von Lilis Haut zu entblößen.

Mit einer Hand fuhr Jess eine Linie über Lilis feuchten Bauch und schob die Finger in den tiefen Ausschnitt von Lilis Bikinioberteil.

Lili keuchte. Sie packte Jess an der Taille, hakte die Daumen in ihre Shorts und zog sie an sich, bis ihre Körper aneinanderstießen und ihre Lippen sich berührten.

Es war nichts Neckisches oder Zögerliches an der Art wie Lilis Mund auf Jess' drückte – stattdessen war ihr Kuss heiß und verlangend. Die Intimität, die Wildheit und das freundliche Duell um die Kontrolle, ließen Jess auf dem weichen Sand fast das Gleichgewicht verlieren. Als sie schließlich nach Luft schnappten und die Stirnen aneinander lehnten, keuchten sie beide.

»Wow«, flüsterte Lili.

»Nicht schlecht.« Jess stieß einen langsamen Seufzer aus. Sie riss den Blick von Lili los, um schnell ihre Umgebung zu überblicken. Das Tal zwischen den Dünen und das Blattwerk schufen etwas Privatsphäre, aber man konnte nicht sicher sein. Sie sah zu dem Weg hoch, der zu Bens Hütte führte.

Lili folgte Jess' Blick und schüttelte den Kopf. »Nathan oder Julia könnten jederzeit nach Hause kommen.«

Jess seufzte. »Zurück zu dir?«

»Die fünfunddreißig Minuten?« Lili strich mit den Fingern über Jess' nackte Mitte.

Jess schloss kurz die Augen, als ihr Bauch bebte.

Die Brise zerzauste Lilis Haare und Jess strich ihr die blassgoldenen Strähnen aus den Augen. Lili zeigte ein provokantes Grinsen und fuhr sich mit der Zunge langsam über die Lippen.

Jess stöhnte. Abgesehen von einigen Möwen, die über ihnen kreisten, waren sie allein.

Sie ging auf dem Handtuch auf die Knie und zog Lili mit sich herab. Dann zog sie den offenen Neoprenanzug über Lilis Schultern und warf ihn in den Eimer. Sie zerrte das Bikinioberteil hoch, als Lili hilfreich die Arme hob.

Die Nippel darunter waren rosig und hart. Sie hoben und senkten sich mit Lilis unregelmäßigen Atemzügen, als Jess die Hände um diese Perfektion legte. Das Verlangen, sie zu kosten, war so stark, dass Jess vor Erwartung vibrierte. »Endlich«, murmelte sie und vergrub ihr Gesicht in dem Tal dazwischen, dann schloss sie die Lippen um eine der festen Knospen.

Ein leises Keuchen entkam Lilis Lippen, wie ein ermutigendes Murmeln, und sie strich mit den Händen durch Jess' Haare und zog kräftig daran.

Jess platzierte die Knie zu beiden Seiten von Lilis Hüfte, ehe sie sie dazu animierte, das Becken anzuheben, damit Jess ihr die Shorts ausziehen und sie beiseite werfen konnte. Auf die Handflächen gestützt wanderte ihr Blick über Lili, die komplett nackt, mit erwartungsvollem Gesichtsausdruck und Verlangen in den Augen unter ihr lag. Sie war atemberaubend schön. Ein fremdes Gefühl der Zärtlichkeit durchströmte Jess und sie fuhr mit ihrer Zunge über Lilis schlanken Hals, hinab zu ihrem Schlüsselbein. Neckend biss sie in ihre von Sonnensprossen überzogene Schulter und inhalierte dabei Lilis frischen, natürlichen Duft. Sie konnte das Salz auf ihrer Haut schmecken, so klar und sauber, verführerisch und beinahe süß.

Lilis Hände wanderten von ihrer Position an Jess Rücken nach vorn in ihre feuchte Sporthose. In ihrer Hast hatte sie noch keine Zeit gehabt, ihre eigenen Shorts auszuziehen.

Jess ging auf die Ellbogen, die Hüften zwischen Lilis Schenkel. Die Feuchtigkeit von Lilis Mitte war heiß an Jess' Bauch zu spüren. Jess bewegte sich, um etwas Reibung zu erzeugen, was Lili ihr mit einem Stöhnen dankte – eine Mischung aus Lust und Frustration. Reine Hitze knisterte mit jeder Bewegung ihrer Hüften zwischen ihnen.

Lili kratzte mit den Fingernägeln über Jess' Rücken zu ihren Schultern hinauf und schob, damit Jess weiter an ihr hinabglitt, wo ihr Verlangen am dringendsten war.

Jess glitt tiefer zu Lilis Brustkorb. Unter einem kleinen Tattoo in Form eines zierlichen Zweigs standen die Worte: *Thyme on my side* – Thymian, ein Symbol für Stärke. Jess lächelte. Es war kitschig, geradezu unschuldig – was sie in diesem Moment ganz sicher nicht waren. Lili wand sich unter ihr, atmete kurz und schnell.

»Ungeduldig?« Jess leckte die tätowierte Haut und bewegte sich dann tiefer, umspielte den Bauchnabel und weiter zu ihren Schenkeln.

»*Verrückt*«, zischte Lili und packte Jess' Haare. »Du machst mich ganz verrückt.«

Jess wollte langsam und geduldig sein, aber das war nicht die richtige Zeit dafür. Sie sah auf und ihre Blicke trafen sich in einem Moment absoluten Bewusstseins. Sie sah wieder hinab. Der Duft von Lilis Erregung war berauschend. Sie packte ihre Hüften, hielt sie still und ihr Mund fand sie. Heiß, seidenweich und so sexy.

Lili schrie auf. Oder doch nicht? Vielleicht kam der Schrei auch von einer dieser neugierigen Möwen, die über ihnen flogen. Es hatte nicht lange gedauert. Jess hatte sie so sehr erregt, dass es nur ein paar Bewegungen ihrer geschickten Zunge bedurfte, bis Lili unter wiederholtem Schaudern kam.

Sie legte ein Bein auf Jess' Schultern. Der leichte Positionswechsel und der erhöhte Druck von Jess' Lippen schickte eine weitere heftige Welle der Lust durch Lili hindurch. Ihre Muskeln zuckten, als sie versuchte, stillzuhalten. Jess Haare kitzelten ihren Oberschenkel und ihr Atem erregte sie so sehr, dass sie beinahe erneut kam.

Sie strich mit den Fingern über Jess' Kopf und die wirren Haare, die über ihre Schultern fielen. »Geht's dir gut?«

Jess bewegte den Kopf und küsste wieder ihre Mitte. »Hmm … ja«, sagte sie. »Wie geht's dir?«

Das Vibrieren von Jess' Stimme auf ihrer empfindlichen Haut ließ Lili erzittern. »Ich glaube, du solltest hier heraufkommen – jetzt.«

»Kommt dieses Summen von dir?«, fragte Jess. Lili spürte, wie sie an ihrer Haut lächelte.

»Nein, nicht von mir.« Lili hob den Kopf und kniff die Augen zusammen, kurzzeitig geblendet von der hellen Sonne.

Jess strich ein letztes Mal mit der Zunge über ihre Mitte und Lili schauderte, als sie sich wegrollte und in die Luft starrte, die Augen mit einer Hand beschattet. »Oh. Davon kommt das Geräusch. Was ist das?«, fragte Jess. Sie lehnte sich über sie hinweg, nahm das andere Handtuch und breitete es über Lilis nackten Körper.

Lili wischte sich mit der Hand über das Gesicht, um den Sand zu entfernen, der vom Handtuch gefallen war. Sie setzte sich auf. »Was? Was ist los?« Sie hielt das Handtuch fest.

»Beweg dich nicht.« Jess stand auf, zog ihr Sweatshirt über ihr bauchfreies Top und die Shorts, stand mit in die Hüften gestemmten Händen da und starrte finster in den Himmel hinauf. »Es ist eine verdammte Drohne.«

»Eine Drohne?« Lili starrte hoch. »Du meinst eins dieser Dinger mit Kamera?« Sie kreiste surrend über ihnen, kam näher, stieg dann allmählich höher und flog davon. Benommen nahm sie ihr T-Shirt, das zum Teil im Sand versunken war, zog es sich über den Kopf und zerrte ihre Cargoshorts hoch.

Jess kämmte ihre Haare mit den Fingern durch. »Ich hasse es, wenn ich Sand in die Haare bekomme«, murmelte sie. »Ja, wahrscheinlich hatte die Drohne eine Kamera.«

»Scheiße.« Lili nahm ihre Uhr aus der Hosentasche und band sie um ihr Handgelenk.

»Hey, mach dir keine Sorgen.« Jess legte ruhig die Hand auf Lilis Arm.

Sie starrte Jess finster an. »Für dich ist es in Ordnung. Du warst ja nicht nackt und hast vor der ganzen Welt blankgezogen.«

Jess schloss Lili in die Arme. »Sie war ziemlich weit oben. Ich glaube nicht, dass sie ein besonders klares Bild bekommen hat, wenn überhaupt.« Sie rieb mit der Hand beruhigend über Lilis Rücken. »Ich habe dich zum größten Teil bedeckt. Wortwörtlich.« Sie lachte.

Lili hob das Kinn von Jess' Schulter und sah sie an. Jess' goldene Haut war von der Sonne gerötet. Ihre dunklen Augen blitzten und sie klimperte Lili mit ihren dichten Wimpern an. Ihre üppigen, leicht geschwollenen Lippen verzogen sich zu einem frechen Grinsen. Lili seufzte, als sie sich daran erinnerte, was diese Lippen, dieser Mund, vor ein paar Minuten mit ihr angestellt hatten. Sie nickte und lächelte, wenn auch etwas widerwillig.

»Alles ist gut«, flüsterte Jess.

Jess' Handy klingelte. »Ich frage mich, wer das sein könnte?« Sie griff nach der Sicherheitsweste, nahm das Handy aus der wasserdichten Tasche und blickte auf das Display. Dann kniff sie die Augen zusammen. »Es ist eine Nachricht von deiner Mutter.«

»Oh. Was schreibt sie?«

»Sie hat versucht, dich anzurufen, konnte dich aber nicht erreichen.«

Lili griff in ihre eigene Tasche und holte ihr Handy heraus. »Verdammt. Ich hatte vergessen, dass es ausgeschaltet ist.«

»Ich glaube, es ist alles in Ordnung. Helen erinnert dich nur daran, dass sie heute Nachmittag ehrenamtliche Arbeit leistet.«

»Heute ist sie bei der Altenpflege und hilft bei ihrem Bridge-Nachmittag. Ich schreibe ihr schnell eine Nachricht.« Sie sah mit Grauen auf ihre Uhr. Wohin war nur die Zeit verschwunden? »Wenn wir uns beeilen, schaffen wir es gerade so zurück, bevor sie los muss.«

Lili benachrichtigte Helen, dass sie unterwegs waren, und drückte auf *Senden*.

Die Handtücher, Wasserflaschen und übrigen Dinge waren schnell eingesammelt und im Eimer verstaut.

»Jess, wo sind meine Schwimmshorts? Ich sehe sie nirgendwo.«

»Im Eimer«, sagte Jess. »Mit der restlichen Ausrüstung.«

»Okay, gehen wir.«

»Lili«, sagte Jess.

»Ja?«

»Das Kajak ist noch am Strand«, sagte sie und streckte die Hand aus. »Komm, tragen wir es in Bens Garage.« Sie strich sich eine verirrte Haarsträhne aus dem Gesicht.

Lili ließ den Eimer fallen. »Verflucht, wir kommen wirklich zu spät.« Sie nahm Jess' Hand und gemeinsam rannten sie so schnell, wie sie es in dem weichen Sand konnten, zum Kajak.

Sie stöhnte kurz auf, als sie ihren eigenen Egoismus erkannte, und blieb stehen.

Jess hielt inne und drehte sich zu ihr um. »Was ist?«

»Es tut mir so leid, Jess. Nach dieser dummen Drohne hatte ich nicht mal die Gelegenheit … du weißt schon«, sagte sie verlegen. Sie hatte nicht einmal die Gelegenheit gehabt, Jess zu befriedigen.

Jess streckte die Hand aus und legte den Zeigefinger auf Lilis Lippen. »Das ist okay.«

Lili nahm ihre Hand und schloss sie in ihre Arme. »Das ist gar nicht okay. Ich will es tun.«

Jess zog die Hand sanft aus Lilis Griff und fuhr mit dem Finger über ihre Wange und unter ihr Kinn, um es anzuheben. Sie hob eine Augenbraue und lehnte sich vor, zupfte leicht an Lilis Ohrring, als sie flüsterte: »Du musst überhaupt keinen Zweifel haben, dass ich es auch will.« Ihr Atem kitzelte Lilis Ohr. »Ich kann es kaum erwarten, dich wieder zu berühren. Ich kann es kaum erwarten, dass du mich berührst.«

Ein wenig benommen schloss Lili die Augen und atmete langsam durch. Die Worte ließen sie im Stich.

»Gehen wir. Wir sollten uns wirklich beeilen.« Jess lachte, während sie Lili zum Kajak zerrte. »Helen wird nicht gerade erfreut sein, wenn sie zu spät zu ihrem Termin kommt.«

Kapitel 24

»Ich weiß, du hast gesagt, ich soll mir keine Sorgen machen, aber was, wenn diese Drohne Fotos von uns am Strand geschossen hat?«, fragte Lili. »Ich will einfach nicht auf jemandes Facebook-Seite oder auf YouTube landen.«

Jess lachte und tätschelte Lilis Knie, bevor sie die Hand wieder aufs Lenkrad legte.

»Warum lachst du?« Lili schlang die Arme um sich selbst. »Ach ja, das habe ich vergessen. Auch wenn jemand ein Foto gemacht hat, wäre darauf dein bekleideter Rücken zu sehen.« Sie lachte frustriert und schüttelte den Kopf.

Jess war aufgekratzt und beschwingt von ihrem gemeinsamen Morgen im Kajak und dem tollen Sex am Sand, aber sie hatte gedankenlos auf Lilis Sorge reagiert, dessen war sie sich bewusst. »Es tut mir leid. Ich habe dich nicht ausgelacht«, sagte sie. »Ich bin einfach glücklich. Ich hatte eine richtig gute Zeit und will nicht, dass der Vorfall mit der Drohne das vermasselt.«

»Ich hatte auch eine großartige Zeit«, sagte Lili. »Ich schätze, du bist es gewöhnt, dass Kamerablitze aufleuchten und Mikrofone auf dich gerichtet werden?«

Jess nickte. »Anfangs nicht. Mit einem Vater, der oft in Zeitungen und im Fernsehen erschien, habe ich gelernt, die Paparazzi als ein Teil des Lebens zu akzeptieren. Als ich ein naiver Teenager war, haben sie oft erfolgreich versucht, durch mich an ihn heranzukommen. Ich habe herausgefunden, dass es besser ist, zu schweigen und es zu ignorieren.« Anderenfalls hätte sie unter seinen Wutausbrüchen gelitten.

»Das tut mir leid. Ich kann mir gar nicht vorstellen, wie das gewesen sein muss. Aber was ist mit dir? Du hattest selbst genug Auftritte in den Nachrichten und sozialen Medien.«

Jess stoppte den Jeep vor Helens und Scotts Cottage. Sie zog die Handbremse und drehte sich zu Lili. »Ja, aber es schützt etwas, wenn man Teil eines Teams ist«, sagte sie. »Was den Rest betrifft – den Klatsch und die Anspielungen –, ich musste mir ein dickes Fell zulegen.« Jess griff nach Lilis Hand. »Es tut mir leid. Es war unbedacht von mir, mich über die Drohne lustig zu machen. Ich hoffe wirklich, dass es keine Folgen hat.«

»Schon gut. Ich habe überreagiert.« Sie öffnete die Beifahrertür, dann drehte sie sich plötzlich zurück und küsste Jess auf die Wange. »Vergessen wir es und erinnern uns an die *schönen* Momente des Morgens.«

»Es war *schön*?«

Sie sah Jess eine gefühlte Ewigkeit lang an. Ein vorsichtiger Blick. »Es hat Spaß gemacht … und ich würde es gern wieder tun«, sagte Lili schließlich.

»Es fühlt sich an, als wäre da ein *Aber*«, sagte Jess.

Lili seufzte gequält. »Wie ich schon gesagt habe, ich mag dich sehr. Du bist unglaublich.« Sie sah auf die Hände in ihrem Schoß hinab. »Es ist eine Weile her, seit …« Sie räusperte sich. »Seit ich auf diese Art mit jemandem intim war. Du bist großartig und ich würde das gern so genießen, wie es sein muss – als Spaß.«

Jess wollte protestieren – war es nicht mehr als nur Spaß? Aber Lili hielt die Hand hoch.

»Du wirst bald gehen.«

»Ja, aber ich –«

»Kommt ihr zwei herein oder bleibt ihr einfach im Auto sitzen?«, rief Helen von der Veranda.

Lili zuckte zusammen. Sie sprang aus dem Auto und sprintete zu ihrer Mutter. Jess schloss die Tür und folgte Lili etwas gemächlicher.

Helen war offensichtlich bereit zu fahren. Sie war elegant gekleidet und hielt eine Tasche in einer Hand und ein abgedecktes Tablett in der anderen.

»Tut mir leid, Mum. Kommst du jetzt zu spät?«, fragte Lili.

Helen drehte sich zu Jess und lächelte munter. »Ist schon gut, aber ich muss aufbrechen. Ich habe versprochen, mich heute mit Mrs. Lang zusammenzutun, und sie wird etwas nervös, wenn ich nicht zur vollen Stunde da bin.« Sie hielt das Tablett hoch, während Lili unter das Geschirrtuch lugte. »Herzhafte Scones. Ich habe ein paar in der Küche gelassen, falls ihr zwei nach all dem Sport hungrig seid.«

Lili hustete und sah von der Seite zu Jess. »Danke, Mum.«

»Ich bin am Verhungern«, sagte Jess. »Danke, Helen.«

»Gern geschehen. Ich hoffe, sie schmecken euch.« Helen wandte sich an Lili. »Geht es dir gut, Liebes? Du bist etwas rot. Hast du zu viel Sonne abbekommen? Nur weil es erst Frühling ist, bedeutet das nicht, dass du keinen Sonnenbrand bekommen kannst.«

»Ja, Mum. Es geht mir gut«, antwortete Lili schnell. »Vielleicht waren wir zu lange in der Sonne. Was meinst du, Jess?« Ihre Lippen zuckten.

Jess' Blick ruhte auf Lilis Lächeln. »Wir haben darauf geachtet, dass du die ganze Zeit über gut bedeckt warst«, sagte sie mit ausdruckslosem Gesicht.

»Okay, meine Damen. Ich muss los«, sagte Helen. »Oh, und du kennst die Regeln, Lili. Versuch ja nicht, Informationen über den Shoppingtrip heute Morgen aus Ru herauszubekommen. Genießt euren Nachmittag.«

Als Helen an ihnen vorbei zu ihrem Auto ging, rannte Ru zur Vordertür hinaus auf die Veranda und warf sich an die Knie ihrer Mutter. »Mama, ich hab dich vermisst.« Sie spähte um Lilis Beine herum. »Dich auch, Jess. Ich hab dich vermisst.«

Lili nahm sie in die Arme und wirbelte sie im Kreis herum. »Wir haben dich auch vermisst«, sagte sie. »Ich habe Hunger. Was ist mit dir? Möchtest du in die Küche kommen und einen von Omas Scones essen?«

»Nein. Da sind dieser eklige Käse und Oliven drin. Ich habe schon einen besonderen mit normalem Käse gegessen. *Peppa Pig* ist fast zu Ende. Kann ich mir den Rest ansehen?«

»Okay, dann geh ruhig. Aber danach fahren wir nach Hause. Ich brauche eine Dusche.«

Ru huschte wieder hinein und in Richtung Wintergarten. Seltsame Geräusche – ein Xylophon und Schweinegrunzen – drangen auf die Veranda heraus.

»Ru hat noch keine Vorliebe für Feta und Oliven entwickelt. Sie wird Zeit brauchen, um zu erkennen, wie köstlich sie sind.« Lili stieß Jess verspielt an. »Ich kann gar nicht glauben, dass du Mum gesagt hast, du wärst am Verhungern. Sie wird denken, dass ich dich nie füttere.«

Jess klopfte sich auf den knurrenden Magen. »Das bin ich. Schieb es auf die Meeresluft.«

»Na, dann beweg dich. Mums herzhafte Scones sind am besten, wenn du einen gesunden Appetit mitbringst.« Lili lächelte frech und ging in Richtung Küche.

Jess starrte ihr nach. Jetzt war sie ganz fröhlich und kokett, aber Jess wusste nicht, was sie davon halten sollte, wie heiß und dann doch wieder distanziert Lili sich ihr gegenüber verhielt.

Lili überzeugte Ru davon, einen Nachmittagsschlaf zu machen, damit sie für Alex' und Tashs Besuch ausgeruht war. Der Shoppingtrip nach Geelong musste sie erschöpft haben, denn sie protestierte nicht lange. Jess war scheinbar in ihr Zimmer verschwunden, während Lili Ru ins Bett gebracht hatte.

Sie wollte gerade an Jess' Tür klopfen, als ihr Handy klingelte. Es war Owen mit einem Update der Reservierungen für die nächsten Tage. Die Lehrer einer Schule in Ocean Grove hatten ein Mittagsmenü mit vier Gängen gewählt, um den Schuldirektor in den Ruhestand zu verabschieden, und am nächsten Tag war das Restaurant sowohl zu Mittag als auch am Abend ausgebucht.

»Hast du meine Nachricht bekommen? Ist es in Ordnung, wenn ich Simon Emmetts Reservierung für sechs in letzter Minute an den Kochtisch setze?«, fragte Owen.

»Ja, das ist die einzige Möglichkeit. Wir haben keinen anderen Platz.«

»Brauchen wir zusätzliches Personal?«

»Hinten nicht«, sagte sie. »Alex, Tim und die Lehrlinge übernehmen die Vorbereitungen am Morgen und Nora und die Küchenhelfer kommen für den Mittagsservice dazu. Wenn alles nach Plan läuft, bekommen wir am Nachmittag vor dem Abendservice eine Pause.«

»Gut. Ich habe eine Aushilfe als Ersatz für Haley organisiert.«

»Ach ja?«

»Ja, Haley gehört zu Simons Gruppe, ebenso wie Jess.«

»Stimmt«, sagte Lili fest, in der Hoffnung, dass Owen keine Überraschung aus ihrer Stimme heraushörte. Warum hatte ihr das niemand gesagt?

Sie gingen das finale Mittagsmenü durch, bevor sie es via E-Mail an Alex und das Restaurant weiterleitete.

In weniger als eineinhalb Stunden würden Tash und Alex zum Abendessen kommen. Lili schloss ihren Laptop und ging auf Zehenspitzen durch den Gang in die Küche, um die Zutaten für das balinesische gehackte Meeresfrüchte-Sate und die Beilagen, die sie für heute gewählt hatte, zuzubereiten. Alex hatte angeboten, das Dessert mitzubringen, daher musste sie sich darum keine Sorgen machen.

Lili warf einen Blick auf die Uhr. Gerade genug Zeit für die überfällige Dusche. Sie mied den Badezimmerspiegel, als sie sich auszog und in die Dusche trat. Erst als sie unter dem herrlich dampfenden Wasser stand, bemerkte sie einen kleinen violetten Fleck auf ihrer Hüfte, wo Jess mit ihren Zähnen geknabbert hatten. Der schmerzlose Biss war erstaunlich erregend gewesen. Sie strich sich mit den Fingern über die Lippen. Sie waren leicht geschwollen und der Wasserstrahl fühlte sich etwas unangenehm auf ihren überempfindlichen Brüsten an.

Sie erinnerte sich an Jess' über sie gebeugten Körper. Die Berührung ihrer weichen Haut, wie sie Lili mit den Händen still gehalten hatte, die Hitze ihres Mundes. Lili schloss die Augen, genoss den leichten Muskelschmerz und das Kribbeln, das ihren Körper durchfuhr.

Sie änderte die Temperatur und keuchte unter dem eiskalten Wasser. Doch sie brauchte einen Weckruf. Es war nur Sex. Unglaublich guter Sex. Und sie wollte mehr. Es war, als wäre ihr Körper aus einem langen Schlaf erwacht. Wie ging diese Redensart übers Radfahren? Einmal gelernt, nie wieder vergessen.

»Schau, Tash, ich brauche keine Stützräder mehr«, rief Ru. Sie drehte eine weitere Runde auf der Terrasse, bevor sie von ihrem Rad sprang und es an das Sicherheitsgeländer lehnte. Sie hüpfte zu Tash und Jess hinüber, die am Holztisch saßen.

»Du hast ja nicht lange gebraucht«, sagte Tash. »Vielleicht kannst du Alex helfen, wenn sie anfängt, ihr neues Rad tatsächlich zu verwenden?«, fügte sie laut genug hinzu, dass Lili und Alex es hören konnten, die am Grill standen.

Lili wippte auf den Fersen zurück. »Also, wie lange, bevor du deine Stützräder abnimmst, Alex?«

»Ich kann ihr helfen. Ich habe ein natürliches Gleichgewicht und *Schickheit.*« Ru breitete die Arme weit aus und lehnte sich mit einem in die Luft gestreckten Bein nach rechts und dann nach links.

»Ich glaube, sie meint *Geschicklichkeit.*« Jess lachte und nahm einen Schluck Wein.

»Das habe ich gesagt, Jess.« Ru griff nach Tashs Flasche Pale Ale, aber Tash war schneller und hob sie in Sicherheit.

»O nein, das tust du nicht. Ich werde definitiv kein Kleinkind zum illegalen Trinken ermutigen.« Tash stellte die Flasche außerhalb von Rus Reichweite ab. »Ich könnte dir einen Apfelsaft oder Wasser geben?«

Ru schüttelte den Kopf und lehnte sich an Jess' Bein.

»Ru, das Essen ist bald fertig«, sagte Lili. »Bitte geh dir die Hände waschen.«

Ru spielte mit Jess' Haaren. »Muss Jess sich die Hände waschen?«

»Aruishi.« Lili sprach in dem leisen Ton, mit dem sie immer Erfolg hatte, wenn sie ihre Tochter zum Gehorchen bringen wollte.

»Okay. Ich gehe«, sagte Ru ernst und rannte zur Terrassentür. Kurz bevor sie in die Küche flitzte, rief sie: »Warum muss sich niemand sonst die Hände waschen?«

Lili starrte ihre Tochter an, die schnell die Tür zuknallte. »Ich schwöre, sie wird jeden Tag dreister.«

»Aber sie hat nicht unrecht, oder?« Alex grinste. »Ich meine, was bläuen wir unseren Mitarbeitern bei Gesundheits- und Sicherheitsschulungen ein?«

Lili lachte. »Wascht euch die Hände.«

Jess sprang auf und ging mit ausgestreckten Armen und offenen Händen zu Lili hinüber. »Willst du sie dir ansehen?« Sie sah sie verspielt blinzelnd an.

Ohne nachzudenken griff Lili hoch und kniff Jess in die Wange.

»Autsch.« Jess rieb sich offensichtlich gespielt das Gesicht. »Ich wasche mir die Hände und sehe dabei nach Aruishi.« Sie warf Lili ein verlockendes Lächeln zu und ging hinein.

Einige Sekunden lang stand Lili vor dem Holzkohlegrill und starrte Jess nach. Dann hob sie den Blick zu Alex, die sie mit hochgezogenen Augenbrauen betrachtete.

»Was?«

Alex stemmte die Hände in die Hüften. »Was ist los?«

Lili drehte die Spieße auf dem Grill und bestrich langsam jeden Fischsatay mit der scharfen Marinade. »Du musst schon ein wenig genauer werden, Alex.«

Alex lehnte sich dicht zu ihr. »Offenes Flirten.« Sie lächelte Tash an, die zu ihnen an den Grill getreten war. »Nur weil ich seit neun Jahren in einer Beziehung bin, bedeutet das nicht, dass ich die Zeichen nicht erkenne.«

Tash stellte sich hinter Alex, legte die Arme um ihre Taille und küsste sie auf den Scheitel. Sie sah Lili an und kommentierte: »Ich habe die Blicke zwischen euch beiden bemerkt. Die verspielten Berührungen. Den Blickkontakt.«

»Du hast mit ihr geschlafen«, sagte Alex triumphierend.

»Alex, hör auf. Nein, ich habe nicht mit ihr *geschlafen*.« Das war nicht gelogen. Sie hatten nicht geschlafen, obwohl der Gedanke, mit Jess im Bett zu *liegen* trotz allem, was Lili zu Jess gesagt hatte, sehr verlockend war.

Alex lachte laut. »Ach, hör schon auf. Du leugnest es also nicht? Wir essen gleich zu Abend, aber Jess hat ausgesehen, als wollte sie *dich* verschlingen.«

»Okay, ihr zwei.« Lili sah zur Tür hinüber. »Bitte benehmt euch. Und sagt nichts, wenn Ru in der Nähe ist.«

Alex neigte fragend den Kopf. »Aber du hast gesagt –«

»Schh …«, flüsterte Tash. »Da sind sie.«

Jess und Ru traten auf die Terrasse hinaus und wedelten mit den Händen in der Luft herum.

Lili warf Alex einen flehenden Blick zu.

»Ich glaube, wir folgen besser ihrem Beispiel, Tash«, sagte Alex. »Komm schon, waschen wir uns die Hände und holen auf dem Rückweg das restliche Essen.«

»Danke, Alex.« Lili stieß einen erleichterten Seufzer aus. »Und bitte holt den Cider aus dem Kühlschrank und die Sektgläser.«

»Cider in Sektgläsern?«, fragte Jess.

»Es ist Cider Methode Champenoise. Er ist erfrischend und leicht und passt gut zu scharfem Essen.«

»Ich helfe beim Tragen«, verkündete Ru laut und folgte Alex und Tash in die Küche.

»Das riecht unglaublich. Was ist es? Und was sind diese grünen Stäbchen? Sie sind nicht aus Holz.« Jess verharrte neben Lili und beobachtete sie beim Arbeiten.

Lili legte die Spieße auf den Servierteller und stellte die Schüssel mit Limettenscheiben und gewürzten Erdnüssen auf den Rand. »Die Stäbe sind aus Zitronengras. Der Geschmack zieht beim Braten in den Fisch ein und vermischt sich mit der Schale der Kaffernlimette und der süßsauren Tamarinde.«

Als Lili den Teller hob, legte Jess die Hände über ihre. »Hier, lass mich das für dich tragen. Ich kann es kaum erwarten, es zu kosten. Du machst mich zu einer abenteuerlustigeren Esserin.«

Lili sah sie an und zog eine Augenbraue hoch. »Aber du hast die ganze Welt bereist. Du musst eine Menge verschiedener Speisen probiert haben.«

»Als ich in England angekommen bin, war ich wählerisch. Ich habe kaum etwas gegessen.« Jess seufzte. »Ich habe das Essen von meiner Mum und Usha vermisst.«

»Das überrascht mich kaum.«

»Außerdem muss ich vorsichtig sein, wenn ein Rennen ansteht. Lebensmittel können falsch beschriftet oder kontaminiert sein oder verbotene Zutaten enthalten, die bei Tests sichtbar werden«, sagte Jess. »Im Team essen wir normalerweise gemeinsam und halten uns an schlichtes, eiweißreiches Essen.«

Lili gab den Teller in Jess' Hände ab. »Ähm«, sagte sie. »Du hast mir nicht gesagt, dass du morgen mit Simon und Haley im *Ailie* zu Abend isst.«

»Was? Haley?« Jess runzelte die Stirn. »Simon hat mich zum Essen mit einer Gruppe seiner Radfreunde eingeladen. Er hat nicht erwähnt, dass Haley als Gast da sein würde.«

»Oh, ich verstehe«, sagte Lili. »Aber du hast nicht einmal erwähnt, dass du in *mein* Restaurant eingeladen bist.«

»Es tut mir so leid. Simon hat mich erst vor ein paar Stunden angerufen, um Bescheid zu sagen, dass er es in letzter Minute reservieren konnte und hat mich gefragt, ob ich kommen will. Ich hatte noch keine Gelegenheit, es dir zu sagen, Lili.«

»Kommt schon, ihr zwei. Alles andere steht auf dem Tisch«, rief Alex.

»Ist alles gut?«, fragte Jess ernst. »Zwischen Haley und mir läuft nichts.«

»Ja, alles ist gut«, sagte Lili erleichtert.

»Mami, ich will etwas von dem gelben Reis, aber muss ich das hier essen?« Ru deutete auf die große Salatschüssel mit verschiedenem Gemüse.

Lili setzte sich auf den Stuhl neben Ru und Jess gesellte sich zu ihr. Sie gab eine kleine Portion Reis auf Rus Teller und schnitt ein gehacktes Fischsatay in mundgerechte Stücke. »Ich denke, du solltest etwas Gemüse probieren. Wie wäre es mit ein paar grünen Bohnen, Sprossen und Karotte mit Kokosraspeln und etwas von der Erdnusssoße, die du magst?«

Ru nahm eine lange Bohne zwischen die Finger, tunkte sie in die Erdnusssoße und kaute. Sie nahm eine weitere Bohne und wedelte damit in der Luft herum, bevor sie einen großen Bissen nahm. »Lecker«, sagte sie mit vollem Mund.

Lili zuckte zusammen, als Tash den Korken der Ciderflasche knallen ließ, und Jess drückte ihr Knie, wobei die Hitze ihrer Hand durch Lilis Hose strahlte.

»Lili, soll ich dir ein Glas einschenken?«, fragte Tash.

»Ja, bitte«, krächzte Lili, als Jess' Hand ihren Schenkel entlangfuhr. »Ich könnte einen Drink gebrauchen.«

»Das schmeckt gut.« Ru schob sich einen mit Fisch und Reis beladenen Löffel in den Mund.

Lili beobachtete, wie Jess einen anständigen Bissen Satay nahm und sich die Erdnusssoße von den Fingern leckte.

Lilis Hand zitterte leicht, als sie ihr Glas an die Lippen hob und einen Schluck nahm. »Esst, alle zusammen«, sagte sie und sah von Jess zu Ru. »Wir haben die Zustimmung der wählerischsten Esser am Tisch.«

Ru schaffte es nicht einmal zum Nachtisch. Sie beendete ihre Hauptspeise, dann kletterte sie auf Lilis Schoß und schlief ein. Lili trug sie hinein, zog ihr den Pyjama an und brachte sie ins Bett. Ru regte sich nicht, als Lili Prinzessin Teddy an ihre Schulter legte. Mit etwas Glück würde sie die Nacht durchschlafen.

Lili ging durch die Küche, um Alex' Blech zu holen. Kleine Zitrustörtchen mit herber Zitronencreme, knusprigem Kokosgebäck und einem Hauch kandierter Orangenschale. Sie würden die Mahlzeit perfekt abrunden.

Mit dem Teller in der Hand kehrte Lili zur Gruppe auf der Terrasse zurück. Sie setzte sich leise, während Alex Jess erzählte, wie sie und Tash sich kennengelernt hatten.

»Ausgerechnet auf einem Frauenfootballmatch«, sagte Alex. »Wir waren auf verschiedenen Seiten im Publikum. Als der Ball über die Grenzlinie in die Menge gesegelt ist, haben wir beide danach gegriffen und ihn nicht erwischt. Stattdessen sind wir zusammengestoßen.«

Es war eine oft erzählte Geschichte, aber Lili musste unwillkürlich lächeln, als Tash und Alex einander anlächelten und spielerisch die Stirnen aneinanderstießen. Jess legte den Kopf zurück und lachte mit ihnen.

Lili spürte, wie ihr Herz anschwoll. Jess schien so gut zu ihnen zu passen – als würde sie sie schon jahrelang kennen. Sie drehte sich halb auf dem Stuhl, um über die mondbeschienene Bucht hinauszublicken. Sie war gefährlich kurz davor, eine tiefere emotionale Verbindung zu Jess zu riskieren.

Lili musste wissen, dass sie ihr vertrauen konnte. Beinahe konnte sie sich einreden, dass es keine große Sache war, doch das stimmte nicht. Jess' Erklärung des Abendessens mit Simon und Haley hatte aufrichtig gewirkt. Auch wenn die Dinge zwischen ihnen noch nicht klar waren – mit dem Ausblick auf eine unsichere Zukunft –, war ehrliche Kommunikation wichtig.

Tash und Alex fuhren kurz nach Mitternacht nach Hause. Lili zog Rus Zimmertür sanft bis auf einen Spalt zu, erleichtert, dass ihre Tochter noch schlief. Als sie in die Küche ging, war Jess da und belud den Geschirrspüler. Es war überwältigend, Jess in ihrer Küche stehen zu sehen; zu beobachten, wie sie Dinge erledigte, als wäre sie schon längst ein Teil des Hauses, das Lili vier Jahre lang nur mit Ru geteilt hatte.

Als spürte sie Lilis Gegenwart, sah Jess über ihre Schulter. »Schläft sie noch?«

»Wie ein Stein.« Lili ging zu ihr hinüber. »Du hättest nicht aufräumen müssen, aber danke.«

Jess schloss den Geschirrspüler mit dem Knie, wischte sich die Hände an einem Geschirrtuch ab und drehte sich zu Lili um. »Zu spät. Jetzt bin ich schon fertig.« Sie streckte die Arme aus, legte sie um Lilis Taille und sah sie mit einem Lächeln neugierig an.

Lili schluckte hart, als ein angenehmes Flattern in ihrem Magen begann. »Hättest du gern einen wärmenden Drink? Einen Whiskey? Mehr Wein?«

»Nein, mir geht es wunderbar«, sagte Jess. »Das Essen und die Gesellschaft waren großartig.«

»Ich hoffe, Alex hat dich nicht mit zu vielen Fragen bedrängt? Sie ist ziemlich neugierig.«

Jess hob mit den Daumen den Saum von Lilis Oberteil an und streichelte ihren nackten Bauch. »Ich habe jede Minute genossen.« Sie zog Lili dicht an sich. »Alles.«

Lili nahm Jess' Gesicht zwischen die Hände. Da sie sich nach größerer Nähe sehnte, lehnte sie sich vor und küsste sie. Sie legte die Hände in Jess' Nacken und küsste sie wieder mit tieferer Leidenschaft, die sie selbst überraschte.

Jess' Zunge liebkoste ihre mit weichen, sinnlichen Bewegungen. Sie war süß und üppig, und Lili schmeckte einen Hauch Apfelcider und Limette.

Schließlich senkte Lili atemlos den Kopf und vergrub das Gesicht an Jess' Brüsten. Küssen war wundervoll, aber es war nicht genug. Sie lehnte sich an Jess und schob sie gegen die Küchentheke zurück.

Ihre Brüste hoben und senkten sich gemeinsam. Jess' Herz hämmerte und sie wirkte ebenso atemlos wie Lili. Sie ließ das Kinn auf Lilis Kopf ruhen. »Lili«, sagte sie und stieß einen bebenden Seufzer aus.

»Komm mit ins Bett, Jess.«

Jess' Hände packten ihre Taille fester. »Bist du sicher? In dein Zimmer? Was ist mit Aruishi?«

Lili nickte und fing Jess' Lippen erneut für einen kurzen Kuss ein. »Wenn sie mitten in der Nacht aufwacht, dann ruft sie. Auf der anderen Seite des Hauses würde ich sie nicht hören.« Sie streichelte Jess' Wange. »Mein Zimmer ist die beste Wahl und ich kann die Tür verriegeln.«

»Wenn du sicher bist?« Jess erwiderte Lilis Blick und Lili war verblüfft über die Verletzlichkeit und das Verlangen in ihren Augen.

»Ja, ich bin sehr sicher«, flüsterte sie. Sie strich mit der Hand an Jess' Arm hinab, nahm ihre Hand und führte sie den Gang entlang.

Lili schloss leise die Tür hinter ihnen und schaltete das Licht ein. Sie hielt einen Finger hoch. »Gib mir eine Sekunde.«

Während Jess an der Tür wartete, öffnete Lili eine Schublade und kramte darin herum, bis sie fand, was sie gesucht hatte. »Da ist es.« Sie hielt die kleine biegsame

Klammer hoch, ging zur Tür zurück und befestigte sie an dem Block, der weit außerhalb von Rus Reichweite am Türrahmen angebracht war. »Das ist eine Houdini-Tür«, erklärte sie. »Ru kann sie einen Spalt öffnen, aber sie kommt nicht herein, solange wir das nicht öffnen.«

Jess musterte die Vorrichtung, drückte Lili an die geschlossene Tür zurück und brachte den Mund dicht an Lilis Ohr. »Genial. Ich habe mich schon gefragt, wie du das anstellst.« Sie schaltete das Licht aus. »Bedeutet das, ich habe keinen Fluchtweg?«

»Überhaupt keinen.« Lili schob Jess zum Bett zurück. Mondlicht sickerte durch die dünnen Rollläden – gerade genug, um ihnen den Weg zu erhellen. Sie lächelte gegen Jess' Lippen, als sie erneut ihre berührten, und sie küssten sich, bis Lilis Atem heftig raschelte.

Jess verlor keine Zeit und begann, Lilis Bluse aufzuknöpfen. Sie öffnete den letzten Knopf, schob sie von ihren Schultern und ließ sie zu Boden fallen.

Lili schob die Hände unter Jess' Oberteil und schob es hoch, bis Jess den Saum nahm, es sich über den Kopf zog und auf Lilis abgelegte Bluse warf.

»Hey, das ist meine Aufgabe«, sagte Lili in forderndem Ton. Sie genoss den Anblick von Jess' erregten Nippeln, die durch den schwarzen BH sichtbar waren, und bewunderte, wie ihre schimmernden Haare im geschmeidigen Wellen um ihre Schultern fielen. Sie verspürte Lust beim Anblick der Kurve von Jess' Taille, die in schmale Hüften und die definierten Muskeln ihres flachen Bauches überging. Schließlich fand sie ihre Stimme. »Jess.« Ihr Körper pulsierte vor Verlangen. Sie wollte keine weiteren Barrieren zwischen ihnen.

Während sie Jess mit einem sanften Stoß rücklings auf das Bett schob und ihre bereits geöffneten Shorts auszog, stieß Jess ein erstauntes Keuchen aus.

»Willst du Hilfe mit deinen?«, fragte sie grinsend.

Lili schüttelte den Kopf und streifte schnell ihre Hose ab. Sie setzte sich breitbeinig auf Jess' Knie und rollte mit ihr über das Bett. »Willst du andeuten, dass ich zu langsam bin?«

Sie kämpften verspielt mit ihrer Unterwäsche, bis sie beide nackt waren.

Jess rutschte auf dem Bett hoch. »Du bist nicht langsam. Ich will die Dinge nur beschleunigen.«

»Ich will nicht hetzen.« Lili kroch über Jess, hockte sich auf sie und stützte die Hände zu beiden Seiten von Jess' Schultern auf das Bett. Sie ließ den Blick einige Momente lang auf Jess ruhen, bevor sie mit der Hand über ihre Schulter strich, dann zu ihrer Brust und ihrer Mitte hinab. Sie hielt bewusst inne und genoss, wie Jess' Haut in dem silbrigen Licht leuchtete. War Nike, die Göttin der Kraft und Schnelligkeit, in ihr wiedergeboren? Lili strich mit den Fingern über Jess' rechten Oberschenkel – an fünf kleinen, fast unsichtbaren Linien entlang. Jess zuckte unter der Berührung. »Woher sind die?«, fragte Lili.

»Radfahren hat mir das Leben gerettet«, sagte sie langsam und betont nach einem tiefen Atemzug.

Lili erinnerte sich an Jess' nervöse Gewohnheit, sich über das Bein zu reiben, wenn sie verstimmt war. Sie hätte erkennen sollen, dass die Narben zu gleichmäßig waren, um das Ergebnis eines Unfalls zu sein. Sie hatte sich geritzt. *Radfahren hat ihr das Leben gerettet.* Zärtlich streichelte sie Jess' Wange und sah jetzt kein Zeichen von Verzweiflung mehr in ihren Augen.

Jess legte die Hand auf Lilis und zog sie sanft von ihrem Gesicht weg, dorthin, wo sie sie offensichtlich haben wollte.

Lili konzentrierte sich, reagierte auf Jess' Bedürfnis und ihr eigenes Verlangen nach einer engeren Verbindung. Jess streckte sich hoch, um ihr entgegenzukommen – ihre Körper waren auf intime und unvergleichliche Art und Weise aufeinander ausgerichtet.

Sie bewegten sich rhythmisch – passten sich an, berührten sich, stießen gegeneinander. Lili schob die Hand zwischen sie, um Jess zu liebkosen, zu streicheln, und Jess hob den Kopf und ihr Atem kam unregelmäßig keuchend. Sie spannte sich an, rief Lilis Namen und atmete mit einem Stoß aus, als ihr Körper bebte und dann still wurde.

Ihre Blicke trafen sich. Das bedingungslose Vertrauen, das sie in Jess' Augen sah, trat eine weitere Welle unerwarteter Zärtlichkeit los. Jess fiel auf das Bett zurück und legte den Arm über die Augen.

Lili beobachtete das Heben und Senken von Jess' Brust und zeichnete träge Kreise auf ihrem Bauch. Sie küsste sie dort und neckte ihren Nabel mit der Zunge, bis Jess' Finger durch ihre Haare kämmten und die Bewegung aufhielten.

Lili drückte Küsse auf Jess' Körper, bewegte sich dabei nach oben und bettete den Kopf an Jess' Schulter. Zimt, Basilikum und Vanille waren als erotische Anregungsmittel bekannt, aber Jess' einzigartiger Duft – würzig, reichhaltig und seidig – war eine berauschende Mischung und Lilis heutiges Aphrodisiakum. »Hey«, murmelte sie.

Jess nahm den Arm vom Gesicht und stemmte sich auf einen Ellbogen hoch. »Hey.« Sie lächelte. Ihre Augen waren tiefe Seen voller Emotionen.

Lili war stolz auf ihren Pragmatismus, aber in diesem Moment fiel es ihr schwer, zu akzeptieren, dass diese Verbindung zwischen ihnen nur vorübergehend sein sollte. Sie senkte den Kopf auf Jess' Brust und mied ihren Blick, konnte sich ihren eigenen Emotionen nicht stellen. »Ich habe dich erschöpft«, flüsterte sie.

»Denkst du?«

Lili stieß ein kleines Schnauben aus, als Jess ihre Schulter anstieß und sie auf den Rücken drehte. Sie grinste und hielt Lilis Handgelenke an ihren Seiten fest. »Weißt du nicht, dass Sportler sich an körperlichen Stress anpassen? Wir erholen uns superschnell.«

»Ich bin aus der Übung«, murmelte Lili. »Es ist eine Weile her, seit …« Sie zögerte, plötzlich um Worte verlegen und ein wenig benommen, nicht nur von der Spannung, die sich in ihr aufbaute, sondern auch von der erlesenen Lust, die sie durchströmte.

Jess fuhr mit der Zunge ihren Hals hinauf und murmelte in ihr Ohr: »Dann lass uns keinen Moment verschwenden. Ich glaube fest daran, dass man verlorene Zeit wiedergutmachen muss.«

Kapitel 25

Jess schlüpfte unter der Decke hervor, sammelte ihre Kleider vom Boden auf und zog ihre Shorts und das Tanktop so leise an, wie sie konnte, um Lili nicht zu wecken. Sie warf einen letzten Blick zu ihr und drückte dann einen Kuss auf ihre Schulter, während sie sich an ihre heißen gemeinsamen Stunden mit ineinander verschlungenen Körpern erinnerte. Dieses Zimmer zu verlassen war das Letzte, was sie wollte, aber sie konnte nicht riskieren, dass Ru sie in Lilis Zimmer fand. Wie würden sie ihrer vierjährigen Nichte das erklären?

Lili schlief tief, mit einem Arm unter dem Kissen und dem anderen auf die Seite des Betts ausgestreckt. Jess zog die Decke wieder über sie und schlich leise zur Tür. Sie ging ein paar Zentimeter auf und blieb dann stecken. Verdammt, sie hatte auf die Kindersicherung vergessen. Sie fummelte daran herum, bekam sie schließlich auf und schlüpfte hinaus. Leise ging sie an Rus Zimmertür vorbei und durch das dunkle Haus zu ihrem eigenen Zimmer. Sie schloss die Tür und lehnte sich dagegen.

Laut Lili war das, was auch immer zwischen ihnen lief, nur ein wenig Spaß. Aber nach gestern Abend war es doch sicherlich mehr? Sie fuhr sich mit den Händen durch die Haare und atmete tief durch. Lilis Duft haftete an ihren Fingern, ihrer Haut und ihren Kleidern. Sie waren eine körperliche Verbindung eingegangen, die nicht nur oberflächlich war.

Jess seufzte, ließ sich in den Sessel neben dem Fenster fallen und starrte auf die taufeuchte Wiese und die Silhouetten der Bäume vor dem Morgenhimmel hinaus. Sie wusste mit großer Sicherheit, dass die Anziehung, die sie für Lili empfand, über bloßen Spaß und weit über körperliche Befriedigung hinausging.

Ihr Handy lag auf der Kommode und sie griff danach, um die Zeit zu überprüfen. Es war erst fünf Uhr. Sie wünschte, sie wäre noch in Lilis Bett und an ihren unglaublichen Körper geschmiegt. Wenn sie in ihr eigenes kaltes Bett stieg, würde sie nie einschlafen, aber es war noch zu dunkel und gefährlich, um mit dem Rad hinauszufahren.

Sie hatte zwei verpasste Anrufe und eine E-Mail von Jonathan. Wenn sie nicht schlafen oder fahren konnte, war jetzt eine genauso gute Zeit, um ihn zurückzurufen. Sie streifte ihren Kapuzenpulli über, öffnete die Terrassentür und trat hinaus.

Die Luft war frisch und Tau bedeckte das hölzerne Geländer. Jess packte das feuchte Geländer und streckte sich nach hinten, überrascht davon, wie wunderbar geschmeidig und frei von Spannung ihr Körper war. Der Gedanke an Lili, die nackt in ihrem Bett lag, bewirkte, dass Jess in ihr Zimmer zurückschleichen und wieder von vorn beginnen wollte. Lili war selbstbewusst, auch beim Sex experimentierfreudig und reagierte so stark.

Sie richtete sich auf, nahm das Handy aus der Tasche, fand Jonathans Nummer und drückte auf Anrufen. Während sie die Treppe hinabging, steckte sie sich den Kopfhörer ins Ohr und schlenderte den Weg entlang, der zum Strand führte. Sie zog die Kapuze über den Kopf und steckte das Handy wieder in die Tasche.

»Hallo, Fremde«, sagte Jonathan fröhlich.

»Da bist du ja. Ich war nicht sicher, ob du abheben würdest. Kannst du reden? Ich hoffe, ich störe dich nicht bei einem Freitagabend mit der Familie.«

»Überhaupt nicht. Ich habe immer Zeit für dich, Jess.« Sie konnte das Lächeln in seiner Stimme hören. »Ich habe vorhin versucht, dich anzurufen.«

»Ja, ich weiß. Entschuldige, dass ich nicht früher zurückgerufen habe.« Sanftes Gurren erklang im Hintergrund. »Versuchst du, zu singen?«

»Nein, niemals. Maxine ist zu einem Mädelsabend mit ihren Freundinnen gefahren und ich bin mit dem Baby auf dem Arm zurückgeblieben. Wortwörtlich.«

»Wie geht es Maxine und dem kleinen Rupert?«

»Uns geht es großartig, Jess. Rupert schießt geradezu in die Höhe. Und schläft ziemlich gut, wie ich mit Freuden berichten kann.«

»Ich freue mich für euch alle.«

»Wie geht es dir?«

»Ich fühle mich gut, Jonathan. Werde jeden Tag stärker«, sagte sie. »Das warme Wetter ist ein Bonus. Lili hat mich sogar in einem Seekajak mitgenommen. Es war genial.«

»Das ist toll. Ich hoffe, du hast keine Haie gesehen? Wir Briten denken doch immer, dass alle australischen Gewässer von Haien verseucht sind.«

»Das ist Unsinn. Genauso wie das Gerücht, dass Kängurus an jeder Straßenecke stehen.«

»Tun sie nicht?« Er lachte. »Hast du daran gedacht, bald nach Hause zu kommen, oder genießt du die australische Tierwelt zu sehr? Wir hatten gestern ordentlich Schnee. Es ist weihnachtlich weiß und verdammt kalt.«

Am Rand einer grasigen Böschung winkte Jess einem vorüber joggenden Paar zu. Im weichen Morgenlicht warfen sie lange Schatten. »Zugegeben, es ist zwar magisch und ich habe die traditionelle Schlittenfahrt am Kite Hill immer genossen, aber die Kälte vermisse ich überhaupt nicht.«

»Das kann ich dir nicht verübeln. Genieß die Wärme, solange du kannst«, sagte er. »Also, hast du meine E-Mail gelesen?«

»Ich habe nur einen kurzen Blick darauf geworfen. Hat Ashley dich kontaktiert?«

»Ja. Sie hat seit einer Weile nichts von dir gehört und will wissen, was los ist – wie deine Pläne aussehen. Du solltest Ashley anrufen, als deine Managerin hätte sie gern ein Update.«

»Okay, werde ich. Du hast in deiner E-Mail etwas von Bildern geschrieben«, sagte Jess. »Was für Bilder?« Sie ging über das Gras auf und ab. »Ich habe keine Interviews gegeben. Ich bezweifle, dass irgendjemand weiß oder sich darum kümmert, dass ich hier bin.«

»Da wäre ich mir nicht so sicher. In der *UK Today* ist ein Artikel über dich in Australien und es gibt einige …«, er zögerte, »Fotos.«

Sein Ton verriet alles. Jess blieb stehen. Die Drohne. Sie hatte die verdammte Drohne vergessen. Was, wenn sie *doch* Fotos von ihr und Lili am Strand geschossen hatte?

»Was für Fotos?«

»Warte kurz, ich schicke dir die Screenshots«, sagte er. »Ich muss nur Rupert in seine Wiege legen. Er schläft tief und fest auf meinem Arm.«

Jess hörte sanftes Rascheln und dann Stille. Sie sprang von der Böschung und setzte sich mit gekreuzten Beinen auf einen großen Stein, während sie darauf wartete, dass die Bilder ankamen.

»Bist du da?«, fragte Jonathan.

»Ich bin noch hier und warte.« Sie rückte ihren Kopfhörer zurecht und starrte auf das Display.

»Okay, ich habe sie abgeschickt«, sagte er. »Sie sollten jede Minute bei dir ankommen.«

Wenige Sekunden später erschien die Benachrichtigung. »Ich glaube, sie sind da.« Jess tippte auf das erste Bild und seufzte erleichtert, als es heruntergeladen wurde. Es stammte von der Spendenaktion und war ein klares Foto von Simon, Haley und ihr auf ihren Rädern unter dem Banner der Ziellinie, die Arme einander um die Schultern gelegt. Darunter stand:

Rückkehr nach Down Under: In Australien geborene britische Radsportlerin unterstützt verletztes Schulmädchen in lokalem Event.

»Das ist nichts Besorgniserregendes, Jonathan. Ich habe an einer lokalen Wohltätigkeitsfahrt teilgenommen, die von einer alten Freundin der Familie organisiert wurde, mehr nicht.«

»Ja, da stimme ich zu. Mit dem gibt es kein Problem. Sieh dir die anderen an. Auf die bin ich etwas neugierig.«

»Verdammt«, flüsterte sie. Bei dem voyeuristischen Bild, das jetzt auf dem Bildschirm erschien, gab es keinen Zweifel. Ein wenig körnig, vermutlich mit einem Handy im Nachtclub aufgenommen – in dem Moment, als Haley Emmett sich auf der Tanzfläche auf sie gestürzt und die Lippen auf ihre gedrückt hatte. Jess hatte sich kurz darauf von ihr gelöst, aber das war auf dem Bild nicht zu sehen. »Es ist nicht so, wie es aussieht«, sagte sie tonlos.

»Wirklich? Ich bin froh, dass du etwas Spaß hast.« Er lachte leise, bevor er sich räusperte. »Es sind die anderen Fotos, die vielleicht –«

»*Was zum Teufel.*« Sie tippte zweimal, um das Bild zu vergrößern, und schob es mit dem Finger hin und her.

»Ja. Ich dachte mir, dass du nicht erfreut wärst.«

Mit zusammengebissenen Zähnen überflog sie den Titel: »*Plötzlich Familie?*« Übelkeit wand sich wie eine verdrehte Fahrradkette in ihrem Bauch. Ihr Blick klebte an den Fotos, komplett mit Unterschrift.

»Wie? Warum? Verdammt, Jonathan.« Sie schlug mit der Faust auf den Sand.

»Ich weiß. Es tut mir leid«, sagte er. »Von dieser Zeitung hätte ich Besseres erwartet, aber sie hatten in letzter Zeit nichts von dir und waren wohl verzweifelt.«

»Das Bild aus dem Nachtclub war in Melbourne und die Frau sollte nichts dagegen haben, aber die anderen sind privat. Irgendjemand bezahlt dafür, mich beschatten zu lassen«, sagte Jess. »Das nächste Foto ist von dem Tag, als ich Aruishi ein Fahrrad geschenkt habe und wir mit Lilis Freunden nach Queenscliff gefahren sind.« Sie standen mit Ru zwischen sich auf dem Kai und schwangen sie in der Luft. Alex und

Tash waren verschwommene Gestalten im Hintergrund. »Lili wird stinksauer sein, weil sie ein Foto von ihrer Tochter gedruckt haben. Wie können sie es wagen?«

»Ich verstehe, Jess, aber es ist nicht deine Schuld.«

»Lili wird es nicht so sehen.«

»Sie ist eine attraktive Frau«, sagte er. »Was ist mit dem nächsten Foto, von dir und ihr – ist das in Melbourne? Ich erkenne das Gebäude im Hintergrund. Wo ist das?«

»Federation Square. Wie um alles in der Welt haben sie uns dort überhaupt gefunden? Die Gegend war so voller Leute wie am Picadilly Circus.«

»Du weißt, wie diese Dinge laufen. Sie durchkämmen soziale Medien und *YouTube* auf der Suche nach irgendetwas. Sie bezahlen Späher. Greifen nach jedem Strohhalm.«

Jess ließ das Handy in ihren Schoß fallen und vergrub das Gesicht in den Händen.

»Bist du noch da?«

»Ja, ich bin da.«

»Also, ich schätze, die Art, wie Lili dich ansieht, ist der Grund für die Unterschrift ›Aussie-Köchin bietet Star-Sportlerin die richtigen Zutaten‹.« Er lachte.

»Wie kannst du Witze über die Situation machen?«

»Es ist nicht das erste Mal, dass du und deine Begleiterinnen in den sozialen Medien auftauchen.«

»Das hier ist anders.«

»Na ja, ich muss sagen, du wirkst glücklich. Ich meine, ist da irgendetwas Wahres dran? Lili sieht aus, als würde sie dich gleich küssen.«

»Sie ist etwas Besonderes.«

»Ah, das ist es also«, sagte Jonathan zufrieden. »Ich werde warten, bis du bereit bist, mir mehr zu erzählen, aber ich rate dir dringend, Lili bald zu warnen. Die Möglichkeit besteht, dass sie die Fotos zufällig findet.«

»Das werde ich, sobald ich kann.« Jess würde nicht noch einmal denselben Fehler begehen. Sie hatte Lili bereits verstimmt, als sie ihr nicht von Simons Einladung zum Abendessen im *Ailie* erzählt hatte. »Lili hat einen sehr arbeitsreichen Tag vor sich. Sie hat mir gesagt, dass das Restaurant mittags und abends ausgebucht ist. Sie hat eine Menge zu tun.«

»In dem Fall ist es unwahrscheinlich, dass sie heute irgendetwas sieht. Wird diese Sache mit Lili etwas an deinen Plänen ändern, nach Hause zu kommen? Was wirst du tun?«

»Ich verspreche, dass ich dir Bescheid sagen werde, wenn ich Klarheit habe.«

»Okay. Aber vergiss nicht, ich bin für dich da.«

»Danke.« Jess stemmte sich von dem harten, kalten Stein hoch und stieg die Böschung wieder hinauf. »Ich rufe dich an. Bald.«

»Das solltest du. Ich will nicht zuerst in der Klatschpresse darüber lesen«, sagte er. »Viel Glück.«

Die Verbindung wurde getrennt und Lili starrte auf das Foto von Lili und ihr selbst am Fed Square. Sie waren unter der Skulptur eines riesigen Metallvogels stehen geblieben und Lili hatte sie unter einen Flügel gezogen. Sie *war* kurz davor gewesen, sie zu küssen. Jess schauderte, als sie sich an alles erinnerte, was nach diesem Kuss passiert war.

Ein Windstoß wehte ihr die Haare ins Gesicht und Jess strich sie über ihre Schultern zurück. Sie schloss die Augen und leckte sich die Lippen. Sie konnte Lili noch schmecken.

Kapitel 26

»Wie fühlst du dich damit, dass Jess heute mit Haley zu Abend isst?«, fragte Alex Lili, während sie durch die kleine Luke spähte, die ihr einen Blick quer durch die Bar in den Essbereich bot. »Hat Owen sie an Tisch Zwei gesetzt, damit du ein Auge darauf haben kannst, was sie treiben?«

Lili band die Lederriemen ihrer Schürze auf und knotete sie sicher an der Taille wieder fest. »Jess speist nicht *mit* Haley. Da läuft nichts zwischen ihnen«, sagte sie. »Simon hat Jess als seinen Gast eingeladen. Ich bin froh, dass sie hier ist und endlich eine richtige Mahlzeit im *Ailie* isst. Und wir setzen VIPs immer an Tisch Zwei.«

»Wer sind die anderen drei Frauen am Tisch?«, fragte Alex, die immer noch durch die Luke spähte.

»Owen meinte, sie sind professionelle Radsportlerinnen und gehören zu einer Gruppe, die den Frauenradsport in Australien stärken wollen«, antwortete Lili. »Simon hat das alles organisiert.«

»Die süße Frau mit den kurzen, dunklen Haaren, die neben Jess sitzt, kommt mir bekannt vor.« Alex grinste. »Ich habe sie im Fernsehen gesehen.«

Lili schob Alex zur Seite, damit sie die Gäste an Simons Tisch betrachten konnte. »Ich erkenne sie alle nicht.«

»Na, sie sieht definitiv so aus, als wäre sie von unserem Ufer. Mir fällt auf, dass Haley es geschafft hat, sich zwischen die beiden attraktivsten Frauen zu setzen.« Alex schob Lili wieder zurück. »Wie ist es gestern Abend noch gelaufen, nachdem Tash und ich gefahren sind? Wie war euer restlicher Abend?«

»Gut, danke«, antwortete Lili beiläufig. Gestern Abend war, nun ja, unglaublich gewesen. Aber das würde sie nicht am Arbeitsplatz besprechen, nicht einmal mit ihrer besten Freundin.

Alex drehte sich um und starrte Lili finster an. »Gut, danke? Das ist alles? Ihr zwei habt ausgesehen, als würdet ihr gleich –«

Lili konnte Alex' rasiermesserscharfem Blick nicht entkommen. Sie starrte zurück, ohne zu blinzeln, und drängte sie stumm dazu, das Thema fallen zu lassen.

»Du hast es getan, oder? Du hast wirklich mit ihr geschlafen.« Alex streckte die Hand aus und drückte ihren Unterarm. »Ich dachte mir ja, dass heute Morgen irgendetwas an dir anders war. Du bist mit dieser Energie hereingekommen.«

Lili presste die Lippen zusammen und sah sich um, um sicherzugehen, dass sie nicht überhört werden konnten. Dann lächelte sie. Sie konnte nicht anders. »Mhmm.«

»Ich wusste es. Ich freue mich für dich, Süße«, sagte Alex mit leiser Stimme und boxte Lili spielerisch auf den Arm. »Einfach nur wow.«

»Okay, okay.« Lili packte Alex' Schulter und führte sie zu ihren Kochstationen zurück. »Wir können jetzt nicht reden. Komm schon, sie haben den ersten Gang fast beendet. Geh wieder an die Arbeit, Frau.«

Alex lachte, salutierte und marschierte gespielt zackig zu ihrer Station, die direkt gegenüber von Lilis war. Sie stellte sich mit dem Rücken zum Herd und wartete auf die nächste Bestellung. »Hey, das war unvermeidlich. Diese Anziehungskraft ist eine unaufhaltsame Macht«, sagte sie über Lilis Schulter. »Wenn du dich zu Simons Gruppe gesellen willst, nachdem wir das Dessert angerichtet haben, kann ich den Rest machen.«

»Das wird nicht passieren.«

Die Schwingtür ging mit großem Schwung auf, als Drew, der Aushilfskellner, mit schmutzigem Geschirr auf dem Tablett in die Küche marschierte.

»Wie läuft es, Drew?«

»Alles gut, Boss.«

»Ich hatte vorhin keine Zeit, mich bei dir zu bedanken, weil du so kurzfristig arbeiten konntest.«

»Kein Problem, ich freue mich, die Stunden zu bekommen.« Er stellte das Tablett auf die Theke für schmutziges Geschirr. »Owen und Mei kümmern sich um Tisch Zwei. Irgendwie seltsam, Haley als Gast dort draußen zu haben, neben Jessica Harris, Simon und diesen Profisportlerinnen. Ich bin froh, dass ich sie nicht bediene. Ich habe Simons Karriere verfolgt, als er Rennen gefahren ist, und Jessica ist einfach großartig. Ich hoffe, sie nimmt bald wieder an Rennen teil.«

Lili fürchtete, dass sie losschreien würde, wenn sie noch jemand darauf ansprechen sollte, dass Jess mit Haley aß. Sie richtete den Blick auf die Zettelreihe an Bestellungen, die vor ihr hing, und beruhigte ihre Atmung. Natürlich würde Simon seine Schwester mitnehmen, die selbst eine begeisterte Radfahrerin war. Aber was war der Grund für diese Versammlung im *Ailie*? Sie zuckte mit den Schultern. Der professionelle Radsport war Jess' Welt und Lili völlig fremd.

Owen steckte den Kopf von der Bar aus durch die Luke. »Wir sind bereit, wenn Drew das restliche Geschirr abgeräumt hat.«

»Schon dabei, Owen.« Drew rückte seine Weste zurecht, nahm ein sauberes Tablett und verschwand durch die Türen.

»Nächste Bestellung«, rief Lili. »Tisch Zwei. Viermal Jakobsmuscheln. Zweimal Ravioli.«

»Hab's gehört. Zweimal Ravioli, Boss«, bestätigte Nora an ihrer Station neben Alex.

Nora würde zwei Minuten brauchen, um die zarten Ziegenkäse-Teigtaschen zu pochieren und mit einem Schuss nativem Olivenöl extra in die Pfanne zu werfen. Lili war sicher, dass Nora die Erfahrung hatte, um sie perfekt zu braten. Dreißig Sekunden zu viel würde den Teig zäh und inakzeptabel machen.

»Verstanden. Viermal Jakobsmuscheln«, rief Alex.

Lili beobachtete, wie Alex den Behälter plumper Jakobsmuscheln herausnahm, sie trocken tupfte, mit Pfeffer und Meersalz würzte und in zwei Pfannen legte, in denen bereits Butter und ein Schuss Olivenöl brieten.

Auf Lilis Arbeitsfläche waren bereits vier erhitzte ovale Teller aufgereiht. Sie gab jeweils drei Haufen cremiges Fenchelpüree in gleichmäßigen Abständen auf die Teller. Als Alex die angebratenen Jakobsmuscheln an Lili übergab, kitzelte das salzige, buttrige und zugleich süße Aroma ihre Nase. Sie drückte mit einem Finger sachte auf eine Muschel. Sie war leicht durchscheinend, außen knusprig, aber nach wie vor zart unter ihrer Berührung. Sie legte jeden goldenen Leckerbissen mit einem Hauch gegrilltem Pancetta auf einen Püreeklacks und träufelte Trüffelbutter darüber. Während Lili die vier Teller unter die Wärmelampen stellte, brachte Nora die flachen Schüsseln mit Ravioli und Spargel. Lili löffelte Johannisbeerengeleewürfel neben die schlanken Stängel und als Owen an die Ausgabe trat, zeichnete sie mit der Zitronen-Vinaigrette-Creme ein Gitter über die kleinen Teigtaschen.

»Tisch Zwei kann los«, rief Lili, während sie einen winzigen Soßenspritzer von einem Tellerrand wischte.

Owen sammelte gekonnt drei Teller in der rechten Hand auf, bevor er mit der linken den vierten nahm. Mei trat hinter ihn, nahm die Ravioli-Schüsseln und folgte Owen in den Essbereich.

Lili wischte sich die Hände an einem Geschirrtuch ab und las die nächste Bestellung vor: »Bestellung für Tisch Vier. Sechsmal Jakobsmuscheln. Einmal ohne Trüffelbutter.« Diese letzte Information war für sie selbst, aber sie las immer die ganze Bestellung vor.

Lili blieb den ganzen Abend über konzentriert und komplett auf die Arbeit eingestellt, aber nachdem sie fast drei Stunden angerichtet, die anderen angetrieben und beim Aufräumen geholfen hatte, ließ sie langsam nach. Es gab Momente, an denen sie sich erlaubte, an den vorherigen Abend zu denken. Sie summte leise und trommelte mit den Fingern rhythmisch auf die Arbeitsfläche. Es war hart, Jess so nahe und doch außer Reichweite zu haben. Heute Abend hatte sie keine Zeit für ihr übliche Runde um die Tische, was ein Glück war, denn es wäre seltsam gewesen, den anderen als ihre Gäste zu begegnen. Es hatte nichts mit dem Anflug Eifersucht zu tun, die sie verfolgte, wenn sie Jess und Haley zusammen sah, auch wenn Jess versichert hatte, dass nichts lief. Wenigstens war es das, was sie sich selbst einredete.

Lilis Schultern brannten, ihre Füße waren wund und ihr Kreuz verkrampft – nach einem hektischen Arbeitstag nichts Ungewöhnliches. Ihre Schenkel schmerzten auf eine ganz andere Art und es überraschte sie nicht, daran erinnert zu werden, wie lange es her war, seit sie die Nacht mit einer Frau verbracht hatte. Sie sehnte sich nach einer weiteren Nacht mit Jess. Sie wollte sie berühren und wollte auch von ihr berührt werden.

Von ihrem Platz am Rand der Theke konnte Lili gerade so sehen, wie Jess an Tisch Zwei saß und ernst mit der attraktiven Frau neben sich sprach. Sie fuhr fast aus der Haut, als Alex ihr aufs Knie tippte.

»Tut mir leid, ich wollte dich nicht erschrecken«, sagte Alex. »Was machst du?«

»Ich gehe nur die Zahlen der neuen Speisekarte durch. Die Änderungen, die wir eingebaut haben, produzieren geringfügige Verschwendung.« Lili mischte den ohnehin schon ordentlichen Stapel Bestellzettel neu.

»Wirklich? Das ist es, was du tust? Für mich sieht es so aus, als würdest du wieder Jess anstarren.« Alex stellte eine Tasse Schwarztee neben Lili und hockte sich mit einem Teller in der Hand auf die Theke. »Du musst am Verhungern sein. Ich wette, du hast gestern Abend nicht viel Schlaf bekommen.« Sie wedelte mit einer Gabel Schokoladentorte vor Lili herum. »Willst du etwas davon?«

Sie öffnete den Mund weit und Alex steckte einen Bissen der bitteren Torte in ihren Mund – ein dichter, cremiger Energieschub.

»Du brauchst Nahrung. Es war ein langer Tag«, sagte Alex. »Die Schokoladentorte, die du neu kreiert hast, war beliebt beim Mittagessen. Mit dem Mandarinensorbet und dem Honig-Popcorn ist sie weggegangen wie nichts. Ich mag sie ohne Beilagen – bitter und saftig und so dekadent.« Alex hob den Rest der Torte mit zwei Fingern auf und steckte ihn sich in den Mund. »Mmmh.« Sie neigte den Kopf und spähte durch die Luke. »Behältst du sie wirklich im Auge?«

Lili klammerte die Bestellzettel zusammen. Sie speicherte den geöffneten Spreadsheet mit den heutigen Einträgen ab und schloss den Laptop. »Sie sind der letzte

Tisch. Sieht aus, als müsste Owen spät aufhören. Er hat gerade noch mehr Kaffee und Port serviert.« Lili sah sich in der leeren Küche um. »Sind alle anderen fertig?«

»Abgesehen von Owen und Mei vorn ist nur noch Eddie hinten und sortiert den Müll.«

Owen trat durch die Schwingtüren. »Hier ist eine besondere Leckerei«, sagte er und lockerte seine Krawatte. Er stellte eine halbleere Flasche Rotwein, drei Gläser und sein iPad neben Alex auf die Theke. »Mei fährt dich nach Hause, oder, Alex? Also kannst du trinken? Was ist mit dir, Lili?« Er nahm die Flasche und wedelte damit vor ihr herum. »Der ist gut, zu schade, um ihn wegzuschütten.«

Alex nahm ihm die Flasche aus der Hand. »Nein, ich fahre nicht. Tash hat heute Abend das Auto gebraucht.« Sie betrachtete das Etikett. »Es ist ein Terindah Estate Shiraz von 2015. Soll ich dir ein Glas einschenken, Lili?«

Lili unterdrückte ein Gähnen und schüttelte den Kopf. »Heute nicht. Ich würde nach nur einem Schluck einschlafen.« Sie stand auf und nahm ihren Laptop. »Ich bringe das ins Büro. Ist es noch in Ordnung, dass du schließt, Owen?«

»Ja, kein Problem«, sagte er und hob das iPad auf, das er aus der Bar hereingebracht hatte. »Lili, du willst dir das vielleicht ansehen.« Seine Stimme war leise, aber beharrlich. »Ich habe wie üblich in den sozialen Medien nachgesehen, ob wir auf irgendwelchen Seiten erwähnt werden. Diese Bilder sind auf Twitter. Sieh sie dir an.« Er schob das Gerät über die Theke und drehte es zu ihr herum.

Lili kniff die Augen zusammen. »Das sind Jess und Haley heute hier. Und diese Frau neben Jess, wie heißt sie gleich?« Sie sah zu Owen auf.

»Tara Green.«

»Und sie ist …?«

»Die Gründerin von *SwitchedOn Women's Racing*, einem australischen Radrennteam«, sagte er. »Simon hat das erwähnt, als er die Reservierung gemacht hat. Die anderen zwei Frauen gehören auch zu diesem Team.«

Lili machte große Augen, als sie die Hashtags unter dem Foto laut las: »#jessicaharris, #switchedonWR, #girlsonbikes.«

Alex lehnte sich über Lilis Schulter und las weiter: »Schnappen die Aussie-Rennsportlerinnen sich die britische Siegerin?« Sie tippte Lili auf den Arm. »Hat Jess dir gesagt, worum es bei dem Essen ging?«

»Nein. Sie hat es nicht wirklich gewusst«, antwortete Lili. »Wer postet dieses Zeug?«

»Sehen wir uns den Twitter-Nutzer an«, sagte Alex.

»Nutzer?«

»Hier, vor dem Strich«, erklärte Owen.

»Du meinst das? *Dot at cycleongirl.*« Sie deutete auf das Zeichen und den Namen vor dem Strich. »Warum ist da ein Punkt vor dem at-Zeichen?«

»Das ist ein Twitter-Ding. Ein Punkt davor erlaubt allen Nutzern, den Tweet zu sehen.« Owen zuckte mit den Schultern. »Ein Fan von Jess könnte es gepostet haben. Scroll etwas hinunter, Lili, aber sei gewarnt, dir wird nicht gefallen, was du siehst. Wer auch immer Cycleongirl ist, sie hat darunter *Instagram*-Fotos und Beiträge von anderen Quellen gepostet.«

Lili tippte auf den ersten Link. Das Foto, das erschien, zeigte Ru, Jess und sie in Queenscliff. »Wie zum Teufel hat jemand dieses Foto gemacht? An dem Abend war niemand am Kai.«

»Tash und ich haben keine Fotos gemacht«, sagte Alex. »Irgendjemand muss Jess verfolgen.«

Die Unterschrift ließ Lili das Gesicht verziehen. *Plötzlich Familie.* »Woher wussten sie, dass Ru ihre Nichte ist? Das ist schrecklich. Die Leute sollten nicht einfach so Fotos von Kindern posten.« Sie öffnete den zweiten Link und konzentrierte sich auf das Foto von ihr selbst und Jess am Federation Square. »Auf dem Platz waren Unmengen Leute. Jeder hätte uns da fotografieren können. Aber warum?« Sie legte das iPad angeekelt auf die Tischfläche zurück.

Owen gab Lili ein Glas Wein. Sie akzeptierte es nun doch dankbar und nahm einen großen Schluck.

»Vielleicht war das zu erwarten. Es gibt eine Menge Kram über Jess in den Medien«, sagte Alex. »Vergiss nicht, du hast mir davon erzählt, bevor sie überhaupt hier angekommen ist.«

»Über sie, ja.« Lili trank den restlichen Wein in einem Zug aus. »Aber nicht über mich und definitiv nicht über Ru. Jess hätte mich warnen sollen.«

»Lili, das ist nicht Jess' Schuld«, sagte Owen. »Wahrscheinlich hat sie die noch nicht gesehen. Jeder hätte diese Fotos posten können. Cycleongirl nutzt wahrscheinlich Jess' Bekanntheit aus, um mehr Follower anzuziehen.«

»Aber das Foto, das hier im *Ailie* geschossen wurde, muss von einem der Gäste gepostet worden sein.« Lili hob das Gerät wieder hoch und starrte auf den Bildschirm.

Alex nahm Lili das iPad aus den Händen. »Ja, und mit Simons Tisch hatten wir heute vierundvierzig Gäste. Alle schießen mit ihren Handys Fotos von dem Essen, von sich, der Begleitung und dem Restaurant, um sie auf *Facebook*, *Instagram*, *Twitter* und *YouTube* zu posten.«

»Alex hat recht, Lili«, sagte Owen. »Und die Leute liken, teilen und reposten ständig. Muss die Hölle für jemanden sein, der unauffällig bleiben will.«

Owen und Alex hatten recht, was den mangelnden Respekt von Privatsphäre betraf. Jess war um die Welt gereist, um sich um den Nachlass ihres Bruders zu kümmern. Durfte sie denn kein Privatleben haben? Aber das Treffen mit dem australischen Team deutete an, dass Jess mehr Pläne hatte. Pläne, die sie noch nicht mit Lili geteilt hatte. Was hatte sie vor?

Owen sah auf seine Uhr und rückte seine Krawatte und Weste zurecht. »Ich gehe besser und sehe, ob Tisch Zwei bereit für die Rechnung ist.«

»Danke, Owen.«

»O Scheiße«, sagte Alex und stieß ein Zischen durch die Zähne aus.

»Was jetzt?«

Alex drückte sich das iPad mit beiden Händen an die Brust.

»Zeig es mir einfach.«

»Es ist wahrscheinlich nicht so, wie es aussieht. Du weißt, wie die Leute in einem Nachtclub sind. Stimmungsvolle Musik, schwache Beleuchtung und so weiter.«

»Alex. Was ist?« Lili klopfte mit der flachen Hand auf die Theke. »Zeig es mir.«

Sie gab Lili das Gerät. »Okay, wenn du darauf bestehst.«

Lili sah auf den Bildschirm und biss sich auf die Unterlippe. Haley und Jess auf der Tanzfläche. Wie sie sich küssten. Es sah leidenschaftlich aus. Ihre Körper waren aneinandergedrückt. Haley hielt Jess um die Taille und Jess hatte die Hand auf ihrer Schulter. Es war kein keuscher Kuss.

Sie setzte sich auf den Küchenhocker. »Das war vor einer Weile. Sie war eine freie Frau.« Lili stieß ein resigniertes Stöhnen aus. »Wie du gesagt hast, in Clubs passieren alle möglich Dinge.« Sie *hatte* gesehen, wie sie sich im Auto geküsst hatten. Aber das war damals gewesen.

»Ja, so läuft das«, sagte Alex. Sie legte den Arm um Lilis Schulter. »Mach dir keine Sorgen deswegen.«

Beide drehten sich um, als die Schwingtüren aufgingen.

»Hi, Alex, hi, Lili«, sagte Jess in einem heiteren Tonfall, ein strahlendes Grinsen im Gesicht.

»Hallo, Jess.« Alex lehnte sich an die Arbeitsfläche.

Jess kam mit schwungvollen Schritten näher. In ihren Augen tanzte Licht, sie wirkte fast eifrig. »Danke euch beiden. Ich hatte einen großartigen Abend. Das Essen war köstlich. Ich komme definitiv wieder.« Sie stellte sich dichter neben Lili. Das elfenbeinfarbene Strickbluse, die sie trug, war am Hals gerafft. Sie floss über ihre Schultern herab, schmiegte sich eng um ihre Brüste und hing lose auf den Hüften. Sie hatte die Hände in den Taschen ihrer schwarzen Hose mit Bügelfalte. Selbst unter den harten LED-Lampen der Küche sah Jess umwerfend aus und Lili fehlten die Worte.

An diesem Morgen war Jess mit dem Rad hinausgefahren, bevor Lili aufgestanden war, und hatte vermutlich sechzig bis siebzig Kilometer zurückgelegt. Und doch stand sie jetzt quietschlebendig hier. Woher nahm sie nur ihre Energie?

»Sind die anderen gegangen?«, fragte Alex.

»Die meisten. Haley und Simon sind noch hier.«

Lili verzog das Gesicht. Einen Moment lang war sie so von Jess hypnotisiert gewesen, dass sie die Fotos vergessen hatte.

»Ist es in Ordnung, mit dir nach Hause zu kommen? Haley hat angeboten, mich zu fahren, aber wenn du nichts dagegen hast, würde ich lieber mit dir gehen.«

Ein Pochen baute sich in Lilis Kehle auf. Sie sog die Unterlippe zwischen die Zähne, als Jess' warme Finger sich um ihren Unterarm schlossen.

»Wir sind hier fertig, oder, Lili?«, fragte Alex und hob eine Augenbraue. »Ich muss sowieso auf Mei warten. Warum brecht ihr zwei nicht auf?« Sie nahm die leere Weinflasche und die Gläser vom Tisch. Auf dem Weg zum Essbereich drehte sie sich zu ihnen zurück. »Lili, ich rede morgen mit dir.« Ihr Blick huschte zu Jess. »Ähm, habt eine gute Nacht, ihr zwei.« Die Türen schwangen zu.

Jess schien so glücklich, ohne etwas von dem Medienzirkus zu ahnen, den sie ausgelöst hatte. Es wäre eine Schande, ihr die Stimmung zu verderben. Lili wusste, dass sie übermüdet leicht reizbar war, und gerade war sie völlig ausgelaugt. Das Letzte, was sie wollte, war eine Konfrontation.

»Hey, Lili?« Jess' Stimme unterbrach ihre Gedanken. Ihre Hand strich über Lilis nackten Unterarm.

»Ja?« Lili schauderte und erwiderte Jess' dunklen, stechenden Blick.

»Wie geht es dir? Du hast nach sehr wenig Schlaf den ganzen Tag lang gearbeitet.«

Lili blinzelte; sie konnte die aufrichtige Sorge in Jess' Augen nicht ignorieren. »Ja, sehr wenig Schlaf«, wiederholte sie müde lächelnd.

»Bleibt Aruishi heute bei deinen Eltern?«, fragte Jess. »Kannst du morgen ausschlafen?«

»Ja, sie ist die ganze Nacht bei Mum und Dad. Ich wusste, dass es spät werden würde.« Obwohl sie erschöpft war, hatte sie gehofft, das Beste aus einer Nacht allein mit Jess zu machen. Nicht eine komplette Wiederholung des gestrigen Abends – obwohl sie bis vor einer halben Stunde hätte überzeugt werden können. Sie hatte Jess in ihren Armen halten, oder gemeinsam einschlafen wollen. Jetzt war sie sich nicht mehr sicher. Es schien, als wäre ihre Blase der unkomplizierten Freude bereits geplatzt.

Sie stand auf und nahm ihren Laptop vom Tisch. »Ich muss meine Schlüssel holen. Warum verabschiedest du dich nicht von den anderen und ich treffe dich am Auto?«

»Okay. Ich sehe dich draußen.«

Lili ging zu ihrem Büro, hielt jedoch inne, als Jess ihren Namen rief. Sie drehte sich um und war überrascht, Jess neben sich zu finden. »Ja?«

»Bist du sicher, dass alles in Ordnung ist?«, fragte Jess.

Sie sah zu Jess' Hand hinab, die auf ihrer Hüfte ruhte. Lili starrte zu ihr hoch. »Ja. Es war wirklich ein langer Tag.«

Jess hob die Hand und strich mit dem Daumen leicht über Lilis Wange. Sie lehnte sich vor und küsste sie. Es war eine sanfte Liebkosung. Nur ein Streifen von Jess' Lippen auf ihren.

»Ich bin in fünf Minuten fertig«, sagte Lili und trat außer Reichweite zurück. Sie drehte sich um und ging in ihr Büro.

Nachdem sie die Tür hinter sich geschlossen hatte, schob sie den Laptop in ihre Tasche und sank in den Bürostuhl. Das Foto aus dem Nachtclub war verstörend, aber Jess schlief nicht mit Haley, also würde sie darüber hinweggekommen müssen. Die Blicke, die sie auf Simons Tisch geworfen hatte, hatten Lili eine angeregte Gruppe gezeigt, die einen Plan ausheckte. Sie hatte gemerkt, dass Jess und Tara Green in ein intensives Gespräch vertieft gewesen waren. Lag etwas Wahres in der Unterschrift? Brüteten Jess und das australische Team irgendetwas aus? Es war frustrierend, keinen Schimmer von Jess' Plänen zu haben. Lili wusste ja nicht einmal, wann sie nach London zurückkehren würde.

Sie kamen sich näher, aber Lili war darauf vorbereitet, dass Jess letztendlich abreisen würde. Wenn Jess darüber nachdachte, ihre Pläne zu ändern, warum teilte sie sich dann Lili nicht mit?

Die Rückfahrt zu Lilis Haus dauerte weniger als zehn Minuten, aber da jede einzelne Minute ohne Kommunikation verstrich, wurde Jess nervöser. Als sie das Haus erreichten, hing das betretene Schweigen noch zwischen ihnen und wurde nur von dem leisen Rauschen des Meeres in der Ferne durchbrochen. Am oberen Treppenabsatz überflutete der Bewegungssensor die Terrasse mit Licht und Lili fummelte mit dem Schlüssel herum, bevor Jess hörte, wie er ins Schloss glitt. Lili schwang die Tür auf, machte sich nicht die Mühe, das Licht im Eingangsbereich einzuschalten, und marschierte in den Gang hinein.

Jess schloss die Tür und sah zu Lilis Gestalt zurück, erhellt vom Mondlicht, das durch das große Fenster am anderen Ende des Gangs hereinfiel. Lili blieb stehen und Jess schaltete das Licht ein, gerade als sie sich zu ihr umdrehte. Lili sah aus, als wollte sie wegrennen oder weinen – oder beides.

»Lili, warum hast du nicht mit mir gesprochen? Im Auto hast du kein Wort gesagt.«

»Ich bin nur übermüdet. Ich muss duschen und ins Bett gehen.«

»*Unsinn.* Irgendetwas stimmt nicht. Bereust du es, mit mir geschlafen zu haben? Hast du Zweifel?« Sie wusste, dass ihre Stimme unnötig laut war, aber sie konnte nicht anders.

»Nein. Nein, habe ich nicht.« Lilis Stimme brach und sie sah auf ihre Füße hinab. »Jess, da sind Bilder überall in den sozialen Medien. Von dir und Haley. Von uns. Und von Ru.« Sie sah Jess stirnrunzelnd an, als wollte sie sie anklagen.

Jess schloss für einen Moment die Augen. Verdammt. Lili hatte die verfluchten Bilder gesehen. Sie hätte ihr davon erzählen sollen.

Lili nahm ihr Handy aus der Tasche, tippte auf das Display, ging zu Jess herüber und hielt es ihr unter die Nase. »Sieh dir das an. Du hast dir nicht die Mühe gemacht, dich mir mitzuteilen, aber was du treibst, ist überall auf *Twitter* und *Instagram* zu sehen. Laut dieser Seite bist du mit zwei Frauen romantisch verbunden und machst dir eine vergnügliche Zeit in Down Under.« Lili hob das Handy aus Jess' Reichweite und tippte mit dem Finger auf das Display. »Hier steht, ich zitiere: *Die verführerische Athletin lässt nicht nur vor einer attraktiven, jungen australischen Radsportlerin die Muskeln spielen, sie hat auch Zeit gefunden, sich mit einer Köchin der Bellarine Peninsula auf den Grill zu werfen.* Und das ist noch nicht alles.«

Lili kniff die Augen zusammen und neigte den Kopf zur Seite. »Ich hätte es wissen sollen. Du bist schließlich neunundzwanzig Jahre alt. Du wirst nach England zurückgehen, zu deinen Freunden und in deine sozialen Kreise und denken: *Nun, das war ja ganz spaßig, was kommt als Nächstes?*«

»Wovon redest du? Du kennst mich, Lili. Klingt das wirklich nach mir? Du weißt, dass zwischen mir und Haley nichts läuft. Das ist nicht besonders fair von dir. Ich kann nicht kontrollieren, was auf diesen Seiten gepostet wird.« Jess schob die Hände in die Hosentaschen. »Die Leute erfinden allen möglichen Kram.«

»Du hast Haley definitiv geküsst.« Lili wedelte mit dem Handy vor Jess herum. »Das war nicht erfunden, oder? Und noch einmal im Auto, als du nach Hause gekommen bist.«

Ah, Lili hatte also wirklich gesehen, wie sie sich im Auto geküsst hatten. Es hatte keinen Sinn, es zu leugnen. »Das war, bevor irgendetwas zwischen mir und dir passiert ist«, sagte sie. »Wir waren in einem Club und –«

»Ja, ich weiß. In Clubs passieren nun mal Dinge.«

Jess tat einen Schritt auf sie zu und Lili schnitt ihr mit einer Handbewegung das Wort ab. »Wie auch immer, was läuft da mit dem australischen Rennteam? Bist du nicht noch in der Rehabilitation? Soweit ich weiß, hast du deinen Wohnsitz in London. Du hast dich nicht dazu herabgelassen, deine neuen Pläne mit mir zu teilen.«

»Ich *habe* noch keine neuen Pläne. Aber selbst wenn doch, warum wäre es so ein schlechter Plan, hier zu bleiben und näher bei dir und Anushi zu sein? Glaubst du nicht, dass *du* unter diesen Umständen unvernünftig reagierst? Ich wusste nichts von Simons Absichten. Es war ein freundliches Beisammensein mit anderen Radsportlern. Ich wusste nicht, dass sie mir ein Angebot machen würden. Wie du ja erwähnt hast, bin ich nicht in Topform. Ich erhole mich noch und muss all meine Optionen in Betracht ziehen.«

Lili wandte sich ab und ging zum Fenster am anderen Ende des Gangs hinüber. Sie ließ sich an den Rahmen sinken und drückte die Stirn an das Glas.

»Was willst du von mir?«, fragte Jess leise und wünschte sich, Lili würde sie ansehen. »Wir haben miteinander geschlafen. Das war es, was wir beide wollten. Du findest es in Ordnung, mit mir zu schlafen und das vor deiner Familie zu verheimlichen.« Sie hob das Kinn. »Ich habe deine Wünsche respektiert und getan, worum du gebeten hast. Ich habe niemandem von uns erzählt.«

Lili drehte sich zu ihr um, stellte aber immer noch keinen Blickkontakt her.

»Bleiben wir also dabei, wenn es das ist, was du willst«, sagte Jess schulterzuckend. »Wir haben miteinander geschlafen.«

Lili verschränkte die Arme vor der Brust. »Ich wollte niemandem erzählen, dass wir miteinander schlafen, weil du nicht einmal weißt, wie lange du hier sein wirst.« Ihre Stimme wurde zu einem Flüstern: »Dani hat mir vieles verheimlicht und ich habe die Zeichen erst erkannt, als es zu spät war.«

»Ich bin nicht Dani. Es tut mir leid, dass sie dir das angetan hat.« Jess rieb sich mit den Händen über die Oberschenkel. »Ich wusste ehrlich nicht, dass Tara und das Rennteam heute ein Angebot an mich herantragen. Ich wusste nicht, was ich zu erwarten hatte, als ich hierhergekommen bin, um mich um Bens Nachlass zu kümmern. Ich dachte, ich wäre innerhalb von zwei Wochen wieder weg.« Sie sah zu Rus Zimmer. »Ich wusste nicht, dass ich eine Nichte habe. Ich wusste nicht, dass ich *dich* treffen würde.«

»Genau das ist das Problem. Du hast keine Ahnung«, sagte Lili mit einem tiefen Seufzer. »Das ist zu schwierig für mich.«

»Zu schwierig für dich? Was bedeutet diese Sache zwischen uns also?« Jess schluckte den Kloß in ihrer Kehle hinunter, als Lili schließlich ihren Blick erwiderte. »Bedeute ich dir genug, um deinen Eltern von uns zu erzählen? Bedeute ich dir genug, um Ru davon zu erzählen?«

Lili verbarg das Gesicht in einer Hand. Schließlich sah sie wieder auf. »Ich glaube, es ist das Beste für uns alle, wenn wir das jetzt beenden.« Lili wirkte niedergeschlagen, aber ihre Worte waren eindeutig. Ihr Blick wurde weich. »Du hast Entscheidungen zu treffen. Es sind *deine* Entscheidungen. Du hattest eine schwere Zeit, aber du bist auf dem Weg der Besserung. So, wie die Dinge laufen, wirst du bald wieder in Topform sein. Wieder an Rennen teilnehmen«, sagte sie. »Das Radfahren ist dein Leben. Es war egoistisch von mir, dich hier festhalten zu wollen. Es war wundervoll für Ru und für mich. Aber du hast ein Leben, gegen das ich nicht ankommen kann.«

Jess blinzelte ihre Tränen zurück. Sie wollte Lili an sich ziehen und trösten. Sie hatte sich darauf gefreut, das Haus für sich zu haben und mit Lili zu schlafen – langsam und entspannt, und sie dann zu halten, während sie schlief.

»Ich gehe ins Bett, bevor ich noch umfalle.« Lili stieß sich vom Fenster ab. »Bis morgen.« Sie ging zu ihrem Schlafzimmer, dann hielt sie inne und drehte sich zu Jess um – ihr Ausdruck war unlesbar. Sie zögerte einen Moment lang an der Tür, stieß sie auf, senkte den Kopf und war verschwunden.

Jess starrte in die Nacht hinaus. Der schmale Mond war in eine dicke Wolke gehüllt. Lili hatte recht; sie hatte dringende Entscheidungen zu treffen. Sie lehnte die

Stirn an das Fensterglas, wo noch vor wenigen Minuten Lilis Gesicht gewesen war. Das Fenster war eiskalt. Ein Schauder fuhr ihre Wirbelsäule hinab.

Der professionelle Radsport hatte Jess einige wichtige Lektionen gelehrt, die auf das Leben im Allgemeinen angewendet werden konnten. Lektionen, die ihr geholfen hatten, den Klauen der Unsicherheit zu entkommen, die sie in ihrer Jugend begleitet hatte, als Selbstzweifel und die Angst vor der Missbilligung ihres Vaters sie gelähmt hatten. Das Radfahren hatte sie gelehrt, dass man sich manchmal im Hauptfeld entspannte und im Windschatten der anderen treiben ließ, während man in anderen Momenten alles gab, was man hatte, und um die vordere Position kämpfte.

Wenn sie Lili und Ru in ihrer Zukunft wollte, würde sie alles geben müssen, um Lili davon zu überzeugen, dass sie das Risiko wert war.

Kapitel 27

Lili lag mit in die Hand gestütztem Kopf auf dem Sofa. Die zwei Schmerztabletten, die sie zuvor geschluckt hatte, linderten das beharrliche Hämmern in ihrem Kopf kaum. Sie sah auf, als sie die Eingangstür hörte, und Rus hohem Quietschen folgte das rasche Trommeln von Schritten, als sie über die Holzdielen ins Wohnzimmer rannte.

Lili nahm den Saum ihres T-Shirts und wischte sich über die Augen, dann faltete sie schnell Jess' Nachricht und schob sie in die Tasche ihrer grauen Jogginghose. Die Nachricht erklärte lediglich, dass Jess bei Usha übernachten würde, da sie am nächsten Tag einen frühen Ultraschalltermin bei ihrem Sportarzt in Drysdale hatte. Der freundliche Ton der Nachricht verstärkte das schlechte Gewissen, dass sie wegen ihres Verhaltens mit sich herumschleppte, nur noch mehr. Sie stemmte sich hoch und schwang die nackten Füße vom Sofa auf den Boden.

Schon warf Ru sich auf Lili.

»Uff.« Lili fiel gegen die Kissen zurück.

»Mama, ich bin hier«, verkündete Ru und schlang die Arme um Lilis Hals. »Ich hab dich lieb.«

Lili schloss die Augen und umarmte ihre Tochter fest. »Ich hab dich lieber.«

»Nein, ich hab dich lieber.« Ru kicherte und tätschelte Lilis Wangen. »Warum hast du rote Augen? Du siehst traurig aus, aber ich bin jetzt zu Hause, also kannst du glücklich sein.«

Sie nahm einen tiefen Atemzug, hob Ru auf ihren Schoß und küsste sie auf den Scheitel. »Es geht mir gut, Zwerg. Ich habe dich vermisst.«

»Morgen, Lili«, rief Scott im Gang und seine Stimme hallte durch das Haus. »Wohin ist der kleine Strolch verschwunden?«

»Wir sind hier, Dad«, rief Lili zurück. Sie stand vorsichtig auf, während Ru sich noch an sie klammerte. »Danke, dass du sie zurück – oh, hallo, Mum.«

Helen ging auf Lili zu und raschelte mit einer braunen Papiertüte. »Ru hat mir heute Morgen geholfen, Muffins zu backen«, sagte sie und hielt die Tüte vor Lili hoch.

»Sie duften köstlich. Apfel und Honig?«

»Ja.« Helen nickte. »Apfel, Honig und Hafer. Wie wäre es, wenn ich Teewasser aufstelle?« Sie ging in Richtung Küche. »Wer möchte eine Tasse?«

Ru sprang vom Sofa hoch. »Vielleicht will Tante Jess einen Muffin? Ich gehe sie fragen.«

Lili nahm ihre Hand. »Warte mal, Ru.«

»Du wirst Jess hier nicht finden«, sagte Scott. »Sie ist heute Morgen früh rausgefahren. Ich habe den Jeep entdeckt, als ich das obere Gatter für die Kühe geöffnet habe. Sie hatte ihr schickes Rad auf dem Gestell dabei.« Er klopfte Ru auf die Schulter. »Du kannst einen für Jess aufheben und ihn ihr geben, wenn sie vom Radfahren nach Hause kommt, Liebes.«

Ru sah Scott an und runzelte die Stirn. »Nur einen? Sie wird hungrig sein. Jess fährt sehr schnell.«

»Jess ist zu einer großen Runde weggefahren und übernachtet bei Usha«, sagte Lili. »Wir heben ihr einen Muffin für morgen auf.«

»Bist du sicher, Mama? Sie hat mir nicht gesagt, dass sie heute nicht nach Hause kommt.«

Lili fuhr mit den Fingern durch Rus weiche Haare. »Vielleicht kannst du sie später anrufen«, sagte sie und stieß Ru sanft in Richtung Küche. »Helfen wir Oma mit dem Tee.«

Lili nahm das Tablett mit dem Tee und folgte ihrer Mutter auf die Terrasse hinaus. Helen setzte sich auf die Bank und Lili stellte das Tablett vor sie. Sie nahm die Sonnenbrille vom Kopf, setzte sie sich auf die Nase und rückte den Sonnenschirm zurecht, damit Helen am Tisch etwas Schatten bekam.

»Sieh dir die beiden an, sie halten ihre eigene Teeparty ab«, sagte Helen.

Ru und Scott saßen mit gekreuzten Beinen auf der Terrasse. Ru hob ihre winzige Melaminkanne und tat so, als würde sie Tee in seine dazu passende, gepunktete Tasse gießen.

Er hob die Tasse mit abgespreiztem kleinem Finger und gab laute Schlürfgeräusche von sich.

»So hält man die nicht, Opa. Du musst es so machen«, erklärte sie, fasste ihre eigene Tasse mit Daumen und Zeigefinger zwischen dem Griff und nippte anmutig daran.

»Na, ich bitte vielmals um Verzeihung«, sagte er mit einem feinen englischen Akzent.

»Anders als mein Mann ziehe ich die Realität vor«, sagte Helen und nahm die Tasse, die Lili ihr reichte.

Ein paar Minuten lang saßen sie am Tisch und beobachteten, wie Ru Scott unterhielt.

Eine Wolke verdeckte die Sonne und Lili schob die Sonnenbrille auf den Kopf hinauf. »Als Jess und ich mit Ru nach Geelong gefahren sind, um diese schicke, kleine Warnweste abzuholen, die Jess für sie bestellt hat, haben sie Ru für Jess' Tochter gehalten«, sagte sie. Der Vorfall hatte sie überrascht.

»Die Leute sehen, was sie sehen wollen«, sagte Helen. »Mit deiner hellen Haut und blauen Augen würde niemand gleich erkennen, dass du Rus Mutter bist.«

»Ja. Die Leute ziehen wirklich vorschnelle Schlüsse.« Über Jess zu reden trieb ihr die Tränen in die Augen. Lili hätte wissen müssen, dass sie großen Abstand von diesem Thema halten sollte. Sie setzte die Sonnenbrille wieder auf, bevor ihre Mutter ihre wässrigen Augen bemerkte.

»Diese Sonnenbrille verbirgt nicht gerade viel, weißt du«, sagte Helen vorsichtig. »Ich konnte sehen, dass du geweint hast, als wir angekommen sind. Willst du darüber reden?«

Lili schüttelte den Kopf. Sie war nicht bereit, ihrer Mutter davon zu erzählen, was zwischen ihr und Jess los war.

»Vor deinem Geburtstag wirst du immer etwas melancholisch. Ist es das?«

»Nein, es ist ein ganz normaler Tag.« Die Wahrheit war, dass sie kaum einen Gedanken an ihren Geburtstag verschwendet hatte.

Ru tanzte inzwischen in Pirouetten um Scott herum, was Lili allein vom Zusehen schwindlig machte.

»Ru freut sich auf deinen Geburtstag. Sie hat Großes geplant.«

Das brachte ein Lächeln auf Lilis Gesicht. »Hat sie dich deswegen gebeten, sie nach Geelong zu fahren?«

»Korrekt. Aber ich bin zur Geheimhaltung verpflichtet, also stell keine Fragen. Wann kommt Jess von Usha zurück?«

»Morgen, glaube ich. Sie hat in der Früh einen Ultraschall-Termin in der Sportklinik in Drysdale.«

»Ultraschall? Stimmt etwas nicht?«

»Es geht nur darum, ihren Fortschritt zu überprüfen, und Jess nutzt das Fitnessstudio in der Klinik. Sie hat mit einem der Sportärzte trainiert, der einen Hintergrund im Radfahren hat.«

»Hat Jess dir gesagt, wann sie abreist? Ist das der Grund, warum du schlecht gelaunt bist?« Helen richtete einen durchdringenden Blick auf sie.

Hatte ihre Mutter erraten, dass da etwas zwischen ihnen lief? Sie wusste nicht, was sie sagen sollte. Nachdem sie Jess gestern Abend in die Ecke gedrängt hatte, wäre sie nicht überrascht, wenn Jess sehr bald abreisen würde. Sie biss sich auf die Unterlippe und wandte den Blick ab. Das Sonnenlicht glitzerte wie winzige Juwelen auf der Bucht.

Sie verliebte sich in Jess.

Da – sie hatte es endlich vor sich selbst zugegeben.

»Na gut, soll ich aufhören, um den heißen Brei herumzureden?«, fragte Helen. »Gestern Abend hat Ru mir gestanden, dass sie gesehen hat, wie du Jess im geheimen Garten geküsst hast. Sie war oben im Baumhaus.«

Lili drehte sich mit großen Augen zu Helen zurück. »Wirklich? Was hat sie genau gesagt? War sie verstört?«

»Nein. Sie wirkte nicht verstört«, sagte Helen. »Sie meinte, es wäre lustig gewesen, dass du und Jess viel gelacht habt. Ich frage mich seit einer Weile, ob du Gefühle für sie hast. Aber sie wird früher oder später nach London zurückkehren, nicht wahr? Was bedeutet das für dich? Weißt du, wie Jess empfindet?«

»Ich weiß es nicht. Und auch nicht, wann sie plant zurückzufliegen.« Sie seufzte. »Tatsächlich haben wir uns darüber gestritten.«

»Gestritten?«

»Mum, es gibt Fotos in den sozialen Medien, von Jess mit mir und Ru. Und andere Fotos. Ich habe erst gestern Abend davon erfahren –«

»Was für Fotos?«, unterbrach Helen sie. Ihre Augen wurden schmal.

Lili sah zu ihrem Vater, der sich beim Klang von Helens erhobener Stimme zu ihnen umgedreht hatte. Sie griff über den Tisch hinweg nach der Hand ihrer Mutter. »Mum, beruhige dich«, sagte sie. »So schlimm waren sie nicht. Das Foto von Ru wurde in Queenscliff am Pier aufgenommen. Es zeigt uns, wie wir sie in der Luft schwingen.«

»Aber wie ist das passiert? Wird Jess verfolgt?«, fragte Helen mit leiser Stimme. »Ich will sie sehen.«

»Ich bin sicher, du wirst sie nicht mehr lange vermeiden können. Die Artikel und Bilder haben unterstellt, dass Jess hier mit mehreren Frauen herumspielt.«

»Was meinst du mit ›herumspielen‹? Mit wem? Ich nehme an, du bist eine der Frauen.«

»Ja, aber es gibt ein Foto, auf dem Jess Haley küsst. Oder Haley Jess. Wie auch immer.«

»Du meinst unsere Haley?« Helen blickte finster. »Kein Wunder, dass du aufgebracht bist. Schläft Jess mit Haley?«

»Schhh. Nein, Mum. Tut sie nicht. Die Sache mit dem Kuss ist im Club passiert, als sie in Melbourne ausgegangen sind. Jess meinte, es wäre nichts. Außerdem gibt es einen Tweet mit einem Foto von mir und ihr am Fed Square.«

»Ihr habt euch küsst?«, fragte Helen und hob die Augenbrauen.

»So gut wie.«

»Na gut.« Helen nickte weise. »Wenn das Foto mit Haley also nichts war, warum hast du dich dann mit Jess gestritten?«

»Weil Jess gestern mit Simon und seinen Gästen, die alle im weiblichen Radrennsport aktiv sind, zu Abend gegessen hat. Laut *Twitter* gibt es Gerüchte, dass ein australisches Team versucht, sie zu rekrutieren. Sie hat mir nicht einmal erzählt, dass sie daran denkt, zu bleiben oder einem Team hier beizutreten.«

»Na, bist du sicher, dass das Gerücht wahr ist? Hat Jess dir das gesagt? Du solltest sie fragen, was ihre Pläne sind. Das wäre die einfachste Lösung.«

»Das ist das Problem, Mum, ich habe es versucht«, sagte Lili, »und sie konnte es mir nicht sagen. Sie ist in so vielen Dingen unsicher.«

»Ich weiß, das muss irritierend sein, aber Jess hat eine Menge zu tun. Sie beschäftigt sich mit Bens Tod und damit, sich um seinen Nachlass zu kümmern. Sie erholt sich immer noch von ihren Verletzungen. Es kann nicht leicht sein, mit so viel fertigzuwerden. Dann hat sie auch noch von Ru erfahren.«

Lili packte ihre Teetasse, bevor sie sie schnell auf den Tisch stellte. »Und das ist ein weiteres Problem. Ich weiß, dass sie Ru sehr gern hat, aber wenn sie geht, wird Ru am Boden zerstört sein.«

Helen drehte sich zu ihrer Enkelin. »Gott weiß, sie hält Jess für eine Mischung aus Wonder Woman und Merida auf einem superschnellen Rad.« Sie drehte sich wieder zu Lili. »Weiß Jess es?«

»Was?«

»Dass du in sie verliebt bist?«

Lili schlang ihre Arme fester um die Brust. »Ach, Mum.« Sie lockerte den Griff und seufzte. »Es war dumm von mir, so auf die Fotos zu reagieren, wie ich es getan habe. Es war nicht Jess' Schuld, dass jemand ein Foto von Ru gepostet hat. Aber was ist mit dem Essen mit dem australischen Rennteam? Wofür war das? Ich weiß nicht, was mit ihr los ist. Sie teilt sich nicht mit«, flüsterte Lili.

Sie hatte sich davon überzeugt, dass es richtig war, Jess gehen zu lassen – ihre kleine Liebschaft zu beenden, bevor sie weiter wachsen und sie für Leid anfällig machen konnte. Trotzdem verspürte sie jedes Mal schmerzhafte Reue, wenn sie darüber nachdachte.

»Jeden Tag habe ich darauf gewartet, dass sie sagt, sie geht«, sagte Lili und sah über das sanfte Tal hinweg zum weiten Meer hinaus.

»Du musst ihr sagen, wie du empfindest, Lili. Sie hätte inzwischen nach Hause fliegen können. Bens Nachlass ist mehr oder weniger fertig und Jess hat Nathans Bitte zugestimmt, dass er und seine Freundin die Hütte ein Jahr lang mieten können, wenn sie aus Südamerika zurückkehren. Ich hätte nicht gedacht, dass sie so lange bleibt. Du musst dich doch gefragt haben, warum sie es doch getan hat. Vielleicht hat es etwas mit Ru zu tun. Und mit dir.«

Lili sah hoch in den prüfenden Blick ihrer Mutter. »Ru ist ihr wirklich sehr wichtig.« Aber nur weil sie ihrer Nichte näher gekommen war, bedeutete das nicht, dass Lili sich die Vorstellung erlaubt hatte, dass Jess *für sie* bleiben wollen würde.

»Aber es geht nicht nur um Ru, oder?«, fragte Helen. »Du und Ru, Scott und ich – wir sind jetzt Jess' Familie. Und Usha. Das muss doch etwas bedeuten?«

»Ich weiß nicht, Mum.«

Jess konnte wahrscheinlich alles schaffen, was sie sich vornahm, sogar die Tour de France, warum war sie also so unentschlossen, was ihre Zukunft betraf?

Während sie geredet hatten, waren Scott und Ru zum Tisch gekommen und hatten sich an den übrigen Muffins bedient. Ru stand Lili gegenüber auf der Bank und knabberte langsam an ihren Bissen.

Scott hockte sich neben Helen und legte eine Hand auf ihre. »Alles in Ordnung hier?«, fragte er.

Lili wollte sich einen Tritt verpassen. Sie hätte Jess sagen sollen, wie sie empfand, aber was, wenn ihre Gefühle nicht erwidert wurden? Ihre körperliche Anziehung war definitiv beidseitig – eine jetzt schon berauschende sexuelle Verbindung. Aber für sie ging es darüber hinaus. Seit Dani hatte Lili keine Frau mehr getroffen, die die Mühe oder das Risiko für mehr wert war.

Wenn sie das wollte, würde sie mutig sein müssen, oder? Sie würde es wagen und Jess' Zurückweisung riskieren müssen. Wenn sie nicht zu spät kam.

Der Kadenzmesser des Fahrrad-Navis bestätigte, dass sich Jess' Umdrehungen der Pedale pro Minute weiterhin verbesserten. Ihr Rhythmus war zurückgekehrt und ihre Beine waren viel stärker. Sie fühlte sich großartig. Wenn der diagnostische Ultraschall, der für morgen geplant war, ihr ermutigende Ergebnisse lieferte, würde sie Tara Green kontaktieren und ein Treffen vereinbaren, um herauszufinden, was genau das Team ihr bieten konnte.

Jess war kurz vor dem Ende ihrer Neunundvierzig-Kilometer-Runde. Ihre Räder zischten auf dem feuchten Asphalt, als sie der 13th Beach Road nahe Barwon Heads gegen den Wind folgte. Der kurze Frühlingsschauer war vorbeigezogen und die Sonne lugte durch die Wolken, schien auf die Flussmündung und den breiten Meeresstrand mit seinen riesigen, brechenden Wellen. Sie wich einem Surfer aus, der gerade sein Brett auf dem Dach seines Wagens festzurrte, und fuhr in Richtung des Point Lonsdale Lighthouse, wo sie den Jeep geparkt hatte.

Während ihrer Runde hatte sie lange und intensiv über Lilis Anschuldigungen nachgedacht. Es war offensichtlich, warum Lili frustriert war und ihr nicht vertraute. In Straßenrennen hatte Jess gelernt, mit Höhen und Tiefen und unerwarteten Hindernissen umzugehen. Aber Lilis Ausbruch gestern Abend über ihre Unentschlossenheit hatte sie einen Moment lang innehalten lassen. Jess hatte es lange genug aufgeschoben.

Es war kurz nach fünf Uhr, als sie an Ushas Tür klopfte.

»Jess, komm herein«, sagte Usha mit einem einladenden Lächeln, während sie sie ins Haus winkte. »Hast du es schon im Radio gehört? Ein Sturm kommt über die Port Phillip Bay herein.« Sie zog Jess in eine schnelle Umarmung. »Ich habe mir Sorgen gemacht, dass du auf deiner Hundert-Kilometer-Runde in den Regen geraten würdest.«

»Es waren neunundvierzigeinhalb Kilometer«, sagte Jess und lächelte über Ushas Übertreibung. Sie folgte ihr ins Wohnzimmer. »Vorhin gab es leichte Schauer, aber jetzt ist es schön sonnig. Keine Spur von Regen.«

»Na, er kommt sehr bald«, sagte Usha. »Die Wetter-App auf meinem Handy sagt schweren Niederschlag voraus, zusammen mit Sturmwind, Blitz und Donner.«

Bei dieser Neuigkeit atmete Jess erleichtert aus. Sie hätte besser auf die Wettervorhersage achten sollen, anstatt früh an diesem Morgen aus Lilis Haus zu rennen, ohne auf einen Wetterumschwung vorbereitet zu sein. »Ein Grund mehr, hier in deinem warmen, einladenden Heim zu sein«, sagte sie.

»Es ist schön, dich hier zu haben.« Usha nahm Jess' Reisetasche und stellte sie dann wieder ab. Sie tippte sich an die Stirn. »Das hätte ich fast vergessen. Du hast gehofft, dass es rechtzeitig zu Lilis Geburtstag ankommen würde, und es ist da.« Sie ging zur Kommode neben der Haustür und kehrte mit einem Paket zurück. »Oh, und möchtest du dich umziehen? Wir können deine Sachen ins Gästezimmer bringen.«

Jess nahm das Päckchen von Usha entgegen und klemmte es sich unter den Arm. »Danke. Das ist fantastisch. Und ja, ich hätte nichts gegen eine schnelle Dusche, wenn das in Ordnung ist?« Sie zerrte an ihrer Trägerhose und dem Trikot, bevor sie ihre Tasche aufhob. »Nach dem Sport ist das Lycra durchgeschwitzt.«

»Ja, natürlich, mach es dir bequem. Es gibt hier hinten ein eigenes Badezimmer für dich.« Sie deutete auf die Tür, die sich im Schlafzimmer zwischen einem antiken, geschnitzten Kleiderschrank und einem kleinen Schreibtisch befand. »Deine Sportkleidung ist sehr farbenfroh, aber ich weiß nicht, wie du diese hautengen, elastischen Stoffe tragen kannst.« Ihre Augen funkelten amüsiert. »Ich lasse dich duschen. Wenn du fertig bist, habe ich einen schönen Rotwein, der darauf wartet, ausgeschenkt zu werden. Dann können wir über das Abendessen reden und darüber, was ich für dich kochen soll.«

»Usha, du wolltest zwar nicht, dass ich dich ausführe, aber du hast zugestimmt, etwas zu bestellen«, sagte Jess. »Und wenn ich den Sturm bedenke, ist das eine gute Idee. So bleiben wir in Sicherheit und haben mehr als genug Zeit zum Reden. Ich brauche deinen Rat.«

»Okay, okay, Kind.« Usha hielt die Hände hoch und neigte den Kopf von einer Seite zur anderen. »Wir reden und bestellen uns Essen, wenn du darauf bestehst. Ich habe ein paar Flyer in der Küchenschublade. Wäre Pizza in Ordnung? Oder brauchst du nach deiner langen Runde mehr Protein?«

»Ich hatte am Nachmittag einen Protein-Smoothie, also können wir nehmen, was du möchtest.«

»Gut, dann ist es beschlossen. Wir bestellen Pizza.« Bevor sie die Tür hinter sich zuzog, sagte sie: »Lass dir Zeit.«

Jess öffnete die Reisetasche, holte ihre Wechselkleidung heraus und legte sie neben das kleine Paket auf das Bett. Sie nahm ihre Toilettenartikel, betrat das Badezimmer und schaltete das Licht ein. Usha hatte recht, was den kommenden Sturm betraf. Durch das kleine Badezimmerfenster sah Jess, dass die Sonne sich hinter eine dichte Wolkenbank zurückgezogen hatte. Wind war aufgekommen und sie hörte das ächzende Geräusch, das Bäume von sich gaben, wenn Zweige gegeneinander rieben. Sie zog sich schnell aus, schlang die Arme um sich, als sie schauderte, und trat unter das willkommene heiße Wasser. Ein weiteres Gewitter. Sie war erleichtert, dass Ushas Zuhause gemütlich war und Schutz vor dem Sturm bot.

Ungefähr eine halbe Stunde später warf Jess ihren feuchten Zopf über die Schulter und setzte sich Usha gegenüber auf das Sofa, die ihr ein Glas Wein reichte und auf die Uhr sah. »Unsere Pizza sollte inzwischen hier sein. Ich schätze, der Sturm ist an der Verspätung schuld.«

»Wenigstens sind wir sicher«, sagt sie und hob ihr Glas. »Ich ertrage diese Frühlingsstürme immer noch kaum, aber wenn ich in Betracht ziehe, hier zu bleiben, werde ich mich an sie gewöhnen müssen.«

Usha starrte sie mit großen Augen an. »O Jess, denkst du wirklich darüber nach, wieder nach Australien zu ziehen?«

Jess nickte langsam. »Hmm. Ich kann mir nicht vorstellen, irgendwo anders richtig glücklich zu sein.« Das konnte sie wirklich nicht. »Aber denkst du, ich tue das Richtige?«

Usha tippte mit den Fingern an den Rand ihres Glases. »Es wäre wundervoll, aber was, wenn es nicht klappt? Ich meine, mit Lili?« Sie betrachtete sie mit klugem Blick. »Du hattest dieses Jahr eine schwere Zeit, hast dich an viele Veränderungen angepasst. Es ist ein Risiko, Jess.«

»Ich bin gewillt, es einzugehen. Ich war mir noch nie so sicher bei etwas. Ich weiß, dass das zwischen Lili und mir funktionieren kann.« Jess richtete sich gerader in ihrem Sessel auf. »Seit dem Tod meines Vaters habe ich keine direkten Verwandten mehr in England, nur meinen Cousin in Frankreich, aber wir haben uns nie nahegestanden. Lili ist zwar der Auslöser, aber sie ist nicht der einzige Grund, aus dem ich … nach Hause kommen will.«

»Du wirst dein Leben drüben nicht einfach abbrechen können«, sagte Usha mit Sorge in der Stimme. »Was ist mit deinem Team, deinem Manager, deinen Freunden? Wirst du sie nicht vermissen?«

»Das werde ich, aber Radrennteams, egal aus welchem Land sie stammen, sind wirklich international und holen Sportler von überall dazu. Egal, für welches Team ich in Zukunft fahre, ich werde reisen und Zeit an anderen Orten verbringen müssen. Das ist einer der tollen Aspekte am professionellen Radsport, Usha, man kann überall auf der Welt Freunde treffen. Wie auch immer, ich erkunde hier alle meine Optionen.«

»Ich schenke uns nach. Auf diese glückliche Nachricht müssen wir noch einmal anstoßen«, sagte Usha mit einem riesigen Grinsen, gerade als ein lautes Hämmern an der Tür erklang. »Unsere Pizza ist da.«

Jess atmete tief durch und da ihre Hand zitterte, stellte sie das Weinglas neben sich auf den Sofatisch. Die Worte laut auszusprechen war der erste Schritt. Jetzt musste sie es in die Tat umsetzen.

Kapitel 28

Was zum Teufel war das? Lili setzte sich kerzengerade auf, als sie plötzlich von einem lauten Donnern aufgeweckt wurde. Blendende Blitze zuckten vor den hochgezogenen Rollläden und erhellten das Wohnzimmer. Sie streckte ihren tauben, kribbelnden Arm aus und rieb kräftig darüber. Es war nicht besonders klug, auf dem Sofa einzuschlafen. Wenige Sekunden später rollte ein weiteres, noch lauteres Donnern durch das Tal. Wind heulte in den Traufen, Regen prasselte auf das Blechdach; es klang beinahe so, als würden hunderte Murmeln über die gewellte Fläche rollen.

Der zweite Blitz kam mit einem schallenden Knall und Silberstreifen tanzten über den Himmel, gefolgt von einigen Sekunden völliger Stille, als der Raum in Dunkelheit versank. Ein Stromausfall.

»Mama, Mama.« Rus Ruf war gerade so über dem Sturm zu hören.

Lili sprang auf die Beine, griff nach ihrem Handy, schaltete die Taschenlampe an und ging zum Zimmer ihrer Tochter. Tagsüber genoss Ru dramatische Unwetter, aber nachts jagten sie ihr Angst ein.

Obwohl sich das Nachtlicht für Stromausfälle automatisch eingeschaltet hatte und Rus Zimmer in sanftes Licht getaucht war, konnte Lili ihre Tochter nicht sehen. »Ru, Mami ist hier. Versteckst du dich? Wo bist du?« Sie ging schnell zum Bett.

»Mami.« Rus leises Flüstern kam von einem kleinen Hügel unter der Decke.

Lili setzte sich auf Rus Bettrand, hob einen Zipfel der Decke an und spähte darunter. »Wie ich sehe, ist Prinzessin Teddy bei dir«, sagte sie, als zwei Augenpaare zurückstarrten – eines davon glasig und ohne zu blinzeln.

Ru hatte die Arme fest um das pinke, weiche Stofftier geschlungen. »Sie mag den Lärm nicht. Ich beschütze sie.«

Ein heller Blitz erleuchtete den Raum, gefolgt von rollendem Donner.

Ru kauerte sich tiefer unter die Decke. »Ooh, ist das laut«, wimmerte sie.

Lili hob die Decke an, quetschte sich neben Ru ins Bett und deckte sie beide zu. Sie erleuchtete den kleinen Raum mit ihrer der Taschenlampe ihres Handys. »So ist es gemütlich«, sagte sie und legte den Arm um Ru. »*Knack-bumm. Knack-bumm.* Genau wie in deinem Buch *Rumble Boom.*«

»Es ist laut. Blitz und Donner genau wie in der Geschichte. Teddy hat Angst vor dem Donner.« Ru rollte sich auf Lili und steckte den Kopf unter Lilis Kinn.

Lili hielt Ru und Prinzessin Teddy fester. »In der Geschichte waren der kleine Junge und sein Welpe in Mamis Bett sicher und wir sind hier genauso sicher.« Sie küsste Rus Scheitel. »Hör dir das Geräusch des Regens auf dem Dach an. Erinnerst du dich, was ich dir über den Donner erzählt habe?«

»Dass er nur das Geräusch ist, das der Blitz macht.«

»Genau und der Regen ist gut für die Bäume und unser Gemüse. Der Sturm füttert die Pflanzen.« Wenn er keine Flut auslöste, würde der Regen einen riesigen Wachstumsschub in den Gemüsegärten bewirken.

»Mama.« Rus Stimme klang ein wenig panisch. Sie hob den Kopf und packte Lilis Arm fest. »Ist Tante Jess sicher?«

Lili legte die Hand auf Rus kleine. »Jess ist in Sicherheit. Vergiss nicht, sie ist heute bei Usha.«

»Sie sollte hier bei uns sein.«

Lili war sicher, dass Jess beschlossen hatte, die Nacht bei Usha zu verbringen, um in Ruhe nachdenken zu können. Warum würde sie in der Nähe von Lili sein wollen, die ihr vorgeworfen hatte, unentschlossen und zwiespältig zu sein?

Ru fielen flatternd die Augen zu und ihr Kopf sank auf das Kissen. Lili bewegte ihren verkrampften Arm und drehte sich auf die Seite, zu ihrer Tochter. Ru hatte Jess zu Mittag angerufen, um sie an das Geburtstagsessen morgen Abend zu erinnern. Sie hoffte nach wie vor, dass Jess kommen würde.

Jess hasste Stürme und bei Usha würde sie in Ordnung sein, aber Lili wünschte trotzdem, sie wäre bei ihr und Ru zu Hause. Einen Moment lang starrte sie unsicher auf ihr Handydisplay, dann tippte sie eine Nachricht ein, bevor sie ihre Meinung ändern konnte.

Hoffe, du bist in Sicherheit. Ru, Prinzessin Teddy und ich sind im Bett aneinandergekuschelt. Deine Nichte macht sich Sorgen um dich und will dich hier haben. Es tut mir leid, dass du nicht hier bei uns bist. Wir hoffen, dich morgen Abend zum Essen zu sehen. Du kommst doch, oder?

Lili schob die Decke unter ihr Kinn, wickelte sie sorgfältig um Ru und hielt ihr Handy umklammert, während sie auf eine Antwort wartete. Der Regen prasselte stetig auf das

Dach. Der Wind hatte sich beruhigt, aber es gab immer noch gelegentliche Blitze und rollende Donnerschläge.

Sie küsste Ru sanft auf die Stirn und kuschelte sich dichter an ihre schlafende Tochter. Immer noch keine Antwort von Jess.

Lili war um halb neun auf dem Sofa eingeschlafen und jetzt waren es nur noch zwei Stunden bis zu ihrem Geburtstag. Während sie mit den Fingern sanft über Rus Rücken strich, stieß Lili einen langsamen, tiefen Atemzug aus. Sie hatte bereits so viel – war es egoistisch, mehr zu wollen? Mitgefühl, Vertrautheit und eine Zukunft mit Jess? Aber was würde eine Zukunft – eine Beziehung – mit Jess bedeuten? Auch wenn Jess gewillt wäre, es zu versuchen, war Lili auf ein Leben mit einer Elitesportlerin vorbereitet? Wie würde sie mit den Zeiten umgehen, wenn Jess unterwegs war und ihren Träumen nachjagte? Wie würde sie mit ihrem Ruhm und öffentlichen Status umgehen?

Kapitel 29

Jess hüpfte praktisch aus der Sportklinik. Der diagnostische Ultraschall hatte eine definitive Verbesserung der Bänder, Sehnen und Muskeln an der Stelle der Knie-OP gezeigt, und ihr Schlüsselbein war komplett verheilt. Sie hatte die Schikane der vom Sportarzt durchgeführten Stress- und Krafttests überstanden. Das waren kleine Schritte, aber sie kam in ihrer Genesung voran und begann, sich wieder wie eine Sportlerin zu fühlen.

Doktor Johnson hatte Jess empfohlen, mit niederenergetischer Ultraschalltherapie zu beginnen, um ihr vorderes Kreuzband wieder aufzubauen. Die Therapie würde das Sehnenimplantat im Knochentunnel vollständig heilen und Jess erlauben, mit ihrer aggressiven Rehabilitation bis hin zu Aktivitäten von vor der Verletzung fortzufahren.

Jess stieg in den Jeep, warf ihre Tasche auf den Beifahrersitz und erinnerte sich, dass sie ihr Handy in der Klinik ausgeschaltet hatte. Es fuhr hoch und klingelte mit zwei eingehenden Nachrichten. Sie waren von gestern Abend. Während des Sturms musste es ein Problem mit der Übertragung gegeben haben. Eine war von Helen, die andere von Lili, die sie um halb elf abends geschickt hatte.

Was meinte sie mit: *Du kommst doch, oder?* Natürlich würde sie da sein. Sie schrieb schnell zurück.

Entschuldige. Habe gerade deine Nachricht bekommen. Gestern Abend war etwas haarsträubend, aber ich habe überlebt. Danke. Ich werde heute Abend auf deiner Geburtstagsfeier sein!

Sie fügte ein Dutzend alberner Geburtstags-Emojis und eine Reihe lächelnder Smileys hinzu.

Als Nächstes rief sie Helen an. »Was soll ich mitbringen?«

»Nur dich selbst«, antwortete Helen.

»Wo ist Lili heute? Ich nehme an, sie arbeitet?«

»Ja. Das Geburtstagskind ist in *Ailie*s Lager und macht mit Alex Inventur.«

»Warum überrascht mich das nicht? Danke, Helen. Ich sehe euch heute Abend.« Jess beendete den Anruf, legte das Handy beiseite und drehte den Schlüssel im Zündschloss.

Eine halbe Stunde später bog sie auf der Hauptstraße von Faodail Farm links ab und fuhr wieder den langen Schotterweg entlang, der direkt zum Restaurant führte. Nach einem Kilometer auf der Straße hatte sie Alex getroffen, die ihr in ihrem roten Auto entgegengekommen war, was bedeutete, dass Lili allein dort sein würde, wenn sie nicht bereits gegangen war.

Jess lehnte sich gegen die Kopfstütze zurück und nahm einen tiefen Atemzug. Auf dem Rücksitz des Wagens lag ein großer Strauß aus Löwenmäulchen, Stranddisteln und korallenroten Rosenknospen zusammen mit wilder Minze, violettem Basilikum und Himbeerblättern. Die Floristin hatte übertrieben, als Jess eine erdige Mischung vorgeschlagen hatte, die den naturverbundenen Vorlieben einer Köchin entsprechen würde. Der Duft war köstlich und das Arrangement war farbenfroh und heiter.

Warmer Sonnenschein strömte durch die Fenster in den Jeep, was das Aroma verstärkte und es etwas überwältigend für den engen Raum machte. Jess fuhr das Fenster ganz herab, legte den Ellbogen auf den Rand und genoss die Brise, die über ihren nackten Arm tanzte.

Ein nervöses Lachen entkam ihr und sie befeuchtete die Lippen mit der Zungenspitze. Plötzlich war ihre Kehle trocken. So vieles hing von Lilis Antwort ab, von ihrem Willen, mit Jess ein Risiko einzugehen und ihr zu vertrauen. Sie konnte sich nicht vorstellen, so monumentale Veränderungen in ihrem Leben vorzunehmen, wenn das Vertrauen nicht beidseitig war.

Im Rückspiegel bemerkte sie eine schattenhafte Gestalt in den buschigen Bäumen zu ihrer Linken, die schnell auf den Jeep zukam. Sie hob den Fuß vom Gaspedal und bremste auf Schritttempo ab. Sie steckte den Kopf aus dem Fenster, um den schwarzweißen Hund zu begrüßen, der sich dem Auto näherte und laut bellte. Nachdem sie an den grasigen Straßenrand gefahren war, erkannte sie Scotts Hündin Rhona.

»Was ist los, Mädchen?«, rief sie, als Rhona jaulte, bellte und winselte, bevor sie herumwirbelte und zum Restaurant davonlief. Rhona war nie ohne Scott unterwegs. Sie war ganz offensichtlich verstört und Scott war nirgendwo zu sehen.

Rhona hielt nach hundert Metern plötzlich an, drehte sich zu Jess zurück, bellte wieder und stürmte weiter, um sicher zu gehen, dass Jess ihr folgte. Sie fuhr wieder los und hielt das Lenkrad fest gepackt, den Blick auf die Hündin gerichtet, die vorausrannte.

Als Jess den Hügelkamm erreichte, entdeckte sie Rauchschwaden, die hinter dem Restaurantkomplex aufstiegen. Der Rauch war dunkelgrau, gelblich und gab einen starken chemischen Gestank ab. Sie parkte den Jeep neben Lilis orangem Subaru auf dem vorderen Parkplatz. Ein Schauder des Grauens durchfuhr sie. Wo war Lili? Wo war Scott? War er mit ihr im Lager?

Sie sprang aus dem Jeep, packte die bellende Hündin am Halsband und nahm ihr Handy. *Nicht neun-neun-neun, Jess, du bist nicht in England – denk nach.* Sie drückte auf dem Sperrbildschirm auf Notfall, während sie Rhona am Halsband festhielt.

»Sie haben den Notruf Triple Zero gewählt. Ihr Anruf wird verbunden«, sagte die Stimme klar und ruhig durch die Leitung. »Wo befinden Sie sich? Was ist Ihr Notfall?«

»In Victoria. Das Restaurant *Ailie*, Bellarine Peninsula. Es ist ein Brand.« Ihre Stimme brach vor Panik.

»Der Straßenname? Ihr Name, Miss?«

»Ich kenne den Straßennamen nicht. Es ist auf der Faodail Farm. Das Restaurant heißt A-i-l-i-e. Beeilen Sie sich!«

»Ihr Name?«

»Jessica Harris.«

»Bitte bleiben Sie dran, Jessica.«

»Kommt schon«, schrie Jess ins Handy, während die Sekunden verstrichen.

»Jessica. Die Feuerwehr hat vor fünf Minuten zwei Fahrzeuge zum Restaurant *Ailie* geschickt.«

»Sie sind unterwegs?«, fragte Jess erleichtert.

»Ja, Jessica«, sagte die Telefonistin ruhig. »Bitte bleiben Sie dran. Sie sollten bald dort sein. Bleiben Sie am Telefon.«

»Ich muss gehen«, rief Jess. »Lili könnte dort drinnen sein … ich muss gehen.«

»Jessica. Nein. Sie dürfen unter keinen Umständen –«

Jess stopfte das Handy in die Tasche ihrer Jeans, hob Rhona auf den Autositz und knallte die Tür zu. »Tut mir leid, Mädchen. Da drin bist du sicher.« In ihrem Kopf drehte sich alles. Das war nicht der Moment, um in Panik auszubrechen. Sie stieß sich vom Auto ab, wankte leicht und riss sich dann zusammen, als sie das laute, aber willkommene Heulen von Sirenen hörte.

Sie raste zum Haupteingang des Restaurants hinüber und stieß die Tür auf. »Lili, wo bist du?«, rief sie. »Lili? Scott? Wo seid ihr?« Sie rannte durch den Essbereich, wich den Tischen und Stühlen aus, die direkt in ihrem Weg zu stehen schienen, während sie jede Ecke inspizierte. Sie stieß die Schwingtüren in die Küche so heftig auf, dass sie zurückschwangen und sie fast zu Boden warfen. »Seid ihr hier drin?« Sie rannte zu Lilis Büro. Sicher würden sie sie inzwischen gehört haben. Das Büro war leer, was sie nicht überraschte. Es hatte keinen Sinn, Lili anzurufen – ihr Handy lag auf dem Schreibtisch. *O Gott!* Eine Welle der Übelkeit durchströmte sie, als sie sich vorstellte, wie Lili und Scott bewusstlos auf dem Boden des Lagerraums lagen.

Sie rannte den Gang entlang und zur Hintertür auf den Personalparkplatz hinaus. Ihr Blick huschte zu dem schwarzen Rauch, der aus dem zerbrochenen Fenster des Lagerraums drang. »Lili«, rief Jess wieder.

Schweiß rann ihre Wange hinab. Ihre Brust zog sich zusammen. Sie hustete, als der beißende Rauch ihre Kehle erreichte und in ihren Augen brannte. Mit dem Ärmel ihres Pullovers über Nase und Mund näherte sie sich dem Lagerraum. Sie musste sie finden, bevor es zu spät war, aber die Rauchschwaden waren undurchdringlich und sie duckte sich hinter die großen Abfallcontainer, um Atem zu schöpfen. Das Geräusch der nahenden Sirenen wurde lauter. *Warum sind sie nicht schon hier?*

»Jess! Jessica!« Es klang wie Scott, der irgendwo in der Nähe nach ihr rief.

Gott sei Dank, er ist in Sicherheit. »Ich weiß nicht, wo Lili ist. Ich muss sie finden. Sie muss im Lager sein«, schrie sie zurück.

»Jess, lass es.«

Sie zog sich den Pullover über das Gesicht und trat hinter den Containern hervor. Gerade als sie mit dem linken Fuß auf den Boden trat, gab es einen ohrenbetäubenden Knall. Auf eine Hitzewelle folgte ein lauter Schlag und sie warf sich auf den Boden zurück. Ein Schluchzen entkam ihr und sie öffnete mühsam die Augen, um durch den Staub hindurch aufzusehen. Sie holte angestrengt Luft und versuchte, den Kopf zu heben, aber eine Hand auf ihrer Stirn hielt sie zurück. Etwas Gelbes huschte an ihr vorbei, dann flackerten rote Lichter und Stimmen riefen um sie herum.

»Bringt sie hier raus. Jetzt«, erklang eine Stimme durch das Klingeln in ihren Ohren. »Ihr alle. Raus da. Es könnten noch weitere Zylinder drin sein. Die Schläuche kommen. *Weg da.*«

Zwei Hände griffen unter ihre Achseln; zwei Hände packten ihre Beine. Sie wurde hochgehoben und getragen.

»Ruhig, Mädchen.« Sie erkannte Scotts Stimme. »Wir sind in Bewegung«, sagte er.

»Wo ist Lili, Scott? Bitte sag mir, dass Lili in Sicherheit ist.« Jess' Kehle schmerzte und ihre Stimme war rau und zittrig.

»Ich bin hier.«

Es war Lilis Stimme. Jess schloss erleichtert die Augen.

Sie wurde holprig transportiert, auf einer Trage abgelegt, ehe man sie wieder hochhob und forttrug. Unter der Bewegung spannte sie sich an, aber da war nichts, woran sie sich festhalten konnte.

»Beeilung«, sagte jemand. »Auf den vorderen Parkplatz.« Sie erkannte die männliche Stimme nicht. »Dort sollte es sicher genug sein.«

Wo war Lili? Sie versuchte, sich hochzustemmen, schaffte aber nur ein paar Zentimeter, bevor sie auf das harte Brett zurückfiel.

»Bleiben Sie ruhig«, befahl die fremde Stimme.

Eine Hand legte sich mitten auf Jess' Brust. »Bleib liegen, Jess. Bitte bleib still liegen«, krächzte Lilis Stimme heiser.

»Hier sollte es in Ordnung sein. Legen wir sie hin ... vorsichtig. Genau so.«

»Du musst still liegen, vielleicht bist du verletzt«, sagte Lili. »Du wurdest auf den Rücken geworfen.«

»Lili.« Jess atmete scharf ein und legte die Hand auf Lilis. Ihr war schwindlig und ihre Augen fielen zu. Sie zwang sie wieder auf, da sie Lili unbedingt sehen wollte. Ihr Gesicht war auf einer Seite dreckverkrustet und ihre Haare und Kleider mit grauem Staub bedeckt. Sie war wunderschön.

»Geht es dir gut? Was ist passiert? Ich habe nach dir gerufen. Rhona war auf der Straße. Ich dachte, du wärst im Lager, aber ich konnte dich nirgendwo finden und Scott auch nicht.« Sie packte Lilis Hand. »*Gott* sei Dank. Ich dachte ... du wärst ... dort drinnen.« Sie schnappte nach Luft und keuchte zwischen den Worten.

»Versuch nicht zu reden. Es geht mir gut. Ich war im Garten und wollte den Schlauch holen. Ich habe deine Rufe nicht gehört.« Lili kniete sich nieder und beugte sich mit gerunzelter Stirn über sie. »Süße, bitte leg dich zurück und lass dich vom Feuerwehrmann untersuchen.«

»Es geht mir gut, wirklich. Aber ich brauche Wasser«, sagte sie und richtete den Blick widerwillig von Lili zu dem großen, grauhaarigen Mann, der neben ihr kniete. »Geh nicht«, flüsterte sie Lili zu, als sie ihre Hand verlor.

»Ich bin hier«, sagte Lili. »Aber ich muss dem Feuerwehrmann Raum geben.«

Der Feuerwehrmann wischte ihr Gesicht mit einem kühlen, feuchten Lappen ab. »Hallo, Jess. Ich bin Andrew«, sagte er. »Lass mich dich zuerst untersuchen, dann besorgen wir dir etwas Wasser. Du hattest Glück, dass du in der Nähe des Müllcontainers warst, als die Explosion die Tür hinausgeschleudert hat.« Er lächelte freundlich.

»Es ist alles in Ordnung. Ich habe mich zur Seite geworfen.« Jess hob den Kopf. »Die Explosion –«

»Ja. Irgendetwas hat die Tür rausgedrückt«, unterbrach er. »Die leeren Kartons, auf denen du gelandet bist, haben deinen Sturz abgefangen.« Er schüttelte den Kopf. »Du hattest großes Glück.«

Jess verzog das Gesicht, als Andrew gegen ihre Schulter drückte. »Radsturz«, sagte sie durch zusammengebissene Zähne.

Lili war zurück an ihrer Seite und drückte leicht ihre Hand.

»Entschuldige, Liebes. Ich muss das prüfen«, sagte Andrew. Er tastete mit seinen großen Händen an ihrem Oberkörper sowie Armen und Beinen hinab.

»Was ist passiert?«, fragte Jess.

»Wir sind nicht sicher. Das Feuer ist eingedämmt. Bald wissen wir mehr«, antwortete er.

»Es ist nicht auf das Hauptgebäude übergesprungen«, sagte Scott. »Es war auf das Lager beschränkt, eine ziemliche Sauerei.«

Jess drehte den Kopf zu Scott, der hinter Lili stand und die Hand auf ihre Schulter gelegt hatte. »Und die Explosion? Was war das?«, fragte sie.

Scott beugte sich über sie. »Wir wissen es noch nicht genau. Höchstwahrscheinlich die Gaszylinder. Wir haben Glück, dass es nicht schlimmer ist.«

»Hast du irgendwo Schmerzen?«, fragte Andrew.

Jess schüttelte den Kopf. »Nichts Neues, nur leichte Kopfschmerzen.«

»Okay, setzen wir dich auf«, sagte Andrew, legte den Arm vorsichtig um Jess' Rücken und hob sie in eine sitzende Haltung hoch. Er nahm eine kleine Diagnostikleuchte aus der Brusttasche. »Ich untersuche nur deine Pupillen. Schau geradeaus.«

Nachdem sie einige Sekunden ins Licht gestarrt hatte, blinzelte Jess. Ihre Augen waren wund und juckten. »Bekomme ich jetzt bitte etwas Wasser?«

»Ich hole dir welches«, sagte Scott. »Warte kurz, Jess.«

»Du röchelst. Leidest du an Asthma?«, fragte Andrew.

»Nein, gar nicht.«

Andrew stand auf und drehte sich zu Lili. »Es ist vielleicht eine gute Idee, Jess zur Untersuchung in die lokale Klinik zu bringen, nur um sicherzugehen. Und *du* musst diesen Schnitt an deinem Arm versorgen lassen.«

»Ich werde dort anrufen«, sagte Lili.

Jess bemerkte den blutigen Verband um Lilis Unterarm und keuchte. »Du bist verletzt.«

»Es ist nur eine oberflächliche Wunde«, sagte Lili. »Ich säubere und verbinde sie, wenn wir nach Hause kommen.«

»Lass sie trotzdem untersuchen«, sagte Andrew. »Du hast dich an rostigem Metall geschnitten, oder?«

Lili senkte den Kopf. »Ja, ich bin gestolpert und auf die alte Schlauchtrommel gefallen. Ich hatte es eilig, den Schlauch abzurollen. Ein dummer Fehler. Es ist nur eine Schramme.«

»Mehr als eine Schramme. Es blutet und der Stoff, den du darum gewickelt hast, ist schmutzig«, sagte er. »Ich sehe besser nach, was noch zu tun ist, wenn ihr zwei zurechtkommt.« Er sah von Lili zu Jess und wieder zu Lili.

Scott erschien mit einer Wasserflasche in der Hand und Rhona trottete neben ihm her. Er schraubte die Flasche auf und reichte sie Jess. »Danke, dass du sie in den Jeep gesteckt hast«, sagte er. »Sie ist losgeschossen wie eine Rakete, als sie den Rauch gerochen hat. Ich konnte sie nicht stoppen.«

»Sie hat sich an den Jeep gedrängt. Darauf bestanden, dass ich ihr folge.« Jess nippte an der kühlen Flüssigkeit. »Oh, das ist gut.« Sie nahm einen großen Schluck und hustete.

»Trink langsam. Vorsichtig«, sagte Scott.

Sie stellte die Flasche neben sich ins Gras und versuchte, aufzustehen. Als sie unsicher schwankte, stützte Scott sie am Ellbogen.

»Danke.«

Er wischte sich mit der Hand über die Stirn. »Ich bin einfach so dankbar, dass ihr beide in Sicherheit seid«, sagte er und schob sein Handy in die Hosentasche. »Deine Mutter ist ganz außer sich. Ich habe ihr gesagt, dass ich dich und Jess direkt nach Hause schicke.«

Andrew kehrte zurück, hob das Tragebrett hoch und klemmte es sich unter den Arm. »Lili, du brauchst vielleicht eine Tetanusspritze«, sagte er und sah dann direkt zu Jess. »Ich weiß nicht, was du dir dabei gedacht hast, auf ein brennendes Gebäude zuzulaufen. Ich weiß, du hast dir Sorgen um deine Freunde gemacht, aber es hätte weit schlimmer enden können, wenn du noch dichter dran gewesen wärst, als dieser Zylinder in die Luft gegangen ist. Heute war das Glück auf eurer Seite, meine Damen.«

Er tippte sich an den gelben Helm, lächelte und marschierte mit Rhona auf den Fersen zum Löschfahrzeug davon.

»Rhona, bei Fuß«, rief Scott und zeigte auf den Boden neben seinem Stiefel.

Rhona flitzte gehorsam zurück und setzte sich neben Scott.

»Muss die Uniform sein«, sagte Scott schulterzuckend.

»Danke, Andrew«, rief Lili dem sich entfernenden Feuerwehrmann nach. Sie drehte sich zu ihrem Vater um. »Dad, ich muss bleiben«, sagte sie. »Wenn du Jess zum Haus zurückbringst und Mum sagst, dass es mir gut geht, rede ich mit der Feuerwehr und vergewissere mich, dass alles sicher ist.«

»Ich verlasse dich nicht«, sagte Jess. Ihre Blicke trafen sich für eine Sekunde und ihr Herz setzte einen Schlag aus. »Es tut mir so leid, Lili. Das Lager ist verloren.«

Lili lehnte sich vor und streifte Jess' Lippen mit den Fingerspitzen. »Schh«, sagte sie und legte den Arm um Jess' Taille. »Wir sind in Sicherheit. Das ist das Wichtigste.«

Scott legte die Hand auf Rhonas Kopf. »Ich habe Helen gesagt, dass ihr beide unterwegs seid. Sie hat darauf bestanden, dass ihr direkt zum Cottage fahrt, um zu duschen, und gemeint, sie würde frische Kleider heraussuchen. Ich bleibe mit Rhona hier und achte darauf, dass alles sicher ist«, sagte er bestimmt. »Der Feuerwehrhauptmann sagt, dass das Lager – was davon übrig ist – eine verbotene Zone ist. Der Rauch ist giftig. Ihr Fotograf wird morgen vorbeikommen.«

Lili sah aus, als wollte sie protestieren, aber Scott hielt die Hand hoch. »Liebes, bring Jess nach Hause. Du kannst hier momentan nicht viel tun. Ich sehe euch beide später. Und ich sperre ab.« Er schüttelte den Kopf. »Kein besonders guter Geburtstag, Lillian, aber …« Scott zuckte mit den Schultern.

»Es hätte so viel schlimmer sein können, Dad«, sagte sie und zog Jess mit dem unverletzten Arm dichter an ihre Seite. »Danke. Sei vorsichtig, wir sehen dich zu Hause.«

Jess schenkte ihm ein beruhigendes Lächeln. »Danke, Scott. Wir kommen schon klar.«

Als Scott außer Sichtweite war, lehnte Jess sich an Lilis Seite und nahm vorsichtig ihren bandagierten Arm. »Wie fühlt es sich an? Brauchst du eine Tetanusspritze?«

Lili legte den Kopf an Jess' Schulter. »Nein, es tut nicht sehr weh und ich hatte meine Auffrischung vor etwas über einem Jahr.«

»Usha wird es untersuchen und neu verbinden. Sie sollte inzwischen am Cottage angekommen sein.«

Lili neigte den Kopf zurück und erwiderte Jess' Blick. »Stimmt, aber erst nachdem sie dich untersucht hat«, sagte sie. »Komm, fahren wir los, sonst bringt Mum alle hierher und ich will nicht, dass Ru dieses Chaos sieht.« Sie nahm Jess' Hand und zog sie sanft zu ihren Autos. »Obwohl ihr die Löschfahrzeuge und die Mannschaft mit ihrer Ausrüstung sicherlich gefallen würden.«

Sie blieben zwischen dem Subaru und dem Jeep stehen. »Können wir bitte den Jeep nehmen?«, fragte Jess.

Sie sah Lilis fragenden Gesichtsausdruck. »Da sind Dinge drin, die ich brauche.« Jess drehte sich weg, in der Hoffnung, dass Lili ihr Erröten nicht gesehen hatte.

Lili spähte auf den Rücksitz des Jeeps, lächelte schüchtern und öffnete die Beifahrertür für Jess. »Kein Problem. Steig ein.«

»Bist du sicher? Was ist mit deinem Arm?« Jess stieg auf den Beifahrersitz, da sie nur allzu gut wusste, dass sie nicht in der Lage war zu fahren.

Lili lehnte sich über Jess, nahm den Sitzgurt und schnallte sie an. »Hier drinnen riecht es viel besser. Fahren wir los.« Lili lächelte und legte die Hand auf Jess' Oberschenkel.

Jess sah auf Lilis Hand hinab. »Heute ist dein Geburtstag. Ich hatte noch nicht mal Gelegenheit, dir –« Bevor sie den Satz beenden konnte, fingen Lilis Lippen die ihren ein und Jess öffnete sie instinktiv. Sie küssten sich einige Sekunden lang sanft und genossen die Wärme, die sie teilten, bevor Lili zurückwich.

»Na, damit wäre die Frage beantwortet.« Lili tätschelte Jess' Bein, stieg aus dem Wagen und drückte die Tür auf Jess' Seite zu. Sie eilte zur Fahrerseite hinüber, öffnete die Tür und sprang hinein. »Es ist mein Geburtstag«, sagte sie und drehte den Schlüssel im Zündschloss. »Ich kann alles tun, was ich will.«

Jess starrte sie ein wenig atemlos an. »Ich schätze, das kannst du. Alles Gute zum Geburtstag, Lili«, flüsterte sie.

Kapitel 30

Lili legte den ersten Gang ein und nahm langsam den Fuß von der Bremse. »Entschuldige«, sagte sie, als der Jeep ein paar Meter weit ruckelte und dann anfuhr. Am Ende der Einfahrt rollte sie an den Straßenrand, um eines der abfahrenden Löschfahrzeuge vorbeizulassen. »Danke, Leute.« Sie beobachteten, wie das Fahrzeug auf dem Schotterweg davonrumpelte.

»Ich bin so froh, dass ich nicht mit Alex gefahren bin«, sagte Lili und lehnte den Kopf an das Lenkrad. Sie setzte sich auf und drehte sich zu Jess. »Ich war schon im Auto und wollte gerade los, als ich mich plötzlich an den Wein erinnert habe, den ich Mum mitbringen wollte. Wenn ich nicht zurückgegangen wäre, hätte ich den Rauch nicht bemerkt. Denk nur daran, was passiert wäre, wenn ich nicht die Feuerwehr gerufen hätte.« Bei dem Gedanken verkrampfte sich ihr Magen.

Sie fuhr auf die Farmstraße hinaus und bog kurz darauf auf den Weg ein, der zum Cottage ihrer Eltern führte. Lili bremste den Wagen etwas ab und sah im Rückspiegel auf den Rücksitz, wo der riesige Blumenstrauß lag. »Wunderschöne Blumen«, sagte sie und atmete die Duftmischung ein. »Jess, warum bist du heute Nachmittag zum *Ailie* gekommen? Woher wusstest du, dass ich dort bin? Ich hatte erwartet, dich erst heute Abend zu sehen.«

Lili parkte den Jeep neben Ushas kleinem, weißen Honda-Hybridwagen und drehte sich ganz zu Jess um, die immer noch nicht auf ihre Frage geantwortet hatte. Jess' Hände waren unter ihre Knie geklemmt und selbst mit staubbedecktem Gesicht und zerzausten Haaren – der übliche, ordentliche Zopf hing jetzt wirr über ihre Schultern – bot sie für Lili einen himmlischen Anblick.

Sie legte die Hand auf Jess' Schulter, um eine Verbindung zwischen ihnen zu schaffen. »Du hättest schwer verletzt werden können.« Lili fuhr mit der Hand in Jess' Nacken und massierte sie dort sanft. »Du bist auf den brennenden Lagerraum zu gerannt wie eine Superheldin.«

Jess sah Lili mit geschwollenen Augen an, dann senkte sie den Blick auf ihre Knie. »Ich musste dich finden«, sagte sie mit kratziger Stimme und hustete. »Ich dachte, du wärst im Lagerraum.« Als sie wieder aufsah, waren ihre Augen tränenfeucht. »Ich hatte keine Zeit nachzudenken. Ich musste dich finden.«

»Aber du hättest dich verbrennen können.« Sie streichelte Jess' feuchte Wangen.

»Ich liebe dich, Lili«, sagte sie und nahm Lilis Hand von ihrem Gesicht, um sie zu küssen. »Ich weiß, dass das die Dinge verkompliziert. Es ist vielleicht nicht das, was du willst. Aber ich bin hier. Meine Unentschlossenheit stammt nicht von meinen Gefühlen für dich. Ich war so lange allein und bin es nicht gewohnt, jemand anderem mitzuteilen, wie ich denke oder empfinde. Ich bin heute zu *Ailie* gekommen, um dir zu sagen, dass ich dich liebe.« Sie blickte forschend in Lilis Augen. »Wenn du es auch willst, kann das zwischen uns funktionieren. Ich würde es gern versuchen.«

Lili war verblüfft. Sie sah auf ihre verschränkten Hände hinab. Ihr Herz hämmerte in ihrer Brust. Jess gab ihr die Bestätigung, die sie brauchte, und doch war sie wie gelähmt. Das kam so unerwartet. Sie lehnte sich an die Kopfstütze zurück und schloss die Augen, um sich einen Moment zum Nachdenken zu nehmen. Jess hatte ihr gerade ihre Liebe gestanden und nach ihrem heutigen Verhalten gab es keine Zweifel, dass ihre Gefühle echt waren.

»Bin ich zu spät?« Jess drückte ihre Hand.

Lili öffnete die Augen und sah eine Spur Angst in Jess' Gesicht.

»Warte«, sagte Jess und griff auf die Rückbank des Jeeps.

Lilis erster Gedanke war, dass Jess ihr die Blumen geben würde, stattdessen hielt sie ein bunt eingewickeltes Päckchen in der Hand.

»Ich wollte es dir später am Abend geben, aber … ich glaube, du solltest es jetzt haben«, sagte sie.

Lili nahm das Paket, drehte es um und zog vorsichtig das Klebeband ab. »Was könnte das wohl sein?« Es hatte die Größe und Form eines kleinen gebundenes Buches.

»Ein Paar Socken?« Jess schenkte ihr ein kleines Lächeln.

»Wundervoll.« Sie riss das Päckchen auf und fand wie erwartet ein Buch. Allerdings nicht irgendein Buch. Auf dem Einband prangte ein Foto von Ru auf ihrem blitzenden lila Fahrrad, Jess hinter ihr kniend und Lili, die sie mit einem albernen Grinsen im Gesicht aus dem Hintergrund betrachtete. »Ich erinnere mich an den Tag, aber wie um alles in der Welt hast du dieses Foto gemacht?«, fragte sie. »Ich liebe es.«

»Magische Hände«, sagte Jess grinsend.

Lili wusste, dass ihre Wangen rosig anliefen. Sie stupste mit dem Finger gegen Jess' Schulter. »Ach, du.«

»Komm schon, da ist noch mehr.«

Sie öffnete das Buch und blätterte langsam die Seiten durch. Ru in ihrem Schlafanzug und ihren Lieblingsslippern auf der Terrasse, wie sie auf einen vorbeifliegenden Vogelschwarm zeigte. Lili, wie sie Ru hochhob, damit sie nach einer Mandarine an einem Baum im Obstgarten greifen konnte. Helen und Scott, die in Korbsesseln auf der Veranda vor ihrem Cottage dösten. Und da war die Aussicht von *Ailie*s Terrasse, mit Jess' Fahrrad an den neu aufgestellten Wetterhahn gelehnt, den sie auf dem Bauernmarkt gekauft hatte.

»Jess, ich wusste nicht, dass du heimlich all diese Fotos gemacht hast.« Die Fotos waren der greifbare Beweis, dass Jess wirklich um sie, Ru und die Familie bemüht war. Sie hatte sich die Zeit genommen, sie zu diesem wunderbaren Buch zusammenzufassen. Lili sog einen beruhigenden Atemzug ein und streckte die Hand aus, um Jess' Gesicht zu sich zu drehen. »Du bist nicht zu spät. Ich liebe dich auch.«

Ein lautes Klopfen am Fenster des Jeeps erschreckte sie und sie fuhren auseinander. Es war Helen. Lili sah zu Jess zurück und formte ein lautloses *Entschuldige* mit den Lippen, als Helen die Fahrertür aufriss.

»Gott sei Dank«, sagte Helen und stürzte sich beinahe ins Auto. Sie zog Lili in eine feste Umarmung, die ihr fast alle Luft aus den Lungen presste.

Lili verzog das Gesicht. »Mum«, sagte sie. »Es geht mir gut, du kannst mich jetzt loslassen.«

»Es tut mir so leid.« Helen ließ sie los und trat aus dem Auto zurück. »Oh, Liebes, du blutest ja. Was hast du mit deinem Arm angestellt?«

»Das ist nichts Ernstes. Wirklich, Mum.«

»Na, es ist gut, dass Usha hier ist. Sie will euch beide unbedingt untersuchen.«

Tash eilte über den Weg heran, öffnete Jess' Tür und half ihr aus dem Jeep. »Deine Augen sehen ziemlich blutunterlaufen aus, Jess.«

»Nur etwas Ruß«, antwortete Jess. »Ich glaube, ich brauche eine Dusche.«

Lili drehte sich zu ihrer Mutter um. »Wo ist Ru?«

»Mit Alex in der Küche. Sie hat die Sirenen gehört. Tash und Alex sind gerade rechtzeitig gekommen. Sie hat verlangt, dich und Jess zu sehen, aber Alex hat sie damit abgelenkt, die Torte zu verzieren.«

»Ich hoffe, sie versuchen nicht, alle siebenunddreißig Kerzen draufzustecken.« Sie hob die Augenbrauen. »Wir haben genug Rauch und Feuer für eine lange, lange Zeit gesehen.«

»Absolut«, sagte Jess, als sie und Tash sich zu Lili und Helen auf die vordere Veranda gesellten.

»Okay. Bringen wir euch beide ins Haus«, sagte Helen. »Wir schleichen uns rein. Es wäre besser, wenn Ru euch erst sieht, nachdem ihr euch frischgemacht habt.«

»Da hast du absolut recht, Mum.«

»Kommt mit«, sagte Tash. »Scott hat das im Holzofen langsam bratende Lamm in meiner Obhut gelassen. Aber ich konnte mich nicht konzentrieren, bis ihr angekommen seid. Eine ganz schön krasse Geburtstagsüberraschung, oder, Lili?«

Leise folgten sie den anderen ins Haus. Lili fuhr sich mit einer Hand durch die Haare. Jess musste sie für verrückt halten, weil sie den Abend nicht abblies und ihren Geburtstag doch feierte. Klar, sie hatte den Lagerraum, Werkzeug und Lebensmittel verloren. Aber alle waren in Sicherheit. Und Jess liebte sie.

»Hey, jetzt, da deine Mum außer Hörweite ist«, meinte Tash, »sag, ist alles in Ordnung?«

Lili lächelte und lehnte sich an ihre Freundin. »Ich bin hoffnungsvoll. Es sieht vielversprechend aus.«

Eine leichte Brise wehte durch die offenen Terrassentüren in den Raum und bewegte die bunten Ballons, die in Zweier- und Dreiergruppen im Wintergarten hingen. Der riesige Blumenstrauß von Jess, der kunstvoll auf Helens antiker Kommode zur Schau gestellt war, schuf einen umwerfenden Hintergrund für den ohnehin fröhlich dekorierten Raum, und die Luft war mit dem Duft der Blumen und aromatischen Kräuter erfüllt. Die Angst des Nachmittags verblasste bereits in Lilis Gedächtnis.

Zweifellos hatte Ru die Vorbereitungen für die Feier angeordnet und Helen die eigentliche Arbeit erledigt. Lili liebkoste das Tuch aus feiner Merinowolle, das sie um die Schultern trug. Es war handgefertigt und mit einem zarten Rosen- und Rankenmuster verziert. Das Geschenk und die mit Malkreiden gezeichnete Karte dazu waren zwar von Ru, aber sie wusste mit Sicherheit, dass Pinkie, das Sparschwein, nicht genug Münzen für diese luxuriöse Gabe gehabt hätte.

Mit Tashs Hilfe hatte Scott es geschafft, eine zarte Lammschulter zuzubereiten, die einem auf der Zunge zerging und mit knusprigen Knoblauchkartoffeln und Honigkarotten abgerundet war. Das Beinahe-Desaster schien den Appetit aller nur angeregt zu haben und bald war auch der letzte Krümel verschwunden. Der süße

Geruch von Ingwerkaramellkruste hing neben dem buttrigen Duft von Helens frisch gebackenem Rhabarber-Streuselkuchen – zwei von Lilis Lieblingsgerichten – in der Luft.

»Na, das war ein ziemlich ereignisreicher Tag und ein Geburtstag, den du nicht vergessen wirst.« Helen prostete Lili mit einem Glas Champagner zu und ließ sich in den mit Blumenmuster bezogenen Armsessel neben sie fallen, wobei sie den Inhalt des Glases fast über sie beide ausschüttete. »Es ist schön, zu sitzen«, sagte Helen und stellte das Glas auf den Beistelltisch.

»Danke für alles, Mum. Das Essen war köstlich.«

»Gern geschehen. Nach dem Nachmittag bin ich so froh, dass wir deinen Geburtstag trotzdem noch feiern konnten.«

Lili hatte den ganzen Abend lang kaum den Blick von Jess abgewandt. Ihre langen Haare kräuselten sich an den Enden und waren mit einem silbernen Kamm an einer Seite zurückgesteckt. Sie trug einen leichten, indigofarbenen Pullover und eine lockere, graue Hose, die Helen für sie herausgesucht hatte.

Jess sah auf, als spürte sie Lilis Blick auf sich. Ihre Miene leuchtete auf und ihre Lippen verzogen sich sanft zu einem zögerlichen Lächeln.

Lili erwiderte das Lächeln, während ihr Herz einen Schlag aussetzte.

Ihre Mutter stieß sie in die Rippen. »Willst du, dass wir Ru über Nacht nehmen?«

»Äh … nein. Ich glaube nicht, dass das eine gute Idee ist«, antwortete sie überrascht. »Sie ist unruhig und es ist besser, wenn sie in ihrem eigenen Bett schläft.« Sie drehte sich zu ihrer Mutter und zog eine Augenbraue hoch. »Warum fragst du?«

Helen runzelte die Stirn und schüttelte leicht den Kopf. »Du hast den ganzen Abend lang kaum die Augen von Jess gelassen und ich sehe, wie sie dir heimliche Blicke zuwirft.« Sie lächelte. »Ihr zwei könnt mir nichts vormachen. Ich freue mich so für dich, Lili.«

»Du bist sehr aufmerksam«, sagte Lili und stieß Helen in die Rippen. »Danke, aber ich hätte Ru lieber bei uns.«

»Natürlich.« Sie tätschelte Lilis unverletzten Arm.

Sie beobachteten weiterhin Usha und Jess, die gegenüber auf dem Sofa saßen. Ru hockte auf Jess' Knie.

»Ich frage mich, wie Jess' und Bens Mutter Aruishi war«, überlegte Helen. »Ich habe Fotos von ihren Eltern gesehen. Kein Wunder, dass Benjamin Harris Senior von ihrer Schönheit wie erschlagen war. Sie hatte diese durch und durch klassische indische Anmut, genau wie ein Filmstar.«

»Wer ist wie ein Filmstar?«, fragte Alex. Sie hockte sich neben Lili auf den Boden und stützte den Arm auf den Sessel. »Ich nehme an, du meinst Jess?«

»Sie könnte leicht ein Filmstar sein.« Scott setzte sich auf die Armlehne neben Helen und legte den Arm um ihre Schulter. »Erinnerst du dich, wie wir Ben damit aufgezogen haben, dass er für eine Rolle als der erste surfende, tanzende Bollywood-Star vorsprechen sollte, wenn er die Arbeit als Koch satt hätte?«

»Surfend definitiv.« Lili lächelte traurig. Sie verspürte einen heftigen Stich des Kummers, als sie beobachtete, wie Jess Rus Finger an einer Serviette abwischte und sie dann auf Ushas Schoß hob. »Tanzend weniger. Ben hatte auf der Tanzfläche zwei linke Füße.«

Alex drückte Lilis Arm. »Gott, er hätte es geliebt, mit uns hier zu sein. Jess und Ru zusammen zu sehen.«

Lili konnte nur zustimmend nicken. Vielleicht hatte Ben etwas damit zu tun gehabt, wie die Dinge sich entwickelt hatten.

»Ich bin bereit für eine Tasse Tee, aber zuerst nehme ich mir noch etwas Kuchen.« Scott stand auf und marschierte zum Esstisch.

»Halt dich mit dem Zucker zurück, mein Lieber«, rief Helen und sah ihm über ihre Lesebrille hinweg nach. Dann blätterte sie weiter Lilis Geschenk durch. »Ich kann gar nicht glauben, dass Jess diese Fotos mit ihrem Handy gemacht hat«, sagte sie zu Lili und Alex. »Da sind ein paar fabelhafte Aufnahmen dabei.« Sie blätterte um, kicherte und bedeckte die Augen halb mit der Hand. »Oh, das ist aber nicht gerade schmeichelhaft.«

Lili lehnte sich hinüber, um das Foto zu betrachten, auf das ihre Mutter zeigte, und lachte. »Von wann ist das? Du bist der versteckten Kamera zum Opfer gefallen, Mum.«

»Wir haben Scott dabei geholfen, die Kühe auf eine trockenere Weide zu bringen, und ich bin ausgerutscht.« Helen gestikulierte mit dem Arm. »*Flutsch* und ich war nicht mehr auf den Beinen, sondern auf meinem Hinterteil.«

»Sieht aus, als hätte der Matsch gewonnen. Du und Ru, ihr seid beide von Kopf bis zu den Gummistiefeln mit Schlamm eingesaut.«

»Und Kuhmist«, rief Helen amüsiert. Sie bedeckte wieder ihr Gesicht mit den Händen.

»Ich glaube, Mum ist ein wenig beschwipst«, flüsterte Lili Alex ins Ohr.

Sie lachten.

»Das Fotobuch ist ziemlich süß«, sagte Alex dann.

»Das ist es. Ich liebe es.« Lili blickte durch den Raum und lächelte. Ru fütterte Jess gerade mit einem Löffel Himbeermousse-Biskuit.

Alex beugte sich vor und stützte das Kinn in die Hände. »Hast du eine Ahnung, wie das Feuer begonnen hat?«

»Das wissen wir erst, wenn der Brandinspektor dort war. Das Licht hat gestern wieder geflackert«, sagte Lili. »Es muss etwas mit dem Sturm zu tun haben, vielleicht ein Stromstoß.«

Alex keuchte. »O *Scheiße*. Du hast recht. Zum Glück waren diese großen Grillgasflaschen nicht dort drinnen.«

Jess ging durch den Raum und stellte ihren Teller mit dem halb gegessenen Kuchenstück auf den Esstisch. Scott machte sich gerade an ein Stück Rhabarber-Streuselkuchen und sah schuldbewusst auf, als Jess sich zu ihm beugte und etwas sagte, das Lili nicht hören konnte.

»Was hecken die zwei aus? Dein Vater sieht erfreut über irgendetwas aus«, sagte Helen. »Ich frage mich, was Jess zu ihm gesagt hat.«

Alex grinste Lili an. »Vielleicht bittet sie deinen Vater um deine Hand.« Obwohl sie neben ihr saß, sprach Alex so laut, dass alle im Raum die Köpfe drehten.

Röte stieg in Jess' Wangen. Lili hatte sie nie so tief erröten gesehen. Jess schob die Hände in ihre Hosentaschen und sagte klar und deutlich: »Das könnte ich tatsächlich.«

Stille senkte sich über den Raum und in diesem Moment lag die Aufmerksamkeit aller auf Jess.

Lili setzte sich aufrecht in ihrem Sessel auf, griff mit zitternder Hand nach ihrem Champagnerglas und nahm einen großen Schluck, um ihre Nervosität zu bekämpfen.

Ru sprang von Ushas Schoß, rannte an Jess' Seite und packte ihr Bein.

Tash kam leise mit einem feuchten Geschirrtuch über der Schulter in den Raum und setzte sich neben Usha auf das Sofa.

Lili erwiderte Tashs fragenden Blick mit einem Schulterzucken und einem albernen Grinsen.

Beide wandten sich zu Jess, die liebevoll eine Hand auf Rus Schulter legte, bevor sie aufsah und blinzelte. Scheinbar hatte sie gerade erst bemerkt, dass alle sie anstarrten.

Scott räusperte sich laut. »Jess möchte uns gern etwas sagen«, sagte er.

Alex nahm Lilis Hand und drückte sie.

»Danke, Scott. Das stimmt.« Jess sah sich in der kleinen Zusammenkunft um. »Es war ein außergewöhnlicher Tag und ihr seid eine außergewöhnliche Gruppe.« Sie starrte kurz auf ihre Füße hinab und sah dann wieder auf. »Nach Bens Tod bin ich mit einer dunklen Wolke über dem Kopf hierhergekommen. War eigentlich eine Fremde für euch. Ihr alle habt mir ein Gefühl von Heimat gegeben. Ich will nicht wieder gehen.«

Lili wollte auch nicht, dass Jess ging. Sie entzog sich der Hand ihrer Freundin, denn Alex' Griff drohte, ihr das Blut abzuschnüren.

»Ich will nicht, dass du gehst«, sagte Ru und nahm Lili damit die Worte aus dem Mund.

Jess sah zu Ru hinab. »Ich muss für eine Weile weg, aber ich komme bald zurück. Versprochen.«

Ru schrie: »Hurra!« Sie sprang auf der Stelle auf und ab. Lili war versucht, es ihr gleichzutun.

»Wie einige von euch bereits wissen«, Jess blickte zu Lili, »ist vor kurzem ein australisches Team mit dem Angebot an mich herangetreten, mich für die nächste Saison als Mitglied aufzunehmen.«

»Zumindest gab es Gerüchte in den sozialen Medien.« Alex tauschte einen kurzen Blick mit Lili.

»Genau.« Jess hielt den Kopf hoch erhoben und ihre Stimme war ruhig. »Wenn ich nächstes Jahr in den Eliteradsport zurückkehre, werde ich mit dem australischen Team *SwitchedOn* an Rennen teilnehmen.« Sie sprach bestimmt und selbstsicher.

Als Applaus im ganzen Raum ausbrach, wusste Lili nicht, ob sie weinen oder singen sollte. Sie bemerkte den Blick, den Jess und Usha tauschten, bevor die Ärztin Lili wissend zunickte und grinste.

Ru zog an Jess' Hose und starrte sie mit hingerissenem Gesichtsausdruck an.

Jess kniete sich neben Ru und ihre Züge wurden weich, als sie von Ru wieder zu Lili sah. »Ich hätte mir nie träumen lassen, dass eine Reise um die Welt, um Bens Nachlass zu organisieren …« Jess' Stimme brach. »Als ich nach Australien zurückgekommen bin, hatte ich keine Ahnung, dass meine Welt sich so dramatisch verändern würde. Oder dass ich die Liebe finden würde.«

Ru stürzte sich auf Jess und warf sie beide zu Boden. »Ich liebe dich auch, Tante Jess«, sagte sie.

Jess schlang die Arme um ihre Nichte und wälzte sie beide in eine sitzende Position hoch.

Lilis Blick huschte zu ihren Eltern, die auf gegenüberliegenden Seiten des Raums standen, dann zurück zu Jess und Ru. Sie wollte den Moment genießen – dankbar für ihre Freunde und ihre Familie und für das Glück und die Liebe, die sie umgaben.

Lili sprang aus ihrem Sessel, eilte durch den Raum und fiel neben Jess, die jetzt ebenfalls lachte und Ru festhielt, auf die Knie. Sie lehnte sich vor und küsste ihre Tochter auf die Stirn, bevor sie nach Jess griff und ihr Gesicht zwischen die Hände nahm.

Jess öffnete überrascht die Lippen.

»Ich liebe dich so sehr, Jess. Danke.« Tränen stiegen in Lilis Augen auf und trotz ihres festen Vorsatzes, nicht zu weinen, rollten sie über ihre Wangen.

»Warum *weint* ihr zwei?«, fragte Ru.

»Weil wir glücklich sind«, flüsterte Jess an Lilis Lippen.

»Na«, sagte Alex, »wenn das nicht das beste Bollywood-Ende *überhaupt* ist.«

Epilog

Zwei Monate später

»Gestern Abend haben australische TV-Sender Aufnahmen von Ihrem schrecklichen Sturz in den Niederlanden gezeigt«, sagte der Reporter der britischen Tageszeitung *The Guardian*. »Hat Sie das besorgt, Jessica?«

»Ich sehe am Abend vor einem Rennen nicht fern.« Jess lehnte sich auf ihrem Stuhl vor und stützte das Kinn in die Hand. »Das gehört alles zum Radfahren: die Stürze und Medienberichte von dem Vorfall. Ich bin sehr gut in Form und freue mich auf die restliche Saison.«

»Aber hat es Sie heute nicht verunsichert, als Claudia Hübl durch ein Streifen der Räder auf der letzten Talfahrt gestürzt ist? Das muss sich doch auf psychologischer Ebene auf Ihr Selbstbewusstsein ausgewirkt haben.«

»Es tut mir leid, dass Claudias Tag mit einem Transport ins nächste Krankenhaus geendet hat. Aber ich habe gehört, dass es ihr gut geht. Es ist nicht ungewöhnlich, vor dem ersten großen Rennen nach einer Verletzung etwas nervös zu sein und Zweifel zu haben. Mit der richtigen Vorbereitung und Übung kann das jedoch eingedämmt werden. Wie gesagt, Stürze sind ein Teil meines Sports«, sagte Jessica entspannt.

»Ihrem heutigen Erfolg nach zu schließen kann man mit Sicherheit sagen, dass Sie sich komplett erholt haben?«

»Ich fühle mich außerordentlich kräftig. Ich freue mich darauf, für diese Saison weiterhin das *SwitchedOn*-Trikot zu tragen. Die Taktik und Planung des Teams haben mich perfekt für den letzten Sprint aufgestellt. Es ist aufregend, ein Teil dieser Truppe zu sein«, antwortete Jess.

»Für diese Saison?«, erwiderte er und hob eine Augenbraue. »Würden Sie etwas zu den Gerüchten sagen, dass dieses Jahr vielleicht Ihr letztes im internationalen Radsport ist?«

»Ach … Gerüchte sind nur das, Mark. Gerüchte«, sagte Jess. Inzwischen respektierte sie Mark Samsons Berichterstattung über den professionellen Radsport, aber sie würde auf keinen Fall Spekulationen über ihre Zukunft nähren.

Insgeheim war Jess überzeugt von der Richtung, in die sie unterwegs war und bei der Lili und Ru zur Priorität in ihrem Leben wurden – aber diese Information war nicht für die Öffentlichkeit bestimmt.

Mark nickte und blätterte in seinem Notizbuch um. Sie war erleichtert, dass er dieses Thema nicht weiterverfolgte. Er kratzte sich am Bart und fuhr mit seinem Interview fort. »Aufgrund Ihrer Verletzungen haben Sie fast eine ganze Saison ausgesetzt. Wie wird das Ihren Rang beeinflussen?«

»Überhaupt nicht. Wie Sie wissen, wird die Rangliste basierend auf einem Zweiundfünfzig-Wochen-Kalender kalkuliert. Es ist Januar, der Beginn eines neuen Jahres.« Jess streckte die Glieder, wobei sie sich fühlte wie eine träge Katze, die in der vom Blätterdach durchbrochenen Wärme der Abendsonne badete. »Ich konzentriere mich auf meine Fitness, nicht auf Titel oder Ranglisten«, sagte sie und fing über den Gartentisch hinweg Lilis Blick auf.

»Sie haben heute ein sehr gutes Ergebnis erzielt. Welche Geheimnisse können Sie uns über Ihre Rennvorbereitung verraten?«, fragte Mark.

»Hmm …« Jess wickelte eine Haarsträhne um den Finger und riss den Blick von Lili los, um zu antworten: »Die Details bleiben geheim, Mark. Aber Sie wissen, dass eine Woche leichter Radrunden – zusammen mit gelegentlichen intensiven Workouts, hervorragendem Schlaf und gutem Essen – die beste Vorbereitung für ein Rennen ist.«

Lili hob eine Augenbraue und erinnerte Jess daran, wie und wo sie seit ihrer Rückkehr aus Großbritannien den Großteil ihrer Freizeit verbracht hatten. Jess seufzte, als sie daran dachte, wie Lili sie über die letzte Woche hinweg sowohl nervös als auch selig entspannt gehalten hatte.

Jess fiel es schwer, den Blick von Lili abzuwenden. Sie hatte ihre Kochuniform abgelegt und wirkte jetzt lässig, in einer maßgeschneiderten grauen Hose, einem minzgrünen Oberteil und Sandalen. Ihre Augen funkelten, wenn sie lachte, und ihre leicht zerzausten Haare wirkten heller und schimmerten wie Gold. Sie war rundum bezaubernd und Jess wollte mehr als alles andere wieder ihre Nähe spüren.

Jetzt war sie bereit dafür, allein mit Lili zu sein. Nach einem aufreibenden, berauschenden Rennen fühlte Jess sich sowohl leicht als auch angenehm wund und sie war zu hundertundein Prozent gewillt, Lilis Erholungsstrategien nach einem Rennen zu testen.

Die hitzigen Blicke zwischen ihnen entzündeten einen Funken und ein Knistern entstand, bei dem Mark zwischen Jess und Lili hin- und hersah. »Jess.« Er räusperte sich, um ihre Aufmerksamkeit zu bekommen. »Ein anderes Land? Ein anderes Team? Das sind große Veränderungen. Haben Sie die richtige Entscheidung getroffen?«

»Ja, definitiv. Ich glaube, das habe ich heute bewiesen.«

»Alle Blicke waren auf Sie gerichtet, als Sie sich von der Gruppe gelöst und auf die Ziellinie zugerast sind. Eine gute Leistung.« Damit schenkte Mark ihr ein knappes Nicken und steckte sein Notizbuch weg. Ganz offensichtlich war das Interview vorbei.

»Darf ich Ihnen noch etwas zu trinken bringen, Mark?«, fragte Lili.

»Danke, nein. Ich habe eine Deadline einzuhalten und muss morgen in aller Früh auf den Beinen sein, um über das Rennen der Männer zu berichten.« Er rückte seinen Strohhut zurecht, stand auf und streckte Jess die Hand hin. Sie ergriff sie und schüttelte sie fest. »Ich habe schon über die Karriere Ihres Vaters geschrieben und es ist mir ein Vergnügen, auch über Ihre zu berichten. Letztes Jahr war ich bei Ihrem Sturz im Ronde van Drenthe vor Ort, daher ist es beeindruckend, Ihre Rückkehr zu verfolgen. Alles Glück für die Zukunft.«

»Danke, Mark.« Jess ging um den Tisch herum und stellte sich neben Lili. »Ich sehe Sie auf meinem nächsten Event?«

»Das werden Sie. Und auf der La Route de France Féminine im Juli?«, fragte Mark.

Lili sah auf und Jess drückte ihre Schultern. »Darauf arbeite ich hin, wenn es nicht wie letztes Jahr abgesagt wird. Vielleicht sehen Sie mich stattdessen auf dem RideLondon.«

»Hmm, das war ein Desaster für den Frauenradsport«, sagte Mark stirnrunzelnd. »Sollte sich besser nicht wiederholen. Ja, RideLondon ist eine fantastische Wahl für eine Sprinterin. Es wäre aufregend, Sie in einer Stadt gewinnen zu sehen, die Sie für so viele Jahre für sich beansprucht hat.« Er tippte sich grüßend an den Hut und griff nach seiner ledernen Aktentasche. »Bis dann. Viel Glück Ihnen beiden. Und wie gesagt, danke.«

Sie beobachteten, wie er schnurstracks auf die italienische Radsportlerin Bianca und ihre Partnerin, ein Mitglied von *SwitchedOn*, zuhielt, die an einem der Terrassentische saßen.

»Endlich allein.« Jess beugte sich hinab und küsste Lili auf den Scheitel, bevor sie ihr mit einer Hand die Haare zerzauste.

»Sind die Interviews für heute jetzt zu Ende?« Lili schmollte. »Habe ich dich wirklich endlich für mich allein?«

Jess hob Lilis Kinn an. »Höchstens für zehn Sekunden.« Sie streifte Lilis Lippen leicht mit ihren. »Oh, und vielleicht nicht einmal so lange, denn sieh mal, da kommen Alex und Tash und Owen. Und deine Eltern mit Aruishi, zurück von … Wo war Ru noch gleich?«

»Campen«, sagte Lili. »Auf dem Children's Music Festival in Port Fairy.«

Es war günstig gewesen, dass Rus Urlaub gerade mit Jess' Rückkehr aus Großbritannien zusammengefallen war, da er ihr und Lili Zeit zu zweit gegeben hatte.

»Jess«, rief Ru und riss sich von Helens Hand los. Jess kniete nieder und breitete die Arme aus, als Ru auf sie zurannte.

Lili legte eine Hand auf Jess' Schulter. »Du weißt schon, dass Ru heute mit uns nach Hause fährt?«

Ru bedeckte Jess' Gesicht mit Küssen. Jess sah zu Lili hoch und hielt Ru fester. »Anders würde ich es nicht haben wollen.«

Was für ein Start in den Tag. Lili und Jess lagen erschöpft mit ineinander verschlungenen Gliedern und verschwitzt da – aber Lili konnte nicht anders, als Jess weiter zu berühren. Zärtlich fuhr sie mit der Hand die Konturen von Jess' Körper nach, von ihrem Hals bis zur Kurve ihrer Hüften. Sie rutschte langsam tiefer auf dem Bett und küsste die Reihe kleiner, horizontaler Narben auf Jess' weichem Oberschenkel.

Diesmal zuckte Jess nicht, sondern strich mit den Fingern durch Lilis Haare und lockte sie näher an sich. Sie war vertrauensvoll und offen; Lili brauchte keine weitere Ermutigung. Innerhalb weniger Minuten drückte Jess ergeben den geschmeidigen Rücken durch. Sie rief Lilis Namen und stieß dann ein tiefes Stöhnen aus, als sie sich um Lilis Finger herum verkrampfte.

Lili kroch auf dem Bett wieder hinauf und legte sich neben sie. Sie liebkoste Jess' Schulter, bevor sie mit der Zunge über ihre Brüste strich

»Stopp«, bettelte Jess, legte die Hand an Lilis Hinterkopf und hielt sie still, während ihre Atmung sich beruhigte. »Deine Ausdauer ist erstaunlich.«

»Meine Liebe.« Lili drückte einen sanften Kuss in ihre Halsbeuge, bevor sie aufsah und sich von Jess' sanftem Blick einfangen ließ. »*Ich* bin gestern nicht über hundert Kilometer gefahren oder habe später auf dem Podium gestanden.«

Jess stützte sich auf einen Ellbogen, griff nach Lilis Arm und drückte ihren Bizeps. »Du hast eine Menge Ausdauer. Die Arbeit in der Küche ist körperlich anstrengend, ihr stemmt ja schwere Töpfe und Kartoffelsäcke«, sagte sie. »Oooh, spür nur diese Muskeln.« Sie warf den Kopf auf die kecke Art zurück, die Lili inzwischen liebte, und die Haare flogen ihr aus den Augen. »Aruishi ist inzwischen auch kein Leichtgewicht mehr.«

Lili zog spielerisch an Jess' Haaren. »Hast du gemerkt, wie viel sie in den letzten zwei Monaten gewachsen ist?« Sie schloss die Augen, genoss die Nähe und den Fluss der sexuellen Energie zwischen ihnen. All das hatte sie vermisst: die Intimität, den sensationellen Sex, das ausgelassene Geplänkel, das sie in jenen berauschenden zwei Wochen im letzten Jahr geteilt hatten, bevor Jess nach England zurückgekehrt war.

Mit dem Kopf auf Jess' Brust staunte Lili darüber, wie leicht sie Alex' Beharren nachgegeben hatte, sich die Woche freizunehmen. Da Jess gerade erst zurückgekommen war, hätte sie sich ohnehin nicht konzentrieren können und sich in der Küche wie ein Trampel angestellt.

Sie waren in dieser Woche kaum getrennt gewesen. Sie hatten sich geküsst – Lili hatte Stunden damit verbracht, Jess' sinnliche Lippen und grenzenlose Talente zu schätzen –, miteinander geschlafen, geredet und Pläne geschmiedet. Jeden Morgen fuhr Jess eine Runde mit dem Rad. Abgesehen davon waren sie unzertrennlich.

»Wo warst du gerade?«, fragte Jess. Ihre Fingerspitzen strichen über Lilis Nacken und ihren Rücken hinab.

Lili schauderte unter der Berührung. »Nirgendwo. Ich bin hier. Genau da, wo ich sein will.«

Jess stemmte sich auf die Knie und beugte sich über Lili ihr Gesicht strahlte verschmitzt.

»Oh, du hast also neue Energie gefunden, ja?«, fragte Lili. »Du bist süß, aber den Ausdruck kannst du dir schenken.« Sie drückte Jess auf den Rücken und vertauschte ihre Positionen. »Ich brauche Essen und eine Tasse Tee.« Sie hielt Jess' Handgelenke fest und trat gegen das verwickelte Bettzeug, um ihre Beine daraus zu befreien. »Ich wette, du hast Appetit bekommen. Da drinnen wird ja eine Menge geknurrt und gegrummelt.« Sie lehnte sich hinab, um Jess auf den Bauch zu küssen. »Du musst Hunger haben.«

»Ich habe Hunger … auf dich.«

Jess befreite die Arme aus Lilis Griff, fuhr mit den Fingern über Lilis Rippen und weiter hinauf, um ihre Schultern zu halten. Ihr Kuss war sinnlich und fordernd, aber doch langsam und verweilend.

Lili hob langsam den Kopf. »Ich liebe dich, Jess, und ich würde nichts lieber tun als den ganzen Tag lang mit dir im Bett zu bleiben und jeden Zentimeter von dir zu erkunden.« Sie sah auf die Uhr auf dem Nachttisch. »Aber Ru kann jederzeit aufwachen.«

Jess stieß einen Klagelaut aus und liebkoste Lilis Wange mit der Hand. »Ich liebe dich auch und ich freue mich schon aufs nächste Mal und all die Male danach.«

Lili drehte sich um und stützte sich auf einen Ellbogen. »Geh nicht weg, ich bin gleich zurück.« Sie schwang die Beine vom Bett, griff nach ihrem Morgenmantel und streifte ihn über. Sie hob das Nachthemd vom Boden auf, wo Jess es gestern Abend fallen gelassen hatte, und warf es auf das Fußende des Betts. »Es dauert nicht lange«, sagte sie, während sie die Kindersicherung öffnete. Sie ließ die Tür einen Spalt offen stehen, bevor sie in die Küche ging.

Auf dem Rückweg ließ Rus lebhafte Stimme sie vor der Schlafzimmertür innehalten. Mit dem Teetablett in der Hand lehnte sie sich im Gang an die Wand, neugierig darauf, welche Geschichte Ru Jess gerade erzählte.

»Aber du warst so lange weg«, hörte sie Ru sagen. »Ich hab dich wirklich vermisst und meine Mami auch. Wir waren einsam ohne dich.«

Wie wahr.

»Und ich habe euch beide sehr vermisst.« Jess' Stimme war beruhigend. »Aber wir haben über *FaceTime* geredet und Videos geschickt. Erinnerst du dich an das Video, das ich gemacht habe, als ich am Buckingham Palace vorbeigefahren bin?«

»Wo die Queen wohnt.«

Jess kicherte. »Ja, genau. Oh, und hey, ich habe gesehen, wie du mit deinem Fahrrad über den Farmweg und an dem nagelneuen Lagerhaus vorbeigefahren bist.«

»Ich bin fast so schnell wie du. Das Video hat Opa gemacht. Ich mag das iPad, das du uns gegeben hast, aber am liebsten mag ich es, wenn du hier bist. Geh nicht wieder weg, Jess. Bitte.«

Ru klang so traurig, dass Lili tief seufzte und beinahe das Tablett fallen ließ.

»Na ja«, sagte Jess langsam, »du weißt doch, dass ich manchmal verreisen muss, um an Rennen teilzunehmen. Aber vergiss nicht, dass du und deine Mama manchmal auch mitkommen und mir zusehen könnt.«

Lili beschloss, dass jetzt ein guter Moment war, um Jess zu retten, und schob die Schlafzimmertür mit dem Fuß auf. »Na, was haben wir denn da?« Sie stellte das Tablett auf der Kommode ab. »Guten Morgen, Zwerg.« Sie lehnte sich hinüber und gab ihrer Tochter, die neben Jess auf der Decke saß, einen Kuss. Jess hatte ihr Nachthemd angezogen und die Decke glattgestrichen.

»Hier ist Platz für dich«, sagte Ru und klopfte auf den leeren Platz neben sich.

Lili trug das Tablett zum Nachttisch und reichte Jess eine Tasse Tee. Sie setzte sich neben Ru und hielt ihnen den Teller mit getoasteten Honigmandelbrioches hin.

Jess nahm sich eine goldbraune Scheibe und biss hinein. »Hmm …«

Lilis Blick klebte an Jess' Mund und sie beobachtete, wie Jess' Zunge herausschnellte und die Butter aus ihrem Mundwinkel aufleckte.

»Das ist so köstlich. Knusprig, fest. Mmmh.« Jess nahm noch einen Bissen.

Lili schloss rapide die Augen und öffnete sie wieder. Sie wollte sie küssen und es half auch nicht, dass Jess sie einladend und sexy angrinste.

»Mami, kann ich bitte etwas davon haben?« Ru zerrte an ihrem Arm.

Lili biss sich auf die Lippe und riss den Blick von Jess los. »Klar«, sagte sie und hielt Ru ein Stück Brioche an den Mund.

Diese nahm einen vorsichtigen Bissen. »Hmm …«, sagte sie Jess nachahmend. »Das ist gut. Kann ich eine ganze Scheibe haben?«

Lili zog ein Taschentuch aus der Box auf dem Nachttisch. »Nur wenn du das darunter hältst.« Sie gab ihr eine Briochescheibe. »Ich will keine Krümel in meinem Bett.«

Ru nickte und knabberte vorsichtig, während sie sich das Taschentuch unter das Kinn hielt.

Lili setzte sich zurück und lehnte sich an das Kopfteil.

Jess nahm sich eine weitere Scheibe, kaute glücklich und spülte das Gebäck schließlich mit dem Rest ihres Tees herunter.

»Keine Krümel«, sagte Ru ernst zu Jess.

Jess verdrehte zuerst die Augen über die Bemerkung, aber dann überprüfte sie schnell die Decke.

»Mama?« Ru starrte Lili eindringlich an, den Kopf leicht zur Seite geneigt.

»Ja, Ru?«

»Das ist *dein* Bett. Ist es auch Jess' Bett? Ich meine, hat Jess zwei Betten? Kann ich zwei Betten haben?«

Lili verschluckte sich fast und sah auf, um Jess' überraschtem Blick zu begegnen. Jess rückte näher an Lili und rieb ihr beruhigend über den Rücken.

Lili stellte ihre Tasse ab und hob Ru auf ihren Schoß. »Hast du etwas dagegen, dass Jess mit mir hier schläft?«

Ru schüttelte den Kopf. »Nein. Jess hat dich lieb.« Sie tätschelte Jess' Hand und zog sie auf ihr Bein. »Du hast meine Mama doch noch lieb, oder?«

»Ja. Ich liebe euch beide sehr, Süße.«

»Gut. Oma hat mir schon erzählt, dass Jess jetzt bei uns wohnen wird. So richtig. Sie muss nicht im Gästezimmer schlafen.«

»Und wie findest du das?«, fragte Lili.

»Ich finde, das ist eine gute Idee«, sagte Ru sachlich. »Wenn Jess bei uns wohnt, kann sie hier bei dir schlafen. Ganz allein auf der anderen Seite des Hauses ist es zu einsam.«

Lili stieß einen erleichterten Seufzer aus. »Ja, ja, das ist es.«

»Das Gästezimmer kann wieder für Gäste sein, oder?« Ru drehte sich zu Jess um. »Es wird für deine Freunde aus England bereit sein, wenn sie uns besuchen.«

»Ja. Ich freue mich auf den Besuch von Jonathan, Maxine und Rupert im Mai und sie können es kaum erwarten, dich zu treffen«, sagte Jess erfreut.

»Du kannst mit Rupert spielen. Vielleicht ein paar von deinen Spielsachen mit ihm teilen?« Lili strich mit den Fingern durch Rus Locken. »Das wäre doch nett, oder?«

»Ach, Mama. Er ist doch nur ein *Baby*«, sagte Ru, bevor sie von Lilis Schoß kletterte und sich an Jess kuschelte. »Jess, ich komme dieses Jahr in die Schule.«

Jess war offensichtlich nicht an die Fähigkeit einer Fünfjährigen gewohnt, innerhalb einer Sekunde das Gesprächsthema zu wechseln. Sie wirkte verblüfft. »Das habe ich schon gehört«, sagte sie schließlich. »Freust du dich darauf?«

Ru nickte. »Ich habe meine Lehrerin für dieses Jahr schon getroffen. Ms. Sprout. *Sprout* wie Rosenkohl.« Ru hüpfte auf Jess' Schoß auf und ab.

Lili griff nach Rus Hand. »Jess' Beine sind müde. Warum holst du nicht deine Kleider und wir treffen uns im Badezimmer? Nach dem Frühstück gehen wir das Auto packen und fahren an den Strand.«

»Wirklich?« Rus Miene hellte sich auf. »Kommst du auch mit, Jess?«

»Ja, definitiv. Versuch ruhig, mich zu stoppen.«

»Juhuu«, rief Ru, sprang vom Bett und rannte aus dem Zimmer.

»Du meine Güte.« Jess ließ sich an das Kopfteil zurücksinken. »Sie ist ein richtiger Wirbelwind.«

Lili legte den Arm um Jess. »Jepp. Sie kann ermüdend sein.« Mit der anderen Hand drehte sie Jess' Kinn zu sich herum. »Das ist doch nicht alles zu viel, oder?«, fragte sie und konnte einen Anflug von Unsicherheit nicht aus ihrer Stimme verbannen.

Jess lehnte sich an sie. »Nein. Nach dem Rennen bin ich etwas wund, aber Schwimmen im Meer wird perfekt für meine müden Muskeln sein.«

Lili rollte sich hinüber, setzte sich breitbeinig auf Jess' Schoß und hielt ihre Schultern fest. »Ja, ich freue mich auch aufs Schwimmen«, sagte sie. »Aber das habe ich nicht gemeint.« Sie blickte Jess forschend ins Gesicht.

Was sie sah, zerstreute ihre Ängste restlos. Jess' Augen waren wahrhaftig die Fenster zu ihrer Seele. Wärme und Leidenschaft leuchteten darin und schenkten Lili all die Stärke und Gewissheit, die sie brauchte.

»Ich liebe dich, Lili McAllister«, sagte Jess und erwiderte ihren Blick. »Und ich bin bereit für alles, was das mit sich bringt. Alles.«

Lili küsste sie innig. Sehnsüchtig. Tiefe Ruhe durchströmte sie. Sie drückte die Hand auf Jess' Brust, direkt über dem Saum ihres Nachthemds und über ihrem Herzen.

Jess' Puls ging stetig und kräftig und schlug für ihre neue Familie.

Ebenfalls im Ylva Verlag erschienen

www.ylva-verlag.de

So schnell mein Herz schlägt

Cheyenne Blue

ISBN: 978-3-96324-369-1
Umfang: 260 Seiten (93.000 Wörter)

Nachdem ein Kind auf ihrer Farm verletzt wird, muss Nina Pellegrini den besten Anwalt finden, um ihr Zuhause zu retten. Die Anwältin Leigh Willoughby hat keine Zeit für kleine Fälle, die kein Geld einbringen. Doch es erweist sich als schwierig, die warmherzige Nina und ihre Tochter Phoebe abzuweisen. In was hat sie sich da bloß reingeritten?

Steiler Aufstieg zum Glück

Andrea Bramhall

ISBN: 978-3-96324-225-0
Umfang: 308 Seiten (103.000 Wörter

Ein lesbischer Liebesroman, der Lust auf Abenteuer macht und zeigt, dass es sich lohnt nicht aufzugeben.

Beim Dreh einer Reality-Serie sind die Marketing Consultant Rhian Phillips und die ehemalige Profi-Bergsteigerin Jayden Harris gezwungen, miteinander zu arbeiten.

Werden die beiden Frauen trotz der anfänglichen Schwierigkeiten zueinander finden?

Skalpell, Tupfer, Liebe

Lola Keeley

ISBN: 978-3-96324-433-9
Umfang: 211 Seiten (72.000 Wörter)

Die Chirurgin Veronica leitet ihre Krankenhausabteilung mit eiserner Hand, bis ihre Welt durch eine neue Unfallchirurgin auf den Kopf gestellt wird. Cassie ist Militärchirurgin und interessiert sich wenig für verkrampfte Bürokratie. Als Cassie in schmutzige Geldgeschäfte verstrickt wird, kommen sich die beiden auf der Suche nach der Wahrheit näher.

Beziehung ausgeschlossen

Jae

ISBN: 978-3-96324-218-2
Umfang: 323 Seiten (116.000 Wörter)

Floristin Ashley Gaines kreiert die schönsten Brautsträuße. Ihr eigenes Liebesleben ist weniger erfreulich, da sie ihre sexuelle Orientierung geheim hält.

Auch Bäckerin Sasha hat die große Liebe noch nicht gefunden.

Als die erste lesbische Hochzeit in ihrer Kleinstadt die beiden zur Zusammenarbeit zwingt, muss Ashley sich eingestehen, dass nicht nur Sashas süße Kreationen sie in Versuchung führen.

Über C. Fonseca

C. Fonseca lebt mit ihrer Frau und ihrer geliebten Burma-Katze in Australien, in der Nähe des Meeres. In ihrer Freizeit malt sie gerne und hält sich so oft sie kann in der Nähe von Klippen auf, wo sie den herrlichen Ausblick auf den Südlichen Ozean genießt. Dort gibt sie sich ihren Tagträumen hin und plant ihre nächsten kreativen Abenteuer.

Bibliografische Information der Deutschen Bibliothek
Die Deutsche Bibliothek verzeichnet diese Publikation in der Deutschen Nationalbibliografie; detaillierte bibliografische Daten sind im Internet über www.dnb.de abrufbar.

1. Auflage
Taschenbuchausgabe Juni 2021 bei Ylva Verlag, e.Kfr.

ISBN: 978-3-96324-506-0

Dieser Titel ist als Taschenbuch und E-Book erschienen.

Übersetzung: Vanessa Tockner
Lektorat: Katrin Hockert
Korrektorat: Jenny Spanier
Coverdesign: Streetlight Graphics

Kontakt:
Ylva Verlag, e.Kfr.
Inhaberin: Astrid Ohletz
Am Kirschgarten 2
65830 Kriftel
Tel: 06192/9615540
Fax: 06192/8076010
www.ylva-verlag.de
info@ylva-verlag.de
Amtsgericht Frankfurt am Main HRA 46713

Printed in Poland
by Amazon Fulfillment
Poland Sp. z o.o., Wrocław

77966243R00176